BASTEI LÜBBE

Taschenbücher von PIERS ANTHONY
im BASTEI-LÜBBE-Programm:

Die Saga vom magischen Land Xanth
20053 Chamäleon-Zauber
20059 Zauber-Suche
20061 Zauber-Schloß
20065 Zentauren-Fahrt
20069 Elfen-Jagd
20071 Nacht-Mähre
20077 Drachen-Mädchen
20094 Ritter-Geist
20106 Turm-Fräulein

Die Inkarnation der Unsterblichkeit
22098 Reiter auf dem schwarzen Pferd
22104 Der Sand der Zeit
24102 Des Schicksals dünner Faden
24114 Das Schwert in meiner Hand
24046 Omnivor
24067 Orn
22080 Ox

Die Titanen-Trilogie
24084 Zeit der Kämpfer

PIERS ANTHONY

HELDENMAUS

Die Saga vom magischen Land Xanth

Ins Deutsche übertragen von
Ralph Tegtmeier

Mit Illustrationen von
Johann Peterka

BASTEI LÜBBE

BASTEI-LÜBBE-TASCHENBUCH
Fantasy

Band 20120

Erste Auflage: April 1989

Deutsche Lizenzausgabe 1989
Bastei-Verlag Gustav H. Lübbe GmbH & Co., Bergisch Gladbach
Originaltitel: Vale of the Vole
Lektorat: Reinhard Rohn
Titelillustration: Darrell Sweet
Umschlaggestaltung: Quadro Grafik, Bensberg
Satz: Fotosatz Schell, Bad Iburg
Druck und Verarbeitung:
Brodard & Taupin, La Flèche, Frankreich
Printed in France
ISBN 3-404-20120-5

Der Preis dieses Bandes versteht sich einschließlich
der gesetzlichen Mehrwertsteuer.

1

METRIA

Es war nicht immer einfach, der Sohn eines Ogers und einer Nymphe zu sein. Manchmal fing der Oger an, Dinge zu zerquetschen, nur weil es ihm Spaß machte, oder mit bloßer Hand den Sand aus den Steinen zu pressen, was fürchterlich viel Schmutz machte. Manchmal war die Nymphe ziemlich zerstreut, oder sie bekam einen Wutanfall. Aus diesem Grund hatte Esk sich auch dieses gemütliche Versteck angelegt, von dem kein anderer etwas wußte. Immer, wenn die Lage zu Hause allzu strapaziös wurde, begab er sich hierher, um sich zu erholen und zu entspannen. Zwar liebte er seine Eltern, doch die Einsamkeit hatte auch ihren Wert. Er blieb stehen, sah sich um und lauschte aufmerksam. Er wollte nicht, daß irgendein Lebewesen Xanths, sei es ein zahmes oder ein wildes, ihn beim Eintreten beobachtete, denn dann wäre dieser Ort kein Geheimnis mehr gewesen, und früher oder später würden seine Eltern davon erfahren, was ihm alles andere als recht war.

Sein Versteck befand sich im hohlen Stamm eines abgestorbenen Bierfaßbaums. Er hatte Glück gehabt: Er war im Monat Augeist hier in der Nähe gewesen, als die Bierfaßbäume ihren Geist aufzugeben pflegten, und er hatte gesehen, wie der Geist Abschied genommen hatte. »Au, Geist!« hatte er in klassischer Ogermanier gerufen, und das hatte den Baum verzaubert, so daß er den leeren Stamm übernehmen konnte, ohne gleich die ganze Umgebung in Aufruhr zu versetzen. Er hatte in den dicken Stamm eine Tür geschnitten, die so dicht schloß, daß man sie von außen nicht erkennen konnte, und dann hatte er Ventilationsschächte angelegt, damit sich der muffige Biergeruch verflüchtigen konnte; Tandy, seine Mutter, würde niemals Verständnis dafür haben, wenn er nach Bier riechend nach Hause käme! Schließlich hatte er den Boden mit Stroh ausgelegt und von einem nahegelegenen Kissenstrauch einige Kissen besorgt, hatte dekorative Szenerien in die Wände geschnitzt und alles vervollkommnet. Er war ziemlich stolz auf sich; er bedauerte nur, daß er mit seiner Leistung nicht herumprahlen durfte, weil die Geheimhaltung nun einmal Vorrang hatte.

Die Luft schien rein zu sein. Er hakte seine Nägel in die Ritze und riß die Tür auf, eine kleine Tür mit unregelmäßigen Konturen, damit man sie nicht als solche erkennen konnte. Er bückte sich, um einzutreten, dann schloß er sie wieder sorgfältig hinter sich. Nun schritt er weiter und ließ sich in sein Kissennest plumpsen.

»Aua!«

Esk zuckte zusammen. »Wer war das gerade?« fragte er.

»Beweg dein fettes Muli von mir!« erklang von irgendwo unter ihm eine Stimme.

Er blickte umher, konnte aber nur Kissen erkennen. »Mein fettes was?«

»Deinen fetten Esel!« bellte die Stimme. »Pony, Pferd, Maultier, was immer ... weg damit!«

Schließlich begann Esk zu ahnen, nach welchem Wort dieser mysteriöse Jemand suchte. Hastig stand er von den Kissen auf. »Wo bist du?«

Das Kissen veränderte seine Umrisse. In seiner Mitte formte sich ein Mund. »Hier, du Tölpel! Was hast du dir eigentlich dabei gedacht, mir einfach deine grobschlächtige Anatomie so ins Gesicht zu pflanzen?«

»Na ja, ich ...«

»Egal. Aber mach es wenigstens nicht wieder, Blödian.«

»*Eigentlich* sollten Kissen doch ...«

»Ach ja? Hast du die Kissen vielleicht auch mal nach ihrer Meinung gefragt?«

»Na ja, eigentlich nicht, aber ...«

»Na also, Blödmann! Und nun zieh Leine und laß mich schlafen.« Esk haute ab. Und dann, während er nach Hause zurückging, begann er zu grübeln. Wie hatte er mit einem Kissen reden können? Er kannte nur eine einzige Person, die sich mit Gegenständen unterhalten konnte, und das war Dor, der König von Xanth. Man ging allgemein davon aus, daß es magische Talente nur einmal gab (mit Ausnahme der Fluchungeheuer), was wiederum bedeutete, daß es sich nicht um Esks Talent handeln konnte. Und außerdem besaß er bereits eine Begabung: das Talent des Protestierens. Manchmal meinte seine Mutter zwar, daß er zuviel protestiere, doch leugnete sie nicht, daß es eine Art Magie war. Da aber niemand über zwei magische Talente verfügte, war somit die Möglichkeit, mit unbelebten Gegenständen zu reden, ebenfalls ausgeschlossen.

Schließlich kam er dahinter. Er war nicht gerade der Allerschlaueste, da er ja zu einem Viertel ein Oger war, aber wenn er sich eines Problems erst einmal angenommen hatte, ließ er nicht locker, weil er zur Hälfte Mensch war, und meistens fand er auch zu irgendeiner Lösung, so einfach sie auch sein mochte. Es war nicht *seine* Magie, es war die Magie des Kissens.

Er mußte ein besonderes Kissen gepflückt haben, ohne daß ihm dies klargeworden war: ein lebendiges, sprachbegabtes. Jetzt brauchte er es nur noch zurück zum Kissenstrauch zu bringen und es gegen ein anderes auszutauschen, dann war sein Problem gelöst.

Beruhigt setzte er seinen Heimweg fort, er hatte schon vergessen, welches Problem ihn überhaupt erst in sein Versteck getrieben hatte. Als er sich seinem Heim näherte, roch er den köstlichen Duft von Purpurbouillon. Sein Vater Krach mußte wieder sein volles Ogeraussehen angenommen haben, um die Zutaten zu beschaffen. Tatsächlich war Krach nur ein Halboger, denn Esks Großeltern väterlicherseits waren Knacks Oger und eine Schauspielerin der Fluchungeheuer gewesen. Wenn Krach jedoch ogerhaft wurde, konnte niemand ihn von einem Voll-Oger unterscheiden. Dann schwoll er schrecklich an und platzte aus seinen Hosen. Tandy jedoch, die nymphischer Herkunft war, zog Krach als Menschenmann vor, weshalb er meistens diese Gestalt beibehielt.

Esk konnte sich nicht willentlich in einen Oger verwandeln, aber wenn er wütend oder verzweifelt genug wurde, entwickelte er doch einiges an Ogerkraft. Das hielt zwar nie lange vor, aber das brauchte es ja auch gar nicht; ein Hieb mit einer ogerhaft starken Faust konnte den Stamm eines Steinahornbaums pulverisieren. Ebensowenig besaß er ein Talent für Schauspielerei, aber wenn es wirklich sein mußte, konnte er sich vorübergehend auch als Schauspieler betätigen. Das war das Erbe seiner Fluchungeheueroma. Die allermeiste Zeit herrschte sein menschliches Erbe vor, da er von beiden Elternteilen her teils menschlich war. Er war ein ziemlich normaler Bursche mit grauen Augen und nichtssagendem braunem Haar. Oft hätte er es sich lieber anders gewünscht, aber er hatte keine wirkliche Wahl; offensichtlich war ihm keinerlei Größe beschieden.

Doch es hatte keinen Zweck, sich darüber zu grämen, schließlich galt es, eine Purpurbouillon zu essen!

Zwei Tage später, als er sich langweilte, kehrte Esk in sein Versteck zurück. Er trat ein und überprüfte die Kissen. Alle sahen völlig normal aus. »Welches von euch ist lebendig?« fragte er, erhielt jedoch keine Antwort.

Er zuckte die Schultern. Schließlich nahm er sie alle auf

und brachte sie hinaus zum Kissenstrauch, wo er sie ohne viel Aufhebens einfach fallenließ. Dann pflückte er einige neue. Das mußte er ohnehin in regelmäßigen Abständen tun, damit sie nicht schmutzig wurden und rochen. Die neuen Kissen brachte er zu seinem Baum und ließ sie auf den Boden plumpsen. Er zögerte erst, dann setzte er sich vorsichtig darauf. Im Gegensatz zu dem, was das lebendige Kissen behauptet hatte, war sein Hinterteil gar nicht fett; im nachhinein wünschte er sich fast, daß er das Kissen in diesem Punkt berichtigt hätte. Aber die pfiffigen Antworten fielen ihm immer zu spät ein. Auch das verdankte er seinen Vorfahren: Weder Oger noch Nymphen waren für ihre Schlagfertigkeit bekannt.

Er war hungrig, deshalb holte er eine Pastete hervor, die er vor einer Weile gepflückt hatte. Es war eine Armpastete, und die schmeckten immer am besten, wenn sie richtig gewürzt waren. Diese war mit matschigen Rosinen bedeckt und besaß eine steinharte Kruste, während sie im Innern bereits angefault war.

Er führte sie an seinen Mund und nahm einen Ogerbissen. Seine Zähne senkten sich, gruben sich hinein – und die Pastete explodierte ihm ins Gesicht. Rosinen schossen hervor und flogen auf seine Augen zu, und die Pastetenkruste zuckte zwischen seinen Lippen. »Schieb bloß deine häßliche Katze weg!« rief die Pastete.

»Meine häßliche was?« fragte Esk erschrocken.

»Dein häßliches Kätzchen, Mieze, Schnurbär ...«

»Ach, du meinst meine häßliche Schnauze?« fragte er, nachdem er endlich begriffen hatte.

»Dein häßliches wie auch immer«, pflichtete die Pastete ihm bei und machte einen breiten Mund. »Was hast du dir denn dabei gedacht, Ogergesicht?«

»Ogergesicht?« wiederholte Esk und genoß das Kompliment, bis er merkte, daß die Pastete es eher als Beschimpfung gemeint hatte. »Ich versuchte gerade ...«

»Ach ja, versucht hast du also! Na, dann versuch das jedenfalls nicht noch einmal!«

»Aber ...«

»Du hast die arme Pastete doch nie gefragt, ob sie es gern hat, wenn man auf ihr herumkaut, oder?«

»Aber es ist doch eine Armpastete! Die soll doch gegessen werden!«

»Wirklich sehr wahrscheinlich, deine Geschichte! Und jetzt schaff endlich dein dämliches Gesicht von mir weg, damit ich mich ausruhen kann.«

»Hör mal zu, Pastetengesicht, das hier ist *mein* Versteck!« sagte Esk und entwickelte einen Anflug von Temperament. »Gerade eben erst habe ich ein freches Kissen rausgeschmissen, und mit dir werde ich dasselbe tun! Besonders arm und bescheiden gibst du dich wahrhaftig nicht!«

»Versuch bloß, mit dieser Torte herumzuwerfen, das wirst du schon noch bereuen, Bohnenhirn!«

Das war zuviel. Esk trug die Pastete zur Tür, öffnete diese und schleuderte sie in den Wald hinaus! Dann ließ er sich auf sein Bett plumpsen, um ein Nickerchen zu halten.

Es war ein recht kalter Tag, und wenngleich echte Oger kaltes Wetter liebten, war dies bei Esk nicht der Fall. Er suchte herum, bis er die zerfetzte alte Decke gefunden hatte, die er zu diesem Zweck aufbewahrte, und zog sie über sich.

Die Decke begann zu zappeln und wickelte sich um seine Füße. Dann quetschte sie seine Beine und zog sich, immer höher kommend, um seinen Brustkasten zusammen.

»Hoi!« rief Esk.

»Selber Heu, Euterhirn!« sagte die Decke und zog eine Schnute. Doch hörte sie nicht damit auf, ihn zu quetschen; langsam wurde es Esks Beinen ungemütlich.

Abrupt warf er die Beine auseinander, und die Ogerkraft durchströmte ihn. Die Decke zerriß – doch dann wurde sie plötzlich neblig und erhob sich wie ein Fluglebewesen vor ihm, blieb in der Luft schweben. »Hör mal zu, Dungkopf«, sagte ihr Mund, »jetzt wird es dir aber *wirklich* leid tun!«

Doch inzwischen war Esks Ogertemperament geweckt. Er packte die Decke mit beiden Händen. »Das wollen wir doch einmal sehen, Nahtgesicht!« Dann zerriß er sie.

Wieder löste die Decke sich im Nebel auf. Das ganze

Ding verwandelte sich in Dampf. Diesmal nahm es die Gestalt einer Dämonin an. »Du bist kräftiger, als du aussiehst, Käferhirn. Aber wie lange, glaubst du, kannst du mir widerstehen?«

»Was für ein Hirn?« fragte Esk, der schon wieder verwirrt war.

»Flohhirn, Ameisenhirn, Wurmhirn ...«

»Ach so, Dunghirn!«

»Wie auch immer, warum gibst du mir keine Antwort?«

Endlich begriff Esk. »Das Kissen ... die Pastete ... das warst alles du! Du hast ihre Gestalt angenommen!«

»Natürlich habe ich das, du Schlaumeier«, pflichtete sie ihm bei. »Ich habe nur versucht, dich auf die sanfte Weise loszuwerden. Aber jetzt ist Schluß mit der Nettes-Mädchen-Nummer. Jetzt verbiege ich dich zu einer Brezel und verfüttere dich an einen Drachen.« In ihrer natürlichen Gestalt besaß sie Arme und Hände, die sich nach ihm ausstreckten.

»Drachen essen aber gar keine Brezeln«, sagte er und begriff, daß er in Schwierigkeiten steckte. Dämonen (oder Dämoninnen) waren berüchtigt; sie besaßen unmenschliche Kraft und keinerlei Gewissen, und sie konnten sogar durch Wände gehen. Hätte er vorher gewußt, womit er es zu tun gehabt hatte, so hätte er sie wohl in Ruhe gelassen. Jetzt aber war es zu spät dafür.

»Ich werde ihm dich trotzdem ins Maul rammen«, sagte sie grimmig. »Vielleicht vergibt er mir das dann nach ein- bis zweihundert Jahren.« Die Hände schlossen sich um seinen Hals und drückten zu.

Das aber brachte seine Ogerkraft zur vollen Entfaltung. Ganz im Gegensatz zur xanth-läufigen Auffassung mochten Oger es nicht sonderlich, wenn man sie zu Brezeln verformte, was immer sie auch mit anderen anfangen mochten. Esk packte ihre Handgelenke und riß sie auseinander. »Wer bist du?« verlangte er zu wissen.

»Ich bin die Dämonin Metria«, erwiderte sie und wurde erneut zu Nebel. Ihre Arme und Hände erschienen wieder an seiner Kehle, während seine eigenen Hände plötzlich leer waren. »Kurz: DäMetria. Und wer bist du?«

Esk packte erneut ihre Handgelenke und riß sie erneut auseinander. »Ich bin Eskil Oger, und ich lasse mich nicht von dir erwürgen.«

»Das glaubst du, Sterblicher«, erwiderte sie. Ihre Körpersubstanz löste sich wieder in Nebel auf und formte sich ein weiteres Mal; diesmal waren ihre beiden Arme mit einem dünnen Seil verbunden, das sie ihm blitzschnell um den Hals warf. »Das kriegst du nicht mehr ab, bevor du erledigt bist.«

»Nein!« keuchte Esk.

Nun wirkte sie überrascht. »Nein?« Ihr Griff lockerte sich. Esk ballte eine Faust und ließ sie in ihr Gesicht krachen. Der Hieb war zwar nicht von schlechten Eltern, doch ihr Kopf klappte am Nacken einfach zurück wie auf einem Scharnier, um dann wieder emporzuschnellen, als er den Arm zurückzog. Sie sah leicht empört aus.

»Nein«, wiederholte er. »Ich protestiere.«

Sie überlegte. »Nun, vielleicht auch nicht. Ich schätze, es wäre wahrscheinlich sinnlos, dich umzubringen; deine Leiche würde mit ihrem Gestank hier nur die Gegend verpesten, und ich habe keine Lust, sie so weit fortzuschleppen, bis der Geruch nicht mehr hierherzieht.« Der Strick löste sich in Dampf auf und verdichtete sich um ihre Arme; es war offensichtlich, daß er Teil ihrer Körpersubstanz war.

»Nun, ich werde dich jedenfalls hier rausschmeißen!« erwiderte Esk, dessen Ogernatur noch immer in Kraft war.

»Das möchte ich sehen, wie du das versuchst, Mundanierfratze.«

Mundanierfratze! Ihre Beleidigungen wurden immer unverschämter. Das hielt den Oger in ihm auf Trab. »Ich werde es versuchen!«

Sofort packte er sie um die Hüfte und riß sie von den Beinen. Dann hielt er inne. Ihr Körper war humanoid und nackt und üppig und schmiegte sich ziemlich an seinen. Zuvor hatten ihre Worte und ihr Tun ihn abgelenkt, doch nun bemerkte er ihre Figur. Das war eine neuartige Erfahrung.

»Na ja«, sagte sie lächelnd. »Ich wußte ja nicht, daß du

freundlich sein wolltest. Laß mich dich eben mal ausziehen ...« Er ließ sie fallen. »Hau einfach nur ab!« rief er.

»Vergiß es, Junior. Ich habe diesen Platz hier gefunden, und er gehört mir.«

»Ich habe ihn *gemacht*, deshalb gehört er mir!« konterte er.

Sie hob eine Augenbraue. »Du hast einen Bierfaßbaum gemacht?«

»Na ja, das zwar nicht, aber ich habe ihn hergerichtet, nachdem er seinen Geist aufgegeben hatte. Das kommt der Sache schon nahe genug.«

»Schön, mir gefällt er, aber du gefällst mir nicht, deshalb muß ich dich jetzt auch loswerden.«

»Nein.«

Sie hielt inne und musterte ihn eindringlich. »Ah, das ist also deine Magie, nicht wahr? Wenn du ›Nein‹ sagst, dann bringst du andere dazu, nicht zu tun, was sie vorhaben. Deshalb überlege ich es mir auch wider besseren Wissens immer anders.«

»Ja.« Sein Talent war zwar nicht gerade von Magierkaliber, doch leistete es ihm gute Dienste, wenn er es brauchte.

»Dann sollte ich wohl besser keine Drohungen mehr ausstoßen, weil du dann einfach nur mit Nein kontern wirst«, fuhr sie fort. »Aber ich wette, daß es nicht alles abdeckt. Du kannst nicht zu allem nein sagen, was ich versuchen könnte, um dich rauszuwerfen, du kannst es nur zu den einzelnen Dingen sagen, während ich sie versuche.«

»Ja.« Sie kapierte die Sache mit beunruhigender Schnelligkeit. Offensichtlich gab es keinen Oger unter ihren Vorfahren.

»Daher muß ich eine Möglichkeit finden, wie ich dich dazu bekomme, freiwillig zu gehen«, fuhr sie fort. »Ich kann dir nicht direkt weh tun, aber du kannst mir auch nicht weh tun, also steht es unentschieden. Vorläufig.«

»Warum bist du hier?« fragte er klagend.

»Weil es dort, wo ich herkomme, langsam zu ungemütlich wird«, erwiderte sie. »Wegen der Summer, weißt du.«

»Wegen der was?«

»Egal. Im allgemeinen können die Sterblichen sie ohnehin nicht hören. Aber Dämonen treiben sie in den Wahnsinn. In letzter Zeit sind sie richtig schlimm geworden, dort unten im Tal der Wühlmäuse, trotz allem, was wir unternommen haben, um sie auszumerzen. Deshalb habe ich genug davon. Deshalb bin ich an einen Ort umgezogen, wo ich es mir nach meiner Manier gemütlich machen kann.«

»Aber du versuchst gerade, den Ort zu besetzen, wo *ich* es mir nach *meiner* Manier gemütlich machen will«, protestierte er.

»Kotz doch.«

»Wie bitte?«

»Das ist ein mundanischer Ausdruck. Er bedeutet: ›Was willst du schon dagegen unternehmen, Stinknase?‹«

»Das verstehe ich nicht. Weshalb soll ich denn dann kotzen?«

Sie lachte, und ihr ganzer Torso bebte dabei. »Ich schätze, wir beide stecken wohl hier fest, Junior. Vielleicht sollten wir das Beste daraus machen. Möglicherweise werden wir uns irgendwann sogar mögen, obwohl das vielleicht ein bißchen viel verlangt wäre. Komm schon, ich werde dich in die Geheimnisse des dämonischen Sex einweihen.« Sie trat auf ihn zu.

»Nein!« rief er.

Sie blieb stehen. »Schon wieder deine Magie! Ich wollte dir gar nicht weh tun, weißt du, diesmal nicht. Ich kann sehr liebevoll sein, wenn ich so tue als ob. Laß es mich dir dämonstrieren.«

»Nein.« Jetzt fürchtete er sich vor ihr, auf andere Weise als vorher, und er schämte sich für seine Furcht. Nicht, daß er glaubte, sie suche nur einen Vorwand, um an ihn heranzukommen und ihn dann zu erwürgen; vielmehr fürchtete er sich davor, daß sie eben das tun würde, was sie androhte, und daß es ihm gefallen würde. Er traute solchen Dämonstrationen nicht.

Sie musterte ihn vielsagend. »Wie alt bist du, Esk?«

»Sechzehn.«

»Und ich bin einhundertsechzehn, aber wer zählt schon

die Jahre? Nach den Maßstäben der Sterblichen bist du alt genug, und ich bin nach den Maßstäben der Unsterblichen jung genug. Warum verkaufst du mir diese Höhle nicht, ich kann sie doch mit Erfahrung bezahlen? Ich kann dir alles ganz genau zeigen, dann brauchst du dich bei einem sterblichen Mädchen nie wieder zu genieren, weil du so tolpatschig bist.«

Esk schoß an ihr vorbei, stürzte aus der Tür und rannte in Richtung Zuhause davon. Erst als er sein Versteck schon ein gutes Stück hinter sich gebracht hatte, fragte er sich, warum er so hastig geflohen war. Befürchtete er, daß sie ihn irgendwie in eine noch schlimmere, peinlichere Lage bringen würde, als er sich vorstellen konnte? Oder glaubte er, daß das, was sie ihm anbot, schlichtweg Unrecht war? Aber *war* es denn Unrecht? Er war sich nicht sicher!

Er überlegte, ob er seine Eltern wegen dieser Sache zu Rate ziehen sollte. Doch dann würde er ihnen von seinem Versteck erzählen müssen, und das wollte er nicht. Außerdem hegte er den Verdacht, daß sie ihn einfach nicht verstehen würden. Seine Mutter hatte nie viel darüber erzählt, aber er hatte erfahren, daß sich ihr einmal ein männlicher Dämon genähert hatte und daß sie darüber entsetzt gewesen war. Er konnte sich gut vorstellen, wie sie auf die Nachricht reagieren würde, daß eine Dämonin bei ihrem Sohn einen Annäherungsversuch unternommen hatte. Möglicherweise würde sie ihm sogar einen ihr Wutkoller entgegenschleudern, und das würde weh tun. Sein Vater liebte diese Wutkoller zwar, weil sie ihn an Ogerohrfeigen erinnerten, doch eine Ogerohrfeige konnte einen ausgewachsenen Baum umhauen oder einem Felsbrocken ein paar mächtige Risse bescheren.

Daher schwieg er. Vielleicht würde Metria seines Verstecks müde werden und fortgehen. Schließlich wußte man von Dämonen ja, wie launenhaft sie waren.

Einige Tage später wagte er sich wieder zu seinem Versteck. Vorsichtig trat er ein. Von der Dämonin war nichts zu sehen. Doch er wußte, daß sie sich beliebig tarnen konnte; es würde sich erst im Laufe der Zeit herausstellen, ob sie tatsächlich fort war.

Er setzte sich auf die Kissen, und nichts schrie auf. Er schüttelte seine Decke aus, ohne daß ein Protest ertönte. Er entdeckte ein Stück Brotbeerenpastete und aß sie ohne jeden Zwischenfall auf. Er begann zu hoffen.

Es war überraschend, wie schnell die Langeweile kam. An seiner Erfahrung mit Metria war auch etwas Gutes gewesen: Sie war interessant, auf verschiedenste Weise. Jetzt, da es zu spät war, fragte er sich, ob er nicht einen Fehler gemacht hatte, als er ihr Angebot ausschlug. Sie hätte ihm ein phänomenales Erlebnis bescheren können!

Er holte sein Murmelspiel hervor. Seine Steinsammlung hatte ihm in früheren Zeiten immer gute Dienste geleistet, wenn es darum ging, ein paar langweilige Stunden totzuschlagen. Die Steine besaßen verschiedene Farben, und er hatte selbst ein Spiel entwickelt, das darin bestand, immer einen Stein aus dem Beutel zu holen und auf dem Boden damit Muster auszulegen. Jeder Stein mußte neben einen anderen gleicher Farbe gelegt werden, wodurch sich eine Linie oder Kurve ergab. Ziel war es, dafür zu sorgen, daß eine Farbe von der anderen umzingelt wurde. Manchmal zog er mehrere rote Steine hintereinander, ohne sie anzuschauen, bevor sie den Beutel verlassen hatten, dann bekam Rot gegenüber Weiß einen Vorteil; danach zog er vielleicht mehrere weiße Steine, was das Verhältnis wieder umkehrte. Auch Blau und Grün und Grau kämpften mit. Manchmal verbündeten sich die Farben miteinander und gegeneinander. Das Spiel konnte recht aufregend werden, wenn er sich die Persönlichkeit der jeweiligen Farbe im Geiste vorstellte. Und die Muster wurden oft ziemlich verworren.

Er holte den ersten Stein heraus. Der glitzerte schwarz. Er legte ihn auf den Boden und begann mit dem Spiel.

»He, du Mißgeburt, was glaubst du, was du da tust?« fragte der Stein.

Er grabschte ihn und warf ihn zurück in den Beutel,

dann drehte er die Öffnung herum und versuchte den Stein einzuschließen. Doch schon drang der Rauch durch den Stoff und wirbelte vor ihm, und bald stand Metria da. »Ich dachte, du hättest aufgegeben und mir die Hütte hier überlassen«, bemerkte sie.

»Ich dachte, *du* hättest aufgegeben«, konterte er.

»Dämonen geben niemals auf, es sei denn, sie wollen es tun. Komm schon, ich will diesen prima Schuppen hier wirklich haben. Können wir nicht ins Geschäft kommen?«

»Nein.« Doch dann überkam ihn seine törichte Neugier. »Warum bestehst du nur auf diesem Ort, anstatt dich einfach in einen Vogel zu verwandeln und auf einem Ast zu wohnen?«

»Dieser Ort ist abgeschieden und bequem, und andere Wesen wissen nichts davon. Wir Dämonen müssen den größten Teil unserer Zeit im feststofflichen Zustand verbringen, und das geht am leichtesten, während wir schlafen; daher ist ein guter, abgelegener Ort für uns wertvoll.«

»Ich dachte immer, Dämonen brauchten nicht zu schlafen.«

»Wir *brauchen* auch keinen Schlaf, Sterblicher. Aber wir *können* schlafen, wenn wir wollen. Und das tun wir oft. Das hier ist eine perfekte Schlafstätte, daher will ich sie auch haben.«

»Nun, ich will sie dir nicht geben.«

Sie schürzte die Lippen zu einem Schmollen. »Esk, ich versuche, die Sache auf gütliche Weise zu regeln. Das kostet mich einige Anstrengung. Was, wenn ich dir zu *zwei* großartigen Erlebnissen verhelfe?«

»Zwei?«

»Sex und Tod.«

»Du hast schon versucht, mich umzubringen!«

»Ich meine es andersherum. Du darfst mich töten, nachdem du mich genossen hast.«

»Dämonen kann man nicht töten.« Doch auf schuldbewußte Weise war er fasziniert.

»Wir können zwar nicht sterben, aber wir können außerordentlich realistische Nachahmungen des Sterbens vollführen. Du darfst mich würgen, dann keuche ich und laufe rot an, und meine Augäpfel werden weit hervortreten, ich werde mich wehren und immer schwächer werden, bis ich schließlich zusammensacke und aufhöre zu atmen und mein Körper kalt wird. Das wird genauso sein, als würdest du eine lebende Frau erwürgen.«

»Bäh«, sagte Esk angewidert.

»Na schön, was willst du denn haben? Ein drittes sagenhaftes Erlebnis? Nenne mir einfach deinen blöden Preis.«

Er fühlte sich stark versucht, nach dem dritten Erlebnis zu fragen, gelangte aber zu dem Schluß, daß es ihm wahrscheinlich kein bißchen besser gefallen würde als das zweite. »Nein.«

»Ich gewähre dir das erste sogar umsonst«, sagte sie. »Nur damit du mein Angebot wirklich schätzen lernen kannst. Ich nehme jede beliebige Gestalt an, die du wünschst, einfach, um es interessant zu machen. Gibt es irgendein sterbliches Mädchen, mit dem du schon immer gerne mal …«

»Nein!« rief er.

»Hör mal, das verpflichtet dich doch zu nichts! Ich will dir einfach nur meinen guten Willen dämonstrieren! Ich möchte diese Schlafstätte hier wirklich haben, ohne daß man mich ständig stört. Ich weiß ungeheuer viel, was du nicht einmal in einem Jahr alles lernen könntest, von einem Tag ganz zu schweigen, und …«

»Nein!«

»Nun hab dich doch nicht so!« Sie atmete ein, wodurch sich ihre Brüste prachtvoll hoben, und beugte sich zu ihm.

»Ich habe dreimal nein gesagt«, warf Esk störrisch ein, »warum hörst du dann nicht auf?«

»Weil ich nichts tue, ich überrede nur«, meinte sie. »Und du möchtest überredet werden, nicht wahr, Esk?«

Er befürchtete, daß alles, was er jetzt sagen könnte, nur eine Lüge sein würde. Er rannte aus dem Versteck, schämte sich vor sich selbst. Er *mußte* die Dämonin loswerden, bevor es ihr gelang, ihn zu verderben!

Diesmal blieb er volle zehn Tage weg. Doch ohne sein Versteck fühlte er sich elend und leer, er erkannte zudem, daß er tatsächlich im Begriff stand, es ihr kampflos zu überlassen. Er mußte hingehen und sie so lange belästigen, bis sie verschwand.

Also nahm er seinen Mut zusammen und begab sich zum Bierfaßbaum. Dort war alles ruhig, innen wie außen, doch er wußte bereits, daß dies kein sicherer Beweis für ihre Abwesenheit war. Er setzte sich auf die Kissen, schüttelte die Decke aus, aß ein Stück Käse, warf alle gefärbten Steine auf den Boden und piekste auf alles ein, was ihm nur einfiel. Doch nichts reagierte. Ob sie diesmal vielleicht wirklich gegangen war? Oder hielt sie sich nur bedeckt, wartete ab, bis er sich entspannte, um ihn schließlich mit irgendeinem neuen Angebot zu erschrecken? Wie vielen solcher Angebote würde er noch widerstehen können, bevor er der Versuchung schließlich nachgab? Wie vielen *wollte* er denn widerstehen?

Schon jetzt begann sie ihn zu korrumpieren, und dabei strengte sie sich nicht einmal sonderlich an.

Doch wenn sie sich nicht manifestierte, gehörte das Versteck ihm, selbst wenn sie da sein sollte. Doch wie sollte er sich jemals wirklich entspannen, wenn sie alles mitansah und mitanhörte, was er hier drin tat? Er mußte sicher sein, daß sie verschwunden war, daß sie nicht nur vorübergehend ausgegangen war, um woanders Unheil zu stiften.

Er hörte etwas, weit in der Ferne, außerhalb des Baumes. Er hielt die Luft an und lauschte.

»Eskil! Eskil!«

Die Stimme seiner Mutter! Sie suchte ihn, rief seinen Namen, und wenn er nicht bald auftauchte, würde sie möglicherweise sein Versteck entdecken! Er eilte hinaus und lief auf sie zu, nicht geradewegs, sondern in einem Bogen, um sein geheimes Versteck nicht preiszugeben.

»Was ist los, Mutter?« rief er schließlich aus angemessener Entfernung.

Tandy drehte sich nach ihm um. Sie hatte noch sehr viel von einer Nymphe und war eine sehr hübsche Frau. Da kam schon wieder der schlechte Einfluß der Dämonin zum Vorschein: Wie durfte er es wagen, so etwas von seiner eigenen Mutter zu denken?

»Ach, Eskil«, sagte sie. »Du mußt sofort nach Hause kommen! Es ist entsetzlich!«

Plötzlich packte ihn die Unruhe. »Was ist entsetzlich?«

»Dein Vater ... Irgendein anderer Oger hat ihn zusammengeschlagen, glaube ich, und ...«

Aus Unruhe wurde Grauen. »Ist er verletzt?«

»Er wird möglicherweise keine Stunde mehr leben! Wir müssen unbedingt ein Heilelixier besorgen, bevor es zu spät ist!«

»Ich weiß, wo eine Quelle ist!« rief er. »Ich gehe sofort welches holen!« Er nahm die kleine Flasche entgegen, die sie in der Hand hielt, und jagte durch den Wald davon, während sein Herz von Schlimmerem klopfte als Anstrengung. Sein Vater – im Sterben!

Er gelangte an die Quelle und tauchte die Flasche sofort ein, um das Heilelixier herauszuholen. Dann rannte er nach Hause zurück.

Er stürzte ins Haus. »Wo ist er?« fragte er keuchend.

Tandy drehte sich ihm am Tisch zu, wo sie gerade Restesuppe zubereitete. »Wer ist wo, mein Lieber?« fragte sie milde.

»Vater! Krach Oger! Ich habe das Elixier!«

Krach kam aus einem anderen Zimmer herbei. Er hatte seine Menschenform angenommen. »Hast du nach mir gerufen, mein Sohn?«

Esk blickte von einem zum anderen. »Du ... du bist ja gar nicht verletzt!«

Tandys Stirn furchte sich. »Wie kommst du denn bloß darauf, daß dein Vater verletzt sein soll, Eskil?«

»Aber das hast du mir doch gerade gesagt, draußen im Wald ...«

»Mein Lieber, ich habe das Haus den ganzen Nachmittag nicht verlassen«, erwiderte sie tadelnd.

»Aber ...« Doch offensichtlich stimmte es. Die Zubereitung einer Restesuppe unterbrach seine Mutter niemals, es sei denn, es gab irgendeinen schrecklichen Notfall. Allerdings sah es nicht so aus, als hätte es einen solchen Notfall gegeben. Wie hatte er da nur glauben können ...?

Dann begriff er. Metria! Sie konnte alles und jeden nachahmen!

Sie hatte ihn völlig hereingelegt.

»Ich ... ich habe wohl geträumt«, sagte er verlegen. »Ich dachte, Vater wäre verletzt, deshalb habe ich etwas Elixier geholt ...«

»Das war nett von dir, Lieber«, sagte Tandy und richtete ihre Aufmerksamkeit wieder auf die Suppe.

»Aber heb das Elixier auf«, meinte Krach. »Man weiß nie, wann man das Zeug gebrauchen kann.«

»Äh, ja, klar«, sagte Esk und suchte nach einem Stopfen für das Fläschchen. Doch dieses löste sich plötzlich in Rauch auf, und das Elixier klatschte auf den Boden. Was war er doch nur für ein Narr gewesen!

Am nächsten Tag kehrte er zu seinem Versteck zurück. »Metria!« knurrte er. »Zeig dich, du verdammte Dämonin!«

Sie erschien. »Oh, ich glaube, du hast es dir wirklich anders überlegt«, sagte sie. »So ein Kompliment hast du mir noch nie gemacht.«

»Du hast mich glauben gemacht, daß mein Vater im Sterben liegt!« hielt er ihr vor.

»Natürlich, Esk. Wenn die eine Sache nicht funktioniert, versuche ich es eben mit einer anderen. Wie soll ich denn hier sonst jemals in Frieden leben können?«

»Soll das heißen, daß du jetzt weiterhin solche Sachen tun wirst? Mich glauben machen wirst, daß meine Eltern in Schwierigkeiten sind?«

»Aber natürlich nicht, Esk! Das hat doch offensichtlich auch nicht funktioniert, denn jetzt bist du ja wieder hier.«

Er traute der Sache nicht. »Was willst du dann ...«

»Ich werde deinen Eltern einfach *wirklich* etwas antun müssen, damit du keine Zeit mehr hast, mich zu belästigen.«

Es dauerte nur einen Augenblick, bevor er das begriffen hatte, trotz seines teilweisen Oger-Verstandes. »Nein!«

»Das ist eine grundsätzliche Verneinung, Esk. Du weißt, daß du die nicht erzwingen kannst. Auf die eine oder andere Weise werde ich deine Eltern schon bekommen, es ist nur eine Frage der Zeit. Du kannst sie schließlich nicht immer bewachen.«

Er sprang sie an.

Sie begann zu dematerialisieren, dann überlegte sie es sich anders. Statt dessen warf sie die Arme um ihn. »Aber ich bin immer noch bereit, ein Tauschgeschäft für das Versteck einzugehen und dir sogar eine kleine Kostprobe zu geben, wenn ...«

Die Wucht seines Sprungs riß sie beide mit, und gemeinsam landeten sie auf den Kissen. Metria schlang die Beine um seinen Körper und die Arme um seinen Hals, drückte ihn an sich, um ihn zu küssen. »Für meine Art bin ich wirklich mehr als entgegenkommend«, flüsterte sie ihm auf die Wange. »Ich will doch nur in meiner Höhle alleinsein können.«

»*Meiner* Höhle!« japste er.

»Für die ich einen großzügigen Preis anbiete«, warf sie ein. »Die meisten Männer würden die Gelegenheit äußerst bereitwillig am Schopf packen, vom Fleisch einmal ganz zu schweigen. Also laß mich dir einfach diese Kleider ausziehen ...«

Er riß sich von ihr los. »Nein!«

Sie seufzte. »Nun, niemand wird sagen können, daß ich es nicht versucht hätte. Ich habe wirklich nichts gegen deine Eltern, denn die wissen nicht einmal was von dem Versteck. Aber wenn das die einzige Möglichkeit sein sollte ...«

»Nein! Ich ... ich lasse dich in Ruhe! Und du läßt sie in Ruhe!«

»Wie nett von dir, Esk«, sagte sie. »Jetzt wirst du endlich vernünftig. Ich werde euch alle gern in Ruhe lassen, solange du nicht hierher kommst.«

Esk stand auf, machte kehrt und schritt von ihr fort. Er

wußte, daß er verloren hatte, und das stank ihm gehörig, doch es schien keine andere Möglichkeit zu geben.

Ob er ihr trauen konnte, daß sie seine Eltern in Ruhe lassen würde? Je mehr er darüber nachdachte, um so mehr mißtraute er der Sache. Die Dämonin könnte zu dem Schluß gelangen, daß ihr das Haus besser gefiel als der Baum, und dann könnte sie trotzdem etwas gegen die Familie unternehmen. Dämonen besaßen kein Gewissen; das war ihre große Stärke und ihre Schwäche.

Er mußte Metria loswerden. Erst dann konnte er davon überzeugt sein, daß seine Familie in Sicherheit war. Doch wie? Jedesmal, wenn er sie dazu bringen wollte zu verschwinden, versuchte sie ihn zu verführen, und sie schien dem Sieg ein großes Stück nähergekommen zu sein als er. Wie konnte er nur eine Antwort auf dieses Problem finden?

Plötzlich wußte er es. Er würde den Guten Magier Humfrey aufsuchen! Humfrey wußte alles, und für einen Jahresdienst beantwortete er jede Frage. Es war ein hoher Preis, doch wenn dies seine Familie möglicherweise vor der Bösartigkeit der Dämonin schützte, war es die Sache wert.

Nachdem er diese Entscheidung gefällt hatte, fühlte Eskil sich schon besser. Morgen würde er sich zum Schloß des Guten Magiers aufmachen.

2

CHEX

Tandy hatte ihn natürlich nicht gehen lassen wollen, und er hatte ihr nicht mitteilen können, daß es doch nur dazu diente, sie und Krach und ihr Haus zu schützen. Also hatte er ihr etwas anderes erzählt: daß es Zeit für ihn sei, seine Ogerweihe anzutreten und irgendeinen mächtigen Akt der Zerstörung zu vollbringen, um endlich erwachsen zu werden, und daß er daher den Guten Magier aufsuchen wollte, um sich Rat zu holen.

Krach hatte dieses Vorhaben begeistert unterstützt, so daß Tandy es nicht wirklich verhindern konnte. Und in gewissem Sinne stimmte es ja auch; es war *tatsächlich* Zeit, daß er sich selbst behauptete, und er brauchte *tatsächlich* Rat. Nur die Sache mit dem großen Akt der Zerstörung verhielt sich eigentlich umgekehrt; tatsächlich wollte er den nämlich verhindern, indem er Metria loswurde, bevor sie irgend jemandem Schaden zufügte.

»Aber der Gute Magier verlangt einen Jahresdienst für

jede Antwort!« hatte Tandy eingewandt. »Ich muß es doch wissen, denn ich habe selbst dieses Jahr abgedient, als ...«

»Als er uns beide zusammenbrachte«, hatte Krach sie erinnert. Damit war die Diskussion beendet gewesen; natürlich würde sie nicht behaupten, daß der Gute Magier sie übers Ohr gehauen hatte. Er hatte ihr Problem tatsächlich gelöst, indem er ihr einen Gefährten beschert hatte, der sich gegen den Dämon stellen konnte, der sie bedroht hatte.

Und welcher Gefährte würde Eskil wohl dazu befähigen, sich gegen Metria zu stellen? fragte er sich. Was er tatsächlich benötigte, war ein Zauber, der dafür sorgte, daß sie einfach fortging und auch fortblieb, ohne daß irgendwelche Fragen gestellt wurden. Er würde von Anfang an darum bitten, damit er sie sofort verbannen konnte; danach würde er dann sein Jahr abdienen, in der ruhigen Gewißheit, daß seinen Eltern keine Gefahr drohte.

Nun befand er sich in Richtung Westen auf dem Fußmarsch durch das Gestrüpp, mit dem grauen Hemd und der grauen Hose bekleidet, die zu seinen blauen Augen paßten, denn seine Mutter hatte auf dieser Kleidung bestanden. Müttern waren solche Dinge wichtig. Er suchte einen der magischen Pfade, die zum Schloß des Guten Magiers führten. Sie waren verzaubert, um alle Reisenden zu schützen, so daß der Ausflug ziemlich ungefährlich sein mußte. Hier, in der Nähe seines Zuhauses, war er mit dem Land zwar vertraut, doch wenn er in fremdes Gebiet kam, wollte er einen Pfad benutzen. Selbst solch kleinere Quälgeister wie Fluchzecken konnten Unheil anrichten, wenn man versehentlich in eines ihrer Nester stolperte. Größere Gefahren dagegen, beispielsweise ausgewachsene Drachen ... nun, es war einfach das beste, ihnen nicht zu begegnen.

Er entdeckte einen Pfad, mißtraute ihm aber, weil er einfach zu bequem aussah. Und tatsächlich führte er unmittelbar auf einen Gewirrbaum zu. Ein ausgewachsener Oger hätte den Weg zwar dennoch weitergehen können, da er zu dumm gewesen wäre, um den Unterschied zu bemerken, und er hätte den Baum auch niedergetrampelt, da er zu kräftig gewesen wäre, um sich etwas daraus zu machen, aber Esk war nur ein Vierteloger und mußte daher etwas vorsichtig taktieren. Deshalb wich er dem Pfad aus – und stolperte natürlich prompt in ein Nest von Fluchzecken.

»Verdammt noch einmal!« rief er, als eine davon sich in sein Bein bohrte. Sie zögerte, dann fiel sie ab; sein Fluch war ziemlich schwach gewesen. Zu schade, daß er kein Harpyienblut in seinen Adern hatte. Eine Harpyie konnte so übel fluchen, daß das Blattwerk in ihrer unmittelbaren Umgebung zu rauchen begann. Harpyien wurden nie von Fluchzecken belästigt!

Plötzlich machten sich drei weitere Zecken über ihn her. »Geh dich doch ersaufen!« rief er, und eine fiel zögernd ab. »Daß dich der Drache röste!« Und die dritte ließ ihn fahren.

Leider hatte er nie gelernt, wirkungsvoll zu fluchen. Tandy, die ein sanftes Wesen hatte, war in dieser Hinsicht nicht eben das geeignete Vorbild gewesen, und Krach war ohnehin kein Mann der Worte; wenn der sich ärgerte, nahm er einfach wieder Ogergestalt an und verprügelte alles, was ihn störte. Esk wußte, daß seine Erziehung in dieser Hinsicht Lücken aufwies, doch jetzt war es zu spät, um etwas dagegen zu unternehmen.

Zwei weitere Fluchzecken zwickten ihn in die Fußknöchel. Es war nicht leicht an sie heranzukommen, denn immer, wenn er sich vorbeugte, verrutschte sein Rucksack, daher setzte er sich lieber hin. Leider befanden sich unter ihm noch weitere Zecken, und sein Hinterteil landete geradewegs auf ihnen.

»!?©§%#!!@¿¡!@«, brüllte er und schoß in die Höhe. Die Fluchzecken wichen wie Zappler von ihm ab und hinterließen kleine Rauchspuren.

Esk starrte ihnen nach. Er hatte gar nicht gewußt, daß er zu solchen Ausdrücken fähig war! Natürlich hatten sie ihn in eine sehr empfindliche Stelle gestochen, so daß er ganz unwillkürlich reagiert hatte. Und dennoch ...

Er versuchte sich an das zu erinnern, was er gesagt hatte, konnte es aber nicht. Anscheinend verhielt es sich hierbei ähnlich wie mit seiner Ogerkraft oder seiner Fluchungeheuerschau, die immer nur in Augenblicken größter Not hervortraten. Schade.

Er nahm seine Reise wieder auf und gelangte schon bald an einen vielversprechenden Weg. Der führte weder zu einem Gewirrbaum noch in ein Drachennest, machte also einen guten Eindruck. Er wußte nicht genau, wie er feststellen konnte, ob er verzaubert war, doch wenn auf dem Weg keine feindseligen Wesen erschienen, schien er einem Zauber zu unterliegen.

Mittags machte er Rast. Tandy hatte ihm ein Blaubeerensandwich gemacht, sein Lieblingsessen, und eine Strompastete. Seine Zähne erhielten einen angenehmen kleinen Schlag, als er in die Pastete biß und der Strom zu fließen begann. Die Sandwiches waren köstlich kalt, weil man die Beeren zu einer Jahreszeit gepflückt hatte, als sie vor Kälte blau angelaufen waren. Tandy konnte gut mit Essen umgehen, das hatte sie gelernt, als sie dem Guten Magier diente.

Nun, vielleicht würde auch er sich einige nützliche Fertigkeiten im Laufe seines Dienstes aneignen. Allen Erzählungen zufolge waren die Dienste, die der Magier verlangte, nicht anstrengend, und oft nützten sie dem Dienenden auf unvorhergesehene Weise. Die Ungeheuer, die mit ihren Fragen zu ihm kamen, machten sich als Wächter nützlich, und Tandy hatte als Haushälterin ihren Dienst abgeleistet. Anstelle eines Jahresdienstes hatte Krach Oger eine Aufgabe übernommen und war mit Tandy auf Reise gegangen, um sie vor Gefahren zu schützen. Esk war durchaus bereit, andere Dienste auf sich zu nehmen, vor allem, wenn er sie in Gesellschaft irgendeiner jungen Frau erledigen mußte, die in gewissen Punkten seiner Mutter glich.

Doch das erinnerte ihn wieder an Metria, die ihm ohne jede Frage allzu viel Kameradschaft angeboten hatte. Er wunderte sich immer noch, warum er ihr Angebot so entschieden abgelehnt hatte. Es hatte nicht wirklich daran gelegen, daß er sein Versteck so sehr schätzte; schließlich hätte er sich auch irgendwo ein neues herrichten können.

Wahrscheinlich war er einfach nur noch nicht bereit für die Art von Erlebnis, die sie anbot – zumindest nicht mit einem Wesen, das der ganzen Sache höchst zynisch gegenüberstand. Ein Mädchen, mit wirklichen Gefühlen und Empfindlichkeiten und Sorgen – das wäre schon sehr viel interessanter gewesen. Aber eine jahrhundertealte, nichtmenschliche Kreatur, die es nur als Teil einer geschäftlichen Vereinbarung tat – das jagte ihm Angst ein. Sie hätte ihn ziemlich weit in die Sache hineinlocken können, um sich dann in eine Harpyie oder dergleichen zu verwandeln und sich halbtot zu lachen. Er traute ihr nicht über den Weg.

Das war wahrscheinlich der eigentliche Punkt: Vertrauen. Dämonen waren völlig vertrauensunwürdig, weil sie keine Seele besaßen; das wußte jeder. Die einzige sichere Methode, mit einem Dämon umzugehen, bestand darin, sich von ihm fernzuhalten, weil man nie sagen konnte, welche Dämonstrationen er als nächstes plante. Metria hatte erst versucht ihn zu töten, dann wollte sie ihn verführen; nun drohte sie seiner Familie; all dies bestätigte nur die allgemeine Meinung. Er hoffte, daß er bald das Schloß des Guten Magiers erreichte, um die Angelegenheit ein für allemal zu erledigen.

Er beendete sein Mittagsmahl und machte sich wieder auf den Weg. Er wußte nicht genau, wie weit es bis zum Schloß des Guten Magiers war, bezweifelte aber, daß es sehr weit sein konnte. Natürlich besaß er einige geographische Kenntnisse: Seine Eltern lebten im Herzen Xanths, und im Südosten lag der Ogersee, der Klagesee im Osten und die Große Spalte im Norden. Die einzige andere Richtung war der Westen, wo sich der Gute Magier befand, und dahinter lag Schloß Roogna, wo König Dor lebte. Der König war ein Freund von Krach Oger, aber sie hatten sich schon lange nicht mehr gesehen. Anscheinend besaß König Dor ein oder zwei Kinder und einen Hausdrachen; viel mehr wußte man nicht.

Plötzlich vernahm Esk ein Gespräch. Er hielt inne und lauschte. Es klang wie ein kleiner Drache, aber das war unmöglich, denn es kam vom Weg. Aber was hätte sonst so stampfen und zischen können? Nun roch er Rauch, was auch auf einen Drachen hinwies. Es gab viele verschiedene Drachenarten, die sich jeweils an das Leben zu Lande, zu Wasser und in der Luft angepaßt hatten; manche waren Feueratmer, manche Dampfer und einige Raucher. Plötzlich wünschte er sich, bewaffnet zu sein, doch alles, was er besaß, war sein Wanderstab.

Das Wesen kam in Sicht – und es war *tatsächlich* ein Drache, ein kleiner brauner Raucher mit leuchtenden Krallen und dunklen Zähnen, die vom Rauch gefärbt waren. Nicht gerade die schlimmste Drachenart, doch *jede* Art bedeutete Ärger, weil alle Drachen zäh und hungrig waren. Was hatte er auf dem verzauberten Pfad zu suchen?

Esk hatte keine Zeit, um darüber nachzudenken, weil der Drache nun auf ihn zukam, und zwar mit aufgesperrtem Maul. Er hob seinen Stock, doch kam ihm diese Geste selbst lächerlich vor – ein Biß des Drachen, und der Stab würde zerbrechen. Er überlegte sich, vom Weg hinunterzuspringen, aber ausgerechnet an dieser Stelle war der Weg von Fluchzecken und anderen Plagegeistern umgeben.

Der Drache kam rauchspeiend auf ihn zu. Er war ungefähr so groß wie Esk, und so klein das für einen Drachen auch sein mochte, bedeutete es für einen Menschen doch eine recht große Gefahr. Das Maul war groß, und die Zähne blitzten wie kleine Dolche.

Maul und Zähne schnappten nach ihm. »Nein!« sagte Esk.

Die Schnauze des Drachen fuhr beiseite, und die Zähne sausten ins Leere. Die rauchigen Augen wirkten verblüfft. Der Drache fragte sich wohl, wie er ein derart einfaches Ziel nur hatte verfehlen können. Er richtete sich wieder aus und begann seinen nächsten Angriff.

»Nein.«

Wieder verfehlte der Biß sein Ziel. Aus dem Maul des Ungeheuers trat eine wütende Rauchwolke hervor, die Esk umhüllte und ihn husten ließ. Er wedelte mit den Händen in der Luft, um den Rauch zu verteilen, doch der heftete sich an seine Kleidung. Nun würde er stinken wie ein Raucher!

Der Drache, der noch immer nicht so recht begriffen hatte, mit welcher Art von Widerstand er es hier zu tun hatte, unternahm einen dritten Versuch. Er klappte das Maul weit auf.

»Nein«, wiederholte Esk und stach mit seinem Stab in das Maul.

Die Kieferladen erstarrten. Sie konnten den Stab nicht zerbeißen, weil Esks Magie dagegenstand. Mürrisch wich das Ungeheuer zurück, dann konnte es endlich wieder das Maul schließen.

Der Drache überlegte. Gerade wollte der Gedanke an einen weiteren Versuch sich in seinem plumpen Hirn breitmachen, als Esk ein weiteres Mal ›Nein‹ sagte.

Diesmal wurde der Gedanke selbst unterbunden. Ziemlich verwirrt machte der kleine Drache sich wieder auf den Weg und gab dieses Opfer auf.

Beunruhigt ging Esk weiter. Wenn dieser Pfad gegen Rauchtiere verzaubert war, warum war er dann einem Drachen begegnet? Und wenn nicht, war es dann überhaupt der richtige Pfad? Er wollte nicht auf dem falschen sein. Und doch war es der einzige Weg, den er gefunden hatte; wenn es der falsche war, wohin führte er dann?

Er seufzte. Vorläufig würde er einfach weitergehen. Möglicherweise war es ein unverzauberter Seitenweg, der schon bald auf den richtigen, verzauberten treffen würde. Und wenn nicht ... Nun, dann würde er einfach übers Land gehen müssen, bis er den richtigen entdeckt hatte.

Als der Tag sich seinem Ende entgegenneigte, machte der Pfad noch immer keinerlei Anstalten, sich mit einem anderen zu vereinen. Er führte in vielen Windungen um große Bäume herum, überquerte kleine Bäche, als wäre genau dies seine Bestimmung.

Mit Sicherheit führte er viel zu weit, um noch ein falscher Pfad sein zu können!

Plötzlich tauchte ein weiterer kleiner Drache auf. Natürlich jagte er auf ihn zu. »Nein«, sagte er ihm mehrmals, und schließlich gab das Ungeheuer auf und verschwand rauchend den Pfad entlang.

Gleich zwei Drachen! Einer hätte ja ein Zufall sein können, aber zwei derselben Art? Der Zauber, der auf dem Pfad lag, funktionierte offenbar nicht.

Das brachte Esk auf einen anderen Gedanken: Vielleicht gab es den Zauber tatsächlich, aber möglicherweise besaß er eine Schadstelle, so daß bestimmte Lebewesen hindurchschlüpfen konnten. Vielleicht handelte es sich dann doch um den richtigen Pfad.

Doch als die Nacht nahte, begann er sich Sorgen zu machen. Selbst wenn es der richtige Pfad war, so gab es darauf doch immerhin Drachen. Wie sollte er sich zum Schlafen niederlegen, wenn die Gefahr bestand, daß ein Drache sich ihm näherte? Er konnte ihm nur nein sagen, solange er wach blieb; wenn er in der Nacht gebissen wurde, konnte er zwar nein rufen und die Sache damit beenden, doch wäre er dann möglicherweise schon verletzt. Und wenn das Ungeheuer nur kräftig genug zubiß, bevor er erwachte, könnte er sogar sterben. Man mußte sogar vor einem kleinen Drachen höllisch auf der Hut sein.

Er gelangte zu dem Schluß, daß er es sich nicht leisten konnte zu schlafen. Nicht, bevor er in Sicherheit war.

Plötzlich hörte er vor sich Lärm. »Verschwinde! Husch! Husch! Weg!« Es klang wie eine Frauenstimme.

Kurzentschlossen rannte er los. Schon bald entdeckte er zwar keine Frau, aber dafür eine Zentaurin – ein Fohlenmädchen mit hilflos flatternden Flügeln und einem Stab in den Händen. Sie wurde von einem kleinen Drachen attakkiert, den sie nur mit dem Stab abwehrte. Der Drache wußte offensichtlich, daß er früher oder später an dem Stock vorbeikommen würde. Dunkler Rauch stieg aus seinen Nüstern hervor.

Esk hob seinen eigenen Stock. »Verschwinde!« brüllte er den Drachen an. Der wirbelte erschrocken zu ihm herum, und die Rauchsäule brach für einen Moment ab, als er den Atem anhielt. Dann entschied er, daß Esk eine Art Rivale war, stieß mit einem wilden Knurren seinen Rauch hervor, und raste auf Esk zu.

»Nein!« rief der. Die Kieferladen schnappten in der Luft zusammen, als der Drache die Schnauze beiseite riß. Verärgert landete er hinter ihm. Nun wollte er zurückkehren. »Nein«, wiederholte Esk, und der Drache verzog sich, zu dumm, um zu erkennen, daß dies nicht seine eigene Entscheidung gewesen war.

»Oh, danke, Reisender!« sagte das Zentaurenmädchen. »Ich weiß nicht, was ich getan hätte, wenn ...«

»Äh, keine Ursache«, sagte er und musterte sie eingehender. Sie besaß eine braune Mähne und graue Flügel und trug einen kleinen Rucksack, von dem ein kräftiger Bogen schräg herunterhing. Neben dem Rucksack ragten mehrere Pfeilspitzen hervor.

Offensichtlich hatte der Drache sie so plötzlich angefallen, daß sie keine Gelegenheit mehr gehabt hatte, ihren Bogen zu zücken. Sie trug den Kopf etwas höher als er, weil der menschliche Teil des Zentaurenkörpers erst oberhalb des pferdischen ansetzte. Tatsächlich waren ihre Schultern sogar schmaler als seine.

Da zuckte er zusammen. *Flügel*? Sie hatte Flügel?

»Nun starr mich nicht an, als wäre ich eine Mißgeburt!« rief sie.

»Ich, äh, habe nur noch nie ... das heißt ...«

»Mein Vater ist ein Hippogryph«, sagte sie. »Von ihm habe ich die Flügel geerbt.«

»Äh, ja, natürlich«, erwiderte er. »Aber warum bist du dann nicht einfach davongeflogen?«

Sie legte die Hände vors Gesicht und brach in Tränen aus.

Vollends verlegen geworden, trat Esk von einem Bein auf das andere, unsicher, was er tun sollte.

Einen Augenblick später veränderte sich ihre Stimmung etwas. »Ich *kann* nicht fliegen!« sagte sie verzweifelt. »Diese Flügel verleihen mir einfach nicht genug Auftrieb!«

»Äh, das tut mir leid«, entgegnete er unbeholfen.

»Na ja, vielen Dank, daß du mich vor dem Drachen

gerettet hast. So etwas habe ich hier überhaupt nicht erwartet, eigentlich soll der Pfad doch sicher sein.«

»Das habe ich auch geglaubt«, rief Esk. »Aber das ist schon der dritte kleine Raucher, dem ich begegnet bin.« Sie streifte ihre Mähne zurück, die genauso aussah wie die Zöpfe einer Menschenfrau, und atmete tief durch, was ihren Busen betonte, der ebenfalls jenem einer Menschenfrau glich. Zentauren trugen natürlich keine Kleidung; das hielten sie für eine menschliche Verweichlichung. »Hallo«, sagte sie fröhlich. »Ich bin Chex.«

»Ich bin Esk.«

»Ist dir schon aufgefallen, daß wir zueinander passen?«

»Haare und Augen«, pflichtete er ihr bei. Und Flügel, fügte er im Geiste hinzu; die paßten farblich sehr gut zu seinem Anzug.

»Mein Vater ist Xap Hippogryph. Meine Mutter ist Chem Zentaur.«

Die Vorstellerei machte sie einem wirklich nicht schwer! »Mein Vater ist Krach Oger. Meine Mutter ist Tandy Nymphe.«

»Dann bist du ja auch ein Mischling!« rief sie glücklich.

»Ein Viertel Oger, zur Hälfte Mensch, ein Viertel Nymphe«, bestätigte er. »Genaugenommen besteht der menschliche Anteil zur Hälfte aus einem Fluchungeheuer. Ich bin gerade unterwegs, um den Guten Magier aufzusuchen.«

»Aber ich doch auch! Welch ein Zufall!«

»Nun, wir befinden uns auf demselben Pfad.«

»Nur daß einer von uns in die falsche Richtung gehen muß.«

»Na ja, ich wohne östlich von seinem Schloß, daher gehe ich eben nach Westen«, meinte Esk.

»Und ich wohne westlich davon, daher gehe ich in Richtung Osten.«

Nun standen sie da und überlegten. »Vielleicht gibt es irgendeine Abzweigung, die einer von uns verpaßt hat?« warf Esk nach einer Pause ein.

»So muß es sein«, pflichtete Chex ihm bei. »Ich bin ziemlich schnell gelaufen, möglicherweise bin ich an einer vorbeigetrabt.«

»Ich bin langsam marschiert, ich glaube kaum, daß ich eine übersehen habe.«

»Dann gehen wir doch nach Westen«, meinte sie forsch. »Und halten nach beiden Seiten Ausschau.«

»Mit dir kommt man gut zurecht«, bemerkte er. Also schritten sie gen Westen, wobei er neben ihrem Vorderteil ging.

»Ich bin es langsam müde, allein zu reisen«, gestand sie. »Dieser Drache – wie hast du den so leicht abschütteln können? Ich konnte ihn nicht dazu bringen, von mir abzulassen.«

»Ich habe einfach nein zu ihm gesagt. Das ist mein magisches Talent – Dinge anzufechten. Die Wirkung hält zwar nicht lange vor, aber Drachen sind ja nicht besonders schlau, deshalb funktioniert es ganz gut.«

»Ich wünschte, ich besäße ein Talent«, sagte sie. »Früher durften Zentauren keine Magie besitzen, aber heute gilt es unter den jüngeren als annehmbar. Meine Mutter ist eine Landkartenmacherin, sie kann von allem Karten projizieren. Sie hat mir gesagt, wie ich zum Schloß des Guten Magiers komme; ich kann mir nur schwer vorstellen, daß sie sich geirrt haben soll.«

»Die Geographie verändert sich eben«, meinte er. »Die Gewirrbäume erschaffen ständig neue Pfade, wenn die alten erst einmal zu bekannt geworden sind, und die Bäche verändern ihren Lauf, wenn das alte Bett zu steinig wird. Der Pfad muß sich verändert haben, seit deine Mutter ihn zum letzten Mal vermessen hat.«

»So muß es sein«, stimmte sie ihm zu.

»Und du hast wahrscheinlich durchaus ein Talent, es hat sich eben einfach noch nicht gezeigt.«

»Mit dir kommt man auch gut aus«, bemerkte sie mit einem Lächeln, das ihr ungeheuer gut stand.

»Ich schätze, ich bin es wohl auch langsam leid, allein zu reisen.« Sie lachten. Mit einem Anflug von Schuldgefühl merkte Esk, daß es ihm viel leichter fiel, mit diesem Fohlenmädchen klarzukommen, als mit einem wirklichen. Vielleicht lag es daran, daß man von einer Beziehung zwischen Mensch und Zentaur nicht viel erwartete; hier ging es lediglich um Bequemlichkeit und Gesellschaft.

Nun brach die Nacht endgültig an. »Vielleicht sollten wir anhalten, um etwas zu essen und um zu schlafen«, meinte Chex. »Glaubst du, daß noch weitere Drachen kommen werden?«

Genau daran hatte Esk auch gerade gedacht; seine Beine wurden langsam müde. »Ich hatte schon befürchtet, daß ich es mir nicht erlauben könnte, zu schlafen; vielleicht können wir uns jetzt ja beim Wachehalten ablösen.«

»Ja!« stimmte sie ihm froh zu.

Sie suchten etwas Obst, dann teilten sie die Wachen auf: Chex sollte so lange Wache halten, bis sie schläfrig wurde, dann würde sie ihn wecken, damit er auf Wachposten ging. Sie versicherte ihm, daß sie nicht einschlafen würde, ohne es zu merken; zwar pflegten manche Zentauren im Stehen zu schlafen, doch ihre Beine neigten zum Einknicken, was sie dann immer weckte. Esk zog sich, einem Ruf der Natur folgend, hinter einige Sträucher zurück, eine Schamhaftigkeit, die Chex amüsierte; danach legte er einen Laubhaufen neben dem Pfad aus und legte sich hin. Doch obwohl er müde war, war er noch immer nicht schläfrig. »Willst du den Guten Magier fragen, welches Talent du hast?« erkundigte er sich.

Sie wedelte mit dem Schweif, als wollte sie eine Fliege verjagen. »Nein; ich fürchte, dann müßte ich erst einen Jahresdienst ableisten, nur um zu erfahren, daß ich keines habe. Mein Anliegen ist ... irgendwie peinlich.«

»Oh. Ich wollte dich nicht in Verlegenheit bringen.«

»Das ist schon in Ordnung. Mit dir kann ich reden. Du bist schließlich kein Zentaur.«

»Ich bin kein Zentaur«, stimmte er zu.

»Ich möchte herausfinden, wie ich fliegen kann.«

Natürlich! Das hätte er sich eigentlich denken können. »Weißt du, deine Flügel scheinen nicht so groß zu sein wie die der großen Vögel«, bemerkte er. »Ich bin mir nicht sicher, daß sie dich in der Luft halten könnten, selbst wenn sie richtig funktionierten. Ich meine, ein kleineres Wesen könnten sie vielleicht tragen, aber keine Zentaurin.«

»Das ist ja wohl offensichtlich«, entgegnete sie etwas kühl. »Seit Monaten habe ich schon geübt, sie zu schlagen, habe meine Brustmuskulatur weiterentwickelt, und du siehst ja selbst, daß sie größer geworden ist, aber ich habe einfach nicht genug Auftrieb.«

Esk war viel zu verlegen, um ihr mitzuteilen, daß er ihre Vordermuskeln für Brüste gehalten hatte, noch dazu für recht wohlgeformte. Zentauren trugen nur gelegentlich Geschirr oder einen Schutz gegen Hitze oder Kälte, und nie verbargen sie ihre Geschlechtsteile. Die Brüste weiblicher Zentauren waren nach menschlichem Maßstab meist recht beachtlich, vielleicht weil sie dazu gedacht waren, Nachkommen mit Milch zu versorgen, deren Körpergewicht das eines menschlichen Säuglings bei weitem übertraf. Chex wirkte kaum älter als er, doch ihre Brüste hätten an jeder Menschenfrau als mehr denn üppig gegolten. Offensichtlich hatte er sich von einem Vorurteil täuschen lassen.

»Was ich eigentlich sagen wollte«, meinte er etwas verlegen, »ist, ob dein magisches Talent nicht möglicherweise das Fliegen ist? Daß deine Muskeln und deine Flügelspanne nur einen kleinen Bestandteil davon ausmachen, während die Magie den Hauptteil bestreitet?«

»Wenn dem so ist, warum kann ich dann nicht fliegen?«

»Nun, wenn du die Flügel schlägst, anstatt deine Magie auszuüben, funktioniert es eben nicht.«

»Aber wie soll ich denn meine Magie ausüben?« fragte sie klagend. »Daran habe ich selbst auch schon gedacht, und ich habe versucht, mich mit Willenskraft zum Fliegen zu zwingen, aber es ist nichts geschehen.«

»Ich weiß es nicht. Ich glaube, du hast recht, du mußt tatsächlich den Guten Magier fragen. Vielleicht kann er dir irgendeinen Zauber nennen, mit dessen Hilfe du es zuwege bringst.«

»Genau darauf hoffe ich«, meinte sie. »Und weshalb suchst du ihn auf?«

»Ich muß herausbekommen, wie ich eine Dämonin loswerde, die meine Familie bedroht.« Er erklärte ihr alles bis auf die Sache mit Metrias Liebesangeboten. Das war ihm doch zu peinlich.

»Ich bin überrascht, daß sie dich nicht sexuell gelockt hat«, meinte Chex. »Menschenmänner sind eigentlich dafür bekannt, daß sie auf solche Art Verführungen reagieren, und Dämonen sind skrupellos.«

Er spürte, wie er in der Dunkelheit errötete. »Äh, na ja …«

»Ach so, stimmt ja – in diesem Punkt seid ihr Menschen ja ziemlich empfindlich, nicht wahr? Wie süß!«

»Süß«, pflichtete er ihr bei. Und da er nicht weiter über die Sache sprechen wollte, schloß er die Augen und schlief schon bald darauf ein.

Sie weckte ihn in völliger Dunkelheit. »Esk! Esk!« flüsterte sie drängend.

Er brauchte einen Augenblick, um sich zu orientieren. »Ach ja, jetzt muß ich wohl die Wache übernehmen.«

»Nein, ich glaube, da kommt ein Drache.«

Plötzlich war er völlig wach. »Wo?«

»Von vorn. Ich kann den Rauch riechen. Nach meiner gestrigen Erfahrung damit reagiere ich jetzt etwas empfindlicher auf dieses Signal.«

Nun konnte Esk es auch riechen. »Stimmt, das ist ein Drache! Ich wünschte, ich könnte ihn sehen, damit ich wüßte, wann ich nein zu ihm sagen soll.«

»Nimm deinen Stock«, schlug sie vor. »Ich werde meinen auch gebrauchen.«

»Aber ich kann den Drachen doch nicht treffen, wenn ich ihn gar nicht sehe!«

»Ich meine als Ortungshilfe. Streck ihn aus, und wenn du dann …«

»Verstanden.« Er nahm seinen Stock auf und wies damit in die Richtung des Geruchs.

Nun lauschten sie, während der Drache heranschnaubte.

Ob der Stock in die richtige Richtung wies? Was, wenn der Drache unter ihnen hindurchschlüpfte oder über ihn kletterte? Das Ungeheuer schien schon so nahe zu sein! Der Geruch des Rauchs war sehr kräftig. Wenn Esk allzulange wartete und gefressen wurde, bevor er …

»Nein!«

Das Schnaufen hörte auf. »Er ist immer noch ein Stück entfernt«, murmelte Chex tadelnd. »Funktioniert deine Anfechtung denn auch auf Distanz?«

»Nein«, erwiderte Esk niedergeschlagen.

Der Drache schien beim Klang seiner Stimme innegehalten zu haben. Nun wußte er genau, wo er zu suchen hatte. Er knurrte und kam herangetrabt.

»Nein!« rief Esk wieder. »Neinneinneinneinnein!«

Der Drache stieß ein angewidertes Geräusch aus und zog sich zurück. Sie hörten das Scharren seiner Klauen auf dem Weg. »Eines dieser Neins muß getroffen haben«, meinte Chex.

»Hm«, stimmte er verlegen zu. Er wußte, daß er in Panik geraten war und sich beinahe selbst zum Narren gemacht hatte.

»Ich bin froh, daß du hier bist«, sagte sie. »Ich hätte ihn im Dunkeln nicht ablenken können, und bei Tageslicht wahrscheinlich auch nicht. Ich hätte davonlaufen müssen – und das ist im Dunkeln eine Gefahr für sich.«

»Jetzt bin ich dran mit Wachehalten«, sagte er, denn er zog es vor, das Thema zu wechseln.

»Wie du willst.« Er hörte einen sanften Aufprall, als sie sich auf den Boden gleiten ließ. Er fragte sich, wie das Vorderteil eines Zentauren wohl schlief; legte das sich flach auf den Boden oder blieb es senkrecht? Doch er zog es vor, nicht nachzufragen.

Es stellte sich heraus, daß sie den größten Teil der Nachtwache bestritten hatte. Schon bald hellte der Himmel im Osten auf, und die Dämmerung brach an.

Als der Morgen kam, sah er, daß beide Vermutungen nicht ganz richtig gewesen waren. Chex' humanoider Oberkörper befand sich beim Schlafen weder aufrecht noch flach auf dem Boden, sondern lehnte vielmehr gegen ihren pferdischen Torso, oberhalb der angelegten Flügel. Die Arme hatte sie unter den Brüsten verschränkt – unter ihren Brustmuskeln, berichtigte er sich. Ihr braunes Haar verschmolz recht hübsch mit ihrer Mähne. Sie hatte recht, dachte er; die Tönung ihres Haars paßte genau zu seinem, so als wären sie Bruder und Schwester. Ob es Geschwister verschiedener Rassen und Arten gab? Vielleicht ja nicht direkt, aber wenn sie zur selben Zeit geboren waren, als auf der Lieferliste gerade braunes Haar und graue Augen stand ... Nun, mit Magie war alles möglich. Jedenfalls sah sie recht hübsch aus.

Ein Sonnenstrahl schoß wie ein Speer durch einen Winkel im Laubdach und berührte ihr Gesicht. Chex wachte auf und blinzelte. »Oh, es ist schon Morgen«, rief sie und hob erst den oberen Teil ihres Körpers und dann den Rest. »Laß mich urinieren, dann können wir weitergehen.« Sie stellte sich an den Wegesrand, spreizte die Hinterbeine und tat es, während Esk erschrocken dastand. Er wußte, daß den Zentauren derlei Dinge unwichtig waren und daß er ihre Sitten einfach nur hinnehmen sollte, ohne darauf irgendwie zu reagieren, doch er wußte, daß er gleich auf höchst peinliche Weise erröten würde.

Da hatte er eine gute Idee. »Ich muß auch«, sagte er und verschwand hastig hinter einem Gestrüpp, um seinem eigenen Geschäft nachzugehen. Sie würde glauben, daß dies auf die menschliche Schamhaftigkeit zurückzuführen sei, und das stimmte auch, doch bestand der Hauptgrund darin, daß er Gelegenheit bekommen wollte, erst sein Erröten wieder abzubauen, bevor er sich wieder zu ihr gesellte.

»Du solltest wirklich einmal etwas gegen diese Unart tun«, bemerkte sie unschuldig, während sie von einem herabhängenden Baum eine Pastete pflückte.

Esk antwortete nicht, weil er nicht sicher war, welche Unart sie meinte. Doch wahrscheinlich hatte sie recht, und er beschloß zu versuchen, unter ihren Augen seinen natürlichen Geschäften nachzugehen, ohne zu erröten. Schließlich besaß ja jede Kultur ihre eigenen Sitten, und im

Augenblick befand er sich nicht unter Menschen. Mit Sicherheit wollte er jedenfalls nicht dabei erwischt werden, wie er etwas anstarrte, was er eigentlich gar nicht hätte bemerken dürfen.

Sie reichte ihm die Pastete und griff nach einer weiteren. »Danke«, sagte er und fixierte den Blick darauf. Doch er merkte nicht einmal, um welche Pastetenart es sich handelte; er biß einfach nur hinein und kaute.

Dann nahmen sie ihren Marsch wieder auf und gelangten nach einer Stunde an eine Kreuzung. »Da ist er ja!« rief Chex fröhlich und wirkte überhaupt nicht verärgert über diesen Beweis ihrer Unachtsamkeit. »Der Pfad, der mir entgangen ist!«

»Aber es sind zwei«, warf Esk ein. »Welchen sollen wir nun nehmen – den, der nach Süden führt, oder den, der nach Norden verläuft?«

»Das hängt davon ab, ob der Pfad, auf dem wir uns gerade befinden, nördlich oder südlich vom Schloß des Guten Magiers verläuft.«

»Ich weiß, daß im Norden die Spalte liegt, aber ich weiß nicht, wie weit entfernt«, sagte Esk. »Wenn der Nordpfad vielleicht dort hinführen sollte ...«

»Dann führt der Südpfad zum Schloß«, beendete sie seinen Satz. »Versuchen wir es also mit dem Süden, und wenn es verkehrt sein sollte, nun, dann kehren wir eben einfach um. Es kann ja nicht mehr weit sein.«

Also wandten sie sich gen Süden. Die Bäume wurden größer und bedeckten den Weg mit ihren riesigen Schatten, dann wurden sie wieder kleiner und ließen die Sonne durchscheinen. »Ich hoffe, daß wir bald auf Wasser treffen«, bemerkte Chex. »Ich schwitze nämlich.«

Esk hatte gar nicht gewußt, daß die weiblichen Mitglieder irgendeiner Art schwitzen konnten, aber es bestand kein Zweifel daran, daß ihr Fell glitzerte. »Wenn du dir vielleicht mit deinen Flügeln Luft zufächelst ...«, schlug er vor.

»Oh, daran habe ich ja noch nie gedacht«, erwiderte sie. »Ich muß sie sowieso trainieren.« Sie spreizte die Flügel und bewegte sie, was einen Luftzug erzeugte, den er noch schwach mitbekam. »Ja, das ist schon sehr viel besser, danke.«

Der Weg verbreiterte sich, und nun gelangten sie an einen kleinen See. Der Pfad verlief direkt über die Wasseroberfläche.

Sie blickten einander an. »Kann ein Pfad über Wasser führen?« fragte Chex.

»Wenn es ein verzauberter Pfad ist«, erwiderte Esk zweifelnd.

»Nun, wir werden ja sehen.« Sie machte einen Schritt vor – und ihre Vorderhufe drangen durch den sichtbaren Pfad in die Tiefe und versanken planschend im Wasser.

Sofort regte sich etwas im See.

Etwas Riesiges und Dunkles jagte auf sie zu, ohne allerdings aufzutauchen, und die Spiegelung des Wassers verzerrte seine Umrisse.

Schnell trat Chex wieder zurück. »Ich glaube, wir sollten besser um den See herumgehen«, schlug sie vor. »Wenn der Pfad verzaubert wurde, um es Reisenden zu ermöglichen, einen See zu überqueren, dann ist diese Magie jedenfalls verlorengegangen.«

»Gute Idee«, meinte Esk.

Sie machten sich daran, den See zu umgehen, doch da krümmten und bogen sich ihnen die Schilfrohre am Wegesrand entgegen und offenbarten feuchte zahnige Oberflächen. Esk schlug einige davon mit dem Stock beiseite, worauf sie sich mit mattem, häßlichem Zischen zurückzogen – doch dafür neigten sich die Schilfrohre auf der anderen Wegseite noch ein Stück vor.

»Esk, wir sollten wohl besser schnell über diesen Teil des Weges laufen«, bemerkte Chex. »Der Fußhalt unterhalb der Oberfläche scheint relativ fest zu sein, und ich glaube, ich könnte dich auch tragen, wenn dir das nicht allzu intim erscheinen sollte. Dann könnte ich galoppieren ...«

»Noch eine gute Idee!« warf er schnell ein.

Er reichte ihr seinen Stock, dann legte sie die rechte Hand über ihren Torso, woraufhin er sie von ihrer linken

Seite aus ergriff und sie ihm auf ihren Rücken half. »Halt dich gut an meiner Mähne fest«, rief sie.

Mit beiden Händen hielt er sich zwischen den Flügeln daran fest. Dann setzte sie sich in Bewegung, wechselte schnell vom Schritt in den Trab und dann in den Galopp.

Als sie den See fast zur Hälfte umrundet hatten, drehte Chex den Kopf, um ihn anzusehen. Die Gelenkigkeit ihres Oberkörpers erstaunte Esk; von dort, wo ihre menschliche Hüfte hätte sein sollen, konnte sie sich bis zur Hälfte nach hinten umdrehen, während ihr Hals auch die andere Hälfte noch schaffte, so daß sie ihm plötzlich direkt ins Gesicht sah und er ihren Brustkorb im Profil erkannte. »Ob du vielleicht deinen Stock aufnehmen könntest?« fragte sie.

Dann sah er, was ihr Sorge machte. Einige ziemlich bösartig aussehende Vögel kamen auf sie zugeflogen. Sie besaßen gebogene Hälse und gekrümmte Schnäbel und sahen ziemlich hungrig aus.

»Wenn du etwas langsamer gehst, werde ich versuchen sie abzuwehren«, sagte er und löste seine Finger von ihrer Mähne, um seinen Stock wieder entgegenzunehmen.

Sie wechselte in den langsamen Schritt über und benutzte ihren eigenen Stock, um das sich vorneigende Schilfrohr beiseite zu schlagen. Esk balancierte sich selbst aus und blinzelte die häßlichen Vögel an. Er glaubte, daß er sie wohl aufhalten könnte, wenn sie nur einzeln auf ihn niedergingen.

Doch da legten ungefähr fünf von ihnen die Flügel an und gingen im Sturzflug auf ihn nieder. Ihre Schnäbel sahen äußerst gefährlich aus.

»Nein!« rief er, als sie näher kamen.

Fast wäre es zu spät für sie gewesen, ihren Kurs zu ändern. Zwei der Vögel stürzten ins Wasser. Zwei weitere schossen dicht über seinem Kopf vorbei und versuchten verzweifelt, wieder an Höhe zu gewinnen. Der fünfte vollführte ein wahnwitziges Gezappel in der Luft, benutzte die Flügel, um zu bremsen, und schaffte gerade noch einen Rückwärtsflug, bevor er mit Chex' Schulter kollidierte.

Der dunkle Schatten im tieferen Wasser kam wieder auf

sie zu. Esk klemmte den Stock unter einen Arm und packte wieder die Mähne. »Tempo wieder aufnehmen!« rief er.

Chex tat es, wobei sie mit den Flügeln schlug, um zu beschleunigen. So schafften sie es um den Rest des Sees, ohne daß weitere Zwischenfälle sie aufhielten, und gelangten wieder auf den Pfad.

Esk glitt von ihr herab. »Ich finde, wir sind gute Partner«, meinte er. »Du hast das Hü, und ich habe das Hott.«

»Das ist aber nett ausgedrückt«, bemerkte sie. »Ich hatte fürchterliche Angst!«

»Nun ja, du bist ja auch ein Fohlenmädchen; von dir erwartet man, daß du dich vor Gewalt fürchtest.«

»Und von dir nicht?«

»Ja, ich soll mich eigentlich nicht fürchten.« Er lächelte. »Aber frag mich nur nicht, wie es in Wirklichkeit ist.«

»Keine Fragen«, willigte sie ein.

Nun schritten sie weiter. Bald darauf gelangten sie an einen Berg. Der Pfad führte mitten in einen dunklen Tunnel hinein. Sie hielten an. »Angeblich soll er ja sicher sein«, sagte Esk. »Aber nach den Drachen und dem See bin ich etwas beunruhigt.«

»Angenommen, wir gehen hinein und er ist nicht sicher?«

»Gehen wir lieber nicht hinein.«

»Deine Denkweise gefällt mir.«

»Aber wie sollen wir ihn umrunden? An den Abhängen dort kann ich Gewirrbäume erkennen.«

»Und ganz oben nisten noch Dutzende von diesen Vögeln«, stellte sie fest. »Weißt du, ich bin mir ganz sicher, daß auf der Karte, die meine Mutter mir gezeigt hat, kein solcher Berg oder Tunnel zu sehen war. Das muß also der falsche Weg sein.«

»Oh. Ja. Dann sollten wir auch nicht versuchen, diesen Berg zu umgehen.«

Sie waren sich einig. Sie würden umkehren und es mit der Nordabzweigung versuchen. Die Aussicht auf die Rückkehr durch den See behagte ihm zwar nicht, doch wenigstens handelte es sich dabei um eine Gefahr, die sie bereits kannten.

3
VOLNEY

Die Überquerung des Sees machte zwar keinen Spaß, aber diesmal waren sie vorbereitet und schafften es ohne Schwierigkeiten. Danach feierten sie es, indem sie Pause machten und tranken. Chex besaß einen Becher, den sie aus ihrem Gepäck hervorholte und am Wasserrand eintauchte, von dem sie auf zierliche Weise trank. Dann marschierten sie etwas gemächlicher gen Norden weiter. Bald erreichten sie die Kreuzung und überquerten sie.

Da erschien schon wieder ein kleiner Drache. »Langsam bin ich es aber leid!« rief Esk. Er stürzte vor, den Stock schwingend, und spürte, wie seine Ogerkraft sich ungebeten manifestierte. Er schlug den Drachen auf den Kopf, dann rammte er ihm den Stock unter seinen Leib, hob ihn auf und schleuderte ihn in den Wald. Bei alledem erlitt der Drache zwar keine Verletzungen, war aber so überrascht, daß er anderswo in Deckung huschte.

Chex war erstaunt. »Dieser Drache hat genauso viel

gewogen wie du!« rief sie. »Und doch hast du ihn fortgeschleudert wie ein Spielzeug!«

»Ich habe dir ja gesagt, daß ich ein Vierteloger bin«, sagte er und entspannte sich ein wenig. »Ab und zu wird das ausgelöst, und dann benehme ich mich wie ein Oger.«

»Offensichtlich«, stimmte sie zu. »Ich kann zwar nicht behaupten, daß ich bisher sehr viel für Oger übrig gehabt hätte, aber ich muß zugeben, daß es mir eine Freude war zuzusehen, wie dieser Drache plötzlich fliegen konnte!«

»Es wäre mir eine noch größere Freude, wenn ich diese Kraft aktivieren könnte, wann immer ich will«, warf er ein. »Doch sie kommt, wann sie will, und hält auch nicht lange vor. Mein Vater ist sehr viel mehr Oger als ich, und mein Großvater Knacks ...«

»Du gefällst mir schon so, wie du bist«, warf sie schnell ein. »Schließlich verhält sich der Intellekt eines Ogers umgekehrt proportional zu seiner Stärke.«

»Und seine Stärke verhält sich direkt proportional zu seiner Häßlichkeit«, fügte er hinzu.

»Und zu seiner Vorliebe für Gewalt«, pflichtete sie ihm bei.

»Natürlich. Ein guter Oger kann einen mittelgroßen Drachen schon dazu bewegen kehrtzumachen, indem er ihn einfach nur anlächelt.«

»Und er kann ihn in einen versteinerten Käse verwandeln, indem er ihn anhaucht«, schloß sie. »Genug von Ogern. Schauen wir mal, ob wir das Schloß des Guten Magiers noch vor Nachteinbruch erreichen können.«

Sie setzten ihren Marsch fort. Der Weg schlängelte sich in zerklüftetes Gelände hinein, das auf die Nähe der großen Spalte hinzuweisen schien.

»Sehr vielversprechend sieht das ja nicht gerade aus«, murmelte Chex.

Esk sagte nichts, denn er war der gleichen Meinung. Vor ihnen ertönte ein Geräusch. »Bitte nicht schon wieder einen Drachen!« rief Chex ungeduldig. »Diese kleinen Monster sind ja die reinste Nachtplage!«

»Es knurrt aber gar nicht«, bemerkte Esk.

»Stimmt, aber es geht auch nicht wie ein Mensch oder ein Zentaur.«

Sie blieben stehen und warteten darauf, was sie bald zu Gesicht bekommen würden. Als es schließlich einen Augenblick später kam, waren sie beide überrascht.

Es war ein Wesen von größerem Körperumfang als Esk, aber kleiner als Chex. Es besaß einen zitronenförmigen grauen Körper, eine kleine Schnauze und winzige Füße.

»Oh, das ist aber ein großer Maulwurf«, meinte Esk.

Doch Chex' Kieferlade drohte herunterzuklappen. »Ich dachte, die wären ausgestorben!« sagte sie.

»Nein, unter der Erdoberfläche gibt es viele Maulwürfe«, versicherte Esk ihr. »Ich habe sie selbst gesehen ...«

»Das ist kein Maulwurf!« sagte sie ungeduldig. *»Das ist eine Wühlmaus*!«

»Eine was?«

Doch inzwischen hatte das Wesen sie erspäht. Es hob den Kopf, winzige braune Augen schimmerten aus seinem Pelz hervor. »Eh?« fragte es.

»Wo kommst du denn her?« fragte Chex die Kreatur.

»Eh? Ein Ventaur«, sagte das Wesen.

»*Zentaur* heißt das«, erwiderte Chex steif. »Ich bin Chex Zentaur. Und wer bist du?«

Das Wesen musterte sie eindringlicher. »Ich bin Volney Wühlmauv. Bitte lavt mich durch.«

»Weißt du denn nicht, daß du eigentlich ausgestorben sein müßtest?« fragte sie.

»Wühlmäuve vind nicht auvgevtorben«, erwiderte das Wesen empört.

»Es kann kein S aussprechen«, sagte Esk, als er schließlich begriffen hatte, was los war.

Nun wandte sich das Wesen an ihn. »Und wer bivt du?«

»Ich bin Esk.«

»Hallo, Evk. Bitte lavt mich durch.«

»Wir wollen dich ja gar nicht daran hindern«, erwiderte Chex. »Wir wollen dich nur kennenlernen.«

»Ich habe wichtige Geväfte beim Guten Magier zu erledigen. Bitte lavt mich durch.«

»Aber wir suchen doch auch den Guten Magier!« rief Esk. »Wir dachten, sein Schloß würde an diesem Pfad liegen!«

»Nicht an dievem Pfad«, versicherte ihm das Wesen. »Nur die Vpalte.«

»Aber dann ist der Gute Magier ja nirgends zu finden!« meinte Chex verzweifelt. »Die anderen Pfade haben wir schon alle abgesucht!«

Die Wühlmaus musterte sie. »Braun und grau«, bemerkte sie. »Gute Farben.«

»Das stimmt, wir passen alle zueinander!« antwortete Chex. »Nur daß bei dir die Augen braun sind und nicht das Fell.«

»Dav hier ivt mein Auvgehanvug. Wenn ich unter der Erde bin, kehre ich ihn um.« Und die Wühlmaus vollführte eine plötzliche Windung und wurde braun. Am überraschendsten daran war, daß ihre Augen grau wurden. Nun waren alle drei farblich so vollkommen aufeinander abgestimmt, wie es nur möglich war.

»Volney, ich glaube, wir sollten uns mal unterhalten«, sagte Chex. »Wir stecken wohl alle in Schwierigkeiten, weil wir nämlich den Guten Magier nicht finden.«

»Aber ich *muv* den Magier finden!« erwiderte die Wühlmaus, und es klang verzweifelt. »Ev ivt äuvervt wichtig!«

»Uns ist es auch sehr wichtig«, antwortete Chex. »Ich schätze, wir werden ihn schneller finden, wenn wir uns gemeinsam ans Werk machen.«

Volney überlegte. »Gemeinvam«, stimmte er zu. Dann stülpte er sich wieder um und trug erneut seinen Ausgehanzug, komplett mit veränderter Augenfarbe.

»Weißt du, Esk ist nämlich aus dem Osten gekommen, um den Guten Magier aufzusuchen«, sagte Chex. »Ich bin aus dem Westen gekommen, und wir sind beide einem Pfad nach Süden gefolgt, doch da war das Schloß nicht, deshalb versuchen wir es jetzt mit dem Nordpfad ...«

»Und auv dem Norden bin ich gekommen«, beendete die Wühlmaus ihren Satz. »Dort ivt ev nicht.«

»Wir haben also ein Problem«, schloß Chex. »Wir müssen alle den Guten Magier aufsuchen, aber keiner von uns kann ihn finden. Hast du eine Idee, wie wir jetzt weitermachen sollen?«

»Wav habt ihr denn im Vüden gefunden?«

»Einen Berg mit einem Tunnel. Der war nicht auf der Landkarte, die meine Mutter mir gezeigt hat.«

»Aber Gelände verändert vich.«

»Ja, trotzdem ...«

»Wir müvven zum Ende dievev Pfadv weitergehen«, entschied der Wühlmäuserich. »Dort muv ev vein.«

Chex seufzte. »Wahrscheinlich hast du recht. Aber die Aussicht, durch diesen Tunnel zu müssen, gefällt uns gar nicht. Es gibt Anzeichen dafür, daß der Zauber, der auf dem Pfad liegt, gestört ist, so daß er nicht länger sicher für Reisende ist. Sollte der Tunnel einbrechen ...«

»Ein Wühlmauvtunnel bricht nie vuvammen«, sagte Volney energisch.

»Das stimmt ... Du gehörst ja zu einer Wühlart«, sagte sie. »Dann mußt du wohl auch etwas von Tunnels verstehen.«

»Allev«, stimmte die Wühlmaus zu. »Wenn der Tunnel nicht vicher ivt, mache ich einfach einen anderen.«

Chex blickte Esk an. »Bist du einverstanden?« fragte sie. »Sollen wir es wieder mit dem südlichen Pfad versuchen?«

»Ich vätve von«, erwiderte er.

Sie warf ihm einen wunderbar finsteren Blick zu, und er erkannte, daß es wirklich nicht sehr komisch gewesen war. Seine Bemühungen um Humor scheiterten ebenso kläglich wie seine Bemühungen um originelles Denken.

Sie setzten sich wieder in Richtung Süden in Bewegung. Chex führte, dann folgte die Wühlmaus, und Esk bildete die Nachhut. Doch inzwischen war es spät geworden, und sie erkannten, daß es bereits Nacht sein würde, wenn sie den Tunnel erreichten, und das gefiel ihnen gar nicht. Daher machten sie an der Kreuzung halt und verzehrten etwas Obst. Volney kannte kein Obst, weil er kein Kletterer war, doch es gefiel ihm. Dann erschnüffelte er einige eßbare Wurzeln, die für Esk und Chex neu waren, sich aber als ebenso bekömmlich herausstellten, nachdem sie sie erst in der Flüssigkeit einiger Wasserkastanien abgewaschen hatten.

Beim Essen unterhielten sie sich. Esk und Chex erzählten, wo sie herkamen und weshalb sie zum Guten Magier wollten, und Volney sprach von sich und seiner Art.

Die zivilisierten Wühlmäuse waren gar nicht ausgestorben, erklärte er. Sie waren lediglich vor einigen Jahrhunderten in bessere Weidegründe ausgewandert. Weil die zivilisierten Wühlmäuse, anders als ihre Vettern, die Grabbler, die Öffentlichkeit scheuten, wußten die meisten anderen Lebewesen kaum etwas von ihnen und hielten die Grabbler für die Hauptvertreter dieses Typus. Das Gebiet zwischen Schloß Roogna und der Spalte war ihnen zu bevölkert geworden, daher hatten sich die Wühlmäuse mit der Zeit nach Osten zurückgezogen, wo sie sich an den Ufern des freundlichen Küßmichflusses niedergelassen hatten.

»Ja, den habe ich auf Mutters Landkarte gesehen«, bemerkte Chex. »Der Küßmichfluß verbindet den Küßmichsee mit dem Ogersee. Das ist ein fast völlig unerforschtes Gebiet Xanths, und über seine Geographie sind nicht viele Einzelheiten bekannt.«

»Vo bevorvugen wir ev auch«, erwiderte Volney. »Veit Hunderten von Jahren haben wir dort in aller Ruhe vor unv hingegraben. Aber jetvt ...«

»Ist irgend etwas passiert?« fragte Esk, den die Sache langsam zu interessieren begann.

»Eine Katavtrophe«, stimmte Volney zu. »Devhalb bin ich auch hierhergekommen, um Linderung vu finden. Man hat mich davu auverkoren, dieve unanvtändige Reive vu unternehmen, weil ich die veltvame Vprache der Leute über der Erde vo hervorragend beherrve.«

»Ja, du sprichst sie wirklich sehr gut«, warf Chex schnell ein und kam damit der etwas weniger feinfühligen Bemerkung zuvor, die Esk auf den Lippen lag.

»Mir ivt allerdingv aufgefallen, dav ihr einige Vwierigkeiten mit der Auvvprache des V habt«, meinte die Wühlmaus vorsichtig.

»Einige Schwierig...«, fing Esk an, doch dann traf ihn Chex' Schweif mit unheimlicher Präzision auf den Mund. Der Hieb war nicht sehr stark, verursachte ihm jedoch ein gewisses Schwindelgefühl. Manchmal verstand sie ihn viel zu gut!

»Alle von uns müssen tun, was sie können«, meinte Chex sanft. »Sogar jene, die Schwierigkeiten mit dem S haben. Um welche Katastrophe geht es denn?«

»Um die Vernichtung dev Talv der Wühlmäuve«, erwiderte Volney heftig.

»Das Tal der Wühlmäuse!« wiederholte Chex. »Was für ein wunderschöner, geheimnisvoller Name!«

»Aber die üblen Dämonen haben ev verwüvtet«, bemerkte Volney traurig.

Esk hob den Kopf. »Ich rieche Rauch«, sagte er.

Und tatsächlich kam schon wieder ein kleiner Drache aus dem Westen heran. Er erspähte sie und stieß eine hungrige Rauchwolke hervor.

»Auf den Südpfad!« fauchte Esk. Chex und Volney gehorchten hastig und machten den Ost-West-Pfad frei.

Esk stellte sich unmittelbar südlich der Kreuzung auf und wartete. Als der Drache herangestürmt kam, murmelte er ›Nein‹.

Der Drache wollte anhalten, doch wieder sagte Esk ›Nein‹. So trugen die Beine das Wesen einfach weiter, über die Kreuzung hinaus. Im nächsten Augenblick war es auch schon in Richtung Osten verschwunden.

»Sehr schön«, meinte Chex. »Erst hast du seinen Angriff gebremst und dann seine Rückkehr. Er mußte einfach weitergehen, und bis dahin hatte er bereits die Witterung wieder verloren.«

Sie verstand seine Bemühungen ja beinahe besser als er selbst!

»Dav ivt vehr nütvliche Magie«, stimmte Volney zu. »Ich bedaure ev, dav ich kein derartigev Talent bevitve.«

»Haben Wühlmäuse denn keine Magie?« fragte Esk.

»Nichtv von Bedeutung. Wir graben einfach nur.«

»Du wolltest uns gerade erzählen, was mit dem Tal der Wühlmäuse passiert«, warf Chex ein.

»Ach ja, dav ivt eine traurige Gevchichte«, meinte Volney niedergeschlagen. Und dann beschrieb er ihnen, wie die üblen Dämonen, die sich früher mit ihnen beinahe unbemerkt das Tal geteilt hatten, beschlossen hatten, den freundlichen Küßmichfluß zu vernichten. Anscheinend mißfielen ihnen seine mäandernden Ufer, so daß sie eine monströse Magie heraufbeschworen und den Fluß begradigt hatten.

»Wie, keine Kurven mehr?« fragte Chex schockiert. Sie war schließlich ein Wesen mit vielen ästhetischen Kurven.

»Spielt das denn eine Rolle?« fragte Esk, dessen Sinn für Ästhetik weniger stark entwickelt war. Er selbst war ein Wesen von unregelmäßigen Linien und Höckern.

»Natürlich spielt es eine Rolle!« rief Chex, und ihre Augen blitzten beinahe. »Was glaubst du wohl, wie freundlich ein gradliniger Fluß sein kann?«

»Für dav Land ivt dav auch unfreundlich«, bemerkte Volney. Er erklärte, wie das Wasser nun das Flußbett entlangströmte, ohne anzuhalten, um die Fische zu speisen, die plötzlich vom Hauptstrom abgeschnitten waren, und wie viele der wasserliebenden Pflanzen nun vertrockneten. Das üppige Tal wurde langsam zu einer trockenen Einöde. Das wunderbar feuchte Erdreich, in dem die Wühlmäuse zu graben pflegten, verwandelte sich nun in trockenen Sand und Staub, und ihre Tunnel wurden abgetragen. Aus einem Paradies wurde Ödland. Tatsächlich waren die Seitenarme des Stromes nun unter dem Namen Tötmichfluß bekannt.

»Aber könnt ihr denn keine neuen Kurven ausgraben, die der Fluß küssen kann?« wollte Chex wissen. »Könnt ihr ihn denn nicht in seinen natürlichen Zustand zurückversetzen?«

Es stellte sich heraus, daß dies den Wühlmäusen unmöglich war, weil die Dämonen Wache hielten und jeden belästigten, der sich ihnen widersetzte. Die Wühlmäuse waren

Graber und keine Kämpfer, und angesichts der Gewalttätigkeit der Dämonen waren sie völlig hilflos. Wenn sie den Fluß nicht wiederherstellen konnten, würden sie fortziehen müssen – doch sie wußten auch, daß es in ganz Xanth kein anderes Gebiet gab, das so schön war wie das Tal der Wühlmäuse.

Deshalb suchte Volney nun den Guten Magier auf, um eine Lösung für ihr Problem zu bekommen: die Antwort auf die Frage, wie sie die Dämonen davon abhalten sollten, sich in ihre Wiederherstellung des Küßmichflusses einzumischen.

»Das ist aber komisch«, bemerkte Esk.

Chex blickte ihn an. »An dieser Situation finde ich überhaupt nichts Komisches«, bemerkte sie streng.

»Ich meine, ich bin doch auch unterwegs, um den Guten Magier zu fragen, wie ich eine Dämonin von etwas abhalten kann«, erklärte er. »Sie ist in mein Versteck gekommen, weil es dort, wo sie herkam, nicht mehr so schön war. Wenn die Dämonen auch im Tal der Wühlmäuse leben, und wenn sie es sich dort so eingerichtet haben, wie es ihnen gefällt, warum mußte sie dann fortgehen?«

»Vielleicht kommt sie ja aus einer anderen Gegend«, meinte Chex.

»Nein, sie hat das Tal erwähnt. Da bin ich mir ganz sicher.«

»Vielleicht ivt vie ja eine hävliche Dämonin«, warf Volney ein. »Vo dav die anderen vie fortgevickt haben.«

»Nein, sie ist eine sehr schöne Kreatur«, widersprach Esk. »Das heißt, ich meine, sie kann jede Gestalt annehmen, die sie will, und dazu gehören auch üppige ... ich meine anziehende ... äh, das heißt ...«

»Wir verstehen schon, was du meinst«, bemerkte Chex trocken. »Sie hat dir *wirklich* schöne Augen gemacht, nicht wahr?!«

»Nun, sie hat es mir angeboten, aber ... aber ich ... ich versuche sie loszuwerden. Aber was wäre schon für einen Dämon häßlich, der jede Gestalt annehmen kann? Ich glaube nicht, daß sie aus diesem Grund gehen mußte. Tatsächlich hat sie auch gesagt, daß die Summer sie fortgetrieben haben.«

»Summvögel?« fragte Chex verständnislos.

»Nein, das sind Wesen, die von Sterblichen nicht gehört werden können, die die Dämonen aber in den Wahnsinn treiben. Deshalb ist sie gegangen. Vielleicht liegt darin also eine gewisse Ironie, daß sie zwar den Fluß begradigt haben, aber immer noch nicht zufrieden sind.«

»Vummer«, wiederholte Volney nachdenklich. »Möglicherweive haben wir von denen von gehört. Einer von unv hat nämlich mitangehört, wie ein Dämon vagte, dav vie den Fluv begradigt haben, um die lovvuwerden. Aber wir wivven nicht, wer vie vind.«

»Nun, da fällt mir ein, daß ihr nur herauszufinden braucht, was sie sind«, bemerkte Chex, »dann könntet ihr damit vielleicht alle die Dämonen vertreiben. Danach könntet ihr den Fluß dann wiederherstellen und das Tal der Wühlmäuse wäre wieder schön.«

»Ja. Vielleicht wird der Gute Magier unv davu raten.«

Nun gingen sie weiter den Südpfad entlang, zwischen den großen Bäumen hindurch. Doch die Rast und die Geräusche hatten Zeit gekostet, und nun wurde es zusehends dunkler. »Wir sollten uns besser ein gutes Nachtlager schaffen«, meinte Esk. »Vielleicht können wir einen Partisanenzaun bauen, um die Drachen abzuhalten.«

Da erscholl ein Donnergrollen. »Wir werden wohl etwas mehr brauchen, um nicht durchnäßt zu werden«, erwiderte Chex.

Blinzelnd musterte Esk die sich zusammenballenden Wolken. »Wir werden nicht durchnäßt werden. Das ist ein Farbhagelsturm!«

Sie sah genauer hin. »Tatsächlich! Dann sollten wir besser in Deckung gehen. Man weiß nie, wie groß diese Hagelkörner werden. Und außerdem werden wir natürlich naß, sobald sie schmelzen.«

»Ein Vturm, ivt dav wav Vlimmev?« fragte Volney.

»Er kann schlimm werden«, bestätigte Chex. »Da ist es besser, auf Nummer Sicher zu gehen und sich einen geeigneten Unterschlupf zu suchen. Aber hier in der Gegend scheint es nur wenig Holz zu geben, mit dem wir einen Unterschlupf bauen könnten.«

»Warum gehen wir nicht hinunter?«

»Hinunter?« wiederholte Esk.

»In den Untergrund. Wir bleiben nie oben, wenn ev dort ungemütlich wird. Genaugenommen bleiben wir vo oder vo nur velten länger oben.«

»Ich kann nicht unter den Erdboden!« protestierte Chex.

In der Tat würde es eines riesigen Tunnels bedürfen, um sie in Sicherheit zu bringen! Doch das Gewitter kam immer näher, und schon zog sich ein Schleier aus Pastellfarben zusammen. Sie steckten ziemlich in der Patsche.

Esk entdeckte einen umgestürzten Baumstamm. Abrupt schritt er zu ihm hinüber, die Ogerkraft wallte in ihm auf. Er hob ihn hoch und schleuderte ihn gegen den Stamm eines Riesenbaums. Er zersplitterte. Dann nahm er das größte Stück auf und zerschmetterte es an dem Baum, um mehrere kleinere Stücke miteinander zu verflechten, was eine grobe Plattform ergab. Die kräftigsten Stücke rammte er senkrecht in den Boden und legte schließlich die Plattform darauf.

Dann ließ seine Kraft wieder nach, und er fühlte sich alt und müde. »Ihr müßt es fertigmachen«, keuchte er. »Das ist nur der Rahmen.«

»Das ist schon gut genug!« rief Chex. Sie nahm eine Armvoll Unterholz auf und stemmte es auf die Plattform. »Das sollte die Hagelkörner abhalten«, sagte sie, während sie noch mehr einsammelte. »Wenn sie schmelzen, wird es zwar durchtropfen, aber mir macht es nichts aus, naß zu werden. Danke, Esk.«

Volney hatte in der Zwischenzeit mit dem Graben begonnen. Dort, wo er gerade noch gestanden hatte, waren nun ein Erdhaufen und ein Loch im Boden zu sehen. Er arbeitete wirklich schnell!

Nun schlug das Gewitter zu. Gelbe Hagelkörner krachten durch das Laubdach der Bäume, schlugen in den Boden ein und hinterließen kleine Krater.

Chex stellte sich unter. Sie mußte den Kopf einziehen und sich schließlich hinlegen, weil der Unterstand nicht hoch genug war, doch immerhin bot er ihr genügend Schutz.

Plötzlich erschien Volney im Loch. »Evk!« quiekte er. »Hierher! Hier ivt Platv!«

Esk kroch auf das Loch zu, während um ihn herum die Hagelkörner einschlugen. Die wurden langsam blau, und er wußte, daß sie kälter und folglich auch härter waren als die gelben.

Wenn sie ihn trafen, würde es weh tun!

Er glitt ins Loch hinein. Es führte eine Körperlänge weit in die Tiefe, dann machte es eine Kurve, führte tiefer hinab und vollführte eine erneute Windung. Die Hagelkörner folgten ihm, rollten herab. Dann hob sich der Gang und mündete in eine größere Höhle, wie er an den breiter werdenden Wänden bemerkte. Er kroch hinein und berührte warmen Pelz.

»Ev ivt genug Raum für beide«, sagte Volney. »Die Körner und dav Wavver bleiben unten.«

Hier war es wirklich nett und gemütlich! Der Wühlmäuserich hatte eine Höhle gegraben, die trocken bleiben würde, es sei denn, daß so viele Hagelkörner schmolzen, bis sich der ganze Tunnel mit Wasser füllte.

Nach einer Weile zog das Gewitter weiter. Esk wollte wieder an die Oberfläche zurückklettern, doch der Tunnel war von Hagelkörnern blockiert.

»Keine Vorge«, meinte Volney. »Ich grabe einen neuen Auvgang.« Das hatte er binnen weniger Augenblicke erledigt, sein Tunnel führte erst in die Tiefe, machte dann eine Biegung und stieg an. Das freigegrabene Erdreich häufte sich auf einer Seite der Haupthöhle, die offensichtlich zu ebendiesem Zweck erschaffen worden war.

Esk folgte dem Wühlmäuserich, von der Geschwindigkeit des Grabens überrascht. »Wie schaffst du das nur so schnell?« fragte er.

Volney blieb in der Dunkelheit sehen, drehte sich im Tunnel herum, obwohl dieser nur so breit war wie sein eigener Körper. »Mit meinen vilbernen Krallen«, erklärte er. »Fühl mal.«

Vorsichtig fühlte Esk und spürte kaltes Metall. Offensichtlich streifte der Wühlmäuserich diese Krallen über, wie es ein Mensch mit einem Panzerhandschuh tat. »Wo bewahrst du die Dinger denn auf? Ich habe sie noch nie gesehen.«

»Ich bevitve einen Beutel für notwendigev Werkveug«, erklärte Volney. Dann machte er kehrt und begann wieder zu graben.

Schon bald durchstießen sie die Erdoberfläche. Ein Schauer schmelzender Hagelkörner fiel auf sie herab. Sie krochen durch sie hindurch und standen schließlich, Esk bis zu den Knien, Volney bis an die Hüfte, in frischem Farbschlamm.

Chex lag unter ihrem Unterschlupf, fast völlig eingeschlossen von Hagelkörnern. »Ich habe mir schon Sorgen gemacht, daß ihr dort unten ertrinken würdet!« rief sie ihnen zu.

»Nein, Volney hat unten eine richtig gemütliche Höhle angelegt«, erklärte Esk. »Er ist wirklich ein erstaunlicher Gräber!«

»Nein, nur Durchvnitt«, widersprach der Wühlmäuserich. »Dav ivt nur meine Wühlmauvnatur.«

Dennoch mußte Esk feststellen, daß Volney ein ebenso interessanter und nützlicher Gefährte war wie Chex. Sie hatten sich zwar zufällig zusammengefunden, doch bessere Kameraden hätte man sich auf einer solchen Reise gar nicht wünschen können.

Sodann legten sie die Wachen fest. Esk übernahm die erste Schicht und Chex die letzte, da sie in der Nacht zuvor so lange gewacht hatte. Esk bezweifelte zwar, daß sich irgendwelche Drachen nähern würden, bevor die schlammigen Wassermassen versickert waren, doch wollte keiner von ihnen ein Risiko eingehen.

Volney verschwand in seinem Loch, und Chex ließ sich auf einer nahegelegenen Anhöhe nieder, nachdem sie sie von Tausenden von Hagelkörnern gereinigt hatte. Der

Unterstand war einstweilen nutzlos geworden, weil Tauwasser herabtropfte.

Esk schritt den Weg vor und zurück und blieb so lange wachsam, wie er nur konnte. Die Sterne kamen heraus und glitzerten ihn durch das wogende Laubdach an. Es war angenehm, und er fühlte sich überhaupt nicht einsam. Wäre er allein gewesen, so hätte er sich bestimmt so gefühlt. Es war schön, neue Bekanntschaften zu machen, Wesen zu treffen, die in ähnlicher Mission und mit unterschiedlichen Talenten unterwegs waren. Schade, daß sie schon bald das Schloß des Guten Magiers finden und sich trennen würden.

Als der Schlaf drohte, ihn trotz aller Anstrengungen zu übermannen, schritt er zu dem Wühlmausloch hinüber und rief: »Volney! Volney! Kannst du jetzt meine Wache übernehmen?«

Mit einem unterirdischen Schnauben erwachte der Wühlmäuserich. »In Ordnung, Evk.« Und Volney schob sich ins Sternenlicht hinaus.

Esk krabbelte hinunter und gelangte in die Höhle, wo er sich an der von dem Wühlmäuserich vorgewärmten Stelle hinlegte und auch bald einschlief.

Als er wieder erwachte, lag ein warmer Körper neben ihm. Volney war zurückgekehrt, und Esk begriff, daß der Wühlmäuserich seine Schicht beendet und die Wache der Zentaurin übergeben hatte.

Er kroch hinaus und stellte fest, daß es bereits dämmerte. Chex war damit beschäftigt, Früchte zu sammeln und sie auf der Plattform auszulegen. »Keine Drachen!« rief sie fröhlich, als sie ihn erblickte.

Esk mußte einem Ruf der Natur folgen. Er nahm seinen Mut zusammen, um es in ihrer Gegenwart zu tun, wissend, daß es um so besser sein würde, je schneller er diese gesellschaftliche Schranke überwunden hatte. Er begann die Hosen herunterzulassen.

»Tu das nicht hier«, sagte sie. »Sonst verdirbt uns der Geruch das Frühstück.«

Oh. Nun, immerhin hatte er eine Geste gemacht. Erleichtert zog er sich an einen abgelegeneren Ort zurück und verrichtete sein Geschäft. Er brauchte es nicht tatsächlich in ihrer Gegenwart zu tun; er mußte nur dazu in der Lage sein, wenn es sich als notwendig herausstellen sollte.

Sie aßen und tranken etwas von dem Schmelzwasser, das Chex in zwei Tassen aufgefangen hatte. Dann kam Volney hervor und brachte Knollengewächse mit, die er irgendwo unter der Erde gefunden hatte und nun gegen einige der restlichen Früchte austauschte. Erstaunlich, wie gut die Knollen schmeckten; offensichtlich hatte der Wühlmäuserich eine gute Nase für so etwas.

Dann machten sie sich wieder auf den Weg. Als sie an den See gelangten, erschrak Volney. »Ich kann dav Wavver nicht überqueren!« protestierte er.

Blitzartig wurde es auch Esk klar. Er wußte zwar nicht genau, ob Wühlmäuse schwimmen konnten, doch das spielte kaum eine Rolle; das Riesenungeheuer dort draußen machte jedes Schwimmen zur Gefahr. Er sah Chex an. Nein, sie konnte den Wühlmäuserich kaum tragen. Dazu war Volney zu groß, und außerdem war er nicht fürs Reiten gebaut. Und wie sollte er, Esk, um den See gelangen, wenn sie einen anderen trug?

»Ich glaube, wir sollten uns ein Floß bauen«, meinte Chex. »Am Ufer dort liegt Treibholz, darunter einige recht große Stücke, und wenn wir die mit Schlingpflanzen zusammenbinden und uns lange Stangen beschaffen, um es zu bewegen, müßte das gehen.«

»Ein Flov?« fragte Volney. »Wav ivt dav?«

»Das ist eine Art Boot«, erklärte Esk.

»Wav ivt denn ein Boot?«

Chex sah erst Esk an, dann wieder Volney. »Dein Volk hat wohl nicht viel für Wasser übrig, wie?«

»Wir hegen groven Revpekt für Wavver«, widersprach der Wühlmäuserich. »Wir trinken ev, wir baden darin, wir leiten ev in unver Gehege, um die Wurvelfarmen zu vpeiven. Der mäandernde Küvmichfluv war die Lebenvader unverev Talv.« Seine Schnurrbarthaare sackten herab. »Aber jetvt vergiftet unv der Tötmichfluv natürlich.«

»Aber *auf* dem Wasser fahrt ihr nicht?« wollte sie wissen. »Ihr schwimmt nicht oder segelt?«

»Vegeln?«

»Ein Boot ist ein Gefährt, das auf dem Wasser treibt und Leute befördert. Ein Segelboot wird von einem Tuch angetrieben, das in den Wind gespannt wird. Weißt du denn von solchen Dingen nichts?«

»Klingt wie favvinierende Magie.«

Sie lächelte. »Nun gut, dann werden wir versuchen, dir diese Magie einmal vorzuführen, damit du deinen Leuten nach deiner Rückkehr davon berichten kannst. Das sollte euch helfen, den Fluß zu nutzen. Aber sag mir doch eins, wie überquert ihr denn den Küßmich?«

»Wir haben Brücken, die darüberführen, und Tunnelv, die darunterführen«, erklärte Volney. »Ev war vehr mühvam, vie vu bauen, aber vie vind recht nütvlich. Leider vind vie ev jetvt natürlich nicht mehr, nachdem die Dämonen den Fluv begradigt haben. Jetvt können die Wühlmäuve auf der anderen Veite nicht mehr vu unv herüber.«

»Könntet ihr denn keine neuen Brücken oder Tunnels bauen?« fragte Esk.

»Nicht, volange die Dämonen den Kanal bewachen. Die erlauben vo etwav nicht.«

Chex seufzte. »Du brauchst aber wirklich den Rat des Guten Magiers! Also gut, machen wir uns an die Arbeit. Wir müssen so viel Holz sammeln, wie wir nur können, und es muß so groß und so trocken sein wie möglich, dann binden wir es zusammen. Auf diese Weise müßten wir eigentlich ein Floß zustandebringen, das groß genug ist, um uns alle zu tragen.«

»Trockenev Holv willvt du?« fragte Volney. »Wird dav denn nicht navv, vobald ev dav Wavver berührt?«

»Trocken, damit es nicht wasserdurchtränkt ist und besser treibt.« Sie entdeckte ein Stück und hob es auf. »Wir können neben dem Weg hier einen Haufen zusammenwerfen.«

»Jetvt vervtehe ich endlich«, sagte Volney und machte sich auf, um Holz zu suchen.

In der näheren Umgebung gab es mehr Treibholz und Fallholz, als es zunächst den Anschein gehabt hatte, und es dauerte nicht lange, da hatten sie schon einen riesigen Haufen gesammelt. Sie entdeckten auch kräftige Schlingpflanzen, und sie fertigten damit ein Geschirr an, damit Chex die größten Stücke schleppen konnte. Mit dem Rest banden sie das Holz zusammen.

Bis zum Mittag hatten sie ein großes, klobiges Gebilde zusammengebaut, das wie ein Haufen Abfall aussah. Doch als sie es ins Wasser hoben und in tieferes Gewässer schoben, trieb es tatsächlich. Sie kletterten an Bord, Esk und Chex stemmten lange Holzstangen und stießen das Gefährt hinaus auf den See.

»Eine Invel!« rief Volney. »Eine treibende Invel!«

»Genauso sieht es aus«, stimmte Chex ihm zu.

Nun kam das Seeungeheuer näher. »Laß dich lieber von der Sonne rösten!« rief Chex ihm unhöflich zu. »An uns kommst du nicht heran!«

Irritiert griff das riesengroße Ungeheuer das Floß an. Doch Chex stach einfach nur mit ihrer Stange nach einem seiner Augenstengel, und es zog sich zurück. »Angeber verläßt immer der Mut, wenn sie es mit etwas zu tun bekommen, das so groß ist wie sie«, bemerkte sie befriedigt.

»Ohohohohoh«, stöhnte Volney.

»Was ist los?« fragte Esk. »Das Ungeheuer kann uns doch nichts anhaben.«

»Ich fühle mich krank«, sagte der Wühlmäuserich. Und tatsächlich schien sein Fell einen grünlichen Ton anzunehmen.

»Du bist seekrank«, meinte Chex. »Hier, ich habe eine Pille dagegen.« Sie holte eine grüne Tablette aus ihrem Rucksack.

Volney schluckte die Pille. Einen Augenblick später wurde sein Fell wieder grau. »Von viel bevver«, meinte er. »Ich mag ev nicht, veekrank vu vein.«

Mit ihren Stangen stießen sie das Floß weiter an und kamen langsam, aber sicher voran. Auf halber Strecke machten sie Mittagspause; Chex hatte vorausschauenderweise etwas Obst gepflückt und es an Bord verstaut. Dann hatten sie den See schließlich überquert und stießen am gegenüberliegenden Ufer an. Planschend stakten sie an Land und zogen das Floß so hoch, wie es nur ging, damit es nicht davontrieb. Denn sie wußten, daß sie es möglicherweise wieder brauchen würden.

Nun schritten sie wieder den Weg entlang, dem Berg entgegen. Doch der Bau des Floßes und die Fahrt über den See hatte viel Zeit und Kraft gekostet, und sie beschlossen, eine weitere Nacht auf dem Weg zu verbringen, bevor sie es mit dem Berg aufnehmen wollten. Inzwischen waren sie schon recht erfahrene Reisende geworden, und es näherte sich auch kein Gewitter, so daß sie diesmal in keine Schwierigkeiten gerieten.

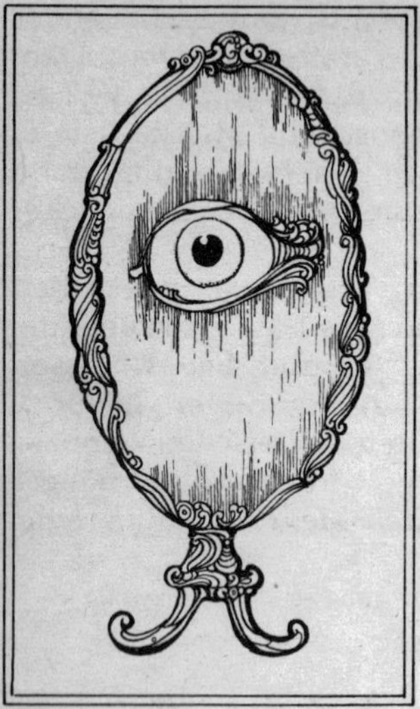

4
MYSTERIUM

Sie erreichten den Berg. Massiv ragte er in die Höhe, und der tiefe, dunkle Tunnel führte durch ihn hindurch.

Chex erschauerte. »Ich gebe es zwar nicht gerne zu, aber ich habe etwas Platzangst. Ich glaube kaum, daß ich diesen Paß überqueren kann, selbst wenn er völlig sicher sein sollte. Dann fürchte ich mich nämlich immer davor, daß der Berg über mir zusammenbrechen könnte.«

Volney beschnüffelte die Böschung. »Aber da ivt gar kein Berg«, protestierte er.

»Du kannst den Berg nicht sehen?« fragte Esk überrascht.

»Ich vehe ihn, aber er ivt nicht da.«

»Jetzt scheinst du Unsinn zu reden.«

»Ich werde ev euch veigen.« Die Wühlmaus bewegte sich vor, in die Böschung hinein – und schon war sie darin verschwunden.

»Was?« fragten Esk und Chex im Chor.

Volneys Schnauze trat aus dem Abhang hervor. »Ev ivt eine Illuvion«, erklärte er.

»Eine Illusion!« rief Chex. Sie streckte eine Hand vor, worauf diese in der scheinbaren Masse des Bergs verschwand. »Tatsächlich!«

»Wir haben ihn nie angefaßt!« sagte Esk niedergeschlagen. »Wir sind einfach davon ausgegangen, daß er wirklich ist!«

»Das erklärt auch, weshalb er nicht auf der Landkarte meiner Mutter zu sehen war! Welch eine Erleichterung!«

»Soll das heißen, daß wir einfach hindurchgehen können?« wollte Esk wissen.

»Offensichtlich«, meinte Chex und trat vor. Schließlich war sie gänzlich verschwunden, doch der schroffe Abhang des Bergs wirkte völlig unversehrt.

Esk griff nach der sichtbaren Fläche. Seine Hand traf auf nichts, sie verschwand im Fels.

Das war aber eine sture Illusion! Sie wußten, worum es sich dabei handelte, und doch blieb sie so klar zu sehen wie zuvor.

»Aber hier drin ist es dunkel«, ertönte Chex' Stimme.

»Macht dir Dunkelheit wav auv?« fragte Volney. »Ich habe keine Probleme damit.«

»Was, wenn es hier eine Wand gibt oder so etwas?« wollte sie wissen. »Ich mache mir zwar keine Sorgen darüber, daß ein illusionärer Berg über mir zusammenbrechen könnte, aber ich will mir auch nicht die Nase einschlagen.«

»Ich kann euch führen«, meinte Volney. »Wühlmäuve vlagen vich bei Nachtv nie etwav ein.«

Im Gänsemarsch schritten sie weiter, wobei Volney die Spitze übernahm und Esk als letzter ging. Sie hielten sich ungefähr an die Verlaufrichtung des Wegs, doch das spielte keine Rolle, da es ja gar keinen Berg gab. Gelegentlich sah Esk Licht den Tunnel hinabschimmern, was die Umrisse des Gesteins betonte, wobei Chex' Körper in dieses Licht hinein- und hinausgeriet, das sah gespenstisch aus. Doch je tiefer sie eindrangen, um so matter wurde das Licht, bis schließlich nur noch Dunkelheit herrschte.

»Vtop!« rief Volney plötzlich. »Hier ivt ein Abgrund!«

»Ein Abgrund!« wiederholte Chex. »Können wir ihn umgehen?«

»Ich werde ihn erforven.« Sie warteten, während der Wühlmäuserich erst die eine und dann die andere Seite erkundete.

»Nein, er durchvieht die ganve Gegend.«

»Bist du sicher, daß es keine Illusion ist?« fragte Esk.

»Ganv vicher. Ich weiv vwar nicht, wie tief oder wie breit er ivt, aber er ivt eindeutig vorhanden.«

»Vielleicht kann ich feststellen, wie tief er ist«, meinte Chex. »Ich werde es mit einem Stock versuchen.« Sie hörten, wie der Stock gegen Gestein schlug. »Er ist zu tief, ich finde den Boden nicht.« Und dann: »Aber die gegenüberliegende Seite kann ich erreichen! Er ist nicht zu breit, ich könnte ihn überspringen.«

»Aber ich kann nicht vpringen«, wandte Volney ein. »Ich könnte allerdingv einen Tunnel darunter graben, vofern ev unten Erdreich gibt.«

»Das wäre vielleicht am besten«, meinte Chex.

Nun hörten sie hastiges Graben. Dann ein Planschen. »Hoppla! Durch Wavver kann ich keinen Tunnel graben!«

»Nun, wir haben dich über den See gebracht«, meinte sie, »dann müßten wir dich auch über den Abgrund bringen können. Schließlich hat er ja nicht das Format der Spalte.«

»Das weiß man nicht«, warf Esk ein. »Die Spalte besitzt Ausläufer, die ein gutes Stück nach Norden und Süden führen. Möglicherweise ist das einer davon.«

»Besonders hilfreich bist du auch nicht gerade«, meinte sie.

»Vielleicht können wir ihm auf die andere Seite helfen«, meinte Esk. »Wir haben unsere Stöcke; wenn wir daraus eine provisorische Brücke ...«

»Nein, die sind nicht lang genug. Ich habe die gegenüberliegende Seite nur mit voll ausgestrecktem Arm erreichen können.«

»Und wenn wir sie zusammenbinden ...«

»Dann würden sie sich in der Mitte nach unten biegen, und die Enden könnten abreißen.«

»Wenn aber jeder von uns auf einer Seite festhielte ...«

Sie überlegte. »Vielleicht. Aber dann müßten wir wirklich sehr festhalten.«

»Ihr habt euch meiner Führung anvertraut«, warf Volney ein, »dann will ich mich auch eurem Halt anvertrauen.«

Mit dem Stück Schlingpflanze, das Chex glücklicherweise mitgenommen hatte, banden sie die Enden der beiden Stöcke so fest zusammen, wie es nur ging. Dann machte sie einen Satz im Dunkeln und landete auf der gegenüberliegenden Seite des Abgrunds. Schließlich schob Esk den verlängerten Pfahl hinüber, und sie bekam ihn zu fassen.

Jetzt nahm Volney seine Kletterkralle – anscheinend besaß er verschiedene Sätze für verschiedene Zwecke – und packte damit den Stock. Vorsichtig kroch er über den Abgrund hinaus, während Esk sich fest an das Ende seines Stocks klammerte.

Die Stange hing durch, denn das Gewicht des Wühlmäuserichs war beachtlich. Dann fing das Ende an, dem Abgrund entgegenzugleiten, als die Stöcke sich in der Mitte zu einem V verformten.

Nun bereute Esk seinen Einfall; er fürchtete, daß irgend etwas reißen oder zerbrechen und Volney in die dunkle Tiefe fallen könnte. Glücklicherweise spürte er, wie seine Ogerkraft aktiviert wurde; er würde Volney nicht abstürzen lassen.

Dann veränderte sich der Druck. Esks Stock verschob sich ins Waagerechte. Nun ruhte das Gewicht des Wühlmäuserichs ausschließlich auf Chex' Stock.

»Ich werde müde!« ertönte Volneys Stimme. »Ich kann nicht mehr klettern!«

»Esk, laß dein Ende los!« rief Chex.

»Aber ...«

»Ich werde ihn hochhieven! Laß los!«

Esk hoffte, daß er das Richtige tat, und ließ los. Sofort glitt sein Stock über die Kante und schepperte hinunter.

Doch mit ihrer Zentaurenkraft holte Chex ihren Stock ein und mit ihm den Mäuserich. Scharren und Scheppern. Wie lief es?

Dann ertönte Volneys Stimme wieder. »Ich bin da!« Der Wühlmäuserich hatte es geschafft!

»Da bin ich froh«, keuchte Chex. Es hörte sich so an, als sei sie auch müde geworden; verglichen mit ihren pferdischen Beinen waren ihre Menschenarme ziemlich schwach.

Der Rest war nur noch ein Kinderspiel. Chex überzeugte sich davon, daß es Volney gutging, dann sprang sie zurück über den Abgrund. Esk stieg auf ihren Rücken, und mit einem weiten Satz waren sie auf der anderen Seite.

Nun schritten sie weiter durch den Berg und gelangten schließlich an der Südseite wieder ins Freie, ins helle Tageslicht. Eskil wußte, daß er nicht minder erleichtert war als seine Gefährten.

Vor ihnen stand das Schloß. Es besaß einen Graben und eine massive Außenmauer. Die Zugbrücke war heruntergelassen, und darauf stand ein großer, leerer Käfig.

Am Schloßgraben blieben sie stehen. »Der Zugang zum Schloß des Guten Magiers wird immer durch Hindernisse versperrt«, erzählte Chex. »Denn der Magier möchte nicht von Fragenden belästigt werden, denen es nicht ernst ist. Aber ich verstehe nicht, was für ein Hindernis ein leerer Käfig sein soll.«

»Ich habe gehört, daß diese Herausforderungen immer an die Besucher angepaßt sind«, erwiderte Esk. »Sagt irgendeinem von uns ein leerer Käfig etwas?«

Sie wechselten Blicke. Keiner von ihnen hatte eine Idee.

»Ich schätze, dann können wir einfach weitergehen«, meinte Chex. »Aber ich traue der Sache nicht. Es soll eigentlich nie leicht sein, hineinzugelangen, und wenn es doch so scheint, dann muß das ein falscher Eindruck sein. Ich würde die Situation viel lieber erst begreifen, bevor ich mich festlege.«

Dem konnte Esk nur zustimmen. »Aber wie sollen wir sie begreifen, wenn wir nicht weitergehen?«

»Oh, in gewissem Umfang müßte es uns eigentlich gelingen, sie zu durchdenken«, erwiderte sie. »Der Intellekt ist dem blinden Handeln stets überlegen.«

»So sehen die Oger das aber nicht«, widersprach Esk.

»Wir haben ev von mit Intellekt und mit Handeln vervucht«, bemerkte Volney. »Wenn dav eine jetvt nicht funktionieren vollte, können wir ev noch mit dem anderen vervuchen. Aber ich finde ev veltvam, dav wir von vo vielen Hindernivven auf dem Weg zum Vlov begegnet vind, während ev jetvt, da wir hier vind, keine mehr vu geben veint.«

»Das ist tatsächlich seltsam«, pflichtete Esk ihm bei. »Es sieht fast so aus, als wären die Hindernisse an der falschen Stelle gewesen.«

»Wirklich?« fragte Chex und schlug vor Aufregung mit den Flügeln. »Könnte es nicht sein, daß es der Gute Magier eben so geplant hat?«

»Aber sollen die Hindernisse nicht eigentlich am Schloß selbst angebracht sein?«

»Ja, das haben wir geglaubt, aber woher wollen wir das wirklich wissen? Der Gute Magier stellt doch immer seine eigenen Regeln auf! Er hätte die Hindernisse ebensogut auch irgendwo auf dem Weg verteilen können.«

»Aber wenn die sich nach den jeweiligen Besuchern richten, wie könnten dann die richtigen Hindernisse für die richtigen Besucher dort sein? Schließlich sind wir doch zu dritt.«

Doch inzwischen war ihr ausgezeichneter Zentaurenverstand in Aktion getreten. »Ich glaube, er wußte, daß wir kommen, und auch, aus welcher Richtung wir kommen würden, da hätte er durchaus Hindernisse für uns errichten können, denen andere nicht begegnet wären.«

»Aber das hat er doch eben nicht getan!« warf Esk ein. »Seinen Drachen sind wir doch alle begegnet.«

Sie musterte den Käfig. »Schau mal – dort ist Drachenkot, und die Stäbe sind rußverschmiert. Diese kleinen Raucher waren alle dort drin, sind aber hinausgelangt!«

»Man hat vie herauvgelavven«, sagte Volney. »Diever Käfig hat einen Vervluv, den nur eine Menvenpfote öffnen kann. Ich könnte ev nicht.«

»Warum hat man sie denn herausgelassen, bevor man sie eingesetzt hat?« fragte Esk.

Chex schüttelte den Kopf. »Darauf weiß ich auch keine Antwort, aber versuchen wir doch einmal eine zu finden. Wir sind zu dritt hier angekommen, und wir haben einander dabei geholfen, hierherzugelangen. Ist das etwa üblich?«

»Nein«, antwortete Esk. »Ich dachte, daß wir eigentlich einer nach dem anderen hier hätten eintreffen müssen.«

»Schön, dann suchen wir noch nach einem Muster in der Sache. Wenn nichts schiefgelaufen wäre, wer wäre dann wohl als erster hier eingetroffen?«

»Du. Du bist zwar an der Kreuzung vorbeigeschossen, aber sonst wärst du als erste eingetroffen, und danach ich und schließlich Volney.«

»Also scheint es doch vernünftig, davon auszugehen, daß der Gute Magier sich als erstes mich vorgenommen hat. Was wäre nun für mich eine gute Herausforderung gewesen?«

»Der Berg!« rief Esk. »Du leidest unter Platzangst, deshalb hast du dich auch davor gefürchtet, in den Tunnel einzutreten, bis du erkanntest, daß alles nur Illusion war.«

»Und das hätte auch meine erste Herausforderung sein können«, pflichtete sie ihm bei. »Festzustellen, worum es sich beim Berg in Wirklichkeit handelt, was mir auch eigentlich hätte gelingen müssen, denn schließlich kannte ich die Karte meiner Mutter. Aber ich habe versagt und bin umgekehrt.«

»Dann habe ich auch versagt, denn ich war bei dir.«

»Aber wenn du allein gekommen wärst, wärst du durch den Tunnel geschritten, weil du nicht unter Platzangst leidest«, warf sie ein. »Daher war es für dich auch keine Herausforderung; es spielte gar keine Rolle, ob du merken würdest, daß alles nur Illusion war.«

»Aber der Abgrund im Berg – *der* hätte mich aufgehalten, wenn ich nicht sogar gleich hineingestürzt wäre.«

»Während ich damit keine Schwierigkeiten hatte«, fügte sie aufgeregt hinzu. »Das waren also möglicherweise zwei

Herausforderungen, eine für jeden von uns. Gemeinsam errichtet, weil es recht wahrscheinlich war, daß wir so dicht hintereinander eintreffen würden, um es unmöglich zu machen, Alternativen zu errichten. Die Sache ergibt einen Sinn!«

»Der Vee!« sagte Volney. »Ich konnte dav Wavver nicht überqueren! Dav war meine Herauvforderung! Und den Abgrund auch nicht, denn darunter war noch mehr Wavver, dav immer weiter in die Tiefe führte.«

»Ja. Weil wir bei dir waren, bist du auf die andere Seite gekommen, genau wie du uns durch den Berg geführt hast. Wir haben einander über die jeweiligen Hindernisse hinweggeholfen! Ich bezweifle, daß man das von uns erwartet hat.«

»Aber was war dann mit den kleinen Rauchern?« wollte Esk wissen. »Wir haben sie doch nicht freigelassen.«

Sie blickte auf den offenen Käfig. »Ich schätze, diese Drachenschar wäre wohl für jeden von uns eine große Herausforderung gewesen. Wie hätten wir die besiegen können?«

»Ich hätte es tun können«, sagte Esk. »Ich hätte über den Käfig klettern und zu jedem Drachen, der durch die Gitter nach mir schnappen wollte, nein sagen können.«

»Stimmt. Also war das gar nicht deine Herausforderung. Für mich oder für Volney wäre es dagegen sehr viel schwieriger geworden, denn wir können nicht klettern. Er konnte sich gerade mal an unseren Stöcken über den Abgrund hangeln. Ich schätze, ich hätte vielleicht ein Seil am Käfig befestigen können, um ihn aus dem Weg zu ziehen, aber …«

»Ich fürchte, ich hätte umkehren müvven«, meinte der Wühlmäuserich. »Ev vei denn, mir wäre eure Idee mit dem Flov gekommen und ich hätte den Abgrund mit den Ävten aufgefüllt, um auch dieven zu überqueren.«

»Doch es hat nun einmal jemand die Drachen freigelassen, und wir sind mehreren von ihnen unterwegs begegnet«, sagte Chex. »Dieses Mysterium müssen wir erst ergründen, bevor wir uns ein Gesamtbild machen können.«

»Irgendwas stimmt offensichtlich nicht«, meinte Esk. »Diese Raucher hätten nicht frei herumlaufen dürfen, sie sollten im Käfig bleiben, um erst dann freigelassen zu werden, wenn der entsprechende Besucher hierher gelangt wäre. Irgend jemand hat dieses Hindernis aus dem Weg geräumt, bevor es überhaupt wirksam wurde.«

»So sieht es aus«, pflichtete sie ihm bei. »Würde der Gute Magier das selbst getan haben?«

»Ich wüßte nicht, warum. Wenn er die Drachen hier nicht hätte haben wollen, dann hätte er sie gar nicht erst hierhergebracht.«

»Und die Gorgone?«

»Die würde doch nicht zunichte machen, was er aufgestellt hat!«

»Der Meinung bin ich auch«, erwiderte sie. »Könnte ein anderer es getan haben?«

»Unwahrscheinlich.«

»Die Sache bleibt unerklärlich«, schloß sie. »Vielleicht ist jetzt die Zeit gekommen, das Schloß zu betreten, wobei wir wohl das Unerwartete erwarten sollten.«

Nervös nickte Esk. Volney sah auch nicht eben beruhigter aus.

Sie traten auf die Zugbrücke. Den leeren Käfig schoben sie beiseite, dann gingen sie weiter.

Plötzlich ragte ein Oger vor ihnen auf. Das Wesen war monströs und haarig und häßlich, und sowohl Chex als auch Volney wichen erschrocken zurück.

Esk jedoch reagierte ganz anders! »Opa!« rief er. Doch es war nicht Knacks Oger. Es war irgendein anderer Ogermann, nicht ganz so häßlich, aber immer noch recht unansehnlich. Er stellte sich ihnen in den Weg.

»Wir sind nur gekommen, um mit dem Guten Magier zu reden«, erklärte Esk und hegte dabei den starken Verdacht, daß der Oger ziemlich unvernünftig reagieren würde. »Läßt du uns vorbei?«

Er behielt recht. Der Oger öffnete sein riesiges, mit felsbrockengroßen Zähnen bewehrtes Maul und stieß einen Zornesschrei aus, der das ganze Schloß erbeben ließ.

Wie sollte er mit seinen Gefährten an dem vorbeikommen? Esk begriff, daß es sich um eine Herausforderung handelte, und es an ihm lag, sie zu meistern. Doch es gab so gut wie nichts, was einen Oger dazu bewegen konnte, den Weg freizumachen. Das wußte er nur zu genau. Nichts außer ...

Außer einem anderen Oger. Das war es!

Aber Esk konnte sein Oger-Selbst nicht einfach heraufbeschwören, nur weil er es wollte. Das kam von allein, von zufälligen Umständen ausgelöst.

Dennoch war es manchmal möglich, für einen Auslöser zu sorgen. Es war zwar riskant – doch riskant war es auch, sich vor einem Oger aufzubauen, der einen möglicherweise fressen wollte.

»Drückt mir die Daumen«, murmelte Esk den beiden anderen zu. Dann schritt er vorwärts, dem Oger entgegen.

Für einen Augenblick war der Oger von dieser Kühnheit überrascht. Dann grabschte er mit seiner Riesentatze nach ihm.

Esk sah sie auf sich zu fahren, und seine Ogernatur reagierte. Plötzlich brüllte er los, die Ogerkraft wallte in ihm auf. »Hau ab nach Ogersheim!« dröhnte er und biß dem anderen in die Pranke.

Der Oger reagierte völlig überraschend. Er schrumpfte zusammen, wich zurück, wurde immer kleiner, bis er einem Menschen glich und Esk ihn weit überragte. Doch Esk, dessen Ogerzorn erregt war, genügte das nicht. Mit seiner eigenen Riesenfaust hieb er nach dem anderen.

Irgend etwas ging zu Bruch. Glassplitter flogen umher, und der Oger war verschwunden. Esk stand vor einem menschengroßen Rahmen, aus dem zerbrochene Glasstücke herausragten.

»Das war ein Spiegel!« rief Chex. »Nur daß ...«

Nun verschwand Esks Ogernatur wieder. Er kehrte in seinen menschlichen Zustand zurück, seine Intelligenz wuchs wieder, und er begriff. »Ein Umkehrspiegel!« sagte er. »Er hat nur meine andere Seite gezeigt – die Seite, die ich nicht war. Als ich also Mensch war, war er mein Oger-

Selbst, und als ich zum Oger wurde, da wurde er menschlich. Nur daß ich auch ogerhaft dumm und aggressiv war und ihn zerschmetterte, obwohl ich das nicht hätte tun müssen.«

Chex kam näher. »Ich glaube nicht, daß es nur ein Spiegel war«, meinte sie. »Volney und ich haben ihn auch gesehen, und er sah genau wie ein richtiger Oger aus und hörte sich auch so an. Dein Zustand mag zwar dafür verantwortlich gewesen sein, doch auf seine Art war er durchaus wirklich. Wie die Illusion des Bergs war er wirklich genug, um seine Aufgabe zu erfüllen. Wenn du ihm nicht Angst eingejagt hättest ...«

Esk zuckte die Schultern. »Vielleicht. Gewiß war es jedenfalls meine Herausforderung und nicht die eines anderen. Diesmal ist sie nicht frühzeitig auf uns losgelassen worden!«

»Das war ja auch kein Lebewesen«, erklärte sie. »Die unbelebten Hindernisse bleiben an Ort und Stelle; nur die Drachen sind los, und möglicherweise auch andere Tiere, die eigentlich hätten eingesetzt werden sollen.«

»Das stimmt, er war nicht lebendig, daher konnte er auch nicht fortgehen«, bestätigte er. »Wir wissen also immer noch nicht, ob irgend jemand die Herausforderungen lenkt. Das gefällt mir nicht.«

»Mir auch nicht«, erwiderte sie.

»Vielleicht ivt *dav* ja die Herauvforderung?« schlug Volney vor.

Chex überlegte. »Dieses Mysterium? Das soll die wahre Herausforderung sein? Die wir alle drei gemeinsam lösen sollen?«

»Ich weiv ev nicht, ich kann nur raten«, erwiderte die Wühlmaus.

»Das ist zumindest ein höchst interessanter Gedanke«, meinte Chex. »Wir wußten, daß wir mit dem Unerwarteten rechnen mußten, und das ist ungefähr so unerwartet, wie es nur sein kann. Es erscheint mir nur vernünftig, davon auszugehen, daß man eine kompliziertere Herausforderung braucht, um drei unterschiedliche Fragesteller gleichzeitig hereinzulegen.«

»Aber warum sollten drei auf einmal kommen?« wollte Esk wissen. »Wären wir einander auf dem Weg nicht begegnet, so wären wir doch einzeln hier eingetroffen.«

»Das stimmt. Es sieht aus wie ein recht merkwürdiger Zufall.« Sie dachte nach und ließ dabei die Flügel beben. »Ob es möglich ist, daß unsere jeweiligen Missionen miteinander in Verbindung stehen? Dann sind wir nämlich nicht zufällig gemeinsam hier eingetroffen, dann ist es uns vielmehr bestimmt, bei irgendeiner Aufgabe zusammenzuarbeiten, so daß eine einzige Antwort uns allen dienen wird.«

»Aber ihr wuvtet doch gar nichtv vom Küvmichfluv«, wandte Volney ein.

»Und doch ist Esk der mürrischen Dämonin aus dieser Gegend begegnet«, konterte Chex. »Daher könnte seine Mission irgend etwas mit deiner gemeinsam haben. Allerdings muß ich zugeben, daß es zu meiner Mission keine Verbindung zu geben scheint. Jedenfalls bleibt es in diesem Stadium reine Spekulation.«

»Vielleicht wird der Gute Magier es uns ja bald sagen«, meinte Esk.

»Vielleicht«, antwortete sie, schien aber daran zu zweifeln.

Nun betraten sie das eigentliche Schloß. Alles war still, es manifestierten sich keine weiteren Herausforderungen.

»Halloooo!« rief Esk. »Ist jemand zu Hause?«

Keine Antwort.

Sie gelangten in den Wohntrakt des Schlosses, doch kam ihnen niemand entgegen, um sie zu begrüßen. »Vielleicht sind sie ausgegangen, um etwas zu essen?« schlug Esk scherzend vor, ohne daß jemand auf diesen faden Witz etwas erwiderte.

Sie schritten durch einen Raum nach dem anderen. Alle waren sie überfüllt mit Magie- und Haushaltsutensilien; nirgendwo war ein Lebewesen zu sehen. In der Küche stand ein Tisch mit einem Steinkäsesalat; offensichtlich hatte die Gorgone ihn gerade bereitet, als sie plötzlich verschwunden war. Die Salatblätter waren kaum welk; sie konnte kaum länger als einen Tag fort sein. In einem Schlafzimmer lagen Spielzeug und Behälter mit verschiedenen Früchten: offensichtlich das Werk des Magierssohnes Hugo, der, wie Chex einmal gehört hatte, Obst heraufbeschwören konnte. Doch von dem Jungen war keine Spur zu sehen. Im oberen Stockwerk stand in einem winzigen, überfüllten Studierzimmer, das schon eher einer Besenkammer glich, ein hoher Schemel an einem Tisch, auf dem ein riesiges, geöffnetes Buch lag: das Buch der Antworten, das dem Magier gehörte und in dem er Gerüchten zufolge ständig las. Doch von dem Magier selbst war nichts zu sehen. Es gab sogar ein Lesezeichen, das die Information anzeigte, die er zuletzt gelesen hatte; es schien sich um die aerodynamischen Eigenschaften der dritten linken Mittelfeder des Zwergrokhs zu handeln.

»Ich wußte überhaupt nicht, daß es einen Zwergrokh gibt!« bemerkte Esk.

»Du bist ja auch nicht der Gute Magier«, erinnerte ihn Chex.

»Offenvichtlich hat er nur vervucht, die Vtelle zu finden«, warf Volney ein. »Er wollte vich nämlich Kenntniv über die Eigenvaften von Ventaurenflügeln vervaffen.«

Chex und Esk starrten ihn an. »Das muß es sein!« meinte Esk schließlich. »Um deine Frage zu beantworten.«

Chex wirkte niedergeschlagen. »Aber warum ist er dann davongegangen? Ich *brauche* diese Antwort!«

»Anveinend ivt ev unvere Herauvforderung, dav herauvvufinden.«

Im ganzen Schloß dasselbe Bild: Überall gab es Anzeichen von normalem Alltagsleben, doch nirgendwo war jemand zu sehen. Alle Dienstboten – sofern es überhaupt welche gegeben hatte – waren verschwunden; alle Wesen waren freigelassen worden, genau wie die kleinen Raucher am Schloßgraben. Ja, jetzt erst merkten sie, daß der Graben selbst leer war. Die Grabenungeheuer waren fort. So etwas galt bei einem Schloß als völlig unerhört. Und doch gab es keinerlei Anzeichen für Gewaltanwendung; es schien einfach so, als wären der Gute Magier und seine Familie für einen Augenblick hinausgegangen – und nicht wieder zurückgekehrt. Wie ließ sich das erklären?

Ein Bereich des Schlosses mußte noch überprüft werden: das Verlies. Ob sie vielleicht dorthin gegangen waren, um irgend etwas zu überprüfen, und dabei irgendwie eingesperrt worden waren?

Doch der Weg, der nach unten führte, war frei, und es gab auch keine abgeschlossenen Türen. Nach einer einfachen Falle sah das nicht aus.

»Wenn dort unten etwas passiert sein sollte«, meinte Chex nervös, »dann ist es möglicherweise immer noch gefährlich. Wenn er sich beispielsweise einen Dämon gehalten haben sollte ...«

Das jagte Esk einen eisigen Schauer über den Rücken. »Ein Dämon wäre eine Erklärung«, stimmte er zu. »Manche von denen sind einfach nur lästig, genau wie die Dämonin, der ich begegnet bin, aber ich habe gehört, daß andere wirklich entsetzlich sein müssen. Wenn er einen gefangengehalten hat, der aber freigekommen sein sollte ...«

»Dann hätte der durch das Schloß toben und alles und jeden zerschlagen können«, beendete Chex den Satz.

»Nur dav wir keinerlei Vpuren von Gewaltanwendung gefunden haben«, warf Volney ein.

»Nicht alle Dämonen sind gewalttätig«, sagte Chex. »Manche von ihnen spielen einem einfach nur Streiche. Sie nehmen andere Gestalt an und führen die Sterblichen so lange in Versuchung, bis sie in Schwierigkeiten geraten. Wenn ein Dämon sich beispielsweise draußen vor dem Schloß in eine Damsell in Not verwandelt haben sollte, wären sie vielleicht alle hinausgeeilt, um ihr zu helfen, und ...«

»Der Gute Magier hätte sich niemals von einem Dämon narren lassen dürfen«, protestierte Esk. »Schließlich ist er doch der Magier der Information. Er weiß alles!«

Sie seufzte. »Ich gebe zu, es ist eine sehr schwache Theorie. Also reißen wir uns zusammen und sehen nach, was unten los ist.«

Sie schritten die Steintreppe hinunter. Unten angekommen, entdeckten sie nichts, was so aussah, als hätte es einen Dämon hinter Schloß und Riegeln halten sollen. Die Regale der Lagerräume waren überfüllt von kleinen Flaschen, die alle sorgfältig verschlossen waren; jeder ernsthaftere, gewalttätige Zwischenfall hätte mindestens einige von ihnen zu Boden stürzen müssen. Hier sah es genauso aus wie sonst im Schloß: vergleichsweise normal.

Bis auf einen kleinen Raum hinter einer verschlossenen Tür. Chex spähte durch das winzige, vergitterte Fenster. »Aktivität«, murmelte sie angespannt.

Wieder spürte Esk den eisigen Schauer. »Was ist denn los?«

»Es scheint ein ... irgendeine Art Experiment zu sein«, meldete sie. »Es ist schwer zu erkennen. Da steht ein Behälter auf einem Herd und kocht, und die Dämpfe bedecken den ganzen Boden.«

»Dann muß er irgendeinen Zaubertrank gebraut haben«, meinte Esk, »und hat vergessen alles abzustellen, bevor er ging.«

»Dann sollten wir es wohl besser tun«, meinte sie. »Hat ja keinen Zweck, es völlig verkochen zu lassen.«

Volney witterte die Luft. »Vorvicht«, mahnte er. »Dav riecht wie ...«

Als er nicht weitersprach, forderte Chex ihn dazu auf. »Wie was?«

»Wav?« wiederholte der Wühlmäuserich seinerseits.

»Wie riecht das?«

»Wie riecht *wav*?«

»Das Gebräu!« erklärte sie ungeduldig.

»Welchev Gebräu?«

»Das Gebräu, das du gerade gerochen hast!« sagte sie. »Wie kannst du das denn schon vergessen haben?«

»Ich ... habe ev vergevven«, erwiderte Volney und wirkte verwirrt. »Wav tue ich hier eigentlich?«

»Was du hier ...!« wiederholte sie empört. »Volney, jetzt ist nicht die Zeit für Spiele!«

»Wofür?«

Plötzlich begriff Esk, was los war. »Amnesia ambrosia!« rief er. »Volneys Nase ist empfindlicher als unsere, außerdem ist er kleiner als wir. Diese Dämpfe müssen sich ausbreiten und unter der Tür hervortreten, daher hat er auch die erste Dosis abbekommen!«

»Amnesia!« rief sie besorgt. »Dann müssen wir sofort weg!«

»Komm schon, Volney«, sagte Esk. »Wir gehen wieder nach oben!«

»Wohin?« fragte der Wühlmäuserich.

»Hinauf! Hinauf! Fort von den Dämpfen, bevor sie uns alle erwischen!«

Der Wühlmäuserich zögerte. »Wer veid ihr?« fragte er.

»Der vergißt ja alles!« rief Chex. »Wir müssen ihn hier rausholen!«

»Wir sind Freunde!« erklärte Esk. »Wir müssen uns unterhalten – oben! Komm mit!«

Der Mäuserich zögerte, erinnerte sich aber an nichts Gegenteiliges, daher folgte er ihnen hinauf. Hinter sich schlugen sie alle Türen zu und klemmten Stoffstreifen aus dem Nähzimmer unter die letzte, um die gefährlichen Dämpfe abzuhalten.

»Ich glaube, jetzt wissen wir, was dem Magier und seiner Familie widerfahren ist«, sagte Chex. »Irgendwie haben sie die Kontrolle über das Gebräu verloren und schließlich vergessen, was sie eigentlich taten!«

»Aber der Magier war doch oben«, wandte Esk ein. »Wie hätten ihn die Dämpfe dort oben erreichen sollen? Sie haben ja bisher nicht einmal das Verlies verlassen, und gestern waren sie bestimmt noch schwächer.«

Sie nickte. »Wie wahr, wie wahr. Ich habe nicht richtig nachgedacht. Diese Dämpfe sind wahrscheinlich nicht die Ursache seines Verschwindens, sondern seine Folge. Trotzdem sollten wir lieber diesen Topf vom Feuer nehmen!«

Darin waren sie sich einig, doch wie sollten sie das bewerkstelligen?

»Vielleicht gibt es ja ein Gegengebräu«, überlegte Esk.

»Etwas, das wir zusammenmischen und ins Verlies schütten können, um es zu neutralisieren. Im Buch der Antworten ist es vielleicht aufgeführt.«

Sie eilten nach oben und sahen im Buch nach. »Worunter kann so etwas wohl aufgeführt sein?« fragte Esk und blätterte die uralten Seiten um.

»Unter *G* wie Gedächtnis, vielleicht«, schlug Chex vor.

Er blätterte in dem Buch, bis er es gefunden hatte. »Ah, hier ist es ja: Gedächtnis.« Doch dann runzelte er die Stirn, als er versuchte, die Einzelheiten zu lesen. »Das verstehe ich nicht! Es liest sich so wissenschaftlich.«

»Wissenschaftlich?« fragte Chex.

»Ja. Was bedeutet denn ›mnemotischer Intensivierungszauber‹?«

Sie schürzte die Lippen. »Das klingt wirklich wissenschaftlich«, stimmte sie ihm zu. »Wahrscheinlich kann es nur der Gute Magier verstehen. Deshalb *ist* er ja auch der Magier.«

»Wir haben nicht genug Zeit«, sagte er. »Wir brauchen etwas, das wir sofort verstehen.«

»Ja, wir brauchen einen Geistesblitz«, pflichtete sie ihm bei.

»Ich weiv ja nur wenig über Magie«, warf Volney ein, der sich offensichtlich inzwischen von seinem Gedächtnisverlust zu erholen begann. »Aber gibt ev da nicht vo ein Holv, dav die magiven Pole vertauvt? Ich glaube, man nennt ev Umkehrholv.«

»Umkehrholz!« riefen Esk und Chex wie aus einem Munde. Und: »Das ist es!« fügte einer von beiden hinzu.

Sie eilten die Treppe hinunter und sahen in den Regalen nach. »Gefunden!« rief Esk, als er einen Küchenschrank öffnete. »Die Gorgone muß es zum Kochen verwendet haben, damit alles, was sie anschaute, nicht gleich versteinerte.« Er nahm das Holzstück heraus.

»Aber bist du auch sicher, daß es das Richtige ist?« fragte Chex.

»Wir können es überprüfen«, antwortete er. »Komm auf mich zu. Wenn es meine Magie umkehrt ...«

»Ich verstehe.« Sie trat auf ihn zu.

Er hielt das Holzstück hoch. »Nein«, sagte er, als sie näher kam.

Da sprang sie ihn an. Plötzlich drückte ihr recht weiches Vorderteil ihn gegen die Wand.

»Hoppla«, sagte sie und wich wieder zurück. »Das wollte ich nicht.«

»Ich habe nein gesagt, als du auf mich zukamst«, japste er. »Aber du hast sogar noch beschleunigt.«

»Es ist also tatsächlich Umkehrholz!« sagte sie.

»Ich hoffe, daß es genug ist.« Er musterte das kleine Stück und dachte an den Raum voller Amnesiadämpfe im Keller.

»Es muß einfach genügen«, sagte sie entschieden.

Sie trugen es hinunter zu der versiegelten Tür, entriegelten sie wieder und zögerten. »Ich glaube, wir müssen es *in* den Topf geben«, bemerkte Chex. »Aber wenn wir uns ihm zu sehr nähern, werden wir alles vergessen.«

»Aber nicht doch«, meinte Volney, »denn wer dav Holv in der Hand hält ...«

»Ja, der kehrt den Gedächtnisverlust um!« rief Esk. »Ich tue es!« Dann eilte er mit dem Holzstück die Stufen hinunter. Als er unten angekommen war, schritt er zu dem verschlossenen Raum hinüber, riß die Tür auf, watete durch die dichtgeballten Dämpfe und schleuderte das Holzstück in den brodelnden Topf.

Die Wirkung war fulminant: Nicht nur, daß der Gedächtnisverlust umgekehrt wurde, wie er an seiner plötzlich geschärften Erinnerung erkannte; der Topf selbst hörte auf zu brodeln und erstarrte.

Er kehrte in den Wohntrakt zurück. »Auftrag ausgeführt«, verkündete er.

»Nur, daß wir immer noch nicht wissen, was mit dem Guten Magier geschehen ist«, wandte Chex ein. »Und deshalb haben wir noch immer nicht die Antworten erhalten, deretwegen wir hierhergekommen sind.«

»Vielleicht kann uns ein magischer Spiegel zeigen, wohin er gegangen ist«, schlug Esk vor.

Schließlich entdeckten sie einen Spiegel. Doch als sie sich

ihm näherten, begann er zu flackern. »Schloß Roogna ruft Magier Humfrey«, sagte er. »Humfrey, bitte melden. Ende.«

»Er ist nicht da«, sagte Esk zu dem Spiegel.

»Schloß Roogna ruft Magier Humfrey«, wiederholte der Spiegel. »Humfrey, bitte melden. Ende.«

»Wie kann ich dieses Ding auf Antwort stellen?« fragte Esk.

Im Spiegel erschien ein Auge und musterte ihn. »Das kannst du nicht, Ogerschnauze«, sagte es. »Ich reagiere nur auf befugte Personen. Sag dem Guten Magier, er soll gefälligst seinen Zaubererhintern hierherbewegen und dem König Antwort geben.«

»Aber der Gute Magier ist doch gar nicht da!« rief Chex.

»Ausreden will ich gar nicht hören, Nymphennudel«, konterte der Spiegel. »Holt ihn einfach her.«

»Jetzt hör mal zu, Glasfratze!« sagte Esk und hob eine Faust.

»Bestimmt nicht, Mundanierhirn«, lautete die Antwort. »Ich bin sehr viel mehr wert als du. Es ist ein Kapitalverbrechen, einen Spiegel zu zertrümmern.«

»Stell einfach den König zu uns durch, dann werden wir ihm schon erzählen, was hier geschieht«, erwiderte Chex wütend.

»Tut mir leid, Ponyschwanz, aber dazu bist du nicht autorisiert.« Dann war der Spiegel leer.

»Jetzt verstehe ich, wieso manche Spiegel kaputtgehen«, murmelte Esk mürrisch.

»Das ist einfach nur die Widernatürlichkeit des Unbelebten«, sagte Chex. »Ich fürchte nur, daß wir wohl jetzt selbst nach Schloß Roogna müssen, um dort allen zu sagen, was wir hier festgestellt haben, und um zu sehen, was sie dagegen tun werden.«

»Vlov Roogna?« fragte Volney.

»Möglicherweise ist das der einzige Weg, wie wir unsere Probleme noch lösen können«, meinte sie.

Und so sah es tatsächlich aus.

5

IVY

Die Nacht verbrachten sie im Schloß des Magiers, und am Morgen machten sie sich auf den Weg nach Schloß Roogna. Sie nahmen eine Leiter mit, die sie in einem Lagerschuppen gefunden hatten; Chex hatte sich ein Ende unter den Arm geklemmt und das andere auf ihren Rumpf gelegt. Die Leiter beeinträchtigte die Beweglichkeit ihres Schweifs ein wenig, so daß die Stechfliegen lästiger waren als sonst, doch bis zum Schloß war es ja nicht weit.

Wieder durchstießen sie den illusionären Berg, und diesmal gelang es ihnen mit Hilfe der über den Abgrund gelegten Leiter wesentlich schneller, das Hindernis zu überwinden. An der Nordseite traten sie heraus und schritten auf dem Pfad weiter. »Weißt du, ich frage mich, wie diese kleinen Raucher über den Abgrund gelangten«, bemerkte Esk. »Ob sie darüberspringen konnten?«

»Sie sind ziemlich flink«, antwortete Chex. »Ich schätze, das können sie schon. Vielleicht sind sie aber auch nur blindlings vorangestürzt, und einige haben es geschafft, andere wiederum nicht. Wir wissen ja nicht, wie viele ursprünglich in dem Käfig gewesen sind.«

Er nickte. Ihre Überlegung leuchtete ihm ein. Vielleicht konnten sie ja von Glück sagen, daß sie nur ein paar dieser Drachen begegnet waren.

Dann erreichten sie den See. »Und wie haben sie den überquert?« wollte Esk wissen. »Können Drachen schwimmen? Und wenn ja, läßt das Seeungeheuer sie dann einfach vorbei?«

Chex musterte das Gewässer, in dem das Ungeheuer lauerte, dann blickte sie ans Ufer, wo die fleischfressenden Schilfpflanzen standen. »Sie müssen irgendeinen anderen Weg gefunden haben.«

Volney beschnüffelte das Ende des Pfads am Wasserrand. »Wenn der Berg eine Illuvion war, dann ivt dav hier vielleicht auch eine«, überlegte er. »Oder könnte ev ein anderer Avpekt vein?«

»Ein anderer Aspekt der Illusion?« fragte Chex verwundert.

Der Mäuserich trat auf das Wasser hinaus.

Esk und Chex fielen fast die Augen aus dem Kopf. »Es ist wirklich!« rief Esk. Klatschend hieb sich Chex gegen ihre eigene Flanke.

»Ein Einbahnpfad!« rief sie.

»Ich glaube nicht«, meinte Volney.

Doch da rannten sie bereits den Pfad weiter. Beide traten auf die Wasseroberfläche – und beide sanken im Schlamm ein.

Und doch hielt sich Volney immer noch oben. »Wie ...?« fragte Esk etwas pikiert.

»Ich habe meine Augen gevlovven«, erklärte die Wühlmaus.

»Die Augen geschlossen?« fragte Chex verständnislos, während sie sich wieder vom Schlamm befreite.

»Wenn dav, wav wir vehen, nicht fevtvtofflich ivt«, erklärte Volney, »dann ivt dafür dav, wav wir *nicht* vehen, fevtvtofflich.«

»Was wir nicht sehen, ist fest«, wiederholte Esk nachdenklich.

Chex nickte. »Eine weitere Umkehrmagie. So etwas scheint der Gute Magier sehr zu mögen.«

»Sehr«, stimmte Esk zu, er war nicht minder schlecht gelaunt als sie. Hätten sie es etwas früher erkannt, so hätten sie sich eine Menge Schwierigkeiten ersparen können.

»Aber wenn das Seeungeheuer näher kommen sollte«, warf sie ein.

»Dav ivt doch ein vervauberter Pfad, nicht wahr?« fragte der Mäuserich und ging weiter.

Sie nickte. »Stimmt ... eigentlich müßte er sicher sein. Die Drachen waren darauf, weil sie Reisende waren; der Gute Magier hat sie frühzeitig nach Hause geschickt, aus Gründen, die wir noch nicht verstehen. Andere Ungeheuer haben darauf nichts zu suchen – und tatsächlich sind wir auch noch keinem begegnet. Folglich dürfte das Seeungeheuer den Weg eigentlich auch nicht betreten.« Sie erschauerte. »Und trotzdem bekomme ich wieder Platzangst. Ich bin alles andere als wild darauf, mich blindlings diesem Pfad anzuvertrauen, andererseits sagt mir ein Marsch um den See durch den Schlamm auch nicht gerade zu.«

Esk dachte nach. »Angenommen, du trägst mich auf deinem Rücken, wie wir es schon einmal getan haben – und angenommen, ich behalte dabei die Augen offen? Würde der Pfad dann meinetwegen illusorisch werden oder deinetwegen feststofflich?«

Sie lächelte. »Stellen wir es doch ganz einfach fest! Das täte ich zwar nicht mit jedem, aber dir vertraue ich, Esk.«

Esk reagierte ganz verlegen auf dieses Kompliment. Zentauren waren berüchtigt dafür, daß sie nie dem Urteil anderer trauten.

Chex schloß die Augen, während Esk aufsaß. Dann gab er ihr Anweisungen. »Geradeaus ... nein, ein Stück nach rechts«, sagte er.

»Das funktioniert nicht gut«, bemerkte sie. »Gib mir einfach Anweisungen mit deinen Knien.«

»Mit meinen Knien?«

»Drück einfach auf der Seite zu, von der ich mich abwenden soll. Das ist viel wirkungsvoller.«

»Oh.« Er versuchte es, und tatsächlich reagierte sie problemlos darauf.

Schon wenige Augenblicke später dirigierte er sie völlig ohne Worte.

Er führte sie auf dem Pfad, und der Pfad hielt stand. Tatsächlich war es die Vision des Gehenden, die über ihn bestimmte; so lange sie die Augen geschlossen hielt, hatte sie auch festen Halt. Drohte sie zur einen oder anderen Seite auszuscheren, korrigierte er sie sanft mit den Knien, woraufhin sie sofort wieder in die Wegmitte schritt. Das Seeungeheuer beäugte sie zwar, kam aber nicht näher; der Pfad war tatsächlich verzaubert. So erwies sich die Überquerung des Sees als erstaunlich einfach.

»Nun«, sagte Chex, als sie schließlich am gegenüberliegenden Ufer angekommen waren, »jetzt bin ich aber wirklich erleichtert.«

Esk saß ab, und gemeinsam schritten sie mit frischem Mut weiter. Vielleicht würden sie auf Schloß Roogna ja erfahren, weshalb der Gute Magier auf solch seltsame Weise verschwunden war.

Doch je näher sie dem Schloß kamen, um so nervöser wurde Chex. »Stimmt etwas nicht?« fragte Esk sie schließlich.

Sie seufzte. »Ich bin mir nicht sicher. Es geht um etwas Persönliches.«

»Oh. Dann geht es mich also nichts an.«

»Vielleicht geht es dich doch etwas an, weil es nämlich darüber entscheiden könnte, wie du dort aufgenommen wirst, und Volney auch.«

Die Wühlmaus stellte die kleinen Ohren auf. »Gibt ev Vrierigkeiten auf Roogna?«

»Gewissermaßen. Damit ihr das versteht, muß ich erst ein paar Fakten rekapitulieren.«

Esk zuckte die Schultern. »Wir werden dir zuhören.« Er war neugieriger, als er gern zugegeben hätte; was konnte einem Wesen nur solche Schwierigkeiten bereiten, das ansonsten allen natürlichen Bedürfnissen gegenüber völlig offen war?

»Ich bin, wie du bemerkt hast, ein Mischling«, fing sie an.

»Ich auch«, versetzte Esk. »Wir könnten sogar irgendwo einen gemeinsamen menschlichen Vorfahren haben.«

Sie lächelte kurz. »Das könnten wir. Aber die Zentauren halten sich, wie immer sie auch entstanden sein mögen, für eine reine Rasse und haben nichts für Vermischung übrig.«

»Oho! Dann mögen sie dich vielleicht nicht sonderlich!«

»Einige nicht«, bestätigte sie etwas traurig. »Leider sind jene, die vielleicht besonders pikiert auf meine gemischte Erblinie blicken könnten, ausgerechnet meine Großeltern zentaurenseits.«

»Deine Großeltern wissen gar nichts davon?« fragte Esk überrascht.

»Meine Mutter, Chem Zentaur, fand keinen Partner ihrer eigenen Art. Jenseits der Zentaureninsel sind die Zentauren nicht sonderlich häufig anzutreffen, so etwas kann also vorkommen. Sie ... ließ sich mit einem Hippogryph ein. Deshalb habe ich auch Flügel. Doch weil sie wußte, daß man einer solchen Verbindung mit Unmut begegnen würde, informierte sie ihre Eltern nicht davon. Nur ihren Bruder, Chet, zu dem sie ein engeres Verhältnis hatte. Das bedeutet, daß zu der Indiskretion ihrer Verbindung auch noch die Irreführung ihrer Eltern kam. Unter Zentauren geht man mit dergleichen nicht unbedingt milde um.«

»Aber eigentlich war es doch ihre eigene Sache, nicht wahr?« fragte Esk. »Ich meine, sie war doch nicht irgendwie verpflichtet, es ihren Eltern zu melden, oder?«

»Das war auch Chems Meinung«, bestätigte Chex. »Aber es ist möglich, daß andere Zentauren das anders sehen.«

»Und deine ... Großeltern ... sind also auf Schloß Roogna«, schloß Esk, nachdem er alles verstanden hatte.

»Ich glaube es.«

»Und wenn sie dich sehen, mit deinen Flügeln ...«

»... dann bin ich mir nicht sicher, wie sie darauf reagieren werden.«

»Vielleicht kannst du ja im Wald abwarten, während Volney und ich hineingehen.«

Sie seufzte. »Nein danke. Ich glaube, es ist an der Zeit, sich der Sache zu stellen.«

»Wenn du es so haben möchtest.«

»Ich glaube, daß es so sein muß. Ich mag keine Täuschung, und in dem Umfang, in dem schon meine bloße Existenz eine Täuschung darstellt, bin ich es mir selbst schuldig, sie aus der Welt zu schaffen.«

»Das leuchtet mir ein«, meinte Esk. Zentauren waren bekannt für ihre besondere Ethik, was für jene, die mit ihnen zu tun bekamen, sowohl Vor- als auch Nachteile hatte.

Sie kamen gut voran und begegneten keinem weiteren Drachen; anscheinend waren die kleinen Raucher endlich dort angelangt, wohin sie sollten, und hatten den Pfad verlassen. Als die Nacht anbrach, glaubten sie, in der Nähe von Schloß Roogna zu sein.

Sie verteilten die Wachen wieder wie in der Nacht zuvor, da sie der Sicherheit des Pfads nicht gänzlich trauten. Doch nichts ereignete sich, und am Morgen frühstückten sie Früchte und Knollengewächse und setzten sich wieder in Marsch.

Plötzlich erscholl Hufgetrappel vor ihnen. »Das ist ein Zentaur!« rief Chex. »Ach, bin ich nervös!«

Das konnte Esk ihr gut nachempfinden. Auch er war nervös, doch aus anderem Grund: Er war noch nie auf Schloß Roogna gewesen, und er war sich nicht ganz sicher, wie der König auf eine Kreuzung zwischen Mensch und Oger reagieren würde. Natürlich war er im Augenblick nur eine Art Bote, der vom Verschwinden des Guten Magiers berichten mußte, dennoch machte er sich Sorgen. Volney Wühlmaus schien sich auch nicht viel wohler zu fühlen.

Sie wichen an den Wegesrand zurück, um den Zentauren durchzulassen. Doch nun begann Volney nervös die drückende Luft zu wittern: »Ventaur – und Drache«, verkündete er.

Sofort nahm Chex ihren Bogen ab und spannte einen

Pfeil ein, während Esk sich vor der Wühlmaus aufbaute, um sofort nein sagen zu können, falls der Drache angreifen sollte.

»Und ein Menv«, fügte Volney hinzu.

Eine Dreiergruppe – Zentaur, Drache und Mensch? Wie seltsam! Doch dann wurde ihm klar, daß ihre eigene Gruppe aus Zentaurin, Wühlmaus und Mensch (ungefähr) ebenso merkwürdig war.

Der Zentaur kam in Sicht: ein kräftiges männliches Exemplar, auf dessen Rücken ein kleines Mädchen ritt. Ein wahrhaft formidabler Drache womppte hinter ihnen her. Esks Nervosität wuchs; das konnte mächtigen Ärger bedeuten!

»Onkel Chet!« rief Chex entzückt. Erstaunt hielt der Zentaur an. »Grauflügel!« rief er.

»Das ist der Kosename, den er sich für mich ausgedacht hat«, murmelte sie und errötete ein wenig vor Freude. »Er hat nichts gegen meine ...«

»Wer?« fragte das kleine Mädchen, als Chet vor ihnen hielt, und der Drache hörte auf zu womppen, wobei er Rauch ausstieß.

»Ich stelle uns vor, und du stellst euch vor«, sagte Chet forsch. »Ich bin Chet Zentaur, Fohlen von Chester und Cherie Zentaur; das ist Ivy Mensch, Tochter von König Dor und Königin Irene; und der Typ da hinten, das ist Stanley Dampfer, früher als der Spaltendrache bekannt.«

Vor Schreck hätte Esk fast seine Zunge verschluckt. Die Tochter des Königs und der Spaltendrache?

Doch nun war Chex an der Reihe, ihre Begleiter vorzustellen. »Ich bin Chex Zentaur, Fohlen von Chen Zentaur und Xap Hippogryph; das hier ist Esk Mensch, Sohn von Krach Oger und Tandy Nymphe; und der da ist Volney Wühlmaus aus dem Küßmichflußtal, auch bekannt als Tal der Wühlmäuse.«

»Der Küßmichfluß!« rief Ivy aufgeregt. »Den würde ich gerne mal besuchen!« Sie schien zehn oder elf Jahre alt zu sein, auf Elfenweise hübsch, mit sehr hellem grünem Haar und dazu passenden Augen. »Stimmt es, daß jeder, der sein Wasser berührt, so liebevoll wird, daß er sofort die allererste Person küssen muß, der er begegnet?«

»Nicht mehr«, erwiderte Volney grimmig. »Er ivt von den Dämonen vervtört worden. Nun heivt er der Tötmichfluv, und jeder, der ihn berührt, möchte am liebvten veinen Nächvten umbringen.«

»Sag mal, Volney, hast du Probleme mit deinem ...«, fing Ivy an.

»Wir drei haben uns auf dem Weg zum Schloß des Guten Magiers kennengelernt«, warf Chex hastig ein. »Jeder von uns will ihm eine Frage stellen, aber der Magier war nicht da, deshalb ...«

»Oh, wir sind auch gerade unterwegs, um den Magier Humfrey aufzusuchen«, berichtete Chet. »Er hat dem Spiegel keine Antwort gegeben, daher wollten wir mal nachsehen, ob irgend etwas vorgefallen ist.«

»Vielleicht sollten wir uns einen gemütlicheren Ort suchen, um Erfahrungen auszutauschen«, meinte Chex. »Ich glaube, wir haben sehr viel zu besprechen.«

»Ganz offensichtlich, süße Nichte«, entgegnete Chet. Er musterte sie von oben bis unten. »Seit ich dich das letzte Mal gesehen habe, hast du aber hübsche Rundungen bekommen.«

»Ich habe Übungen gemacht, um meine Brustmuskulatur zu entwickeln, aber fliegen kann ich trotzdem noch nicht.«

»Das kann ich richten!« rief Ivy. »Ich brauche nur auf dir anstatt auf Chet zu reiten, dann ...«

»Warte, Ivy«, warf der Zentaur ein. »Zunächst einmal wollen wir einen besseren Ort aufsuchen, wie sie ja auch vorgeschlagen hat. Dann können wir alles in Ruhe besprechen und auch alles versuchen, ohne den Verkehr zu blokkieren.«

Verkehr! Beinahe hätte Esk laut losgelacht. Auf diesem Pfad gab es keinen anderen Verkehr.

»Wirrmann ist ganz in der Nähe«, sagte Ivy. »Der hat eine nette Lichtung.«

»Wer?« fragte Chex.

»Wirrmann. Das ist ein Gewirrbaum.«

»Ein Gewirrbaum!«

»Keine Sorge«, fuhr das Kind fröhlich fort. »Er ist reformiert, seit Opa Trent ihn in einen fröhlichen grünen Riesen verwandelt hat.«

Also machten sie sich auf den Weg zu Wirrmanns Lichtung. Dazu mußten sie mitten durch den Urwald, doch der Drache womppte voran, so daß sämtliche potentiellen Angreifer hastig das Weite suchten. Die beiden Zentauren schritten Seite an Seite, und Esk und Volney bildeten die Nachhut.

Wirrmanns Lichtung war wirklich hübsch, gepflegt, wie nur Gewirrbäume zu pflegen vermochten. Wirrmann selbst war ein riesiger grüner Mann mit zuckenden Tentakeln als Haar und einer rindenähnlichen Kleidung. Er sah wirklich nett aus und grinste, als er Ivy und ihre Gruppe erblickte.

Offensichtlich hatten sie schon seit Jahren ein gutes Verhältnis zueinander.

Wieder wurden alle einander vorgestellt. Dann ließen Stanley und Wirrmann sich zu einer Runde Prügeln-und-Poltern nieder, was zwar eher wie eine Schlacht aussah als wie ein freundschaftliches Spiel, doch da Ivy sich keine Sorgen deswegen machte, taten es die anderen auch nicht.

Nun verglichen sie ihre Beobachtungen miteinander. »Im Schloß des Guten Magiers ist also niemand mehr«, schloß Chet. »Wir haben uns schon darüber gewundert, als wir mit unserer Meldung nicht durchkamen, aber manchmal reagieren diese Spiegel sonderbar, deshalb wollten wir lieber nachsehen. Ivy besucht sowieso sehr gern Hugo und die Gorgone, und Stanley hat viel für das Grabenungeheuer übrig, daher ...«

»Das Grabenungeheuer ist auch fort«, warf Chex ein. »Alle Wesen sind freigelassen worden.«

»Das ist wirklich sehr seltsam«, meinte Chet. »Der Gute Magier kann zwar ziemlich schweigsam sein, aber für seine Umgebung trägt er immer Sorge, und fast nie läßt er ein Lebewesen vor Ablauf seiner Dienstzeit ziehen. Es hat beinahe den Anschein, als wären sie für immer fortgezogen.«

»Ja – aber ziemlich überstürzt«, versetzte sie.

»Das müssen wir König Dor berichten«, schloß Chet. »Doch wird das noch einige Tage dauern, weil er und Königin Irene geschäftlich auf Reisen sind, oben im Wasserhügel. Wir haben uns auf eine mehrtägige Reise eingestellt, aber das scheint nun nicht mehr sinnvoll zu sein.«

»Willst du dich denn nicht von dem überzeugen, was wir dir erzählt haben?« fragte Esk.

»Mich vom Bericht einer Zentaurin überzeugen? Wozu denn das, um alles in der Welt?«

Chex lächelte. »Er hat noch nicht viel Kontakt zu Zentauren gehabt, Onkel.«

»Oh.« Chet wandte sich an Esk. »Die Beobachtungsfähigkeit eines Zentauren ist vollkommen, und das Wort eines Zentauren ist heilig. Es wäre nur Zeitverschwendung, den Bericht meiner Nichte zu überprüfen; er enthält die gleichen Informationen, die ich vorfinden würde.«

»Oh. Dann können wir uns wohl auf Schloß Roogna begeben«, sagte Esk etwas verwirrt. Er hatte zwar von den Fähigkeiten der Zentauren gehört, hatte aber wie üblich nicht genau genug nachgedacht. Manchmal bedauerte er seine Ogerherkunft.

»Das ist ebenfalls sinnlos, bevor der König zurückgekehrt ist«, entgegnete der Zentaur.

»Willst du damit sagen, daß wir hier einfach abwarten sollen?« wollte Esk wissen.

»Natürlich nicht«, erwiderte Chet, »das wäre Zeitvergeudung.«

»Was dann?«

Chex lachte. »Wir werden uns wohl für einige Tage eine Beschäftigung suchen müssen«, meinte sie.

»Finden wir doch heraus, wo der Gute Magier Humfrey ist«, schlug Ivy fröhlich vor. »Dann können wir meinem Vater sagen, wo er ihn finden kann.«

»Hast du etwa eine Landkarte, mit der man verschollene Magier wiederfinden kann?« erkundigte Chet sich trocken.

»Nein, nicht genau. Aber ich kenne jemanden, der eine hat: Chem. Die hat Karten für alles!«

»Meine Mutter!« rief Chex. »Ich habe sie schon seit einem Jahr nicht mehr gesehen!«

»Und meine Schwester«, ergänzte Chet. »Bei uns ist es sogar noch länger her. Sie kommt jetzt nicht mehr sehr oft auf Schloß Roogna.«

»Meinetwegen«, sagte Chex und senkte den Blick.

»Weil unsere Mutter ein bißchen konservativ ist«, erklärte Chet. »Ich finde, es ist Zeit, die Angelegenheit einmal zu klären.«

»Zu der Überzeugung bin ich auch gelangt«, bestätigte Chex.

»Natürlich. Dann haben wir also gleich zwei Gründe, um Chem aufzusuchen.«

»Aber wir brauchen drei.«

»Drei?« fragte Ivy.

»Zentauren brauchen immer drei Gründe, um etwas zu tun«, erklärte Esk ihr. In gewisser Weise war er ein wenig stolz darauf, zeigen zu können, daß er doch ein bißchen von diesen Wesen verstand.

Das Kind überlegte. »Das stimmt. Das hatte ich vergessen. Wir wollten zum Schloß des Magiers Humfrey, weil er seinem Spiegel keine Antwort mehr gab, und ich wollte mit der Gorgone zusammen einen Kalauerkeks essen, und Stanley wollte mit dem Grabenungeheuer ringen. Drei Gründe. Jetzt wissen wir, daß Humfrey fort ist, deshalb haben wir keine drei Gründe mehr.«

»Wo ivt denn die kartenmachende Ventaurin?« erkundigte sich Volney.

»Oh, die fertigt gerade eine Einzelkarte von der Spalte an«, antwortete Chet. »Die ist ziemlich verworren.«

»Stanley muß unbedingt mal in die Spalte!« rief Ivy. »Irgendwann wird er dort wieder das Kommando übernehmen, deshalb sollte er auf dem laufenden bleiben.«

Chet nickte. »Das stimmt.«

»Und das sind drei Gründe!« jubilierte sie. »Denn Chem ist auch in der Spalte!«

»Sie hat recht, Onkel«, meinte Chex lächelnd. »Wir brauchen eine Karte und meine Mutter, und wir müssen den Drachen zur Spalte bringen.«

»So sieht es aus«, stimmte er zu.

»Und unterwegs werden wir alles übereinander erfahren!« rief Ivy. »Ach, das macht Spaß!«

»Werde nie vorübergehender Aufpasser für eine kleine Zauberin«, meinte Chet resigniert.

»Jetzt wollen wir mal sehen, ob ich Chex zum Fliegen bringen kann«, fuhr Ivy mit ungeminderter Begeisterung fort. Sie rannte zu Chex hinüber. »Heb mich hoch!«

Amüsiert half Chex dem kleinen Mädchen beim Aufsitzen. »Und jetzt die Flügel schwingen«, befahl Ivy. »Echt kräftig!«

»*Wirklich* kräftig«, berichtigten Chet und Chex sie im Chor.

»Ach, bäh, ihr Zentauren seid doch alle gleich! Tu es einfach!«

Chex spreizte die Schwingen und bewegte sie. Ihr Brustkorb besaß wirklich Muskeln; Esk versuchte nicht hinzustarren, als ihre Brüste von der Anstrengung wogten.

»So ist es recht!« rief Ivy. »Kräftiger!«

Chex schwang die Flügel noch kräftiger – und plötzlich zeichnete sich Überraschung in ihrer Miene ab. »Ich habe plötzlich stärkeren Auftrieb!« sagte sie.

»Natürlich, das ist ja auch mein Talent. Die Verstärkung. Und jetzt heb ab.«

Es sah beinahe so aus, als würde es geschehen. Chex' Vorderbeine hoben sich vom Boden. Doch so hart sie auch mit den Flügeln schlug, konnte sie den Rest des Körpers nicht in die Höhe bringen; sie blieb auf den Hinterbeinen stehen.

»Das genügt!« keuchte sie und ging wieder zu Boden. »Ich bin völlig aus der Puste!«

»Och«, machte Ivy enttäuscht. »Vielleicht mußt du wirklich noch mehr üben.«

»Vielleicht«, meinte Chex, rot vor Anstrengung. »Aber ich bin der Sache zum ersten Mal sehr nahe gekommen! Es war ein wunderbares Gefühl.«

»Es scheint mir tatsächlich seltsam, daß du funktionsfähige Flügel hast, die trotzdem nicht richtig arbeiten«, warf Chet ein. »Vielleicht brauchen sie magische Verstärkung.«

»Ich dachte, der Gute Magier würde das wissen«, antwortete Chex.

»Klaro weiß er das!« krähte Ivy.

»*Sicherlich*«, sagten Chet und Chex gemeinsam.

Ivy machte sich nicht einmal die Mühe, bäh zu sagen. Sie sprang ab und rannte zu den spielenden Ungeheuern hinüber. »Zeit zu gehen, Jungs!« rief sie und stapfte in den Tumult hinein. »Wir müssen zur Spalte.«

Das erregte sofort Stanleys Aufmerksamkeit. Der Tumult löste sich auf, und die beiden machten sich reisefertig.

Die Gruppe zog nach Norden weiter, wieder ihre eigene Spur kreuzend. Einmal erwachte ein schlafender Flugdrache und spuckte Feuer. Wirrmann beugte sich über ihn und öffnete den Mund. Der Drache musterte die riesigen, hölzernen Zähne und huschte davon. Bei anderer Gelegenheit bedrohte sie ein kleiner Gewirrbaum, als sie vorbei wollten. Stanley bewegte sich auf ihn zu und behauchte ihn mit Dampf, worauf der Baum schnell zurückwelkte.

»An diese Form des Reisens könnte ich mich gewöhnen«, murmelte Esk.

»Ja, mit denen macht es echt Spaß«, sagte Ivy.

»*Wirklich* Spaß!« korrigierten beide Zentauren sie mit einer Stimme.

Ivy streckte die Zunge raus. Esk unterdrückte ein Lächeln. Er mochte das kleine Mädchen, auch wenn sie eine Prinzessin war.

Bei Nachtanbruch waren sie in der Nähe der Spalte angelangt. An einer Quelle schlugen sie ihr Nachtlager auf und teilten diesmal keine Wachen ein, weil das in ihrer gegenwärtigen Begleitung nicht erforderlich war. Mit heimlicher Befriedigung bemerkte Esk, daß Ivy ebenso schamhaft mit ihren natürlichen Geschäften umging wie er selbst; die Zentaurenart war also nicht die einzige. Tatsächlich stellte Ivy ein prächtiges Gegengewicht zur Einstellung der Zentauren dar.

Am Morgen erreichten sie die Spalte: ein monströser Riß im Boden, der sich wie eine Steilklippe weit, weit nach unten zog, wo er immer schmaler wurde. Esk schwindelte, wenn er nur hinunterblickte.

»Wir werden die Spalte entlanggehen müssen, bis wir einen Abstieg gefunden haben«, stellte Chet fest. »Das kann eine Weile dauern. Es gibt zwar Brücken, die auf die andere Seite führen, aber meine Schwester müßte sich eigentlich unten aufhalten.«

Volney beschnüffelte den Boden. »Wir brauchen nicht vu vuchen«, meinte er. »Ev vind immer noch alte Wühlmauvlöcher da. Wenn wir ein groves finden, führt unv dav hinunter.«

»Wühlmäuse verstehen sehr viel von Tunneln«, erklärte Esk den anderen, als Volney weiterging.

»Aber der Typ geht ja von der Spalte weg!« protestierte Ivy.

Dann hatte Volney gefunden, wonach er schnüffelte: den höhlengleichen Eingang zu einem großen Tunnel. »Ihr braucht vielleicht Licht«, sagte er, während er eintrat.

»Ich habe in der Nähe ein paar Blitzstöcke gesehen«, meldete Ivy. Sie huschte davon, um sie zu holen. In ihren Händen leuchteten sie noch kräftiger, von ihrer Magie verstärkt. Schon bald hatten alle, die es wollten, einen Blitzstock in der Hand, sogar Wirrmann. Dann marschierten sie hinter der Wühlmaus her.

Der Tunnel war lang und feucht und verzweigte sich häufig, doch folgten sie Volney voller Zuversicht und gelangten schließlich auch zum Boden der Spalte. Das Wühlmausloch hatte ihnen viel Mühe erspart.

»Und jetzt müssen wir Chem finden«, meinte Chet. »Bleib bei uns, Stanley, wir möchten nicht, daß Stella uns findet und uns für Beute hält.«

»Stacey«, widersprach Ivy hämisch.

»Wie?«

»Ihr Name ist Stacey Dampfer«, sagte Ivy.

»Sie ist aber unter dem Namen Stella eingetragen.«

»Aber ich habe sie benannt, genau wie ich Stanley

benannt habe. Ich kann auch nichts dafür, wenn der Esel, der das Lexikon gemacht hat, es falsch eingetragen hat.«

»Der Esel hat es aber gar nicht falsch eingetragen; er hat nämlich beide aufgeführt«, widersprach Chet. »Wir haben es also mit einer Mehrdeutigkeit zu tun, das ist alles.«

»Aber wenn ich hier bin, dann ist mein Name richtig«, sagte Ivy.

Chet zuckte die Achseln, denn dem hatte er nichts mehr entgegenzusetzen. Einmal mehr hatte die kleine Prinzessin sich gegenüber dem Zentauren durchgesetzt. Insgeheim freute Esk sich darüber.

Wiederum war es Volneys Nase, die Witterung aufnahm. »Vie vind ervt vor kurvem dort entlanggegangen«, verkündete er und zeigte nach Westen.

Also begaben sie sich nach Westen und trafen schon bald auf Stacey und Chem. Die beiden erkundeten gerade einen Seitenzweig der Spalte, dessen schroffe Wände steil emporragten. Chem projizierte gerade sein Abbild und verglich die Einzelheiten mit der Wirklichkeit, um die Karte zu vervollkommnen. Sie war ein wunderschönes Wesen mit brauner Mähne und braunen Augen und wies eine gewisse Familienähnlichkeit mit Chex auf.

Chex umarmte ihre Mutter. »Ach, was bist du gewachsen, meine Liebe!« rief Chem.

»Ich habe ordentlich trainiert.«

»Aber was um alles in der Welt führt dich hierher? Ich dachte, du wolltest fliegen lernen.«

»Deshalb wollte ich auch schließlich den Guten Magier aufsuchen.« Sie berichtete ihr alles und erzählte auch von der Notwendigkeit einer geeigneten Karte.

»Aber ich kann euch den Magier nicht auf einer Landkarte zeigen!« wandte Chem ein. »Ich weiß doch selbst nicht, wo er ist!«

»Wir dachten, daß du uns vielleicht eine detaillierte Karte von den Gegenden zeigen könntest, wo er sich aufhalten könnte«, erklärte Chex.

»Das könnte ich vielleicht. Selbstverständlich kann ich die geographischen Merkmale dieses Landstrichs für jeden aufzeigen, der nach ihm suchen will.«

So willigte Chem schließlich nach einigem Zögern ein, sie auf Schloß Roogna zurückzubegleiten. Ihr Bruder und ihr Fohlen verstanden ihre Zurückhaltung; sie war ebensowenig wie Chex darauf erpicht, ihren Eltern die Wahrheit über ihr Mischlingskind zu offenbaren. Doch waren sie sich darin einig, daß nun die Zeit dafür gekommen sei.

Stanley beschloß, eine Weile in der Spalte zu bleiben und Stacey zu besuchen. Ivy schmollte, gab aber schließlich der Notwendigkeit nach; sie konnte den Spaltendrachen ja nicht auf alle Zeiten von der Spalte fernhalten. Sie befanden sich inzwischen in der Nähe einer der verzauberten Kreuzungen, so daß sie bald keines Schutzes mehr bedurften.

In diesem Teil der Spalte gab es zwar kein Wühlmausloch, aber Chem hatte sie bereits kartographiert und kannte einen Weg, der hinausführte.

Schließlich begab sich Wirrmann wieder zurück zu seiner Lichtung und überließ die drei Zentauren, die beiden Menschen und die Wühlmaus sich selbst. Sie schlugen das Nachtlager auf und zogen unter einen großen Schirmbaum um, als es regnete. Volney bildete natürlich die Ausnahme, denn er grub sich einfach eine seiner gemütlichen Höhlen. Ivy bestand darauf, die Nacht hier zu verbringen, was Esk so lange ärgerte, bis Chem eine Karte dieser Gegend projizierte und ihm zeigte, wo ein guter Kissenbusch wuchs. Dort sammelte Esk einen prächtigen Haufen Kissen und legte sich bequem zur Ruhe.

Am Morgen hatten sie es nicht eilig. Zentauren waren zwar integre Wesen, doch irgendwie hatten die drei nicht die Absicht, möglichst schnell zum Schloß zurückzustürmen. Tatsächlich gab es dafür ja auch keinen Grund; König Dor und Königin Irene wurden erst am nächsten Tag zurückerwartet. Chester und Cherie beaufsichtigten in Abwesenheit des Königspaars den Haushalt und behielten zudem ein Auge auf Ivys kleinen Bruder, Prinz Dolph. Das war schon Aufgabe genug, wie Chet bemerkte, denn der kleine Dolph konnte sich auf der Stelle in alles Mögliche verwandeln und liebte es, zu einer Maus zu werden und hinauszuhuschen, wenn er doch eigentlich die langweilige Geschichte Xanths lernen sollte.

Da sie aber nun einmal Zentauren waren, vergeudeten sie auch nicht mehr Zeit als nötig. Und so trafen sie zu Mittag auf Schloß Roogna ein.

Esk war beeindruckt. Seitdem er das Schloß des Guten Magiers gesehen hatte, wußte er ungefähr, wie solche Bauwerke aussahen, doch Schloß Roogna war noch weitaus größer.

Seine Mauern ragten hoch über den Graben hinaus, welcher nicht nur eins, sondern gleich mehrere monströse Monster enthielt. Die Schloßländereien waren von einem Obsthain umringt, in dem alle Arten exotischer Bäume wuchsen, und dahinter waren rauflustige Bäume zu sehen, die ihre Äste so bewegen konnten, daß sie unwillkommenen Eindringlingen den Weg versperrten. Auf einer Seite lag der Friedhof der Zombies, dessen Bewohner sich in ihrer fauligen Schaurigkeit erheben konnten, sobald das Schloß ihres Schutzes bedurfte. Es gab sogar, versicherte ihm Chet, mehrere Gespenster im Schloß, obwohl sie relativ harmlos waren und lediglich darauf warteten, daß man ihre Geschichte erzählte.

An der Zugbrücke stand eine winzige Menschengestalt. »Ein Pferdehintern mit *Flügeln*!« rief die Gestalt. »Na, wenn das die Hauswarte sehen!«

»Dann geh doch und erzähl es ihnen, Grundy!« rief Ivy fröhlich. Sie wußte nichts vom Ernst der Lage.

Schnell huschte der Golem ins Schloß zurück. Schon einen Augenblick später erschien ein älteres Zentaurenpaar. Beide entdeckten sie Chex zur gleichen Zeit.

»Großartig!« rief der Zentaurenmann.

»Widerlich!« hauchte die Zentaurin.

»Vater, Mutter, das hier ist mein Fohlen«, sagte Chem und zeigte auf Chex, die dastand, als rechnete sie damit, geschlagen zu werden.

»Und sie kann auch schon fast fliegen!« warf Ivy ein.

Chex' Großmutter sagte kein weiteres Wort. Sie machte auf der Stelle kehrt und verschwand im Schloß.

Ihr Großvater zögerte. »Das wird wohl noch eine Weile dauern«, meinte er, dann eilte er ihr nach.

Mit gleichermaßen gekränkter Miene drehten sich die drei Zentauren um und schritten vom Schloß fort.

Ivy sah Esk an. »Verstehst du das?«

»Ungern«, erwiderte er.

»Ich hätte gedacht, daß Cherie froh sein würde, ihre Enkelin kennenzulernen!«

»Soviel ich weiß, haben Zentauren etwas gegen Artenkreuzung.«

»Ach, bäh! In Xanth kreuzt sich doch alles!«

Esk zuckte die Schultern. »Ich fürchte, Cherie Zentaur sieht das nicht so.«

»Die mag die Magie nicht sehr, zumindest nicht bei Zentauren«, sagte Ivy nachdenklich. »Chester ist da schon besser. Er besitzt ein Talent, und Chet hat auch eins.«

Chet fand eine Stelle, wo Chem und Chex übernachten konnten, und Esk und Volney gesellten sich zu ihnen. Keiner der drei sagte etwas über den Vorfall, doch die Niedergeschlagenheit war beinahe greifbar. Esk begriff, daß sie wirklich gehofft hatten, Cherie würde die Situation akzeptieren. Doch Zentauren, dies begann Esk nun zu erfahren, waren starrsinniger als alle anderen Geschöpfe.

Am nächsten Tag kehrten König Dor und Königin Irene zurück, und gegen Nachmittag gewährten sie den drei Reisenden eine Audienz. Offensichtlich hegten sie keinerlei Vorurteile gegen Mischlinge, sie bewunderten sogar unverhohlen Chex' Flügel. Ivy kam, in den Kleidern der kleinen Prinzessin, die sie ja war, ebenso ihr kleiner, sechsjähriger Bruder, Prinz Dolph.

Ernst hörten sie sich Esks Bericht über das mysteriöse Verschwinden des Magiers an. Dann lauschten sie Volneys Bericht über das Tal der Wühlmäuse. Es war offensichtlich, daß sie über beide Angelegenheiten schon etwas wußten und bereits vor der Audienz zu einer Entscheidung gelangt waren.

»Gewöhnlich würden wir unser Bestes tun, um den Wühlmäusen zu helfen«, sagte König Dor. »Aber da diese

Angelegenheit ausgerechnet in einer Zeit an uns herangetragen wird, da der Gute Magier Humfrey verschwunden ist, muß diese Sache warten. Vordringlich geht es jetzt darum, den Magier Humfrey ausfindig zu machen.«

»Ach, Papi!« rief Ivy wütend. »Willst du ihnen denn kein kleines bißchen helfen?«

»Nicht jetzt, Ivy. Wenn wir den Guten Magier gefunden haben, müßte er dazu in der Lage sein, den Wühlmäusen zu helfen, genau wie Volney es ja eigentlich von ihm erbitten wollte.«

»Aber die bösen Dämonen tun diesem freundlichen Fluß weh!« protestierte Ivy. »Laß mich wenigstens mit ihnen gehen!«

»Nein«, erwiderte König Dor.

»Aber Papi!«

Königin Irene drehte sich zu ihrer Tochter um. »Nein«, wiederholte sie, und obwohl es recht freundlich klang, wich das kleine Mädchen zurück, als wäre es böse getadelt worden.

Von Schloß Roogna war also keine Hilfe zu erwarten. Esk mußte daran denken, ob Cherie Zentaur möglicherweise bei dieser grausamen Entscheidung ihre Hand im Spiel hatte.

Sie verließen den Audienzsaal. Nun war Volney ebenso niedergeschlagen wie Chex. Was sollten sie tun? Alle ihre Missionen waren so lange lahmgelegt, bis der Gute Magier gefunden war.

Als sie gerade das Schloß verließen, jagte Ivy hinter ihnen her. »Aber vielleicht hilft jemand anders!« rief sie. »Die anderen Zentauren oder vielleicht die Oger oder irgend jemand! Vielleicht könnt ihr sie ja fragen gehen! Vielleicht könnt ihr drei ja selbst etwas tun!«

Das hob Esks Stimmung. Inzwischen erschien ihm sein eigenes Anliegen beim Guten Magier relativ unbedeutend zu sein; sicherlich hatte er sich nur etwas eingebildet, als er glaubte, daß die Dämonin seiner Familie wirklich Schaden zufügen könnte. Denn sie wollte nur eins: in seinem Versteck allein gelassen werden.

6

ZENTAUR

Chex trabte nach Süden, den Weg entlang, der auf der Karte ihrer Mutter eingezeichnet war. Sie rechnete damit, in zwei Tagen auf der Zentaureninsel einzutreffen; dann wollte sie einen Tag bleiben, um dann in zwei Tagesmärschen wieder zurückzukehren. Zeit genug, um rechtzeitig zu der Verabredung mit Esk und Volney einzutreffen, die jeweils in eine andere Richtung losgezogen waren. Sie hatten sich darauf geeinigt, sich in sieben Tagen wieder zu treffen, in der Hoffnung, daß wenigstens einer von ihnen bis dahin Hilfe für das Tal der Wühlmäuse und den geplagten Küßmichfluß beschaffen würde.

Der Pfad verlief parallel zur Westküste Xanths. Er war weder gut markiert, noch sonderlich gepflegt, doch lag ein Schutzzauber über ihm, so daß es keine Probleme mit räuberischen Wesen geben sollte. Und außerdem war ja noch Ivy bei ihr.

»Ach, das macht Spaß!« rief Ivy. Sie saß auf Chex'

Rücken, und für sie war einfach *alles* ein Spaß. Ivys Magie war die Verstärkung, und es war eine Magie von Magierkaliber. Da sie in Chex eine wunderbare Kreatur sah, die beinahe fliegen konnte, war Chex nun im Trab um einiges schneller als sonst im vollen Galopp. Die Magie des Kindes verlieh ihr gewaltigen Auftrieb, es war tatsächlich wie Fliegen, denn ihre Kraft war so groß und ihre Füße waren ihr so leicht. Außerdem war das Kind eine angenehme Gesellschaft; Ivy verlangte nichts Unvernünftiges und war eine ausgezeichnete Reiterin. Offensichtlich hatte Chex' Großmutter Cherie sie nicht nur auf akademischem Gebiet ausgebildet.

Doch der Gedanke an Cherie Zentaur ernüchterte Chex. Cherie war gewiß eine prachtvolle Zentaurin, aber sie war auch sehr altmodisch. Sie hatte schon König Dor und Königin Irene unterrichtet, und nun unterwies sie die nächste Generation; gewisse Dinge jedoch konnte sie einfach nicht akzeptieren, beispielsweise Magie bei Zentauren. Und Rassenmischung. Chester Zentaur dagegen hatte den Ruf eines Haudegens, der immer lieber kämpfte als zu diskutieren; doch was Magie und Rassenmischung anging, war er sehr tolerant. Onkel Chet hatte gemeint, daß dies auf Chesters Onkel Herman den Einsiedler zurückzuführen war, der die magische Fähigkeit besessen hatte, mit Irrlichtern zu kommunizieren, und der bei der Verteidigung Xanths gegen die Zappler den Heldentod gestorben war. Außerdem war Chester unfähig, in seinen Nachkommen irgend etwas Böses zu sehen. Doch wenngleich Chester über die Muskeln verfügte, besaß Cherie den Willen, und dieser Wille setzte sich durch. Chex war in der Gegend von Schloß Roogna zwar unausgesprochen, aber nicht minder wirksam unwillkommen.

Die kleine Ivy jedoch war eine völlig andere Person und eine Macht für sich. Als sie ihre Entscheidung getroffen hatten, woanders Hilfe für die Wühlmäuse zu holen, hatte Ivy darauf bestanden mitzumachen. Sie hatte gesagt, daß sie dabei helfen könnte, die Zentauren auf der Insel zur Hilfeleistung zu bewegen. Und außerdem brauchte sie mehr Bildung, wozu auch ein Besuch auf der Zentaureninsel zählte. Nicht einmal Cherie hatte diese Logik widerlegen können, und so hatte Ivy ihren Willen durchgesetzt: Sie kam also mit, allerdings nur für diese eine Reise.

»Aber du wirkst ja so schrecklich ruhig«, sagte Ivy nach einer Weile. »Stimmt etwas nicht?«

»Nicht mit dir, Liebe«, versicherte Chex ihr. »Ich habe nur nachgedacht.«

»Über Cherie«, sagte Ivy klug.

»Stimmt.«

»Chester bearbeitet sie gerade, aber du weißt ja, wie Zentauren sind. Es gibt doch nirgendwo sturere ... hoppla. Wollte dich nicht beleidigen!«

»Das hast du auch nicht«, erwiderte Chex. »Wir ziehen es vor, so etwas Standhaftigkeit zu nennen.«

»Vielleicht überlegt sie es sich ja anders, wenn du etwas wirklich Großes tust, beispielsweise den Küßmichfluß retten. Sag einmal, stimmt es, daß es wie Geknutsche ist, wenn man von diesem Fluß trinkt?« Das Kind hatte das Thema schon einmal aufgebracht, schien aber nach wie vor davon fasziniert zu sein.

»Diese umgangssprachlichen Ausdrücke sind ...«

»... nicht korrekt«, beendete Ivy den Satz für sie. »Ach, ihr Zentauren seid viel zu steif!«

»Aber historisch gesehen soll es stimmen, daß dieser Fluß sehr liebevoll war. Es scheint aber, als hätte er in letzter Zeit eine radikale Veränderung erfahren. Deshalb wollen wir ihn ja auch wieder in seinen Urzustand zurückversetzen.«

»Klaro. Und jetzt heißt er der Tötmich. Das ist komisch!«

Sie kamen noch besser voran, als Chex erwartet hatte, dank Ivys Verstärkung. Würden ihre Hufe denn niemals müde werden? Anscheinend nicht, so lange sie die kleine Zauberin auf dem Rücken trug.

»Was ist denn das für ein Gestinke?« fragte Ivy. Und dann, als Chex den Mund öffnete: »Geruch!« Wie gern das Kind andere doch aufzog!

Chex schnüffelte. »Fäulnis«, sagte sie. »Da muß vor kurzem irgendein kleines Tier gestorben sein. Wir werden gleich daran vorbeikommen.«

Doch je mehr sie gen Süden kamen, um so stärker wurde der Geruch. »Bäh, pfui!« sagte Ivy und hielt sich die kecke Nase zu. »Das muß aber ein *großes* Tier gewesen sein!«

»So scheint es«, meinte Chex. »Alle Lebewesen sterben irgendwann.«

»Der Gute Magier nicht«, warf Ivy ein.

»Na ja, der ist immerhin verschollen, und wir können die Möglichkeit nicht ausschließen ...«

»Ach, bäh! Der ist einfach nur irgendwohin gegangen, damit man ihn in Ruhe läßt.«

Chex wünschte sich, daß sie sich dessen tatsächlich sicher sein könnten. Sie wandte nichts dagegen ein.

Der Geruch wurde immer schlimmer. »Ein Monster!« keuchte Ivy.

Chex hatte Mühe, sie davon abzuhalten, sich zu übergeben. Noch nie war sie einem derartigen Gestank begegnet.

»Ein Ungeheuer«, bestätigte sie. »Wir müßten es eigentlich gleich erreicht haben.«

Doch da irrte sie sich. Der Gestank wurde immer unerträglicher. Ivy hustete inzwischen. »Was für ein Gestinke!« rief sie.

Chex hielt an, sie war zu abgelenkt, um das unanständige Wort zu tadeln. Sie schienen im übelriechenden Dampf umherzuschwimmen. »Wir werden es umgehen müssen«, meinte sie.

»Schloß Zombie!« rief Ivy. »Es liegt ganz in der Nähe!«

»Das soll den Gestank hervorrufen? Zombies?«

»Nein, die riechen zwar, aber nicht so. Ich meinte, wir sollten dorthin gehen, da kann man uns Bescheid stoßen, denn die verstehen doch viel vom Tod und ähnlichem Mist.«

Chex entschied sich, auch diesen Sprachgebrauch nicht zu berichtigen. Zombies waren tatsächlich Wesen des Todes und der Fäulnis. Sie war zwar nicht gerade begeistert von der Aussicht, das Schloß aufzusuchen, andererseits war es nicht zu übersehen, daß irgend etwas geschehen mußte. Chems Landkarte hatte das Schloß gezeigt; das Mädchen hatte recht, es lag ziemlich in der Nähe.

Also machte sie kehrt und trabte zu einer Kreuzung zurück, die sie ein Stück zuvor bemerkt hatte. Dieser andere Pfad würde sie zum Schloß Zombie bringen. Während sie ihn entlangschritten, wurde der schreckliche Geruch immer schwächer. Welch eine Erleichterung! Sie hatte ein Gefühl, als würde übelriechender Schlamm ihre Lungen verkleben.

Ivy behielt recht: Schloß Zombie besaß zwar seinen eigenen Geruch, doch nach dem, was sie gerade erst erlebt hatte, schien er durchaus erträglich. Vielleicht konservierten die Zombies ihr faulendes Fleisch besser und ließen nicht soviel davon als Gas entweichen. Einige von ihnen waren zu sehen, wie sie auf dem Gelände arbeiteten und sich um die stinkende Vegetation kümmerten.

Das Schloß sah selbst so aus, als würde es sich zersetzen, doch Chex wußte, daß dieser Eindruck auf einer Illusion beruhte; denn es war erst vor vergleichsweise kurzer Zeit erbaut worden. Der Graben war mit Schleim gefüllt, in dem ein Zombiewasserungeheuer brodelte. »Hallo, Schleimi!« rief Ivy fröhlich, und das Grabenungeheuer nickte sogar. Alle mochten Ivy!

Die Dame des Schlosses kam heraus, um sie zu empfangen. Sie sah überhaupt nicht wie ein Zombie aus. »Hallo, Millie!« rief Ivy freudig.

»Hallo, Ivy«, erwiderte die Frau. »Wer ist denn deine Freundin?«

»Das ist Chex. Ihre Mutter ist Chem. Sie hat Flügel!«

»Das ist mir schon aufgefallen.« Die Frau lächelte Chex an. »Du bist uns hier willkommen, Chex, wenn du eintreten möchtest.«

Chex hatte zwar ihre Bedenken, was das Innere des Schlosses anging, Ivy jedoch nicht. »Wir wollen!« rief sie und klatschte in die Hände.

Millie lächelte wieder. »Du bist genau wie deine Mutter in diesem Alter ... und doch auch völlig anders.«

»Ich weiß«, erwiderte Ivy. »Sie war ernster. Und

mehr ...« Sie machte eine Geste mit den Händen, um Üppigkeit anzudeuten.

»Genieße deine Jugend, solange du kannst, meine Liebe«, meinte Millie.

»Aber wann werde *ich* denn ganz rund werden und wann kann ich Männer so faszinieren, wie du es tust?« fragte das Mädchen klagend.

»Wenn du den Mann gefunden hast, den du faszinieren willst, wirst du es auch können«, versicherte ihr Millie.

»Und was ist mit mir?« fragte Chex mit leisem Lächeln. »Von meiner Art gibt es nur ein einziges Exemplar.«

»Das ist bei Rapunzel dasselbe«, erwiderte Millie. »Und die ist inzwischen auch verheiratet.«

»Mit Grundy Golem«, warf Ivy ein. »Was mich an etwas erinnert: Wann kommt denn Snorty zurück?«

Dieser Gedankensprung überforderte Chex. »Wer ist Snorty, und was hat er damit zu tun, daß Wesen, von denen es nur eins gibt, einen Partner finden?«

»Der ist mein Ungeheuer Unter dem Bett«, erklärte Ivy. »Grundy hat ihn sich von mir ausgeliehen und nie zurückgebracht, und seidem ist es unter meinem Bett verdammt ruhig.« Und dann, nach einer allerwinzigsten Pause: »Sehr ruhig.«

»Oh.« Jetzt war Chex noch verwirrter als zuvor.

»Unter Lacunas Bett«, erzählte Millie, »lebt ein Zombieungeheuer. Ich fürchte, es fühlt sich einsam, seitdem sie erwachsen ist.«

»Ach, toll, dann gehe ich mit ihm spielen!« Ivy flitzte davon.

Millie wandte sich an Chex. »Ich nehme an, daß ihr nicht ohne Grund vorbeigekommen seid?«

»Es ist ein eher zufälliger Besuch«, gestand Chex. »Wir wollten eigentlich auf die Zentaureninsel, um Hilfe für die Wühlmäuse zu holen, die vor einem ernsten Problem stehen, aber auf dem Pfad riecht es so entsetzlich, daß wir ...«

»Ach so! Das muß die Sphinx sein; Jonathan hat erzählt, daß sie krank aussieht.«

»Jonathan?«

»Mein Mann, der Zombiemeister. Sphinxen leben zwar sehr lange, aber gelegentlich sterben sie eben auch.«

»Das würde den Geruch erklären«, meinte Chex. »Kann man irgend etwas dagegen unternehmen?«

»Ja, natürlich. Jonathan möchte diese Sphinx finden, um sie zum Zombie zu machen, bevor es zu spät ist. Jetzt, da wir wissen, wo wir nach ihr suchen sollen, wird er sich mit einigen Zombies auf den Weg machen und sie umwandeln. Das wird ein paar Tage dauern, weil Sphinxen sehr groß sind, aber ich denke, daß er dir sehr dankbar für diese Mitteilung sein wird.«

»Aber ich habe nur eine begrenzte Zeit, um bis zur Zentaureninsel zu kommen und wieder zurückzukehren«, wandte Chex ein. »Ich kann nicht noch einige Tage warten. Ivy dachte, daß ihr vielleicht eine Umgehung wüßtet.«

»Es gibt schon einen anderen Weg, aber der ist sehr schwierig. Dazu braucht ihr einen Führer.«

»Ich würde gern einen Führer nehmen, wenn einer zur Verfügung steht.«

»Einen Zombieführer.«

Chex hielt inne. Sie hatte noch keine nähere Bekanntschaft mit Zombies gemacht und war daher nicht sonderlich begeistert. »Ich müßte einen Zombie auf mir reiten lassen?«

»Nein, natürlich nicht! Wir können dir einen Zentauren mitgeben.«

»Einen Zombiezentauren?« Das behagte ihr auch nicht.

»Normale Leute haben manchmal Schwierigkeiten, Zombies als vollwertige Wesen anzusehen«, meinte Millie.

Chex erinnerte sich an die Schwierigkeiten, die manche Leute hatten, Mischlinge zu akzeptieren. »Ein Zombieführer ist schon in Ordnung«, entschied sie abrupt.

»Also gut. Ich werde Horace bitten.« Dann rief sie mit lauter Stimme:

»Ivy! Ihr müßt weiter!«

»Och!« antwortete Ivy. »Zomonster macht Spaß!«

Millie zwinkerte Chex zu. »Es sei denn, ihr wollt noch

etwas bleiben und mit den Zombies zusammen essen, Liebe.«

Plötzlich kam Ivy die Treppen heruntergerannt. »Ich bin schon fertig, aber trotzdem, vielen Dank, Millie.«

»Aber wir haben wirklich so herrlich verfaultes Essen!« protestierte Millie lächelnd. »Den allerbesten Schimmel und sogar ein paar tote Maden. Bist du ganz sicher ...?«

»Ganz sicher, danke«, sagte Ivy mit unerschütterlicher Höflichkeit.

»Dann vielleicht ein anderes Mal«, sagte Millie in gespieltem Bedauern. Offensichtlich hatte sie schon ihre Erfahrungen mit Kindern.

Sie führte sie hinaus.

Horace erwies sich als ein Zentaur, der noch nicht allzusehr verwest war. Dort, wo ihm die Haare ausgefallen waren, wies sein Körper Flecken auf, und sein Gesicht wirkte etwas wurmstichig, doch ansonsten war er schon in Ordnung.

»Bitte zeige Chex den anderen Weg zur Zentaureninsel«, forderte Millie ihn auf. »Und warte, bis sie zurück ist. Verstehst du?«

»Ja, Millie Gespenscht«, sagte Horace und sprach so deutlich, wie es seine verwesten Lippen zuließen.

Chex half Ivy beim Aufsitzen. »Danke, Millie. Das weiß ich wirklich zu schätzen.«

»Für eine gute Sache tue ich das doch gern«, erwiderte Millie. »Es war nett, dich kennenzulernen, Chex.«

Dann setzte sich Horace schon in Bewegung, und Chex mußte ihm nacheilen. »Auf Wiedersehen, Millie!« rief Ivy und winkte heftig. »Auf Wiedersehen, Zombies!« Millie und mehrere Zombies winkten zurück.

»Millie sah wirklich nicht wie ein Zombie aus«, bemerkte Chex.

»O nein, sie ist doch ein Gespenst!« erklärte Ivy.

»Ein Gespenst!« rief Chex. Doch dann erinnerte sie sich daran, wie Horace Millie genannt hatte: Gespenscht.

»Na ja, in Wirklichkeit ist sie ja gar kein Gespenst mehr«, erklärte Ivy weiter. »Aber achthundert Jahre lang war sie eines, deshalb nennen wir sie immer noch Millie das Gespenst.«

»Achthundert Jahre!«

»Ja, und dann hat sie irgendeinen Preis gewonnen oder so was und wurde wieder lebendig gemacht, und sie hat sich um Papi gekümmert, als er noch klein war, und dann hat sie den Zombiemeister geheiratet und lebt seitdem noch heute. Sie ist echt nett.« Ivy hielt inne.

Und dann: »Wirklich nett!« Genau gleichzeitig mit Chex' Berichtigung.

Der Pfad, dem sie folgten, war leicht auszumachen. Chex fragte sich, warum Millie ihn als schwierig bezeichnet hatte.

Plötzlich blieb Horace stehen.

»Drachennescht voraus«, verkündete er und verlor dabei einen verfärbten Zahn.

Das wäre wirklich eine Schwierigkeit! Chex nahm ihren Bogen auf. »Ein großes?«

»Viele grosche«, sagte er. »Wir umgehen.«

»Ich dachte, wir würden es bereits umgehen.«

Doch nun führte er sie den Weg entlang in dichte Vegetation hinein, die hauptsächlich aus monströsen Schlingpflanzen zu bestehen schien.

»Die wachsen hier auf Drachendung«, bemerkte Ivy. »Deshalb sind sie wahrscheinlich auch so groß! Aber weißt du, die hier sehen aus wie ...«

Plötzlich standen sie vor dem größten Kürbis, den Chex jemals gesehen hatte. »Aber das ist ja ein ...«, fing sie erschrocken an.

»Hypnokürbis«, beendete Ivy ihren Satz, während Horace in das riesige Guckloch hineinsprang.

»Wir können doch nicht ...«, protestierte Chex entsetzt. »Niemand kommt allein wieder aus einem Hypnokürbis heraus! Angeblich soll es nicht einmal einen physischen Zugang geben. Das soll alles eine Sache des Geistes sein! Aber Horace ist gerade eben ...«

»Ich schätze, deshalb brauchen wir auch einen Führer«, warf Ivy ein.

Chex nickte. Wahrscheinlich war es so. Wenn sie ihren Führer nicht verlieren wollten, mußten sie sich beeilen.

Chex nahm ihren Mut zusammen und sprang in das Guckloch hinein.

Sie landete auf dichter Vegetation, ganz ähnlich jener, die sie soeben hinter sich gelassen hatte. Doch der Ort hier wies einen entscheidenden Unterschied auf: Es war Zombievegetation. Die Blätter der Pflanzen verwesten, und die Stengel waren fleckig. Dennoch breiteten sich die Schlingpflanzen bis zu einer Mulde aus, die aus eingesackten Gräbern zu bestehen schien.

Doch es blieb keine Zeit für lange Betrachtungen; vor ihnen verschwand Horace bereits um eine Biegung. Chex galoppierte ihm nach.

»Komisch ... die wachsen ja in den Boden hinein«, bemerkte Ivy. »Aber weißt du, das ist nicht so anstrengend wie beim ersten Mal, als ich hier war.«

»Du warst schon einmal im Kürbis?« fragte Chex erstaunt.

»Ja, es war scheußlich, aber hier sind ja bloß ein paar Pflanzen, die in Zombiegräber hineinwachsen.«

»Das ist ein Zombiehorror!« begriff Chex. »Dinge, die den Zombies Angst einjagen – Pflanzen, zum Beispiel, die sich in ihre Gräber bohren und ihre Vitalität anzapfen, oder was immer sie haben mögen.«

»So muß es sein!« stimmte Ivy ihr fröhlich zu. »Zombieschrecken!«

Vor ihnen ertönte ein scharfes Zischen. Eine Giftschlange schien es auf eines von Horaces Beinen abgesehen zu haben. Doch der Zentaur sprang beiseite, und die Fänge schlossen sich statt dessen um eine kränkliche Rose.

Sofort verwandelte die Blume ihre Farbe und wurde gesund und lebendig. Wunderschöne rote Blüten bildeten sich aus.

»Aber was ist denn daran so schlimm?« wollte Ivy wissen. »Wenn sie Horace gebissen hätte, dann wäre *er* doch wieder gesund, nicht wahr?«

»Was für einen Zombie ja vielleicht das Schlimmste sein

könnte, was es gibt«, meinte Chex. »Genau wie umgekehrt für uns.« Aber es war wirklich seltsam!

Vor einer neuen Gefahr hielt Horace an: ein Gebiet wedelnder Messer. Es schien keine Lebewesen zu geben, die sie führten; die Messer schnitten einfach aus eigener Kraft um sich, was allerdings für Lebewesen ebenso gefährlich war wie für Zombies. Wie sollten sie daran vorbeikommen?

Horace zog ein rostiges Messer aus seinem Rucksack. Er schleuderte es in das Durcheinander.

Sofort griffen die anderen Messer es an. Funken stoben, als Metall auf Metall schlug. Schon bald hackten die magischen Messer, deren Blutdurst geweckt worden war, aufeinander ein. Bald darauf waren alle Klingen zerbrochen, sie hatten sich gegenseitig zerstört. Nun konnten sie unbeschadet durch dieses Gebiet ziehen.

Woraufhin Horace kehrtmachte und den Weg zurückging, den sie gekommen waren. Verblüfft folgte ihm Chex. Was war denn das für ein Labyrinth?

Der Pfad hinter ihnen hatte sich verändert. Nun war die Zombievegetation Zombiemineralien gewichen: verwesenden Steinen, rostigem Metall und aufgelöstem Plastik. Horace bahnte sich seinen Weg hindurch und berührte dabei nichts außer dem Boden – bis er plötzlich mit dem Huf auf einen feuchten grünen Stein trampelte.

Der Stein zerbarst. Die Splitter fielen zu Boden und brannten sich ihren Weg hinein, versanken aus dem Blickfeld. Der Boden selbst begann zu brennen, mit kränklich grüner Flamme: Zombiefeuer.

Nach und nach wurde so Unterholz freigelegt, als die Erde darüber abbrannte. Seltsamerweise blieb das Holz vom Feuer unberührt, bis es schließlich erstarb.

Horace setzte den Vorderhuf auf das hintere Ende des Holzes, das daraufhin im Boden verschwand. Statt dessen hob sich die gegenüberliegende Seite; das Brett war in der Mitte an Scharnieren befestigt. Darunter erblickten sie eine Holztreppe, die in einen beleuchteten Keller führte.

»Oh!« flüsterte Ivy fasziniert.

Horace kehrte um und ging den Weg zurück, den sie gekommen waren, ohne die Treppe zu beachten. Verwundert folgte Chex ihm.

Wieder hatte sich die Szenerie verändert. Nun bestand sie aus Zombietieren: rattengleichen Wesen, die ziellos umherhuschten und Stücke von ihrem Körper verloren.

Horace trat dazwischen, wobei er darauf achtete, daß seine Hufe keines davon zermalmten. Chex folgte ihm ebenso vorsichtig. Sie ahnte schon, was als nächstes geschehen würde: Der Zentaur würde sich eines der Wesen zum Zermalmen aussuchen, und dann würde sich ihnen ein neuer Weg erschließen, den er unbeachtet lassen würde. Selbst in seiner Berechenbarkeit war dieser Ort recht merkwürdig.

Horace trat gegen eine Ratte. Das Wesen quiekte. Sofort erhoben sich die anderen und quiekten ebenfalls. Dann verwandelten sie sich in Zahlen und stiegen empor. Der Boden wurde zu einem Gitter, auf dessen Kästen die Schatten der Zahlen tanzten.

Horace legte sich auf den Boden und bedeckte einige der Kästen. Zornig legten sich die dazugehörigen Zahlen schräg und griffen an. Sie wirbelten um ihre eigene Achse, so daß ihre Enden zu Schnittflächen wurden, und stürzten sich auf seinen Körper.

Chex, die ziemlich beunruhigt war, legte sich ebenfalls hin. »Ich hoffe, dieser Zombie weiß, was er da tut«, murmelte sie.

»Das hoffe ich auch«, flüsterte Ivy. »Ich mag diese Zahlen nicht!«

Tatsächlich griffen die Zahlen nun auch sie an. Sie umsummten die beiden wie aufgestachelte Bienen – und fuhren durch ihr Fleisch hindurch, ohne daß sie es spürten.

Chex lachte. »Das müssen imaginäre Zahlen sein!«

»Was?« fragte Ivy.

»Zahlen, die man in der Mathematik benutzt und die nicht wirklich sind«, erklärte Chex. »Aber manchmal ist es trotzdem notwendig, sie zu verwenden.«

»Das verstehe ich nicht«, knurrte Ivy.

»Das glaube ich dir gern! Doch das hier muß die Heimat dieser Zahlen sein. Sie sind wahrscheinlich die Alpträume von Mathematikern.«

Horace legte seinen humanoiden Torso zurück und schlief ein.

Chex zögerte. Wußte der Zombie wirklich, was er tat, oder hatte er einfach nur aufgegeben? Durfte sie es dann riskieren, seinem Beispiel zu folgen? Zweifellos lauerten hier Gefahren, und immerhin befanden sie sich im Kürbis; möglicherweise steckten sie schon in schlimmen Schwierigkeiten, wenn ...

»Ich glaube, wir haben keine andere Wahl«, meinte Ivy, die ausnahmsweise einmal nicht begeistert klang.

»Sieht so aus, Liebes«, stimmte Chex ihr zu. Also lehnten sich beide zurück und schlossen die Augen. Zu ihrer Überraschung schliefen sie sofort ein.

Chex öffnete die Augen. Es war Tag, und sie lag an einem Strand. Über das Wasser hinweg sah sie in der Ferne die Umrisse einer großen Insel.

Sie blinzelte. »Kann das die Zentaureninsel sein?« fragte sie laut.

»Ja«, sagte Horace hinter ihr.

Ivy erwachte. »Wir sind da!« rief sie. »Aber wie sind wir hierhergekommen?«

»Wir haben uns im Kürbis schlafengelegt«, sagte Chex und traute ihren eigenen Worten nicht. »Ich kann nur vermuten, daß das Einschlafen im Reich der Träume bedeutet, daß wir im Reich des Normalbewußtseins aufwachen.«

»Ich schätze, wir haben wohl wirklich einen Führer gebraucht«, meinte das kleine Mädchen.

»Wahrscheinlich schon.« Chex stand auf. »Ist das dort wirklich die Zentaureninsel?« fragte sie Horace, »oder nur ein Traum?«

»Das ischt sie wirklisch«, versicherte er ihr. »Abkürzung.«

Also doch. Chex beschloß, die Dinge so hinzunehmen,

wie sie zu sein schienen, und ihre Mission fortzusetzen.

Ivy glitt von ihrem Rücken. »Muß mal festen Boden unter den Füßen fühlen«, sagte sie. Das konnte Chex verstehen. Das Erlebnis im Kürbis war selbst für eine kleine Zauberin recht verwirrend gewesen.

Nun mußte sie das Wasser überqueren, um zur Insel zu gelangen. Dort, wo der Pfad anfing, müßte es eigentlich eine Fähre geben. »Ich suche mal nach der Kreuzung«, verkündete Chex.

»Ich ruhe mich hier aus«, sagte Ivy. »Das ist schon sicher, Horace ist ja dabei. Und außerdem hat Mami mir einen Schutzzauber mitgegeben.«

Chex ging auf Nummer Sicher. »Wirst du hier auf mich warten?« fragte sie Horace.

»Ja«, erwiderte er.

Also trabte sie den Strand entlang nach Osten, weil die Küste der Insel dort am nächsten zu sein schien. Schon bald bestätigte sich ihre Einschätzung: Dort lag ein Floß mit einem Segel vor einer Landebrücke.

Sie trabte zu ihm hin. »Hallooo!« rief sie.

Ein Zentaur mittleren Alters trat aus einem Schuppen hervor. »Überfahrt?« fragte er.

»Ja. Ich muß auf die Zentaureninsel und danach wieder zurück ...« Sie brach ab, weil der andere ihre Flügel anstarrte.

»Ach so, ein Mischling«, sagte er voller Ekel. »Vergiß es.«

»Aber ich muß doch mit den Zentaurenältesten sprechen, wegen ...«

»Wir sprechen nicht mit Mischlingen«, sagte er barsch. »Und nun verschwinde, bevor dich jemand sieht.«

»Aber ...«

Er griff nach seinem Bogen.

»Also hör mal!« protestierte sie. »Ich habe ja wohl das Recht, angehört zu werden!«

Nun hielt er den Bogen in den Händen. »Mischlinge haben nicht einmal das Recht zu existieren«, erwiderte er. »Es wird niemand mit dir sprechen. Man wird dich ohne

Gerichtsverhandlung hinrichten, wenn du auch nur einen Fuß auf die Insel setzt. Und jetzt flieg davon, bevor ich mir auch noch die Mühe machen muß, deinen Kadaver zu beerdigen.«

Entsetzt begriff Chex, daß er es ernst meinte. Die Einstellung ihrer Großmutter spiegelte lediglich das Vorurteil der meisten Zentauren wider. Sie waren unfähig, jede Abweichung von ihrer eigenen Norm zu tolerieren.

Einen Augenblick war sie versucht, stehenzubleiben und ihm doch die Mühe zu machen, sie zu begraben. Doch sie wußte, daß sie damit nichts erreichen würde; an der Meinung der Zentauren würde es nichts ändern. Wie Ivy schon gesagt hatte, Zentauren waren sehr stur.

Sie machte kehrt und trabte fort, frustriert und angewidert. Nun verstand sie, weshalb ihre Mutter sie weitgehend isoliert von ihrer eigenen Art aufgezogen hatte. Onkel Chet war zwar oft dagewesen und hatte ihr seine Magie mit den Felsbrocken und Kieselsteinen vorgeführt, und gelegentlich war auch einer der einsiedlerähnlichen Waldzentauren zu Besuch gekommen, doch niemals Zentauren aus dem Dorf nördlich der Spalte oder von der Insel. Angeblich sollten Zentauren die intelligentesten und integersten Wesen Xanths sein, doch ihr Glaube daran war erschüttert.

Wie konnte eine Art, die so offensichtlich eine Kreuzung zwischen Menschen und Pferden war, derart streng jede weitere Rassenvermischung ablehnen?

Doch als sie eingehender darüber nachdachte, wurde es ihr klar. Wenn die Zentauren freie Kreuzungen zuließen, wie es die Pferdewesen getan hatten, würden sie sich irgendwann als Spezies zersplittern, wie es auch bei den Pferden der Fall gewesen war. In Xanth gab es keine echten Pferde mehr, nur in Mundania, wo sie sich mit anderen Arten kreuzen konnten. In Xanth gab es Nachtmähren und Pookas und Werpferde und Seepferde und Hippogryphe und Zentauren und Einhörner und Flugpferde, während die Urform durch Kreuzungen ausgestorben war. Nun bemühten sich die Zentauren, ihre eigene Variante als lebensfähige Spezies zu retten, und taten, was dazu erforderlich war.

Dennoch: Es gab noch viel mehr Kreuzungen zwischen Menschen und anderen Wesen als pferdische Mischformen; das Spektrum reichte von Elfen über Oger bis zu den Sphinxen, und doch hatte die ursprüngliche Spezies überlebt. Zwar neigten die Menschen durchaus dazu, Kreuzungen nicht eben zu ermutigen, waren aber einigermaßen tolerant, wenn sie doch vorkamen. Deshalb waren Zentauren auch auf Schloß Roogna ebenso willkommen wie die anderen Mischformen, etwa der Golem und der eine oder andere Oger. Solche Restriktionen brauchten also nicht absolut gehandhabt zu werden.

Andererseits, so sagte sie sich in ihrem Bemühen um zentaurische Objektivität, besaßen die Menschen auch eine gewaltige Quelle der Erneuerung: Mundania. Es hatte viele Kolonisierungswellen aus Mundania gegeben, durch die die menschliche Urbevölkerung Xanths stets vergrößert worden war. Zentauren hingegen besaßen keine solche Möglichkeit der Erneuerung, weil es sie nur in Xanth gab. Daher waren die Voraussetzungen nicht die gleichen.

All dies trug allerdings nicht dazu bei, ihre Laune zu heben. Sie verstand die Situation der Zentauren, ohne sie zu billigen. Was sie wirklich brauchte, war eine eigene Spezies.

Sie lachte etwas verbittert. So weit sie wußte, war sie das einzige Exemplar ihrer Art in ganz Xanth. Welch eine Spezies!

Sie kehrte zu der Stelle zurück, wo Ivy und Horace auf sie warteten. »Glück gehabt?« fragte das kleine Mädchen fröhlich.

»Kein Glück«, erwiderte Chex schleppend. »Sie wollen nicht einmal mit mir reden, weil ich ein Mischling bin.«

Ivy schürzte die Lippen. »So wie Cherie?«

»Ja.«

»Vielleicht könnte ich es tun ...«

Chex überlegte. Ivy war zwar ein Kind, aber sie war auch die Tochter des Königs und eine Zauberin. Ihr würden die

Zentauren vielleicht eine Audienz gewähren. Doch dann müßte sie allein auf die Zentaureninsel, und Chex würde ihr Versprechen brechen, auf sie aufzupassen. Und wenn die Zentauren schon nicht mit einer Abart ihrer eigenen Spezies zu reden bereit waren, konnte man dann erwarten, daß sie einer gänzlich anderen Spezies wie den Wühlmäusen Hilfe leisten würden? Das war äußerst zweifelhaft.

»Ich schätze, wir müssen die Sache wohl als mißlungen abschreiben, meine Liebe«, sagte sie. »Ich habe den Widerstand der Zentauren gegen unsere Bemühungen unterschätzt.«

Ivy zuckte die Schultern. »Na schön. Vielleicht können wir ja Hilfe von den Leuten deines Vaters bekommen.«

»Von den Flügelungeheuern?« Chex überlegte, diese Alternative erschien ihr nun interessanter, da ihre größte Hoffnung zerstört worden war. »Gewiß, ich könnte meinen Vater aufsuchen und ihn fragen. Aber der wohnt schon eher in Richtung Zentral-Xanth; wir müssen zuerst zurück auf Schloß Roogna, damit ich mich mit Esk und Volney beraten kann. Vielleicht hat ja einer von ihnen bereits Hilfe aufgetrieben.«

»Hmph«, meinte Ivy und musterte sie erwartungsvoll.

Chex wartete und Ivy wartete. Schließlich gab Chex auf und sagte berichtigend: »Ja«, und Ivy sagte es gleichzeitig mit ihr, um daraufhin zu lachen. Seltsamerweise fühlte Chex sich dadurch besser.

Horace führte sie in den Urwald, einem anderen Pfad folgend, der allem Anschein nach kaum benutzt wurde. Chex begriff, daß andere Kreaturen Pfade mieden, die Zombies häufig nahmen. Vor diesem heutigen Erlebnis hätte sie das auch getan. Doch inzwischen gefiel ihr die Zombiegesellschaft schon besser. Immerhin halfen sie ihr, so gut sie konnten, und hatten ihr schon einige Reisestunden in Richtung Süden erspart.

Als der Pfad schließlich durch dünneren Baumbestand führte, schritt sie neben ihm. »Darf ich dir eine Frage stellen, Horace?«

»Ja.«

»Wie bist du zum Zombie geworden?«

»Ich bin geschtorben.«

Von Einzelheiten hielt er offensichtlich nicht viel! »Wie bist du gestorben?«

»Beim Eischenwerfen.«

»Wie bitte?«

»Wiescho Bitte?«

Von Höflichkeiten verstand er auch nicht viel. Aber das konnte man auch kaum von Wesen erwarten, deren Gehirn verfault war. »Wie bist du gestorben?« wiederholte sie.

»Manche nennen es Hufeischenwerfen.«

»Das verstehe ich nicht.«

»Ich bin sicher, er kann es erklären, wenn ich ihn frage«, mischte sich Ivy zuversichtlich ein. »Komm, laß mich mal auf ihm reiten.«

»Ich glaube nicht, daß ...«

»Och, der verträgt schon mein Gewicht. Ich habe mich mit ihm unterhalten, als wir auf dich warteten. Er ist sehr nett für einen Zombie.« Sie beugte sich vor, und Chex mußte sich dichter an den Zombie pressen, damit das Mädchen nicht zwischen ihnen zu Boden stürzte.

Ivy krabbelte auf Horaces Rücken. »Horace, du bist ziemlich kräftig«, sagte sie, und tatsächlich schien der Zombie in besserem physischem Zustand zu sein als zuvor. »Du kannst auch gut reden, das weiß ich einfach.«

»Danke schön«, sagte Horace, und seine Stimme klang tatsächlich besser. Wieder war die Magie des Kindes am Werk, die alles erleichterte.

»Wie bist du gestorben?« fragte Ivy.

»Beim Hufeisenwerfen.«

»Ach!« rief Ivy. »Dieses Spiel, bei dem man diese metallenen Pferdeschuhe wirft.«

»Ja.« Seine Aussprache war inzwischen weniger nuschelig, aber immer noch nicht vollkommen. Ein Verstärkungszauber hatte auch seine Grenzen, wenn Lippen verrottet waren und Zähne fehlten.

»Aber wie konntest du bei einem Spiel ums Leben kommen, Horace?« fragte Ivy.

»Wurde von einem Schtiefel getroffen.«

»Ach so, ein Unfall!« rief Chex. »Eines dieser schweren Hufeisen hat dich am Kopf getroffen!«

»Ja. Ein schwerer Pferdeschtiefel mit Nagelschohle.«

»Und danach hat der Zombiemeister dich als Zombie zum Leben wiedererweckt.«

»Ja.«

»Wie fühlst du dich als Zombie?«

»Ischt nischt schlecht. Aber meine alten Freunde schpielen nischt mehr mit mir.«

»Ich fürchte, die Lebenden haben für die Untoten nicht sehr viel übrig«, meinte Chex. »Sie haben Vorurteile.« In Sachen Vorurteile hatte sie erst kürzlich eine gründliche Lektion erteilt bekommen.

»Ja.«

»Aber Zora Zombie ist nett«, meinte Ivy und kletterte wieder auf Chex' Rücken. »Sie ist fast lebendig.«

»Ist Zora eine Freundin von dir?«

»Ja. Sie hat Mami alles über Zombies beigebracht. Und dann hat sie Xavier geheiratet.«

»Xavier!« rief Chex. »Den kenne ich! Der reitet auf Xap!«

»Ja. Xap ist großartig. Er ist ein Hippogryph.«

»Ich weiß. Das ist mein Vater.«

»Oh!« Ivy quiekte vor Vergnügen. »Das wußte ich gar nicht! Daher hast du also deine Flügel!«

»Genau«, bestätigte Chex. »Ich kenne Xavier, weil er mit Xap zusammen ist, aber ich wußte nicht, daß er verheiratet ist. Er hat es nie erwähnt.«

»Ich schätze, das ist Männern nicht so wichtig wie Frauen«, meinte Ivy.

»Es sei denn, er schämt sich, eine Zombiefrau zu haben.«

»Das glaube ich nicht«, widersprach Ivy. »Er schien immer echt ... richtig stolz auf sie zu sein, wenn er mit ihr zusammen war.«

»Dann hatte er vielleicht Angst, daß die anderen ein falsches Bild von ihr bekommen würden, wenn sie erfuhren, daß sie ein Zombie war, ohne ihr vorher begegnet zu sein.«

»Vielleicht. Man erkennt kaum, daß sie ein Zombie ist. Daher weiß ich auch, daß Zombies gar nicht so schlecht sind, denn sie hat auf mich aufgepaßt, als ich klein war, und sie ist großartig.«

Horace schritt ein Stück zur Seite. »Kürbisch«, kündigte er an.

Dort war wieder eines der riesigen Exemplare, die im Drachendung wuchsen. Horace sprang in das Guckloch hinein, und Chex folgte ihm.

Im Inneren war alles wie zuvor. Sie gelangten wieder zu den Zahlen, legten sich wieder hin und schliefen ein – und erwachten unweit von Schloß Zombie. Hier gab es keinen Riesenkürbis, genau wie es am Südstrand keinen gegeben hatte; sie waren durch irgendeine andere Art und Weise wieder herausgekommen.

Inzwischen wurde es Nacht. Sie waren an einem einzigen Tag bis zur Zentaureninsel gelangt und wieder zurück, eine Reise, die normalerweise drei Tage gedauert hätte. Chex stand vor der Aussicht, zwei Tage zu früh nach Schloß Roogna zurückzukehren. Das würde nichts ausmachen, wenn Esk und Volney ebenfalls zu früh zurückgekehrt waren, sollte dem aber nicht so sein, so wäre es alles andere als schön.

Sie dachte darüber nach, als schließlich das Schloß vor ihnen erschien und sie ihre Entscheidung fällte. »Ivy, wenn Millie und der Zombiemeister nichts dagegen haben, wie wäre es, wenn wir noch zwei Tage hierblieben?«

»Oh, toll!« rief Ivy und klatschte in die Hände. »Dann kann ich soviel mit Zomonster spielen, wie ich will!«

Und so fiel die Entscheidung leicht. Inzwischen wirkte Schloß Zombie richtig vertraut.

7
TORWEG

Etwas zögernd holte Esk die Pille hervor. Ivy hatte drei davon aus der Waffenkammer von Schloß Roogna besorgt und ihm gesagt, daß es dort ganz viele gebe und daß sie sie die ganze Zeit verwendete, wenn sie in Eile war. Er hatte nicht andeuten wollen, daß das Kind möglicherweise nicht die Wahrheit sprach, deshalb hatte er sie angenommen. Doch nun, da Chex mit Ivy gen Süden davongetrottet war und Volney sich anderswo durch den Boden grub, war er besorgt. Was, wenn sie nicht funktionierten?

Nun, in diesem Fall würde er eben auf die altmodische Weise weiterreisen müssen und konnte nur darauf hoffen, daß er es rechtzeitig schaffen würde. Schließlich war er von zu Hause zu Fuß bis Schloß Roogna gegangen, dann konnte er auch zu Fuß bis zum Ogersee. Dennoch hoffte er, daß die Pillen funktionierten.

Er nahm eine in den Mund und schluckte sie hinunter. Nichts passierte. Eigentlich hätte sie dafür sorgen sollen, daß er sich beinahe schwerelos fortbewegen konnte, um große Entfernungen ohne Ermüdungserscheinungen zurückzulegen. Doch vielleicht funktionierte das nur bei einem Kind, dessen Talent die Verstärkungsmagie war.

Er machte einen Schritt vor – und schoß durch einen Baum. Gerade noch hatte er auf einem Pfad gestanden, der zum See führte. Der Pfad machte eine Biegung, in der ein kurzes Stück vor ihm ein Baum stand. Nun lag dieser Baum hinter ihm.

Hatte sein Schritt ihn etwa durch den Baum geführt? Er griff langsam nach hinten und berührte den Stamm, der ihm nur wenig Widerstand bot. Der Baum schien zu einer Illusion geworden zu sein. So sollte die Pille ja auch wirken. Der Baum war so solide wie immer; Esk aber hatte sich einer Illusion angenähert. Seine Masse war gleich Null geworden, obwohl er noch genauso aussah wie vorher und sich auch so fühlte. Ivy hatte die Wahrheit gesagt.

Wenn Chex solche Pillen hätte, würde sie fliegen können! Aber natürlich wollte sie richtig fliegen können und nicht nur so lange, wie eine Dosis vorhielt.

Er wandte sich nach Südwesten und ging los. Seine Füße berührten den Boden und versanken leicht darin, was ihm den nötigen Halt verlieh. Sein Körper sauste davon, als wöge er nicht mehr als eine Feder. Das war auch offensichtlich der Fall, obwohl er sich ganz normal fühlte. Er hatte etwas Mühe, sein Gleichgewicht beizubehalten, denn schon die geringste Korrektur wurde in einen gewaltigen Schub umgesetzt. So sauste er wie schwerelos durch einen scheinbaren Phantomwald dahin.

Doch schon bald beherrschte er die Sache und konnte sich darauf konzentrieren, schnell voranzukommen. Es spielte kaum eine Rolle, ob er auf dem Pfad blieb oder nicht; denn mit ebensowenig Mühe konnte er auch durch alle Sträucher und Hindernisse jagen. Als er aber versuchte, einen Hügel zu durchstoßen, verstärkte sich der Widerstand des Erdreichs gegen seinen Körper. So mußte er Schwimmbewegungen machen, was weniger effektiv war. Daher blieb er an der Bodenoberfläche und ging den

Bäumen aus dem Weg, wann immer er es vermochte, damit sie ihn nicht bremsten. Die Sache begann ihm Spaß zu machen! Zwar kam er sehr schnell voran, andererseits war es auch sehr weit bis zu seinem Ziel, so daß er erst am späten Abend an das weitläufige Ufer des Ogersees gelangte. Nun ließ auch die Wirkung der Pille nach, und sein normales Körpergewicht kehrte zurück. Er wünschte sich, daß er etwas sparsamer mit seiner Energie umgegangen wäre, denn Füße und Beinmuskeln waren auf ungewohnte Weise erschöpft. Je stärker die Wirkung abklang, um so ungemütlicher wurde ihm; er war wirklich ausgepumpt!

Er machte sich daran, etwas zu essen und das Nachtlager aufzuschlagen, nicht allzu dicht am Wasser, weil ihm die grünen, reptilischen Wesen darin nicht behagten. Nun fühlte er sich einsam; inzwischen hatte er sich nämlich an Gesellschaft gewöhnt und mochte es nicht mehr, allein zu sein. Endlich kletterte er auf einen Baum, um darin zu schlafen; das war zwar nicht bequem, aber relativ sicher.

Am Morgen tat ihm alles weh, und er kümmerte sich um seine üblichen Bedürfnisse, um sich schließlich der Frage zu widmen, wie er in das Torschloß gelangen sollte. Das Problem bestand darin, daß es unter Wasser lag. Ein riesiger Strudel bildete den einzigen Zugang von oben, und dem traute er nicht. Er könnte zwar eine weitere Pille einnehmen und weniger dicht werden als das Wasser, um durch die Schloßmauern hindurchzugehen – doch dann würde er sich im Inneren in keinem Zustand befinden, um sich mit den Bewohnern zu unterhalten, und wenn die Pille dann nachließ, würden sie vielleicht böse reagieren, weil er auf diese Weise eingedrungen war. Da klopfte er lieber ans Haupttor und bat um Einlaß. Doch wo war das Haupttor?

Nun, es mußte ja wohl auch einen Zulieferereingang geben. Man sagte den Fluchungeheuern (die gelegentlich auch Strudelungeheuer genannt wurden) zwar nach, daß sie recht isoliert lebten, doch immerhin mußten auch sie zum Zwecke der Nahrungs- und Holzsuche ihr Schloß gelegentlich verlassen. Diesen Nachschubweg würde er ausfindig machen, um darauf jemanden abzufangen und ihm sein Anliegen vorzutragen. Da er mit diesen Leuten verwandt war, sollte es eigentlich möglich sein, ihre Aufmerksamkeit zu gewinnen.

Er ging am Ufer entlang und hielt sorgfältig Ausschau. Doch der See war riesig, und der Spaziergang dauerte lang. Schließlich fand er aber, was er suchte. Er war in eine Gegend gekommen, die mit Zuchtbäumen besetzt war, was wiederum bedeutete, daß es hier auch Züchter geben mußte. Da wuchsen blaue Bäume und rote Bäume und orangefarbene Bäume, deren Früchte allerliebst reiften; und es gab gelbe, grüne und blaue Beerensträucher. Außerdem entdeckte er noch viele verschiedene Pastetenbäume und Deckenbäume sowie alle anderen Feldfrüchte. Zweifellos hatte er den richtigen Ort gefunden.

Und so dauerte es auch nicht lange, bis er die ersten Stimmen hörte und auf eine Reihe junger Frauen stieß, die in einer Schuhbaumgruppe gerade eine Kollektion Pantoffeln ernteten. Sie trugen einfache Blusen und Röcke in den verschiedensten Pastelltönen, offensichtlich hatten sie die Kleidungsstücke zu anderen Zeiten ebenfalls von Bäumen gepflückt. Die Zöpfe waren recht hübsch mit dazu passenden Kopftüchern zusammengebunden.

Er schritt auf sie zu. »Entschuldigung«, rief er. »Ich suche das Torschloß.«

»Iiiihh! Ein Mann!« riefen sie mit einer gewissen Koketterie. Dann begannen sie zu zählen: »Eins, zwei, drei ...«

»Nein!« rief er, als ihm klarwurde, was sie vorhatten. Anders als andere Lebewesen besaßen die Fluchungeheuer nur ein einziges, gemeinsames Talent: die Verfluchung. Ein massiver Fluch konnte verheerend wirken; selbst die Wutkoller seiner Mutter richteten schon genug Schaden an. Er hatte nicht die Absicht, sich vom Fluch mehrerer Mädchen treffen zu lassen.

Die Frauen verzählten sich und versuchten nicht mehr, ihn zu verfluchen. Dennoch wichen sie mißtrauisch vor ihm zurück. »Tun Sie uns nichts, Herr; wir sind einfache Arbeitermädchen«, riefen sie.

»Und ich bin nur ein Reisender auf der Suche nach dem Torschloß«, wiederholte er. »Aber ich weiß nicht, wie ich dort hineingelangen soll.«

»Sind Sie sich sicher, daß Sie harmlos sind?« fragte eine von ihnen.

»Ganz harmlos«, versicherte er ihr.

»Dann nehmen wir Sie mit, wenn wir gehen«, erwiderte sie. »Aber Sie müssen sich bei den Behörden anmelden.«

»Das werde ich gern tun«, antwortete er. »Darf ich Ihnen in der Zwischenzeit bei der Ernte helfen?«

Sie kicherten und entschlossen sich, ihn helfen zu lassen. So war er ihnen in den folgenden beiden Stunden dabei behilflich, reife Schuhe auszuwählen. Es war wichtig, daß man sie nur in zusammenpassenden Paaren pflückte; viele ausgezeichnete Exemplare mußten sie hängen lassen, weil keine anderen dazu paßten. Die Aufgabe war also gar nicht so leicht, wie es zunächst den Anschein gehabt hatte; tatsächlich wäre es manchmal leichter gewesen, die passenden Schuhe selbst herzustellen, anstatt sie zu suchen.

Die Arbeit machte Spaß, nicht etwa, weil Esk besonders arbeitsfreudig gewesen wäre, sondern weil die Mädchen im gleichen Alter waren wie er und ständig mit ihm flirteten, indem sie Bemerkungen über Damenpantoffeln ohne Partner machten. Esk kam der Gedanke, daß er im Torschloß auf mehr treffen könnte als nur auf Hilfe bei seiner Mission. Immerhin war seine Großmutter ja ein Fluchungeheuer gewesen.

Dann wurde es Zeit für sie, ins Schloß zurückzukehren. Mit ihren Körben voller Schuhe gingen sie los, und Esk begleitete sie. Als er ihnen begegnet war, hatte er sich müde gefühlt, doch das hatte sich inzwischen geändert. Tatsächlich fühlte er sich nun sehr zuversichtlich.

Sie gelangten an einen Steg, der ein Stück in den See hineinführte. Dort warteten sie, und schon bald tauchte etwas aus dem tiefen Wasser auf. Es hatte Ähnlichkeit mit einem Boot und schien aus Holz zu bestehen, segelte aber eher *unter* dem Wasser als darauf. Esk kam es ziemlich merkwürdig vor, doch die Mädchen scharten sich am Rand des Stegs ohne Zögern zusammen, um das Gefährt zu besteigen.

Eine Luke öffnete sich und führte ins Bootsinnere. Die Mädchen kletterten nacheinander hinein und reichten ihre Schuhkörbe weiter. Dann riefen sie nach Esk, und auch er kletterte hinüber. Er stieg eine Leiter hinab, bis er ein gutes Stück unter der Wasseroberfläche war und seine Füße festen Boden berührten. Schließlich kletterte eines der Mädchen wieder hinauf. Er blickte nach oben, um zu sehen, was sie tat, und mußte schnell wieder die Augen abwenden, um sich die Peinlichkeit des Errötens zu ersparen. Denn er hatte ihr unter den Rock geschaut.

»Mach es ordentlich fest, Doris!« rief ein Mädchen.

Fest?

Plötzlich verschwand das Licht, und er verstand, was sie tat: Sie schloß die Luke. In der plötzlichen Dunkelheit umarmte ihn jemand, und von anderer Seite bekam er einen kichernden Kuß auf die Wange. Dann ging eine Laterne an, und alle Mädchen standen völlig ruhig um ihn herum, ohne daß auch nur eine davon so ausgesehen hätte, als hätte sie etwas Unziemliches getan.

Die Laterne wurde von einer strengen Frau getragen, die aus einem anderen Raum im Boot herbeikam. »Alles an Bord?« fragte sie forsch.

»Ja – plus eins!«

Wieder ein Kichern.

Die Frau führte die Lampe herum und erblickte Esk. »Ein Mann!« rief sie tadelnd.

»Wir haben ihn bei den Schuhbäumen gefunden«, erklärte Doris. »Dürfen wir ihn behalten, Matriarchin?«

»Ganz bestimmt nicht. Der kehrt dahin zurück, wo er sein ...«

»Nein«, murmelte Esk.

Die Frau wirkte verwirrt. »Nun gut, sollen die Behörden darüber entscheiden. Bringt ihn erst einmal ins Verlies.«

Also führte man Esk zum Verlies, das einfach nur aus dem Laderaum des Boots bestand. Dort nahm er zwischen den Schuhkörben Platz, während die Mädchen ihm heimlich zuzwinkerten.

Das Boot setzte sich in Bewegung. Erst versank es ein Stück, bis es unter Wasser war, was auf Esk sehr gespenstisch wirkte, dann glitt es nach vorn, von irgendeinem unbekannten Mechanismus angetrieben. Er wußte nicht, ob es in einem anderen Teil des Schiffs Männer gab, die es mit Stangen anschoben, so wie er und Chex es mit ihrem Floß getan hatten, oder ob es sich um Magie handelte.

Nach einer Weile bremste das Boot mit einem Stoß. Ein Mädchen kletterte zur Luke empor und öffnete sie, worauf es im Inneren wieder hell wurde.

Nun nahmen die Mädchen ihre Körbe auf und trugen sie aus dem Gefährt. »Wiedersehen, Esk«, murmelten sie alle einzeln ganz leise, damit die Matrone sie nicht hören konnte.

Als sie verschwunden waren, kam die Matrone auf ihn zu. »Kommen Sie, Eindringling«, bellte sie. »Sie müssen vor den Magistrat.«

Er tat wie ihm geheißen, kletterte ihr nach. Nun fand er sich in einem Raum wieder, dessen Boden aus Wasser bestand. Das Boot lag darin an einer weiteren Pier. Diesmal konnte Esk auch in die Tiefe blicken, weil das Wasser beleuchtet und klar war. Auch der Antriebsmechanismus war zu erkennen: Am Boot waren eine Winde und ein Seil befestigt! Man hatte es einfach in die Unterwasserstadt geschleppt, so wie man es wahrscheinlich zuvor ans Seeufer gezogen hatte. Offensichtlich gab es hier keine Möglichkeit, sich nachts anzuschleichen; Fremden würde man das Boot nicht schicken. Er konnte von Glück sagen, daß er sich mit den Mädchen angefreundet hatte.

Die Matrone führte ihn eine Treppe hinauf in ein karges Büro. Dort saß der Magistrat und blickte ihn hinter seinem Schreibtisch finster an. »Was fällt Ihnen ein, hier einzudringen, obwohl Sie nicht willkommen sind?« wollte der Mann wissen.

Esk war versucht zu erwidern, daß die Mädchen ihn sehr wohl willkommen geheißen hätten, hegte aber den Verdacht, daß dies nicht sonderlich klug wäre. »Meine Großmutter war ein Fluchungeheuer«, erklärte er. »Ich bin gekommen, um meine Verwandten um einen Gefallen zu bitten.«

»Um einen Gefallen? Einen Gefallen?« wiederholte der Mann und lief rot an. »Wir tun niemandem einen Gefallen; wir verfluchen nur.«

»Nicht einmal Verwandten?«

Der Magistrat räusperte sich indigniert, fühlte sich aber anscheinend durch sein Amt verpflichtet, der Sache nachzugehen. »Wer war denn Ihre Großmutter?«

»Nun, ich weiß zwar nicht, wie sie hier genannt wurde, weil sie diesen Namen aufgab, als sie meinen Großvater heiratete. Aber vielleicht wissen Sie von dem Fall. Sie war eine ausgezeichnete Schauspielerin ...«

»Bei uns sind *alle* ausgezeichnete Theaterleute«, erwiderte er steif. »Das Theater ist unsere Berufung.«

»... die eine Ogerin nachmachte«, beendete Esk seinen Satz. »Mein Großvater ist ein Oger.«

»Ein Oger?« wiederholte der Mann empört. »Keiner von unseren Bürgern würde ein derart brutales Tier auch nur anfassen!«

»Ich habe gehört, daß er sie von der Truppe entführte. Aber geheiratet hat sie ihn freiwillig.«

Der Mann drehte sich einem hinter ihm stehenden Regal zu und holte einen dicken Wälzer herunter. Den legte er auf den Tisch, öffnete ihn und blätterte darin, wobei er mit dem Zeigefinger die Spalten hinabfuhr. »Oger, Oger«, murmelte er beim Suchen.

»Knacks Oger«, warf Esk hilfsbereit ein.

Der Magistrat schnitt eine Grimasse. »Ja, da steht es. ›Hilflose Damsell, von bösartigem Oger entführt.‹ Wir haben ihm einen massiven Fluch nachgeschickt, der den gesamten Baumbestand der Gegend vernichtete, aber anscheinend ist das Untier entkommen.«

»Er war Vegetarier geworden«, warf Esk ein. »Der Fluch

konnte ihm nichts anhaben, weil er nach einem Knochenzermalmer Ausschau hielt.«

»Auch noch ein Schlupfloch!« sagte der Magistrat mit vernichtendem Ekel.

»Sie bekamen einen Sohn namens Krach, der eine Nymphe namens Tandy heiratete, und ich bin ihr Sohn«, fuhr Esk fort. »Daher bin ich mit den Fluchungeheuern verwandt, und nun bin ich gekommen, um meine Verwandten um einen Gefallen zu bitten.«

»Sie mögen vielleicht verwandt sein, ganz entfernt, auf eine widerwärtige Weise, aber das gibt Ihnen allenfalls das Recht, uns zu besuchen, nicht aber, Forderungen an uns zu stellen. Ich gewähre Ihnen ein Visum für zwei Tage; danach werden Sie verbannt.«

»Oh, länger wollte ich auch gar nicht bleiben. Ich wollte ja nur um Hilfe bitten, damit ...«

»Erzählen Sie mir nur nichts von Ihren Geschäften!« rief der Mann. »Sie haben nicht einmal das Recht zu bitten, bevor Sie es sich nicht verdient haben.«

»Verdient? Wie soll ich es mir denn verdienen?«

»Indem Sie etwas beschaffen, was wir brauchen. Was können Sie?«

Esk überlegte. Höchstwahrscheinlich würde er die Fluchungeheuer mit seinem Ogeraspekt kaum beeindrucken, selbst wenn er ihn auf Wunsch hätte abrufen können, und er bezweifelte auch, daß sein gelegentlich durchaus vorhandenes Schauspieltalent hier als sonderlich bemerkenswert gelten würde. Doch dann fiel ihm etwas ein, was ihm seine Großmutter einmal erzählt hatte und das ihm wie ein Witz erschienen war. »Ich könnte ein Publikum abgeben«, meinte er.

»Das muß Ihnen irgend jemand verraten hatten«, knurrte der Magistrat.

»Meine Fluchungeheuer-Oma«, bestätigte Esk hämisch, obwohl er überrascht war, daß die Sache funktioniert hatte. »Sie haben doch alles, was Sie brauchen, außer Publikum, nicht wahr? Sie müssen Ihre Theaterstücke vor der Saison an gewöhnlichen Zuschauern ausprobieren, um sicherzugehen, daß sie auch entsprechend ankommen. Nun, ich bin so gewöhnlich, wie man nur sein kann.«

»Das will ich Ihnen gerne zugestehen, junger Mann. Also gut, es ist offensichtlich, daß Sie tatsächlich von Fluchungeheuern abstammen, auch wenn Sie ein schlechter Schauspieler sind. Hier ist Ihr Visum; Sie haben zwei Tage Zeit, um sich als hinreichend taugliches Publikum zu beweisen, das es verdient hat, angehört zu werden. Vergeuden Sie Ihre Zeit nicht.«

»Bestimmt nicht«, versprach Esk. »Sagen Sie mir nur, wo ich meine Arbeit beginnen soll ...«

»Als erstes müssen Sie sich mal waschen. Haben Sie etwa geglaubt, daß Sie sich in diesem Zustand als Zuschauer betätigen könnten?« Der Magistrat rümpfte die Nase. Dann schnippte er mit den Fingern, und ein Mädchen erschien.

Esk erkannte sie wieder. Es war Doris von der Leiter.

»Bringen Sie diese Person in ein Gästezimmer und reinigen und kleiden Sie sie angemessen«, befahl der Magistrat.

»Jawohl, Herr«, erwiderte das Mädchen unterwürfig. Sie wandte sich an Esk. »Wenn Sie mir bitte folgen würden, Person.«

»Sein Name ist Esk«, warf der Magistrat ein. »Er wird ein Probepublikum abgeben, aber nur für zwei Tage.«

»Jawohl, mein Herr«, wiederholte Doris. »Bitte folgen Sie mir, Desk.«

»Esk!« brüllte der Magistrat. »Müßt Ihr Diener eigentlich alles verkehrt machen?«

»Ja, mein Herr«, erwiderte Doris.

Esk folgte ihr fasziniert. Doris kannte seinen Namen; warum tat sie so, als kenne sie ihn nicht?

Kaum waren sie draußen im Gang, als er die Antwort darauf bekam. »Ich habe mit dem Mädchen, das Dienst hatte, getauscht«, vertraute Doris ihm an. »Wenn der Magistrat das gemerkt hätte, hätte er mich auspeitschen lassen.«

»Aber warum? Sie haben doch schon den ganzen Tag Schuhe geerntet.«

»Ich finde, Sie sind süß. Ich dachte mir, wenn ich Ihnen meine Beine zeige, mögen Sie mich vielleicht. Und jetzt darf ich Sie sogar waschen. Das wird ein Spaß!«

»Sie ... auf der Leiter ... mit Absicht?« fragte er und mußte unwillkürlich stottern.

»War ich nicht ungezogen?« Sie kicherte. »Ich wußte, daß Sie hinsehen würden.«

Nun begriff er endlich. »*Sie* werden mich waschen?«

»Das gehört zu unserem Dienst. Wir bleiben so lange Dienstmädchen, bis unsere Lehrzeit vorbei ist. Dann können jene, die talentiert genug sind, probeweise die ersten Rollen übernehmen, es sei denn, es gelingt uns, jemanden von höherem Stand zu heiraten. Von welchem Stand sind Sie denn?«

Nun wurde die Sache klar. Sie suchte nach einer Möglichkeit, sich zu verbessern. Ihr Interesse war wenig mehr als ein Schauspiel, sie wollte nur die Gunst der Stunde nutzen. Das, was er von ihren Beinen zu sehen bekommen hatte, hatte ihn zwar fasziniert, doch ihr Motiv erschien ihm weniger anziehend. »Ich bin von sehr niedrigem Stand«, meinte er. »Ich bin ein Mischling.«

Entsetzt gaffte sie ihn an. »Was für ein schmutziges Wort!«

»Ja. Deshalb wollen Sie jetzt auch nichts mehr mit mir zu tun haben.«

»Das stimmt! Sie können sich allein waschen!« Sie zeigte auf eine offene Tür.

»Danke«, sagte Esk und betrat den Raum. Er war zwar davon überzeugt, daß er getan hatte, was am besten war, irgendwie war er aber auch enttäuscht. Ihre Beine waren immerhin recht beeindruckend gewesen.

Durch Ausprobieren gelang es ihm schließlich auch, die Reinigungsanlage zu bedienen. Es war eine Art Miniaturwasserfall, der einsetzte, sobald er an einem Griff drehte, und der sofort aufhörte, wenn er den Griff wieder zurückdrehte. Eine neuartige Form der Magie!

Als er aus dem Wasserfallraum trat, fand er neue Kleidung an der Stelle vor, wo er seine alte abgelegt hatte.

Seine anderen Habseligkeiten waren säuberlich daneben ausgelegt; so hatte er weder seine beiden verbliebenen Reisepillen verloren noch sein Taschenmesser, wie er erleichtert feststellte.

Er zog die neue Kleidung an, offensichtlich erwartete man von Probezuschauern dergleichen. Es war eine hellblaue Hose und ein dazu passendes Hemd mit langen Ärmeln. Beides paßte gut. Offensichtlich verstanden die Fluchungeheuer etwas davon, wie man einen Gast oder ein Publikum bewirtete.

Er verließ das Zimmer und blickte sich um. Sofort erschien ein Mädchen, allerdings nicht Doris, sondern vermutlich die eigentlich Diensthabende. Sie war nicht ganz so hübsch und zum Flirten aufgelegt, was vielleicht auch besser war; denn er wollte ja auch nicht vergessen, weshalb er hierhergekommen war. Er wollte den Wühlmäusen ja helfen, soweit er nur konnte.

»Jetzt müssen Sie essen«, teilte das Mädchen ihm mit.

Sie führte ihn in eine Nische, wo man eine ordentliche Mahlzeit aus Obst und Kuchen serviert hatte. Esk aß und hielt sich an die örtlichen Sitten, ohne sich jedoch dabei gänzlich wohl zu fühlen. Dann wischte ihm das Mädchen das Gesicht und kämmte ihm das Haar, um ihn schließlich in einen ruhigen, abgedunkelten Raum zu führen. Ob sie ihm jetzt ihre Beine zeigen würde? fragte er sich. Doch sie wies nur auf den Sessel, in dem er Platz nehmen sollte: ein Möbel aus Holz, auf das man ein Kissen gelegt hatte. »Das Stück wird gleich anfangen«, sagte sie und verschwand.

So weit so gut. Er wußte, daß er sorgfältig zuschauen und -hören mußte, um sich irgendeine Art von Meinung zu bilden, damit er einen kompetenten Publikumsbericht abliefern konnte. Was würde wohl geschehen, wenn ihm das Stück nicht gefiel? Würden sie ihn hinauswerfen? Er hoffte, daß ihm die Produktion zusagen würde.

Aus einem Nebenraum ertönte Musik: eine Vielzahl von Instrumenten, Saiten-, Blas- und Schlaginstrumente, die harmonisch miteinander erklangen. Esk hatte noch nie viel für Musik übrig gehabt, doch nun erkannte er, daß er ja auch nie mit wirklich hervorragender Musik konfrontiert worden war. Diese hier war sehr beeindruckend und hob seine Laune beachtlich.

Vor ihm befand sich eine Bühne, die von einem großen Vorhang verhüllt wurde, der von der Decke herabhing. Nun erhellte sich dieser Vorhang, als würde er von unten beleuchtet. Er hob sich, gab den Blick auf die Bühne frei – und Esk beugte sich interessiert vor, von der Dramatik der Musik aufgewühlt.

Die Bühne zeigte ja Schloß Roogna! In der Mitte stand stark verkleinert das Schloß und deutete somit an, daß es aus der Ferne betrachtet wurde. Der Vordereingang war zu sehen und der Schloßgraben mit einem schlangengleichen Ungeheuer.

Ein junger Mann, etwa in Esks eigenem Alter, schritt auf die Mitte der Bühne zu. Er trug gewöhnliche Kleider, aber auch ein Stirnband, das einer Krone glich.

Esk erkannte, daß der Graben wahrscheinlich nur aufgemalt war, so daß die Schauspieler nicht Gefahr liefen, hinunterzustürzen. Aber er sah äußerst echt aus: eine wirklich raffinierte Bühne.

»Wie geht es, Graben?« fragte der junge Mann, und er sprach sehr deutlich und kräftig, so daß Esk ihn gut verstehen konnte.

»Das Ungeheuer hat schon wieder in mich hineingepinkelt, Dor«, beschwerte sich der Graben.

Esk lachte; der Scherz kam für ihn völlig überraschend. Plötzlich begriff er, daß der junge Mann König Dor sein sollte, der mit unbelebten Gegenständen reden und diese zum Antworten bringen konnte; das war die Magie vom Magierkaliber, die ihn für sein Amt qualifiziert hatte. Doch es war nicht der König, wie er heute war, sondern in seiner Jugend, bevor er den Thron bestiegen hatte.

»Na ja, das tun Ungeheuer eben, wenn sie gerade nicht die Leute beißen«, meinte Dor in vernünftigem Ton.

»Wie soll ich mich denn da sauberhalten?« wollte der Graben wissen. »Ich bin doch kein Abwasserkanal!« Und dann hörte man ein paar tiefe Bläser.

»Ich bin sicher, daß du damit schon zurechtkommen wirst.« Dor schritt auf der Bühne umher und tauschte mit den anderen Gegenständen Begrüßungsworte aus, einschließlich des Schloßtors.

Als es allmählich langweilig wurde, betrat eine junge Frau die Bühne. Sie war recht hübsch, mit hellgrünem Haar, und trug ihr Kleid auf recht provozierende Art, obwohl sie ein oder zwei Jahre jünger aussah als Dor. Offensichtlich handelte es sich bei ihr um eine Hauptrolle, denn als sie eintrat, wurde die Musik recht lebhaft und melodiös. »Hallo, Dor!« rief sie, und ihre Stimme klang wohlbetont und genauso deutlich wie seine. Esk wünschte sich, daß gewöhnliche Leute auch einmal so klar reden würden!

»Oh, hallo, Irene«, sagte Dor nicht sonderlich begeistert.

»Gehen wir irgendwohin und küssen wir uns«, sagte Irene, worauf die Musik ein freches Thema spielte. Esk fühlte sich an Doris erinnert, obwohl es ein anderes Mädchen war. Doch brachte es ihn auf einen Gedanken: Ob Doris nach König Dor benannt worden war? Die Fluchungeheuer interessierten sich offensichtlich für die Leute auf Schloß Roogna, sonst würden sie dieses Stück nicht aufführen.

»Nein, ich muß mich noch mit ein paar Gegenständen unterhalten«, erwiderte Dor.

»Das Unbelebte ist dir wichtiger als ich!« erzürnte sich Irene. Die Musik rumpelte wütend.

»Na, und ob!« konterte er. »Du bist schließlich bloß ein Mädchen.«

»Ich bin eine *Frau*!« rief sie.

»Ha«, sagte er mit vernichtender Verachtung. Esk ertappte sich dabei, wie er versuchte, die Silbe selbst zu wiederholen, um die richtige Betonung hinzubekommen; welch eine Methode, um einen anderen zurechtzustutzen!

»Dir werde ich es zeigen!« rief sie. Sie schlang die Arme um ihn, hob ihn hoch und schleuderte ihn in den Graben.

Ein Platschen war zu hören. Fast wäre Esk von seinem Sessel aufgesprungen; es war also doch wirkliches Wasser, und Dor war pitschnaß. Welch eine Überraschung! Er merkte, daß das platschende Geräusch von der Musik verstärkt worden war.

»Das zahlst du mir heim!« rief Dor wasserspuckend und kletterte heraus.

»Ha!« Sie betonte das Wort mindestens ebenso abfällig wie er. »Du darfst mich ja gar nicht anfassen, weil ich doch ein Mädchen bin.« Das war sie in der Tat, und sie legte ein Stück Ausschnitt frei, um es zu beweisen.

»Ach, wirklich?« Drohend trat Dor näher.

Sie blieb stehen, das vollkommene Abbild weiblicher Zuversicht. »Wirklich.« Nun gab es noch mehr Busen zu sehen, was freilich Esk stärker berührte als Dor.

Dor packte sie und warf sie in den Graben. »Ooooohh!« hauchte Esk plötzlich, wieder war er überrascht; er hatte geglaubt, daß Dor bluffte. Die Musik hatte offensichtlich das Gleiche gedacht; sie glich einem Tumult des Erstaunens.

»Du ... du ... *Mann*, du!« kreischte Irene. Ihr Haar klebte an Kopf und Hals und sah jetzt aus wie Seetang. »Das sollst du mir büßen!«

»Ich habe es dir nur heimgezahlt«, wandte Dor ein.

Sie kletterte aus dem Graben. Das Kleid klebte an ihrem Körper und betonte Kurven, die noch üppiger waren, als sie zuvor ausgesehen hatten. »Das ist keine Entschuldigung!«

Erschrocken wollte Dor von der Bühne verschwinden, doch Irene rannte ihm nach und fing ihn ein. Sie zerrte ihn zum Graben zurück.

»Nein, das wirst du nicht«, sagte Dor und versuchte diesem Schicksal zu entrinnen. Sie verhakten sich ineinander und stürzten beide hinein.

»Du ...!« rief Irene und riß an seinen Kleidern.

»Ja, das behauptest du!« konterte Dor und machte sich über ihre Kleider her. Nun waren sie beide im Graben und kämpften, ihre Kleider verrutschten, und Esk entdeckte noch mehr von Irenes Reizen; dieses Mädchen sollte erst fünfzehn Jahre alt sein?

Plötzlich mitten im Kampf änderte Irene die Taktik. Sie legte ihr Gesicht auf Dors und küßte ihn. Die Musik spielte einen frechen Tusch.

»Oooohh«, hauchte Esk, als er sah, wie Dor sich versteifte, sich dann entspannte und schließlich den Kuß erwiderte. Es fiel ihm leicht, sich selbst in einer ähnlichen Situation vorzustellen; er würde auch den Kuß erwidern, wenn ein solch schönes Mädchen ihn küßte.

Mit lautem Getrampel kam eine weitere Gestalt auf die Bühne: ein weiblicher Zentaur, offensichtlich von zwei menschlichen Schauspielern in einem Zentaurenkostüm gespielt. Die Musik wurde ernst; bei diesem Wesen mußte man vorsichtig sein. »Dor«, sagte die Zentaurin und hielt ein Blatt Papier hoch, »ich habe deinen Aufsatz korrigiert. Ich möchte etwas zu deiner Rechtschreibung sagen. Laß mich dir die Sache so vorlesen, wie du sie geschrieben hast.«

Dor und Irene küßten sich im Graben weiter und ignorierten die Zentaurin. Esk lächelte; das konnte er gut verstehen.

Die Zentaurin räusperte sich und las vor, und während sie es tat, erschienen die Worte auf einer Schriftrolle, die von zwei Armen abseits der Bühne emporgehalten wurde. »Icch lehbe imm Lant Zanth, dass zich fonn Mundahnja darinn unnttärschaidet, das eß inn Zanth Mahgi giept unt inn Mundahnja nich.«

Dann blickte die Zentaurin in den Graben und merkte zum ersten Mal, was dort vorging. »Dor! Was treibst du mit diesem Mädchen?«

Schuldbewußt unterbrachen sie den Kuß. Die Musik brach abrupt ab und hinterließ ein peinliches Schweigen. Die beiden zerzausten Jugendlichen standen mit halb entblößten Oberkörpern im Graben. »Ich, äh, zanke mich nur«, antwortete Dor verschämt.

»Zanken! Dann möchte ich erst einmal wissen, wie du dich wohl benimmst, wenn du mal freundlich bist!«

»Dazu kommen wir ja gerade, Cherie«, sagte Irene mit einem wunderbar verstohlenen Lächeln.

»Ganz bestimmt nicht!« warf Cherie Zentaur ein. Sie griff in die Tiefe und packte Dor am Ohr. »Du kommst jetzt mit zum König, junger Mann!«

Während der arme Dor aus dem Wasser gezogen wurde, fiel der Vorhang. Damit endete der Akt.

Esk entspannte sich. Er hatte erwartet, daß die Kunst der Fluchungeheuer ihn irgendwie langweilen würde, statt dessen jedoch hatte sie ihn fasziniert. Die waren richtig gut! Er fragte sich, ob dieses Theaterstück wohl eine genaue Wiedergabe historischer Ereignisse sein mochte. Hatte Dor Irene tatsächlich im Schloßgraben die Kleider vom Leib gerissen? König und Königin hatten recht ruhig gewirkt, als er Audienz bei ihnen hatte, doch vielleicht waren sie ja in ihrer jungen, lebhaften Zeit anders gewesen. Ob die kleine Ivy einmal konservativ und mürrisch werden würde, wenn sie erst erwachsen war? Oder Esk selbst? Was für eine fürchterliche Aussicht!

Bald hob sich der Vorhang wieder. Der zweite Akt spielte im Thronsaal von Schloß Roogna. Der König saß auf dem Thron, neben ihm stand die Königin. Beide waren genauso humorlos, wie es ihre ganze Generation zu sein schien. Die Musik war pompös und ernst, wie es der königlichen Familie ziemte.

»Mein Lieber, wir müssen etwas wegen unserer Tochter Irene unternehmen«, sagte die Königin.

»Umsonst heiße ich nicht König Trent«, erwiderte der König feierlich. »Was stimmt denn nicht mit dem Mädchen?«

»Sie ist einsam.«

»Daran wird sie sich schon gewöhnen, Iris. Das haben wir schließlich auch getan. Einsamkeit ist gut für Könige.«

»Ich meine, wir sollten sie irgendwohin schicken, wo sie unter Mädchen ihres Alters ist. Hier hat sie niemanden zum Spielen.«

»Und was ist mit Dor? Der ist doch nur ein Jahr älter als sie.«

»Er beachtet sie nicht. Er ist viel zu sehr damit beschäftigt, sich mit Gegenständen zu unterhalten.«

»Er sollte sich lieber mit seinen Hausaufgaben beschäftigen! Schließlich soll er nach mir ja einmal König werden, weißt du. Da muß er sehr viel lernen.«

»Ich weiß, Lieber. Aber ...«

Nun begann der König mit einem langatmigen Vortrag über seine Verantwortung für das Königtum und darüber, weshalb ein angehender König dies alles lernen müsse. Esk wurde erst ungeduldig, dann langweilte er sich; er hatte keinerlei Aussicht, jemals König zu werden, daher interessierte er sich auch nicht für dieses Thema.

Plötzlich kam Cherie Zentaur hereingetrabt, wobei sie Dor am Ohr hinter sich herzog. »Wißt Ihr, wobei ich diesen Bengel erwischt habe, Euer Majestät?« fragte sie mit rechtschaffenem Zorn.

»Gewiß werdet Ihr es mir gleich in aller Ausführlichkeit berichten«, murmelte König Trent, und Esk lächelte; dieses Gefühl kannte er.

»Er hat Ihrer Tochter die Kleider vom Leib gerissen!« sagte Cherie empört.

Esk runzelte die Stirn. Das klang nicht überzeugend. Den Zentauren war die Enthüllung des Körpers gleichgültig, da sie selbst keine Kleider trugen. Selbst wenn Dor und Irene mehr getan haben mochten, als sich nur zu küssen, wäre das der Zentaurin egal gewesen; denn Zentauren betrachteten sexuelle Vergnügungen als normale, natürliche Funktionen.

Es war vielmehr Dors erbärmliche Rechtschreibung, die Cheries Zorn hätte erregen müssen.

»Wie?« wollte der König wissen.

»Im Schloßgraben«, fuhr Cherie fort. »Wenn ich nicht rechtzeitig dort eingetroffen wäre ...«

Der König musterte den niedergeschmetterten Dor streng. »Los, junger Mann, was hast du dazu zu sagen?«

»Sie hat angefangen!« protestierte Dor.

»Und seine Rechtschreibung ist eine Katastrophe«, schloß Cherie.

»Das genügt!« rief König Trent. »Ich verbanne diesen erbärmlichen Wicht hiermit nach Mundania!«

»Nein, bitte nicht!« jammerte Dor und sank flehend zu Boden.

»Der König hat gesprochen«, verkündete Königin Iris zufrieden. »Mir hat es nie gefallen, wie dieser Junge seine Zeit mit Gegenständen vergeudet hat.«

»Sie sollten Ihre Tochter nicht einen Gegenstand nennen«, murmelte Dor bei sich, und doch war seine Stimme im Zuschauerraum gut zu vernehmen. Die Musik lachte ätzend.

Ein Wächter trat ein und führte Dor hinaus, worauf der Vorhang fiel.

Esk gelangte zu der Meinung, daß ihm diese Szene nicht so gut wie die vorhergehende gefiel. Schließlich hatte Irene ja *tatsächlich* angefangen, und zwar auch das Küssen; Dor war vergleichsweise unschuldig gewesen. Nun hatte er gerade erst entdeckt, wie interessant Irene sein konnte – und schon wurde er ausgerechnet in das schlimmste Land von allen verbannt, ins gefürchtete Mundania. Wollten die Fluchungeheuer damit zeigen, wie ungerecht Menschen sein konnten?

Der Vorhang hob sich zum dritten Aufzug. Das Stück wurde fortgesetzt, zeigte Dor in Mundania, wo er todunglücklich war und unfähig, seine Magie anzuwenden, während Irene, ebenfalls todunglücklich, auf Schloß Roogna blieb. Vereitelte Liebe – und Esk konnte sie nachempfinden, obwohl er wußte, daß es sich hierbei um etwas handelte, das vor einer Generation hätte passieren oder auch nicht passieren können. Er wünschte sich, daß er wenigstens die erste Stufe dieser Tragödie erreicht hätte: ein Mädchen zu haben, das er liebte.

Schließlich bekam der Dor im Schauspiel eine Offenbarung. »Ich liebe sie!« erklärte er. Dann stürmte er zurück nach Xanth und schritt geradewegs vor König Trent. »Ich liebe Eure Tochter und werde sie heiraten!« sagte er und nahm Irene dabei forsch in den Arm. Es war verblüffend, wie nahe sie zufällig neben ihm stand.

»Nun, warum hast du das nicht gleich gesagt?« fragte König Trent mürrisch, womit der Akt endete.

Esk wußte zwar, daß alles nur gespielt war, aber immerhin hatte Dor Irene *tatsächlich* geheiratet, und nun besaßen sie zwei Kinder, so daß es wirklich in etwa so hätte geschehen können. Immerhin gefiel ihm der Schluß, denn er war froh, daß die beiden schließlich zueinander gefunden hatten.

Von irgendwoher tauchte plötzlich ein Mann auf und wandte sich an Esk. »Sehr gut«, sagte er. »Ich glaube, Sie werden schon ein gutes Musterpublikum abgeben. Ich habe nur noch eine Frage.«

»Ja, wie mir das Stück gefallen hat«, erklärte Esk. »Nun, ich habe ...«

»Ich werde schon selbst nach dem fragen, was ich wissen will«, erwiderte der Mann barsch.

»Ich wollte Ihnen doch nur sagen ...«

»Das ist unnötig.«

»Aber woher wollen Sie denn wissen, wie mir das Stück gefallen hat, wenn ich es Ihnen gar nicht sage?«

»Wir wissen bereits, wie Ihnen das Stück gefallen hat. Mich beschäftigt nur eine technische Frage.«

»Eine technische Frage?«

»Ich sehe schon, daß ich die Sache erklären muß«, meinte der Mann mürrisch. »Also gut, passen Sie auf. Wir brauchen Sie nicht erst zu fragen, wie Sie auf das Stück reagiert haben, weil Sie die ganze Zeit unter Beobachtung standen. Ihre Reaktionen wurden aufgezeichnet und mit dem normalen Reaktionsmuster verglichen. Wir wissen jetzt, daß Sie für Ihr Geschlecht und Ihre Altersgruppe und Kultur ganz normal waren. Sie werden ein brauchbares Publikum abgeben.«

»Sie haben mich beobachtet? Ich habe niemanden gesehen, der ...«

»Natürlich nicht. Das ist ein Einweg-Vorhang. Wir haben jedes Zucken aufgezeichnet, jedes Nasenkratzen, jedes Lächeln, jedes Stirnrunzeln und jeden Ausruf. Wir wissen, welche Abschnitte Ihnen gefielen und welche nicht. Nun, da wir Ihre individuellen Reaktionen auf diese Standardvorführung aufgezeichnet haben, können wir Ihre Anwendbarkeit auf jene Stücke verifizieren, die noch nicht auf Tournee gegangen sind. Wir haben Sie eingeschätzt.«

»Mich eingeschätzt«, wiederholte Esk und fragte sich, wie oft er sich wohl an der Nase gekratzt haben mochte, während er das Stück gesehen hatte. »Sie sagen, daß dies ein altes Stück war?«

»Das übliche Junge-trifft-Mädchen, Junge-verführt-Mädchen, Junge-gewinnt-Mädchen-wieder, immer gut geeignet für ein einfaches Publikum. Jetzt habe ich nur eine Frage an Sie, nämlich warum Sie im zweiten Akt an der falschen Stelle die Stirn gerunzelt haben. Als Cherie-Zentaur nämlich berichtete, daß Dor Irene die Kleider vom Leib gerissen hatte. Halten Sie das für historisch ungenau?«

Der Mann hatte ihn aber wirklich beobachtet! »Zentauren verhalten sich nicht so«, erwiderte er. »Es ist ihnen egal, wieviel von einem Körper zu sehen ist. Es wäre ihr nicht einmal aufgefallen, wenn sie im Graben völlig nackt gewesen wären, und es hätte ihr auch nichts ausgemacht.«

»Sie verstehen etwas von Zentauren?«

»Nun, von einigen. Allzuviel weiß ich nicht.«

»Wie viele Zentauren kennen Sie denn gut?«

»Na ja, genaugenommen nur eine. Aber das ist immerhin Cheries Enkelfohlen.«

»Nur eine«, erwiderte der Mann kühl. »Und auf dieser Grundlage erlauben Sie sich ein Urteil über die gesamte Spezies?«

Jetzt kam ihm seine Reaktion selbst merkwürdig vor. »Sie haben mich doch gefragt, weshalb ich die Stirn gerunzelt habe«, erinnerte ihn Esk. »Das war der Grund.«

»Wir werden es notieren.« Der Mann wandte sich ab. »Das ist alles. Ihre nächste Publikumsaufführung findet am nächsten Morgen statt; die Kleine wird Sie hinführen.«

»Die Kleine?« fragte Esk etwas verständnislos.

»Das Dienstmädchen, das Sie hierher geführt hat.« Der Mann schnippte mit den Fingern, und sofort erschien das Mädchen.

Der Mann verschwand, und das Mädchen führte Esk zurück in sein Zimmer. Das war auch ganz gut so, sonst hätte er sich bestimmt im Labyrinth der Gänge verlaufen.

»War es schlimm?« fragte das Mädchen.

»Ich werde es schon überleben«, antwortete Esk.

Sie lächelte ihn kurz an. »Morgen früh werde ich Sie wecken.« Dann war sie auch schon verschwunden. Sie war offensichtlich kein Vamp, nur eines der unwichtigen Geschöpfe dieser Gegend.

Die nächsten beiden Tage waren voller Theaterstücke. Im großen und ganzen genoß Esk sie, und bald hatte er sich auch daran gewöhnt, daß er genauestens beobachtet wurde, während er die Stücke beobachtete. Er hatte tatsächlich das Gefühl, daß er für die Gemeinschaft etwas Nützliches tat und daß seine Reaktionen dabei helfen würden, ihre Stücke für die Tournee zu verbessern. Denn obgleich die Fluchungeheuer offenbar wirtschaftlich weitgehend unabhängig waren, sehnten sie sich auf dem Gebiet ihrer eigenen Kunst verzweifelt nach der Anerkennung durch andere. Sie wollten, daß man ihre Stücke für herausragend hielt und ihr Publikum sich schon auf die folgende Saison freute. Immerhin beruhte auch die Beförderung innerhalb ihrer Hierarchie darauf: Ein erfolgreicher Schauspieler wurde auch zum Führer ihrer Gesellschaft.

Nun, warum nicht? Es war ein System, mit dem er leben konnte. Es tat ihm leid, daß er Doris von sich gewiesen hatte. Ein Mädchen an einem so netten Ort wie diesem ...

Doch er hatte eine Aufgabe zu erfüllen, und es gab eine andere Gesellschaft, bei deren Rettung er behilflich sein wollte. Es war müßig, ans Bleiben zu denken, denn die Fluchungeheuer würden ihn ohnehin nicht akzeptieren. Im Augenblick behandelten sie ihn nur nett, weil sie sein Urteil als unwissender Zuschauer schätzten, und das würde sich bald ändern, wenn er ihr gesamtes Repertoire kennengelernt hatte.

Das letzte Stück jedoch interessierte ihn aus anderen Gründen, als die Fluchungeheuer es vorhergesehen hatten. Es handelte von den Erlebnissen eines Menschen mit einem Dämon, und so sah Esk besonders aufmerksam zu.

Es war, wie die Fluchungeheuer es ausdrückten, die übliche Handlung vom Typ Dämonenpakt. Ein junger Mann, mit dem Esk sich schnell identifizierte (darin waren die Schauspieler sehr gut), suchte den Guten Magier Humfrey mit einer Frage auf: Wie konnte er sicher einen Dämon zähmen? Er leistete seinen Jahresdienst ab – für das Publikum durch den Szenenwechsel verkürzt – und erhielt die Antwort: ein Talisman, ein Zeichen, ein gesprochener Zauber und ein Stück Pergament, auf dem ein Kontrakt geschrieben stand. »Allerdings wird es nur einmal funktionieren, weil all diese Dinge sich selbst vernichten«, warnte ihn der Gute Magier. »Aber diese Kombination wird einen Dämon herbeirufen und beherrschen, und dann wird der Dämon mit dir verhandeln müssen, um seine Freiheit wiederzuerlangen. Du kannst ihn dazu zwingen, alles zu tun, was du willst.«

»Alles?« fragte der Junge begierig.

»Alles, was in seiner Macht steht. Was ich dir gegeben habe, erlaubt dir, einen der mächtigsten Dämonen zu beherrschen, so daß er sehr viel wird tun können, aber er ist nicht allmächtig. Doch er wird nicht fähig sein, dich zu täuschen, also kannst du ihn nach seinen Fähigkeiten fragen, bevor du dich entscheidest. Du mußt nur sichergehen, daß er diesen Vertrag unterschreibt, nachdem du deinen Teil der Abmachung in allen Einzelheiten eingetragen hast.«

»Das werde ich!« rief der Jüngling. Esk hatte das Gefühl, als stünde er selbst auf der Bühne und unterhielte sich mit dem Guten Magier. Wie schön es doch gewesen wäre, wenn er eine ähnliche Frage hätte stellen können.

Der Junge nahm die Sachen mit nach Hause und begann mit der Beschwörung. Zunächst zog er das Zeichen, eine seltsame, fünfseitige Figur, auf seinen Fußboden und malte es auf, damit es nicht ausgewischt werden konnte. Dann nahm er den Talisman auf und hielt ihn hoch. »Dämon des Tages, ich rufe dich!« intonierte er. »Bei der Macht dieses Zaubers erscheine im Pentagramm!« Und dann sprach er den Zauber aus, der für Esks Ohren zwar unverständlich, aber sehr eindrucksvoll klang.

Die Bühne verfinsterte sich. Bedrohlich schwoll die Musik an. Funken stoben. Die Luft über dem Pentagramm füllte sich mit Rauch. Dann gab es ein gewaltiges Brüllen, das Esk zusammenzucken ließ.

Der Rauch verflog, und im Pentagramm stand ein leuchtender Dämon.

Esk konnte erkennen, daß es sich um einen Schauspieler im Dämonenkostüm handelte und nicht um einen wirklichen Dämon, doch natürlich hätte man einen echten Dämon auch niemals zu so etwas bewegen können, ohne Magie anzuwenden. Jedenfalls sah die Gestalt schrecklich genug aus, und Esk fragte sich, wie man sie wohl auf die Bühne gebracht hatte. Vielleicht hatte der Rauch eine Falltür verdeckt.

»Ha! Hab ich dich!« rief der Junge. »Jetzt mußt du mir gehorchen.«

Zur Antwort stieß der Dämon ein Brüllen aus, und eine Flamme schoß ihm aus dem Mund. Esk war entzückt; wieder so ein wunderbarer Knalleffekt! Metria hatte das nie getan; nun begann er sich zu fragen, ob sie es hätte tun können. Fast alle Drachen konnten Flammen speien, doch er war sich nicht sicher, ob Dämonen auch solch eine Fähigkeit besaßen. Möglicherweise handelte es sich hier um einen Irrtum.

Der Junge, den diese Vorführung offensichtlich eingeschüchtert hatte – so etwas war auf der Bühne herrlich deutlich zu erkennen –, nahm seinen ganzen Mut zusammen. »Aus diesem Pentagramm kommst du nie wieder heraus, bevor ich dich lasse!« Und dann, als der Dämon sich zornig aufblähte: »Oder?«

Der Dämon schüttelte über dem Pentagramm die Faust, so daß es aussah, als stieße sie gegen eine unsichtbare Mauer. Er trampelte umher, stach nach dem Boden und nach der Decke, traf jedoch überall auf Widerstand. Er ging so entschlossen vor, daß Esk sich schon Sorgen machte, er könnte irgendeine winzige Lücke in dem magischen Zeichen entdecken und hindurchschlüpfen, um seine Vernichtungswut auszutoben.

Doch der Dämon konnte nicht entkommen. Schließlich blieb er stehen, geschlagen und empört. »Was willst du, Torfkopf?« fragte er den Jungen.

Esk lächelte. Es machte ihm Spaß, auf der Bühne Ausdrücke zu hören, die man im wirklichen Leben nicht anwenden durfte.

»Ich will ein prächtiges Haus, in dem ich bis zu meinem Ende leben kann, ein Füllhorn, das niemals leer wird, und eine absolut schöne Frau, die mich absolut liebt«, erwiderte der Junge tapfer.

»Was? Das ist unmöglich!«

»Nein, es ist sehr wohl möglich. Ich habe mich davon überzeugt. Ein Dämon von deiner Macht kann solche Dinge vollbringen, und ich werde dich erst ziehen lassen, wenn du den Pakt unterschreibst, in dem steht, daß du dies alles tun wirst.«

»Niemals!« schwor der Dämon.

»Dann bleibst du eben auf alle Zeiten dort«, erwiderte der Junge und drehte sich um, als wollte er gehen.

»Sei doch vernünftig!« rief der Dämon. »Es braucht Zeit und Können, um ein prachtvolles Haus zu bauen, und ich verstehe doch nicht das geringste von Architektur.«

»Du brauchst es auch nicht zu bauen, du brauchst es mir nur zu beschaffen. Es ist mir egal, wie du das tust.«

Esk wußte die Spitzfindigkeit zwar zu schätzen, doch seine Sympathie für den Jungen schwand zusehends. Offensichtlich war es ihm egal, wer dafür leiden mußte, solange seine Wünsche in Erfüllung gingen.

»Und Füllhörner wachsen auch nicht gerade überall auf Bäumen, mußt du wissen«, fuhr der Dämon fort. »Das einzige, das ich kenne, wird von einem Waisenhaus benutzt, um damit Kinder zu ernähren.«

»Es ist mir gleichgültig, woher du es holst, bring es mir nur«, erwiderte der Junge.

Esks Sympathie für ihn nahm weiter ab.

»Und schöne Frauen lieben keine Leute wie dich«, sagte

der Dämon. »Ich kann zwar vielleicht ein paar körperliche Dinge bewirken, aber den Herzenssinn einer Frau kann ich nicht in andere Bahnen lenken!«

»Finde eine Möglichkeit«, sagte der Junge kalt.

»Ich sage dir doch gerade, daß es keine andere Möglichkeit *gibt*! Ich könnte eine Frau dazu bringen, dir zu sagen, daß sie dich liebt, aber ihr Herz würde dennoch ihr selbst gehören.«

Esk nickte.

Was der Dämon sagte, klang sehr vernünftig. Fast hatte er Mitgefühl mit ihm.

Der Junge überlegte. »Wenn ich so darüber nachdenke, ist es mir eigentlich gleichgültig, was in ihrem Herzen vorgeht. Sorge du nur dafür, daß sie absolut schön ist und bereit, alles zu tun, was ich verlange, zu jeder Zeit und immer lächelnd, dann soll in ihrem Herzen vorgehen, was immer es sein mag.«

»Aha, dir genügt also das Abbild einer Frau, vorausgesetzt, daß sie deinen Anweisungen folgt.«

»Genau. Ohne weitere Fragen.«

»Dann können wir vielleicht ins Geschäft kommen.«

Der Junge reichte ihm den Vertrag, und der Dämon unterschrieb ihn. Die Abmachung war geschlossen. Der Vorhang fiel.

Die Pause zwischen den Akten verbrachte Esk damit, seine eigene Situation mit der Dämonin Metria zu überdenken. Er hatte sie zwar nicht herbeigerufen, sie war ungebeten in seinem Versteck erschienen, hatte dieses ganze Abenteuer in Gang gesetzt. Aber auch sie hatte ihm das Abbild einer Frau angeboten, eine Abmachung, um ihn dazu zu bringen, sein Versteck preiszugeben. Hätte er auf diese Abmachung eingehen sollen?

Vielleicht würde ihm dieses Theaterstück dabei helfen, das zu entscheiden.

Als sich der Vorhang wieder hob, ruhte der Jüngling gerade im Inneren eines prachtvollen Hauses. Der Dämon trat mit einem riesigen Füllhorn ein, aus dem frisches Obst rieselte. In der Ferne erscholl ein Schrei wie von einem hungrigen Waisenkind. Der Dämon legte das Füllhorn in die Hände des Jungen.

»Nun?« fragte der Junge.

»Herr?« fragte seinerseits respektvoll der Dämon.

»Nun, wo bleibt die Frau?«

»Das Abbild einer Frau«, murmelte der Dämon.

»Mir ist es gleich, wie du sie nennst! Die Abmachung wird erst vollständig, wenn du sie ablieferst, um uns dann auf alle Zeiten in Frieden zu lassen. Durch diesen Vertrag kannst du mir niemals etwas anhaben.«

»Das ist wahr, Herr«, antwortete der Dämon. »Ich werde die Frau schicken.«

Inzwischen hatte sich Esks Sympathie fast gänzlich von dem Jungen auf den Dämon verlagert. Der Junge war ein verwöhntes Bürschchen, während der Dämon sich buchstabengetreu an die Abmachung hielt.

Der Dämon verließ die Bühne, während der Junge üppige Früchte aus dem Füllhorn hervorholte, in jede einmal hineinbiß und sie von sich schleuderte.

Einen Augenblick später kam eine wahrhaft betörende Frau auf die Bühne. In einem dünnen Negligé kam sie mit grazilen Bewegungen heran, sie war das anmutigste Geschöpf, das Esk jemals gesehen hatte. Fast war er selbst von ihr betört, obwohl er doch wußte, wie töricht so etwas war. Die Fluchungeheuer hatten eine Schauspielerin dazu ausgebildet, die wunderschönste Frau darzustellen, die es überhaupt gab – und das war sie auch.

»Ich bin gekommen, um dir Freude zu machen, stattlicher Mann«, verkündete die Frau in sinnlichem Tonfall.

Der Jüngling musterte sie. Seine Augen weiteten sich erfreut. »Du bist diejenige?«

»Ich bin diejenige«, sagte sie und vollführte eine kleine Pirouette, die ihr Negligé umherwirbeln ließ und etwas von ihren makellosen Beinen zeigte. »Das Abbild der vollkommenen Frau.«

»Du wirst alles tun, was ich verlange?«

»Alles«, hauchte sie.

»Dann zieh dich aus.«

»Wie du wünschst, stattlicher Mann«, sagte sie und begann ihr Nachtkleid zu öffnen, als das Licht erlosch und der Vorhang sich senkte. Esk bemühte sich, etwas von ihrem Körper zu sehen, bekam aber nur noch ein kurzes, aufregendes Aufblitzen zu Gesicht.

Als sich der Vorhang schließlich wieder hob, lagen die beiden im Bett, offensichtlich hatten sie die Szene bereits beendet, die Esk so gern mitangesehen hätte. Doch dieses Stück sollte jugendfrei bleiben, weshalb die Andeutung die Oberhand über die realistische Darstellung bekam. Der Jüngling schlief gerade, während die Frau wach war. Sie flüsterte ihm mit ihrer Theaterstimme ins Ohr: »Ist der Pakt auch bewahrt? Ist der Pakt auch bewahrt?«

Der Junge rührte sich. »Der Pakt!« brummte er verschlafen. In seinen Nachtkleidern sprang er auf und schlurfte zu einem Schrank hinüber, aus dem er die Schriftrolle hervorzog.

»Ist es auch der richtige? Ist es auch der richtige?« flüsterte die Frau.

Der Junge musterte ihn. »In diesem Licht kann ich nichts erkennen!« rief er. »Wenn irgend jemand ihn stehlen und ein anderes Papier hierhin legen sollte …«

Er tastete nach einer Kerze und entzündete sie an einer glühenden Kohle im Kamin, wobei er sich fast die Finger versengte. Dann hielt er die Kerze an das Pergament. »Ja, es ist der richtige«, sagte er hinunterblickend.

»Schützt er dich auch vor dem Dämon? Schützt er dich auch vor dem Dämon?« flüsterte die Frau.

Er sah genauer hin, um die entsprechende Stelle zu finden. Die Kerze neigte sich gefährlich. »Hier heißt es: ›… wird besagter Dämon dem obengenannten Begünstigten keinen Schaden zufügen oder eine andere Partei dazu bewegen.‹ Das ist wasserdicht; der Dämon kann mir nichts anhaben.«

»Bist du sicher? Bist du sicher?« flüsterte die Frau.

»Natürlich bin ich sicher!« erwiderte er gereizt. »Schau doch selbst, hier steht es … hoppla!« Denn von der schrägen Kerze war nun ein Wachstropfen auf das Pergament geklatscht. Als das heiße Wachs mit der Tinte reagierte, zischte ein Rauchwölkchen empor.

Mit einem verärgerten Fluch griff der Jüngling nach dem sofort hart gewordenen Wachs und riß es ab. Ein Stück Pergament blieb daran haften. »Nur ein kleines Fleckchen«, murmelte er.

»Welche Stelle hat es denn getroffen? Welche Stelle hat es denn getroffen?« flüsterte die Frau.

»Verdammt! Es hat ein Wort ausgelöscht! Nun heißt es ... ›wird besagter Dämon dem obengenannten Begünstigten Schaden zufügen.‹ Das Wort ›keinen‹ ist verschwunden.«

»Na, wenn das kein Zufall ist!« sagte die Frau. Doch es war nicht mehr die Frau. Aus dem Bett erhob sich die gräßliche Gestalt des Dämons. »Ich frage mich nur, wie dieser Wachstropfen ausgerechnet auf die richtige Stelle fallen konnte?«

Der Jüngling musterte die Gestalt in grausiger Erkenntnis. »Das hast du getan!« rief er. »Du hast mit deiner Magie bewirkt, daß das Wachs genau auf diese Stelle traf! Du hast mich betrogen!«

»Ich habe dir keinen Schaden zugefügt«, widersprach der Dämon. »Ich habe nur ein kleines bißchen Wachs so gelenkt, daß es deine Hand nicht verbrennen konnte. Ich habe den Vertrag eingehalten und werde es auch weiterhin tun.«

»Das wirst du?« fragte der Junge mit plötzlich neu erwachter Hoffnung. »Dann verwandle dich sofort wieder in die Frau!«

»Aber nun hat der Vertragstext für mich eine neue Bedeutung bekommen«, warf der Dämon ein. »Er verpflichtet mich dazu, dir Schaden zuzufügen. Und deshalb ...«

Der Jüngling schrie auf, als der Dämon drohend auf ihn zukam, doch dann fiel der Vorhang. Das Stück war zu Ende.

Plötzlich war Esk froh, daß er mit Metria kein Abkommen geschlossen hatte. Dämonen waren einfach zu gerissen. Der Junge im Stück hatte sein Schicksal zwar verdient, aber es war auch ihm eine gehörige Warnung.

Und das Tal der Wühlmäuse wurde von Dämonen überrannt. Nun verstand Esk Volneys Bitte noch sehr viel besser. Sie mußten diese Dämonen vertreiben!

»Ihr Visum ist abgelaufen«, teilte der Magistrat ihm mit. »Sie müssen jetzt verschwinden.«

»Aber zuerst muß ich meine Bitte vorbringen«, erinnerte Esk ihn.

»Ach so, das. Na schön, sprechen Sie.«

»Ich möchte, daß die Fluchungeheuer mir dabei helfen, das Tal der Wühlmäuse von Dämonen zu befreien.«

»Von Dämonen zu befreien? Warum?«

»Damit die Wühlmäuse den ursprünglichen Verlauf des Küßmichflusses wiederherstellen können.«

Der Magistrat lachte. »Was kümmern uns die Wühlmäuse? Wir haben hier am Torschloß schon Probleme genug! Der Wasserstand des Sees steigt und fällt völlig unvorhersehbar, so daß er unsere Ackerbaugebiete abwechselnd überflutet und austrocknet. Unsere Ernten leiden darunter, und die wilden Tiere spielen verrückt. Da werden wir kaum wertvolle Kräfte abstellen, um dummen Tieren dabei zu helfen, Windungen in einen dummen Fluß zu bringen!«

»Aber ich habe doch zwei Tage lang als gutes Musterpublikum gedient!« erinnerte ihn Esk. »Jetzt wissen Sie, wie Sie Ihre Stücke noch besser auf Ihre Zuschauer zuschneiden können. Meinen Sie nicht, daß Sie mir noch etwas schuldig sind?«

Der Magistrat furchte die Stirn. »Vielleicht ist da tatsächlich noch eine winzige Schuld offen. Also gut, wir werden Ihnen eine Person beistellen, die die Situation untersuchen soll.«

»Eine Person?« fragte Esk zweifelnd.

»Ich bin sicher, daß sie schon tun kann, was verlangt wird«, meinte der Magistrat mit kurzem Lächeln.

»Sie?«

»Ihr Name ist Latia. Sie werden sie am Ausgang vorfinden.«

Esk stöhnte innerlich. Wie sollte ihm eine einzige Frau gegen die Dämonen helfen? Doch anscheinend war es das Beste, was er bekommen würde. »Danke«, sagte er mit soviel Würde, wie er aufbringen konnte.

»Am Morgen werden Sie dieses Gebiet verlassen. Ich bin befugt, Ihnen im Namen des Torschlosses Anerkennung für Ihre geleisteten Dienste auszusprechen.«

»Keine Ursache, Torschloß«, erwiderte Esk kurz angebunden.

Am nächsten Morgen schritt er zum Dock, wo die Frau ihn bereits erwartete. Sie war uralt. Ihr Körper war gebeugt und häßlich, ihr Haar strähnig und grau, ihre Haut so runzlig, daß ihre Gesichtszüge darin verschwanden. »Na los, gehen wir endlich, Jüngling«, fauchte sie.

»Äh, weißt du überhaupt, worum ich gebeten habe?«

»Nein. Spielt das eine Rolle?«

Esk seufzte. Vielleicht tat es das ja nicht. So oder so war es unwahrscheinlich, daß sie ihm von großem Nutzen sein konnte.

Sie stiegen hinunter ins Boot und setzten sich. Bald gesellte sich eine Schar Mädchen zu ihnen, deren Beine allerliebst aufblitzten, als sie die Leiter herabstiegen. »Ach, das ist ja Esk!« rief eine von ihnen.

»Und die fette Latia«, fügte eine andere angewidert hinzu.

»Mach dir mal keine Sorgen, Jungmaid«, bellte die alte Frau. »Ich verlasse das Torschloß.«

»Oh.« Das Mädchen war verblüfft. »Na, dann wünsche ich wohl am besten viel Glück.«

»Werd nicht albern.«

Das dämpfte die Stimmung, und gemeinsam saßen sie schweigend im Boot, während es zur Pier am Ufer gezogen wurde. Dann stiegen die Mädchen aus und machten sich an ihre Erntepflichten, während Esk und Latia sich in Richtung Schloß Roogna aufmachten.

»Ich habe zwei Pillen«, sagte Esk. »Die ermöglichen es

uns, ohne großen Reibungswiderstand zu reisen, so daß wir die Strecke an einem einzigen Tag zurücklegen können.«

»Hmph«, meinte sie. »Das glaube ich dann, wenn ich es sehe.«

Also gab er ihr eine Pille und nahm die letzte selbst zu sich, und sie glaubte es. In schnellem Tempo huschten sie nach Nordwesten, doch sie war alt und konnte sich nicht ganz so schnell bewegen wie er, so daß sie die ganze Strecke schließlich doch nicht an einem einzigen Tag zurücklegten. Esk versuchte sie zu drängen, weil er wußte, daß ihr Vorankommen am nächsten Tag sehr viel langsamer sein würde; er wollte soviel von der Strecke hinter sich bringen, wie es nur ging, solange es ihnen leichtfiel. Doch sie ließ sich nicht hetzen, und als die Nacht einbrach, waren sie immer noch ein gutes Stück von Schloß Roogna entfernt.

Sie schlugen ihr Lager in der Nähe eines Bachs auf. Nun, da sie die Heimat der Fluchungeheuer weit hinter sich gelassen hatten, begann Latia etwas aufzutauen. »Weißt du, warum man mich mit dir mitgeschickt hat?« fragte sie.

»Nein. Ich gebe zu, daß ich neugierig bin.«

»Weil sie mich ohnehin loswerden wollten und weil sie glauben, daß ich von einer derart gefährlichen Mission vermutlich nicht mehr zurückkehren werde.« Sie warf ihm einen Seitenblick zu. »Was ist das überhaupt für eine Mission?«

»Die Dämonen loszuwerden, damit der Küßmichfluß wieder kurvig gemacht werden kann und das Tal der Wühlmäuse wieder schön wird.«

Sie schnaubte. »Das paßt. Sterbliche können ja nicht das geringste gegen Dämonen ausrichten.«

»Es sei denn, sie bekommen den richtigen Talisman und Zauber und das richtige Zeichen und den richtigen Pakt.«

»Diese Dinge kennt nur der Gute Magier, der genauso gruffig ist wie ich. Und außerdem funktionieren sie nicht unbedingt so, wie es vorher behauptet wird.«

»Ich weiß. Ich habe das Stück gesehen.«

»Schön, ich werde versuchen dir zu helfen, denn deshalb

bin ich ja hier, aber ich bin auch dazu verpflichtet, dir das Risiko klarzumachen.«

»Das Risiko?« fragte Esk.

»Du weißt doch, daß wir Fluchungeheuer alle dasselbe Talent haben? Die Verfluchung?«

»Ja. Ich habe es zwar noch nie richtig in Aktion gesehen, habe aber gehört, daß es ziemlich schlimm werden kann. Meine Großmutter war ein Fluchungeheuer.«

»Ach ja?« Nun begann sich die alte Frau schon mehr für ihn zu interessieren. »Wie heißt sie denn?«

»Ihren Fluchungeheuernamen kenne ich nicht. Sie hat meinen Großvater geheiratet, einen Oger.«

»Ach, die! An die erinnere ich mich. Eine wunderbare Schauspielerin, aber sehr unwirsch, wenn es um Konventionen ging.«

»Du kanntest sie?« fragte Esk erstaunt.

»Natürlich kannte ich sie! Für wie jung hältst du mich denn? Ich bin froh, daß es ihr gelungen ist, sich ein gutes Leben aufzubauen.«

»Hältst du es für gut, einen Oger zu heiraten?«

»Bestimmt. Oger haben ihre Vorzüge.«

Esk begann die Frau etwas mehr zu mögen. »Dann siehst du also nicht von oben auf mich herab, nur weil ich der Enkel eines Ogers bin?«

»Nicht, solange du auch nicht wegen meines fehlerhaften Talents auf mich herabsiehst.«

»Fehlerhaftes Talent?«

»Das wollte ich dir ja gerade mitteilen. Meine Flüche sind unberechenbar geworden. Jeder dritte von ihnen erweist sich als Segen.«

Esk lachte. »Als Segen! Was ist denn daran verkehrt?«

»Es stört das geregelte Leben. Wir wollten einmal einen wildernden Drachen lähmen und verbanden uns miteinander, um ihn mit dem allerstärksten Fluch zu treffen, als mein Segen die Flüche durcheinanderbrachte und der Drache nicht nur überlebte, sondern auch noch kräftiger wurde. Wir hatten Glück, daß wir nahe an der Pier waren, was uns die Flucht ins Wasser ermöglichte.«

»Ach so. Jetzt verstehe ich, daß das zum Problem werden könnte.«

»Wenn also etwas angreift und ich es verfluche, kann das die Situation möglicherweise noch verschlimmern. Nun treten die Störungen halbwegs regelmäßig auf, meine letzten beiden Versuche erwiesen sich als gute, kräftige Flüche. Daher habe ich seit sechs Monaten keinen mehr ausgestoßen. Der Magistrat wußte davon und wollte mich deshalb unbedingt loswerden.«

»Klug von ihm«, meinte Esk zynisch. »Vielleicht kannst du uns ja segnen, damit der Rest unserer Reise leicht verläuft.«

»Mich selbst kann ich weder verfluchen noch segnen, nur andere.«

»Nun, vielleicht solltest du mich dann verfluchen, und wenn das tatsächlich ein Segen wird, wie du sagst ...«

»Das wäre Drachenroulette«, sagte sie. »Ich kann mir nicht absolut sicher sein, daß es sich als Segen erweist, es handelt sich lediglich um eine große Wahrscheinlichkeit. Was immer es ist, es wird jedenfalls extrem machtvoll sein.«

Doch inzwischen war Esk durch und durch fasziniert. »Ich riskiere es. Verfluch mich einfach.«

»Nein, das ist zu riskant.«

»Aber wenn du mich verfluchst und es sich als Segen herausstellt, dann weißt du wenigstens, daß die nächsten beiden Flüche richtige Flüche sein werden, und du kannst dich auf sie verlassen. Das wäre ein Vorteil, weil wir noch ziemlich rauhes Land zu durchqueren haben.«

Sie wirkte nachdenklich. »Das mag stimmen. Überleg dir die Sache noch einmal in der Nacht, und wenn du am Morgen immer noch das Experiment wagen willst, werde ich es tun.«

Sie schliefen, und am Morgen erschien Esk die Sache immer noch faszinierend genug, um seine Bitte zu wiederholen. Latia zögerte, doch schließlich gab sie nach und stieß einen kräftigen Fluch aus.

Er hatte das Gefühl, daß etwas über ihn strich und seine Haare sich aufstellten, aber es war nicht schmerzhaft. »Das war's?« fragte Esk. »Ich fühle mich weder besser noch schlimmer.«

»Das ist seltsam«, meinte Latia, die genauso verwundert war wie er. »So sehr habe ich noch nie danebengetroffen. Vielleicht hat mein Talent jetzt gänzlich nachgelassen, so daß ich weder verfluchen noch segnen kann.«

»Vielleicht«, stimmte Esk mit einer Mischung aus Erleichterung und Bedauern zu. »Nun, ich werde mal eben im Gebüsch verschwinden, danach können wir losgehen.«

Sie nickte. In dieser Hinsicht hielten es die Fluchungeheuer eher mit den menschlichen als den zentaurischen Sitten, worüber er recht froh war. Er verschwand also und machte sich bereit, sein Geschäft zu erledigen.

Doch plötzlich sackte der Boden unter seinen Füßen ein. Zu spät erkannte er, daß das dichte Unterholz eine Grube verbarg. Er schlug um sich, versuchte etwas zu fassen zu bekommen, um sich daran festzuhalten, doch erfolglos; so stürzte er ins Loch.

Es war eine alte Grube; nichts sickerte herein, und überall wuchsen Schlingpflanzen. Esk glitt an der glatten Emailleoberfläche nach unten und überschlug sich. Dann entdeckte er den Abfluß; zum Glück war der von Schlingpflanzen verstopft. Schließlich traf sein Gesicht auf eine kühle Oberfläche. Er blinzelte und sah hin.

Es war ein Hypnokürbis, und sein rechtes Auge spähte direkt ins Guckloch. Bevor er begriff, was er da tat, hatte Esk schon hineingesehen – und da war es zu spät, jetzt war sein Bewußtsein im Inneren des Kürbisses gefangen.

Es gab nur eins, was seine Trance brechen konnte, indem nämlich der Blickkontakt zwischen Auge und Guckloch unterbrochen wurde. Unwahrscheinlich aber, daß Latia ihn in diesem verborgenen Versteck im Boden finden würde; der Rand des Loches war von weitem kaum zu erkennen.

Endlich war klargeworden, welche Auswirkungen Latias Aktion hatte: Es war doch ein mächtiger Fluch gewesen, dessen Wirkung gerade lang genug hinausgezögert worden war, daß er um so effektiver wurde. Esk saß jetzt ohne Hoffnung auf Rettung fest.

8

SCHAUFLER

Volney schluckte eine der Kraftpillen, die Ivy ihm gegeben hatte, legte seine Schwerstarbeitskrallen an und begann mit dem Graben. Das Ergebnis war erstaunlich: Die Erde stob nur so hinter ihm in die Höhe, er kam doppelt so schnell voran wie sonst. Wie nett von dem Menschenmädchen, ihm diesen Gefallen zu tun; eigentlich hatte er nicht sonderlich viel für Menschen übrig, doch Esk mochte er und dieses Kind nun auch.

Sein Ziel war das Reich der weniger zivilisierten Wühlmäuse. Er kam zwar ausgezeichnet voran, hatte aber auch einen weiten Weg vor sich, denn als erstes wollte er die größten Exemplare seiner Verwandtschaft aufsuchen, die Schaufler. Sie bohrten Tunnel ohne Krallen, dazu benutzten sie einfach nur Magie. Je nach Stimmung konnten sie einen Tunnel hinter sich zurücklassen oder hartes Gestein. Normalerweise zogen sie Gestein vor, um das Vergnügen zu haben, immer und immer wieder durchbohren zu können. Wenn sie einwilligen sollten, zum Bohren ins Tal zu kommen, würden die Dämonen sie daran nicht hindern können, denn ein tunnelgrabender Schaufler war physisch so gut wie nicht existent. Tatsächlich würde es den Schauflern auch gelingen, für den Fluß neue und kurvige Betten zu graben, und zwar schneller, als die Dämonen sie wieder richten konnten. Dann würden die Dämonen ihr fruchtloses Tun aufgeben und sich einen anderen Wohnort suchen müssen.

Er stieß bis zur tiefen Schicht der Schaufler vor. Nun brauchte er nur noch einen davon abzufangen und darum zu bitten, ihn zu seinem Anführer zu bringen.

Leichter gedacht als getan. Er hatte keinerlei Ahnung, welche Gepflogenheiten die einzelnen Schaufler beim Reisen hatten. Er würde einfach warten müssen, bis einer an ihm vorbeikam.

Bis dahin war es Zeit zu essen. Er hatte sich etwas Obst mitgebracht; langsam fand er Geschmack daran. Wenn das Tal erst wiederhergestellt war, würde er sich darum kümmern, dort Obst und Nüsse zu ernten. Er legte seine schweren Schaufelkrallen ab und aß.

Nach einer Weile stellten sich seine kleinen Ohren auf. Wühlmäuse waren zwar nicht sonderlich von ihrer akustischen Wahrnehmung abhängig, gelegentlich war sie aber von Bedeutung. In dem Tunnel, den er hinter sich zurückgelassen hatte, hörte er ein scharfes Geräusch.

Er lauschte und versuchte, seinen Ursprung zu erkunden. Wenn irgendein Raubtier in seinen Tunnel gelangt sein sollte, um ihn zu verfolgen, würde er kämpfen müssen. Natürlich hatte er das Ende versiegelt, damit kein Wesen zufällig darüber stolperte, doch Raubtiere, beispielsweise große Schlangen, konnten ihn wittern. Tatsächlich lag der Vorteil bei Volney, denn hier unten im Gestein konnte kein Raubtier sich richtig bewegen, und Volneys künstliche Krallen konnten Haut ebenso mühelos zerreißen wie Steine. In der tiefen Erde gab es nur wenige Wesen, die Jagd auf Wühlmäuse machten. An der Oberfläche wäre es etwas anderes gewesen, dort war der Raum unbegrenzt, und Räuber konnten enorme Größe annehmen. Deshalb hielten sich die Wühlmäuse normalerweise auch von der Oberfläche fern. Außerdem war das Licht dort oben zu hell. Er fragte sich, wie die Wesen es an der Oberfläche nur ertrugen. Nur seine Wühlmausfähigkeit, Pelz und Augen an die Oberflächenbedingungen anzupassen, gestattete es ihm, damit zurechtzukommen. Jetzt, in seinem braunen, unterirdischen Fell und den grauen Linsen, mit denen er in der beinahe völligen Dunkelheit optimal zu sehen vermochte, fühlte er sich wesentlich wohler.

Aber es hörte sich nicht wie eine Schlange an. Es schien aus vielen, winzigen Kratzern zu bestehen, wie von Insektenbeinen ...

Plötzlich erkannte er, was es war: Nickelfüßler!

Das war eine Katastrophe. Gegen diese kleinen Räuber konnte er seine Krallen nicht wirkungsvoll einsetzen; dazu waren die Nickelfüßler zu klein und zu zahlreich. Sie würden unter seinen Abwehrwaffen hindurchkriechen und ihm münzgroße Scheiben aus seiner zarten Anatomie quetschen. Es war unmöglich, mit ihnen vernünftig zu reden; sie kannten nur eins, den Hunger. Sein Tunnel mußte dicht an einem ihrer Nester vorbeigeführt haben, so daß sie auf ihn aufmerksam geworden waren und ihn schließlich auskundschafteten.

Er konnte nicht darauf hoffen, ihnen zu entgehen, indem er auf demselben Weg zurückhuschte; denn im Vorbeijagen würden sie sich schon auf ihn stürzen. Auch sich zu verstecken machte keinen Sinn, denn sie brauchten kein Licht, tatsächlich war helles Licht ihr Tod. Sie orientierten sich am Tastsinn und am Geruch, konnten überallhin, wohin er sich auch vorgraben mochte.

Er mußte vorwärtsgraben. Sollte er auf einen anderen Tunnel stoßen, konnte er diesen entlangrennen und sie abhängen, weil sie zu klein waren, um besonders schnell vorwärtszukommen. Doch was konnte es hier unten schon für andere Tunnels geben? Er befand sich unterhalb der normalen Wühlmausebene auf der Ebene der Schaufler, und die Schaufler hatten dieses Gestein in festem Zustand zurückgelassen. Er würde seinen eigenen Tunnel graben müssen, und das würde ihn ebenso langsam machen wie die Nickelfüßler. Selbst wenn er eine weitere Kraftpille zu sich nehmen sollte, würde er schließlich ermüden, so daß sie ihn einholen und sich über ihn her machen würden. Er befand sich ganz plötzlich in einer verzweifelten Lage.

Das Geräusch wurde lauter. Einer der Nickelfüßler hatte die Herde abgehängt und kam auf ihn zu. Volney legte seine verstärkten Krallen an, orientierte sich und schlug heftig auf den Boden. Sein Gehör funktionierte präzise; die Kralle durchbohrte den Nickelfüßler und tötete ihn. Diese Wesen ließen sich nur schwer töten; man mußte gerade richtig zuschlagen und mit genügend Kraft, sonst prallte man einfach nur von ihren harten Schalen ab.

Einer weniger – doch noch Tausende, die auf ihn zukamen! Er mußte sich in Bewegung setzen.

Er nahm eine weitere Pille. Sofort durchflutete ihn die Kraft. Er machte sich wieder ans Graben, wissend, daß dies die Jagd nur verlängern würde; er war schon zu weit von der Oberfläche entfernt, um sie noch zu erreichen, bevor er ermüdete, und tatsächlich waren die Nickelfüßler möglicherweise sogar noch schneller als er. Doch er konnte nicht einfach hier darauf warten, wie er bei lebendigem Leibe aufgefressen wurde!

Wenn doch nur ein Schaufler käme! Dann könnte der ihn mitnehmen, um durch das Gestein zu dringen, als wäre es Luft, bis die winzigen Ungeheuer nur noch fruchtlos mit den Zangen scheppern konnten und leer ausgingen. Doch Schaufler erzeugten ein bestimmtes Geräusch, wenn sie sich über längere Strecken bewegten, und davon war leider nichts zu hören; er konnte sich nicht darauf verlassen, daß er einem Schaufler begegnen würde.

Das Gestein spritzte hinter ihm nur so hoch. Normalerweise warf er den Schutt hinter sich, um den Tunnel mit lockerem Erdreich halbwegs zu blockieren. Doch den Nikkelfüßlern würde es keine Mühe machen hindurchzugelangen. Sie würden einfach nur zwischen den Lücken der Trümmer durchschlüpfen. Eine Schlange hätte er etwas dauerhafter aufhalten können, indem er das Loch fester verstopfte, um ihr dann eins auf die vorwitzige Nase zu geben. Die winzige Größe der kleinen Räuber war zugleich ihr Vorteil. Wenn er den Gang doch nur wieder so fest verschließen könnte, um ihn völlig undurchdringlich zu machen – doch das lag jenseits seiner Macht. Sein Volk kannte eine Maxime: Durchbohrtes Gestein ließ sich allein durch Magie wiederherstellen.

Einen Augenblick hielt er inne und lauschte. Ein Geräusch verfolgte ihn. Alles, was er bisher vollbracht hatte, war, seinen Vorsprung nicht zu verlieren. Es mußte doch einen besseren Weg geben! Doch welchen? Langsam begann sein Denken in Kreisen zu verlaufen.

Kreise …

Dann hatte er eine Idee. Er war sich zwar nicht sicher, daß es funktionieren würde, doch er mußte es einfach versuchen.

Er fuhr mit dem Graben fort, bohrte sich durch den Fels, versuchte nicht einmal, hinter sich den Gang zu verstopfen. Er brauchte Geschwindigkeit, auch wenn die Nickelfüßler aufholen sollten. Er grub eine Biegung, hielt sich nach links, blieb dabei auf derselben Höhe; letzteres war sehr wichtig.

Nach einer Weile teilte ihm sein Orientierungssinn mit, daß er im Begriff stand, wieder auf seinen eigenen Tunnel zu stoßen. Das merkte er auch an der Schwingung des vor ihm liegenden Gesteins. Er grub weiter, bis nur noch eine äußerst dünne Trennwand übrigblieb. Dann griff er nach oben und grub ein Loch in die Decke, um einen senkrechten Tunnel zu graben. Diesen führte er ein kleines Stück geradewegs nach oben, um dann wieder eine Biegung zu vollziehen, die über den ursprünglichen Tunnel führte, zu dem sie auch parallel verlief. Er hatte so schnell gearbeitet, wie er konnte, obwohl er langsam müde wurde. Er hatte nur noch wenig Zeit.

Und dann, als gerade der erste Nickelfüßler am Ende des unteren Tunnels eintraf, huschte er wieder zurück. Er durchbohrte den Nickelfüßler mit einer Kralle und schleuderte seinen Körper beiseite. Dann machte er sich wieder ans Graben, durchbohrte sehr schnell die dünne Wand und stellte so auf der unteren Ebene eine Verbindung her.

Im anderen Tunnel gab es natürlich haufenweise Nickelfüßler. Sie machten kehrt, witterten ihn und strömten durch die neue Öffnung. Volney aber krabbelte hinauf und verschwand im selben Augenblick, als der Durchbruch hergestellt worden war, in seinem senkrechten Loch. Dann folgte er der waagerechten Biegung, um es mit Schutt zu verstopfen, so daß es so aussah, als würde das Loch in einer Sackgasse münden.

Nun setzte er sich wieder und wartete, ruhte sich aus. Wenn sein Plan geklappt hatte, war dies die Rettung. Wenn nicht ...

Es funktionierte. Die Nickelfüßler waren nicht gerade die schlauesten aller Wesen. Sie hatten ihn hauptsächlich an seiner Tunnelspur verfolgt. Solange diese nach ihm roch, würden sie sie bis ans Ende weiter verfolgen. Das war ein System, das normalerweise sehr effektiv war. Doch dieser Tunnel war eine Schlaufe, die niemals endete. So würden sie unendlich lange immer im Kreis laufen. Wenn einer von ihnen es mit dem Loch in der Decke versuchen sollte, würde er schon wieder aufhören, sobald er merkte, daß Volney nirgendwo zu sehen war. Vielleicht bahnten sich einige wenige ihren Weg durch den Schutt bis zu seinem Versteck, doch diese wenigen würde er schon mit der Kralle durchbohren. Die große Mehrheit steckte in der Falle, die er für sie gebaut hatte: im Kreisverkehr.

Volney ruhte sich aus, sammelte wieder seine Kräfte. Es war wichtig, daß er keine Aufmerksamkeit auf sich lenkte. Wenn er sich allzuviel bewegte, würden die Nickelfüßler möglicherweise die Schwingung spüren. Einige von ihnen gelangten tatsächlich in sein Versteck, und er durchbohrte sie leise. Als er sicher war, daß er sie rechtzeitig wahrnehmen würde, schlief er; jeder Nickelfüßler, der nun noch kommen sollte, würde ihn rechtzeitig wecken, um durchbohrt zu werden.

Und dann, endlich, hörte er einen Schaufler. Seine Wartezeit war vorüber! Jetzt spielte es keine Rolle mehr, ob die Nickelfüßler ihn bemerkten oder nicht.

Er begann zu graben, in einer Richtung, in der er den Schaufler würde abfangen können. Als er an der berechneten Stelle angelangt war, wartete er.

Der Schaufler bewegte sich nur langsam. Seine wurmähnliche Nase bohrte sich in die Höhle, die Volney gegraben hatte. »Ho, Schaufler!« rief er in der Sprache, die allen Mitgliedern der großen Familie der Wühlmäuse vertraut war.Die Magie Xanths machte die Verständigung zwischen allen Mitgliedern einer bestimmten Gruppe möglich, beispielsweise zwischen den Wühlmäusen oder den Humanoiden oder den Drachen. Leider galt das aber nicht für die Kommunikation zwischen den Arten, weshalb Volney eine Ausnahme bildete: denn er hatte gelernt, auf Humanoidenart zu sprechen. Es hatte ihn entsetzliche Anstrengungen gekostet, die seltsamen Sitten des fremdartigen Systems zu meistern, doch er war beharrlich geblieben und hatte mehr Erfolg darin gehabt als die meisten Wühlmäuse in seiner Klasse. Sie hatten gewußt, daß der Gute Magier humanoid war, daher war dieses Studium notwendig gewesen. Wenn sie doch nur auch gewußt hätten, daß der Gute Magier nicht dasein würde!

Inzwischen hatte der Schaufler nachgedacht. Schaufler waren nicht besonders schnell im Denken. Nun antwortete er schließlich. »Ho, Wühlmäuserich!«

»Bring mich zu deinem Führer.«

Er überlegte wieder. »Wo ist dein Lied?«

Ach ja – Schaufler liebten Lieder. Leider war das nicht eben Volneys Stärke. Was sollte er tun?

Hinter ihm krabbelte gerade ein Nickelfüßler heran. Seine Aktivität hatte ihre Aufmerksamkeit erregt, und nun bildeten die kleinen Ungeheuer eine neue Verfolgerschar.

»Lied!« rief Volney auf Humanoidenart. »Lied, Lied, Lie-h-i-h-i-h-ied!«

Und der Schaufler war zufrieden. Er war zu träge im Denken, um zu begreifen, daß es kein besonders gutes Lied war.

Volney stieg auf den zylindrischen Rücken des Schauflers und grub seine Krallen hinein. Das war notwendig, um seine Stellung zu halten; die Haut des Schauflers war so dick und zäh, daß es ihm nichts ausmachte. »Lied, Lied, Lie-h-i-h-i-h-ied!« fuhr Volney fort, langsam kam er in Schwung.

Der Schaufler setzte seine Bewegungen fort, materialisierte durch den Fels und die sich zusammenscharenden Nickelfüßler, als wären sie Nebel. Er vollführte eine Biegung, orientierte sich auf den Schaufleranführer.

Schon bald waren sie da. Der Anführer war alt, daher entmaterialisierte er sich nicht mehr so leicht, weshalb er es vorzog, sich in einem Gespinst von physischen Bohrtunnels aufzuhalten. Volney war durchaus zufrieden; damit standen sie beide auf derselben Stufe.

»Ich bin gekommen, um die Schaufler im Namen der Wühlmäuse um Hilfe zu bitten«, sagte er auf wühlmäusisch.

»Aber die Wühlmäuse reden doch nur mit sich selbst!« wandte der Anführer ein. Tatsächlich hieß es unter den grabenden Arten, daß die Grabbler nur mit den Schauflern sprachen, die Schaufler nur mit den Wühlmäusen, daß die Wühlmäuse sie aber alle ignorierten.

»Diese Situation hat sich etwas verändert«, erklärte Volney. Und dann erzählte er vom Problem im Tal der Wühlmäuse.

»Ihr wollt also, daß wir kommen, um neue Kurven zu bohren, damit der Fluß wieder freundlich wird.«

»Genau. Euch können die Dämonen nicht daran hindern, weil ihr ja beim Bohren nichtstofflich seid.«

Nach Art seiner Rasse überlegte der Schauflerführer. Nach einer Stunde erwiderte er: »Wir Schaufler haben keinen Ärger mit den Dämonen und möchten sie daher auch nicht provozieren. Deshalb werden wir uns in diese Angelegenheit auch nicht einmischen.«

Diese Antwort traf Volney hart. Er wußte, daß die Entscheidung endgültig war. »Ich danke euch dafür, daß ihr über den Vorschlag nachgedacht habt«, sagte er mit schleppender Stimme.

»Aber die Grabbler sehen das vielleicht anders«, meinte der Schaufler. »Die sind kleiner als wir und schneller, so daß sie auch im Denken anpassungsfähiger sind. Ich werde dir einen Führer mitgeben, damit du ihren Anführer aufsuchen kannst.«

»Dafür danke ich dir«, erwiderte Volney. Er hatte ohnehin vorgehabt, als nächstes die Grabbler zu befragen, doch so würde es leichter sein.

Der Schaufler reichte ihm einen kleinen Stein. »Der Geschmack wird dich leiten.«

Volney nahm den Stein in den Mund. Dann vollführte er einen Kreis. Wenn er in eine Richtung blickte, wurde der Geschmack immer besser, blickte er in die andere, wurde er schlecht. Dieser Führer war wirklich leicht zu verstehen!

Er verabschiedete sich vom Anführer der Schaufler und machte sich in Richtung des guten Geschmacks auf den Weg.

Dieser führte ihn zu seiner Überraschung nicht nach oben, sondern geradewegs voran. Normalerweise lebten die Grabbler dicht an der Oberfläche, so dicht sogar, daß sie ihren Schutt oft *auf* der Erde deponierten, anstatt damit ihre Gänge zu versiegeln. Das Tiefengestein war nicht ihre Spezialität, da sie am liebsten mit unsäglicher Schnelligkeit bohrten. Das leichte Erdreich und die unverstopften Gräben ließen sie schneller werden, während dichter, harter Fels sie bremste. Aber vielleicht gab es ja irgendein tiefes Tal oder eine Abzweigung der Spalte, was die Oberflächenhöhe gesenkt hätte; möglicherweise zogen es die Anführer der Grabbler aber auch vor, sich in einem derart abgeschiedenen Gebiet aufzuhalten.

Langsam wurde es wärmer; Volney merkte, wie er keuchte. Oberflächenwesen wie die Humanoiden und die Zentauren hatten eine sehr grobe Methode, ihre Hitze loszuwerden: Sie schieden Feuchtigkeit durch die Haut aus, die daraufhin verdunstete und sie kühlte. Das führte zu Rückständen an ihren Körpern und in ihrem Pelz oder ihrer Kleidung, die einen typischen, nicht immer angenehmen Geruch hervorbrachte. Wie die meisten anderen

Wesen auch, gingen die Mühlmäuse da schon delikater vor: Sie streckten einfach die Zunge aus und leiteten die Hitze so an die Luft weiter. Allerdings mußte man zugeben, daß es Gelegenheiten gab, da das Ganzkörper-Schweißbad der Humanoiden die praktischere Lösung darstellte.

Er hielt inne, um etwas von seiner überschüssigen Hitze loszuwerden. Doch die Hitze blieb; sie strahlte ihn aus dem Gestein an. Das war überraschend, denn eigentlich hätte dies hier eine kühle Erdschicht sein müssen. Wo kam die Hitze nur her? Bestimmt mochten die Grabbler es doch auch nicht so heiß!

Er wandte sich ab – und sofort begann der Stein in seinem Mund übel zu schmecken. Also drehte er sich wieder um und machte sich erneut ans Graben.

Die Hitze wurde immer stärker, und er vernahm Rumpeln im Gestein, dem er nicht traute. Er hatte von Vulkanen gehört, großen Auswürfen aus den heißen Schichten der Tiefe; ob es hier in der Nähe vielleicht einen gab? Aber warum sollten die Grabbler dann freiwillig in einer derart gefährlichen Gegend leben wollen?

Als er schließlich im Gestein Strukturen spürte, die auf eine Felsöffnung hinwiesen, war die Hitze schon fast unerträglich geworden. Gerade noch rechtzeitig! Er durchbrach eine Felswand und stieß in eine große, unterirdische Höhle vor.

Wieder hielt er inne. Von den Grabblern war nichts zu sehen. Die Bögen waren rein natürlichen Ursprungs, ebenso die unregelmäßigen Rillen im Boden, die von einer von der Decke herabtropfenden, heißen Flüssigkeit herzurühren schienen. Der Boden war tatsächlich kühler als die Decke; die tropfende Flüssigkeit hatte sich unten zu Schichten farbigen Gesteins verfestigt, die im Licht sicherlich sehr hübsch anzusehen waren. Der Ursprung der Hitze befand sich oben und nicht unten.

Doch besagte der Stein in seinem Mund, daß die Grabbler ebendort zu finden waren. Sehr seltsam!

Nun, entweder verließ er sich auf seinen Stein oder

nicht. Volney stellte sich auf die Hinterbeine und griff hinauf, um an der Decke zu graben. Hier war das Gestein relativ weich, und seine Krallen hatten schon bald ein ordentliches Loch gebohrt. Tatsächlich wurde das Graben immer leichter, je weiter er kam, und schon bald konnte er sich in das neue Loch hieven, die Hinterpfoten seitlich abstützen und von oben große Brocken herunterholen.

Zugleich wurde es aber auch immer heißer. Volneys Zunge rieb sich an seinem Pelz, er keuchte immer heftiger; lange würde er es in dieser Umgebung nicht mehr aushalten. Noch einmal holte er mit seinen Krallen aus, dann glitt er zurück; er mußte sich unbedingt abkühlen!

Über ihm sackte der Fels ein, dann begann er zu schmelzen. Ein Klumpen tropfte herab, und Volney konnte gerade noch rechtzeitig aus dem Weg springen. Das Zeug war ja heiß!

Keuchend landete er auf dem relativ kühlen Boden. Aus dem Loch tropfte weiteres heißes Gestein herab, spritzte auf den Boden. Das wurde ja immer schlimmer! Dort oben konnte doch niemals jemand leben!

Ein Einbruch – dann ergoß sich Lava aus dem Loch, so heiß, daß sie glühte und die Höhle erhellte. Die bunten Steinschichten sahen tatsächlich hübsch aus, bevor sie unter der Lava verschwanden. Volney schoß zurück – und sofort begann der Stein in seinem Mund widerlich zu schmecken.

Irgend etwas stimmte hier nicht! Dieser Stein wollte ihn anscheinend in den sicheren Hitzetod führen! Wäre er nicht schnell aus dem Loch verschwunden, das er gerade bohrte, so wäre er bei lebendigem Leib geröstet worden – und nun, da er sich zurückzog, hatte der Stein auch noch etwas dagegen!

Doch die Lavamassen, die sich nun immer heißer, flüssiger und leuchtender aus dem Loch ergossen, ließen ihm keine Zeit, um darüber nachzudenken. Sie strömten über den Boden und höhlten einen Kanal aus.

Volney entschied sich dafür, den schlechten Geschmack des Steins einfach zu vergessen und denselben Weg zurückzunehmen, den er gekommen war. Doch durch einen unglücklichen Zufall strömte Lava in einen Kanal zwischen ihm und dem Loch. Er war abgeschnitten!

Sollte er versuchen, einen Tunnel unter den strömenden Massen hindurchzubohren? Der Boden war immerhin kühler als die Decke, so daß dies machbar erschien. Doch so, wie das Zeug strömte, mußte er damit rechnen, daß es irgendwann auch in das Loch eindrang, das er bohrte, um ihn darin zu erwischen. So etwas durfte er nicht riskieren!

Den Kanal überspringen, wie es ein Wesen wie Chex Zentaur getan hätte, war ihm unmöglich, er hätte sich schon zahlreiche Verbrennungen zugezogen, wenn er nur näher an ihn herangetreten wäre. Volney blickte wieder zu dem Loch an der Decke hinauf. Es hatte sich in eine Lavaquelle verwandelt, das flüssige Gestein ergoß sich spritzend in die Tiefe und verteilte sich in mehreren Kanälen wie die Tentakel eines glühenden Kraken. Schon bald würden sämtliche Fluchtwege abgeschnitten sein.

Er lief in die einzige Richtung, die noch nicht versperrt war, vorbei an der glühenden Lavasäule. Zu seiner Rechten strömte grelle Lava neben ihm durch einen Kanal.

Plötzlich kam sie auf ihn zu. Erschrocken erstarrte Volney; wäre er nicht sofort stehengeblieben, hätte die Lava ihm die Füße versengt, denn sie war in einer Biegung genau in den Kanal hineingeflossen, in dem er sich befand. Er spürte ihre mörderische Hitze und wich nach links aus.

Nun strömte die Lava nach links und schnitt ihm den Weg ab.

Wieder blieb Volney stehen. Das war ja fast, als ob ...

Die Lava strömte wieder auf ihn zu.

Volney vollführte etwas, das einem Sprung so nahekam, wie es einer Wühlmaus nur möglich war. Er hob die Vorderpfoten vor der nach ihm leckenden Lava und streckte sich nach links, dann senkte er sie wieder zu Boden und zog die Hinterpfoten ein. Die Lava bildete eine Lache an der Stelle, wo seine Füße gewesen waren. Ein winziges, zurückgelassenes Haarbüschel löste sich in Rauch auf, als das geschmolzene Gestein es berührte.

Er rannte weiter, um die Lava herum. Doch nun traf er zur Linken auf einen weiteren Kanal. Er schlug einen Haken nach rechts, und der erste Lavastrom floß wieder vorwärts, um ihm erneut den Weg abzuschneiden.

Die Lava versuchte ihn zu erwischen! Sie war zwar in ihren Möglichkeiten beschränkt, weil sie entweder bergabwärts oder waagerecht strömen mußte, doch das galt für ihn ebenso.

Volney krabbelte zwischen den sich schneidenden Kanälen umher, und es gelang ihm, die Kreuzung gerade noch hinter sich zu legen, bevor die Lavaströme aufeinander trafen. Langsam wurde die Sache ungemütlich!

Er lief weiter, doch mehrere der Kanäle voller flüssigen Feuers hielten mit ihm Schritt. Sie versuchten ganz eindeutig, ihm eine Falle zu stellen – und sollte diese Höhle enden, gab es für ihn keinen Ausweg mehr. Er hatte nicht mehr genug Zeit, um sich ein neues Loch zu graben, immer vorausgesetzt, daß er überhaupt noch an eine Wand herankam; denn zwischen ihm und allen Wänden, die er erblickte, strömte bereits Lava. Wenn er versuchte, sich durch den Boden zu graben, würde die Lava ihm einfach nachströmen. Daran zweifelte er nicht mehr! Und die Decke – nein, das durfte er nicht riskieren!

Vor sich sah er etwas flackern. Nein! Noch mehr Lava! Tatsächlich strömte die Lava jetzt von allen Seiten auf ihn zu. Es war hoffnungslos, er war eingeschlossen.

Da merkte er, daß das Feuer nur eine Spiegelung war. Dort gab es Wasser – einen unterirdischen See. Er füllte eine Senke in diesem Teil der Höhle.

Und Volney konnte nicht schwimmen.

Er gelangte an den Wasserrand und tauchte eine Pfote ein. Das Wasser war angenehm kühl; die Blasen rührten von Luftmassen her, die von unten in die Höhe stiegen. Tief war es auch nicht. Im Licht der Lava sah er, daß es sich tatsächlich nur um eine große Pfütze handelte. Wenn es sein mußte, würde er mit knapper Mühe hindurch waten können.

Die Lava strömte heran, Zwillingstentakel streckten sich

zwischen seiner Linken und Rechten dem See entgegen. Nun blieb ihm keine andere Wahl mehr, er mußte hindurch waten!

Er schritt hinein, und die Lava folgte ihm nicht. Sie mochte kein Wasser und zog sich wütend am Rand zurück, verhärtete sich. Er spürte, wie die Blasen seinen Körper umschmeichelten und ihn harmlos kitzelten. Endlich die Rettung!

Dann wurde das Licht heller. Volney blickte zurück und mußte zu seinem Entsetzen mitansehen, wie eine riesige Lavaschicht hinter ihm ins Wasser glitt. Sie wollte sich ihren Weg durch den See bahnen, wollte ihn verdampfen, damit sie ihr Opfer endlich in die Mangel nehmen konnte! Er mußte sofort aus ihrer Reichweite entkommen!

Doch das konnte er nicht. Schon umströmte die glühende Masse den See, schloß ihn ein. Volney versuchte schneller vorwärts zu waten, doch er sah ein, daß er zu langsam war; bis er es an die andere Seite geschafft hatte, würde auch die Lava dasein, und dann gab es keinen Fluchtweg mehr. Wenn er doch nur schwimmen könnte, dann würde er schon schnell genug das Wasser durchqueren!

Er versuchte es, schlug tapfer um sich, doch es gelang ihm lediglich, ein empörtes Zischen zu erzeugen, als die Wasserspritzer die Lava am Ufer trafen. Es hatte keinen Zweck, so kam er nicht schnell genug voran. Dieses Rennen hatte er verloren. Er hob den Blick. Das war ja noch schlimmer; nicht nur daß die Decke hier außerhalb seiner Reichweite war, sie begann auch noch zu glühen. Das bedeutete, daß die geschmolzenen Gesteinsmassen sich bald auch noch von oben über ihn ergießen würden.

Gab es denn keine Fluchtmöglichkeit? Über ihm und um ihn herum lag das Verhängnis; unter ihm war Wasser. Wenn er versuchte unterzutauchen, würde er ertrinken; tat er es nicht,würde er verbrennen.

Doch eine Möglichkeit gab es noch. Volney hielt nicht einmal mehr inne, um darüber nachzudenken, denn da es der letzte Ausweg war, tauchte er einfach.

Er tat einen tiefen Atemzug und duckte sich unter Wasser. Einer der Gründe, weshalb er nicht schwimmen konnte, war die Tatsache, daß er zu schwer war, um zu treiben; seine Füße standen immer auf dem Boden. Wühlmäuse mußten schwer sein, um Gestein durchbohren zu können. Nun erwies ihm diese Eigenschaft einen guten Dienst; unten am Boden konnte er beinahe ebenso schnell graben wie oben auf trockenem Land. Er schaufelte den Schlamm beiseite und traf schon bald auf darunterliegendes festes Gestein; dieser See war tatsächlich kaum mehr als eine große Pfütze.

Doch die Blasen stiegen noch immer in die Höhe. Der Stein war porös, und Wasser und Luft waren tief in ihn eingedrungen. Das erwies sich nun als wichtig.

Er schaufelte, so gut er es mit einem Atemzug vermochte. Dann ruckte er herum und stieß den Kopf aus dem Wasser. Der Feuerring loderte hoch empor, und die Decke glühte; es blieb nicht mehr viel Zeit! Volney tat einen weiteren Atemzug und tauchte wieder.

Das Spiel wiederholte sich, Atemzug um Atemzug. Das Loch wurde immer tiefer, dafür kam die todbringende Lava auch immer näher. Schon bald würde sie zum entscheidenden Schlag ausholen und den Teich völlig aushöhlen.

Volney grub so tief, wie er konnte, dann ließ er seinen Tunnel eine Biegung machen, grub horizontal weiter, dann geradewegs nach oben. Mit einem einzigen Atemzug kam er nun nicht mehr so gut aus wie zu Anfang, weil er soviel Zeit brauchte, um erst hinauf- und danach wieder herunterzuklettern. Doch sollte sein Plan klappen …

Es funktionierte. Die perlende Luft drang in den oberen Teil des neuen Gangs ein, formte sich erst zu einer Blase, anstatt sich ihren Weg direkt durch das Gestein zu bahnen. Wie das Wasser nahm auch die Luft stets den Weg des geringsten Widerstandes. Jedesmal, wenn Volney zurückkehrte, war die Blase größer geworden, bis er schließlich die Schnauze hineinstecken und atmen konnte. Nun brauchte er nicht mehr aufzutauchen, sondern konnte unmittelbar hier unten Luft schöpfen.

Zum Glück, denn nun schlug die Lava endgültig zu. Sie erzeugte ein derart schreckliches Zischen, daß er es noch durch den Fels hörte. Der Rückweg war versperrt.

Volney bohrte weiter, nun kam er schneller voran, weil er sich der eingeschlossenen Luftvorräte bedienen konnte. Doch er war noch längst nicht in Sicherheit, wußte aber, daß das Blatt sich gewendet hatte; nun war eine Flucht in greifbare Nähe gerückt.

Während er grub, nahm er sich die Zeit, über die Sache mit dem Stein nachzudenken. Der hatte ihn in genau die falsche Richtung geführt! Wie konnte das sein?

Hatte der Anführer der Schaufler ihn vielleicht in den sicheren Tod schicken wollen? Schwer zu glauben. Schaufler waren zwar begriffsstutzig, aber auch ehrlich, und sei es auch nur, weil die Kompliziertheiten der Täuschung ihre geistigen Kräfte überstiegen hätten. Der Stein selbst war ein Beispiel dafür: Ein Schaufler konnte keine komplizierten Anweisungen verstehen, mit ihrer Hilfe würde er sich nur verirren. Die Steine dagegen waren leicht zu verstehen: einfach nur dem guten Geschmack folgen. Das konnte noch der dümmste Schaufler tun. War er am Ziel angelangt, konnte er einen neuen Stein in den Mund stecken, der ihn zum nächsten führte. Die schlaueren Schaufler sorgten wahrscheinlich für die Verteilung der Steine, womit sie den Verkehr lenkten. Der Schauflerführer hatte für Volney getan, was er für seine eigenen Artgenossen auch tat: Er hatte ihm einen Stein gegeben, der auf sein Ziel ausgerichtet war.

Doch wieso hatte er dann so versagt? War es vielleicht ein schlechter Stein? Und doch schien er zu funktionieren, nur eben anders herum. Er hatte ihn ins Verderben geführt und nicht zu seinem Ziel. Genau an jenen Ort, den Schaufler wie Wühlmäuse um jeden Preis meiden mußten.

Der Stein mußte umgekehrt funktionieren! Er mußte in Richtung der verbotenen Region süß geworden sein, in der richtigen Richtung dagegen sauer. Aber warum?

Er überlegte und kam zu dem Schluß, daß es sich hier wohl um einen Geschmacksunterschied handeln mußte.

Schaufler waren wurmähnliche Kreaturen, und für sie war der größte Schmaus eine Kohlenader. Wühlmäuse dagegen zogen eher süße Nahrung vor. So mochte für einen Schaufler ein bitterer oder saurer Geschmack etwas Schönes sein, während süßer Geschmack ihnen mißbehagte. Der Stein hatte ihn mit einem immer süßer werdenden Geschmack gewarnt, doch er hatte es mißverstanden.

Was Geschmacksunterschiede doch ausmachten! Dieser winzige Unterschied zwischen Schauflern und Wühlmäusen hatte ihn fast das Leben gekostet.

Volney orientierte sich an dem schlechten Geschmack. Es war zwar gräßlich, aber er war froh es zu tun; endlich lief jetzt alles richtig. Hoffte er.

Dann erreichte er endlich das Hauptquartier der Grabbler. Waren die Schaufler sehr groß gewesen, so waren diese Wesen um so kleiner. Entsprechend wachsamer waren sie auch. Er brauchte nicht erst darauf zu warten, bis er einen von ihnen abgefangen hatte, statt dessen gruben sie sich auf ihn zu.

»Was führt dich hierher, Wühlmäuserich?« fragten sie, und ihre Barthaare zuckten erwartungsvoll.

Volney erklärte, er suche Hilfe für das Tal der Wühlmäuse. Der Anführer der Grabbler entgegnete ihm bedauernd, daß er ihm zwar persönlich gern helfen würde, aber nicht wüßte wie. Und daß es unter ihnen auch Elemente gab, die der Meinung waren, es sei endlich an der Zeit, die arroganten Wühlmäuse auf kleinere Tunnel zurechtzustutzen. Zwar war er die Diskretion selbst, doch war es offensichtlich, daß es erhebliche, historisch gewachsene Ressentiments gegen die Wühlmäuse unter jenen Arten gab, die ihnen einst die besseren Weidegründe hatten abtreten müssen. Diese Geschichte war noch immer nicht vergessen. Daher hätten die Grabbler ihm wahrscheinlich selbst dann nicht geholfen, wenn sie dazu in der Lage gewesen wären. Volney konnte es ihnen eigentlich nicht verübeln.

Doch meinten die Grabbler, daß sie ihm gern einen Stein mitgeben würden, der ihn zum nächsten Zappler führen konnte, zufälligerweise ein weibliches Exemplar auf der

Suche nach einem Paarungspartner. Volney lehnte ab; mit Zapplern wollten die Wühlmäuse nichts zu tun haben! Doch sie drängten ihn, den Stein dennoch anzunehmen, für den Fall, daß er es sich noch anders überlegen sollte. Also nahm Volney, der nicht unhöflich sein wollte, den Stein entgegen und verstaute ihn in seinem Reisebeutel.

Dann bohrte er sich schweren Herzens ob seines Versagens, Hilfe herbeizuholen, wieder an die Oberfläche.

Er durchstieß die Oberfläche in einiger Entfernung von seinem Ausgangspunkt, inmitten des Urwalds, und wechselte zu seinem Oberflächenanzug und den entsprechenden Augen über. Da er einen guten Orientierungssinn besaß, wußte er, wo sich Schloß Roogna befand. Eigentlich genoß er es nicht besonders, auf der Erdoberfläche entlangzutraben, aber so kam er eindeutig schneller voran, und sehr viel Zeit blieb ihm nicht mehr übrig; sein Ausflug hatte ihn fast die ganze Woche gekostet.

Pünktlich traf er am vereinbarten Ort im Obsthain ein. Chex war bereits da, ebenso die kleine Ivy, die sich offenbar immer gern in der Nähe aufhielt, wenn etwas los war. »Da ist ja Volney!« rief Ivy froh und lief auf ihn zu, um ihm einen Kuß zu geben. Er wußte selbst nicht so recht, wie es ihr gelungen war, aber sie schaffte es.

»Wo ivt Evk?« fragte er.

Chex spreizte die Hände. »Keine Spur von ihm«, erwiderte sie. »Aber ich bin sicher, daß er unterwegs ist.«

Sie erzählten einander von ihren Erlebnissen. Volney erfuhr zu seinem Erstaunen, daß sie sogar mit ihrem Körper in den Hypnokürbis eingetreten war. »Dav hätte ich nicht für möglich gehalten«, bemerkte er.

»Aber klaro«, widersprach Ivy. »Ich habe es doch auch getan! Ich hatte mal einen Nachtmahrschuh, mit dem ich hineinkam, und dann bin ich im Schloß des Guten Magiers herausgekommen, habe ihn aber verloren.«

»Den Magier verloren?« fragte Volney verblüfft.

»Den Schuh, Dummkopf! Wirklich schade, denn im Kürbis ist es recht interessant, wenn man so klebriges Zeug wie den Lebertransee und das Insektenhaus mag. Da ist auch ein Bonbongarten …«

»Der sollte für dich ja nun wirklich kein Schrecken sein!« warf Chex ein.

»War er aber, denn ich glaube, wenn ich etwas davon gegessen hätte, wäre ich wahrscheinlich für immer da drin geblieben, deshalb mußte ich dran vorbeigehen, und *das* war wirklich das Schrecklichste, was ich je tun mußte!«

Chex lächelte verständnisvoll. »Der Kürbis ist nun einmal die Heimat aller bösen Träume«, erinnerte sie Ivy.

»Aber klaro.« Und dann, als Chex etwas sagen wollte: »Ja!«

Die Zeit verstrich, doch Esk kehrte nicht zurück. Inzwischen war der verabredete Zeitpunkt verstrichen, und sie begannen sich Sorgen zu machen. »Wenn irgend etwas passiert sein sollte … Aber das ist ja unmöglich!« sagte Chex nervös.

»Ja«, erwiderte Volney ebenso nervös.

»Vielleicht könnten wir ihm entgegengehen, wenn er sich ein bißchen verspätet hat.«

»Wohin denn?« Denn Esk hätte jede beliebige Route zum Ogersee und zurück einschlagen können; sie hatten praktisch nicht die leiseste Möglichkeit, ihn abzufangen.

Plötzlich kam eine alte Frau auf sie zugewankt. »Ah, eine geflügelte Zentaurin und ein ausgestorbener Wühlmäuserich!« rief sie. »Ihr müßt Esks Freunde sein!«

»Das sind wir!« riefen alle drei im Chor.

»Ich bin Latia von den Fluchungeheuern. Ich habe ihn verflucht, ohne es zu wollen, und jetzt ist er verschollen. Ich habe überall nachgesehen, konnte ihn aber nicht finden, deshalb bin ich schließlich hierhergekommen in der Hoffnung, daß ihr wißt, wie wir ihn ausfindig machen können.«

Volney sah Chex an. Esk – verschollen?

»Im Lager gibt es einen Findezauber!« rief Ivy. »Ich gehe ihn holen!«

Volney beruhigte sich etwas. Vielleicht würde die Sache doch noch ein gutes Ende nehmen.

9
KÜRBIS

Esk fand sich in einer Mischung aus Hain und Dschungel wieder, was auf die verschiedensten, unerklärlichsten Weisen merkwürdig war.

Einer Sache jedoch war er sich sicher: Er befand sich in der Welt des Kürbis. Er war noch nie dort gewesen, doch sein Vater hatte ihn davor gewarnt. Wenn man in das Guckloch spähte, drang der Geist in den Kürbis ein und konnte nicht wieder daraus entkommen, bis jemand kam, um den Blickkontakt zu unterbrechen. Kam aber niemand, blieb man auf alle Zeiten so sitzen, und der Körper verhungerte langsam. Krach zufolge konnte man im Kürbis sehr viel Spaß haben, aber Krach war auch ein Halboger, und was ein Oger für Spaß hielt, entsprach nicht unbedingt Esks Ansichten.

Er war von dem Fluch getroffen in einen Abgußtrichter gestürzt worden und vor einem Kürbis gelandet. Das bedeutete, daß Latia ihn nur sehr schwer wiederfinden würde – wenn überhaupt. Er steckte in großen Schwierigkeiten.

Ob er aus eigener Kraft fliehen konnte? Er bemühte sich, sich daran zu erinnern, was Krach ihm noch alles über den Kürbis erzählt hatte. Er war die Heimat der Nachtmähren, die die Überbringer böser Träume waren; die Mähren lieferten die Träume an verdiente Schläfer und konnten ungehindert den Kürbis betreten und verlassen, was keinem anderen Wesen ohne Zuhilfenahme des Gucklochs möglich war.

Nun, vielleicht fand er ja irgendwo eine Nachtmähre und konnte sie bitten, ihm zu helfen. Wenn sie den Kürbis verlassen sollte, um Latia einen Traum einzugeben, der ihr zeigte, wo er sich genau befand, würde die alte Frau ihn schon orten können.

Das würde zwar Zeit brauchen, war aber immerhin eine Möglichkeit.

Doch irgendwie meinte er erfahren zu haben, daß die Mähren für derlei Hilfe einen schrecklichen Preis forderten. Was war es nur? Er konnte sich nicht erinnern. Aber das würde er schon herausbekommen.

Wo konnte man eine solche Nachtmähre finden? Krach hatte etwas von einer Weide erzählt, auf der sie grasten, irgendwo hinter einem Spukhaus und einer Stadt mit sich bewegenden Gebäuden, wo die Messings lebten. Esk wußte zwar nicht, was Messingmenschen waren, hoffte sie aber zu erkennen. Also würde er nun Ausschau nach ihnen halten.

Zunächst musterte er seine Umgebung genauer. Er bemerkte zahlreiche Pfade, die alle miteinander verworren waren wie eine Portion Spaghetti. Ob einer von denen zu dem Spukhaus oder den Messingmenschen oder den Nachtmähren führte?

Vorsichtig betrat er den nächstgelegenen Pfad. Das verworrene Gelände schien ein Stück zurückzuweichen und sich der Perspektive des Pfads anzupassen, den er ausgewählt hatte.

Doch Esk war wachsam. Er mißtraute aus Prinzip jedem

Pfad, der zu bequem erschien, weil es eben diese Art von Wegen war, die zu einem ...

Und da war er auch schon: ein Gewirrbaum. Genau wie er befürchtet hatte.

Esk wich zurück – und mußte feststellen, daß er sich auf einem Einbahnweg befand. Vorn war er offen und frei, hinten dagegen existierte er gar nicht; da hatte sich das Gestrüpp wieder geschlossen, bewaffnet mit glitzernden Dornen und schleimbedeckten Blättern. Im gewöhnlichen Xanth wäre ein solches Blattwerk bereits höchst unangenehm gewesen; hier im Kürbis war es lebensgefährlich.

Er zögerte. Einerseits wollte er nicht auf den Greifer zugehen, andererseits konnte er auch nicht mehr zurück, und die Landschaft am Wegesrand sah auch nicht gerade einladend aus.

Der Gewirrbaum kannte derlei Sorgen nicht. Er griff bereits mit seinen Tentakeln nach ihm. Sie waren kräftig und grün und bewegten sich erschreckend flink; es war der größte und aggressivste Gewirrbaum, dem er je begegnet war; das Zeug, aus dem die Alpträume geschnitzt wurden.

Ein Alptraum! Natürlich! Der Hypnokürbis war doch der Lagerort gräßlicher Träume. Die Nachtmähren kamen bestimmt hierher, um die Gewirrbaumträume einzusammeln, die sie dann den Schlafenden Xanths überbrachten. Genau wie die anderen Formen der Kunst bedurften auch Träume wirkungsvoller Urmodelle.

Vielleicht war es ja ein guter Ort, um hier auf eine Mähre zu warten, die er um Überbringung seiner Nachricht bitten konnte.

Der erste Fangarm griff nach seinem Gesicht. Esk duckte sich, doch er verfolgte ihn.

Seine Spitze bekam sein Haar zu packen und krallte sich hinein, zerrte ihn empor.

Esk zückte sein Jagdmesser. Er griff hinauf und schnitt die Spitze des Tentakels ab, wodurch er sein Haar wieder freibekam.

Grüner Saft spritzte aus dem abgetrennten Tentakel hervor. »Oooohh«, stöhnte der Baum. Dann verstärkte er wütend seine Anstrengungen. Sechs weitere Tentakel griffen an.

Esk wußte, daß er sie nicht alle mit dem Messer abwehren konnte. Also duckte er sich und rannte unter ihnen genau in die Richtung, die den Baum am meisten überraschte: geradewegs den Pfad entlang, der auf ihn zu führte. Hinter ihm löste sich der Pfad auf, und der Dschungel verdichtete sich – gerade rechtzeitig, um von den Tentakeln gepackt zu werden, die eigentlich auf Esk gerichtet gewesen waren.

Plötzlich fand sich der Greifer in einen Kampf mit den Dornschlingpflanzen und giftigen Schleimblättern verwikkelt. Ein Grauen gegen das andere! Esk rannte weiter, direkt dem Baum entgegen, der sich weiter mit dem Dschungel abplagte. Wie die meisten Gewächse, waren auch die Gewirrbäume nicht sonderlich schlau; hatten sie erst einmal zugepackt, neigten sie dazu, die Sache bis zum bitteren Ende durchzukämpfen, egal, was sie zu fassen bekommen hatten.

Der Pfad führte direkt in den hölzernen Schlund des Baums, der nun in angestrengter Konzentration eine Grimasse schnitt. Darüber befand sich ein Ast, hinter dem ein riesiges, offenes Auge zu sehen war. Gewöhnliche Greifer besaßen keine Augen, soweit er wußte, doch hier handelte es sich um keine normale Pflanze, sondern um einen Alptraum. Esk blieb stehen und hoffte, daß das Auge ihn nicht erspähen würde.

Ein reißendes Geräusch. Die Tentakel rissen die Dorn- und Schleimgewächse an ihren fahlen Wurzeln aus dem Boden und schoben sie in die hölzerne Öffnung. Der Baum nahm einen ordentlichen Happen – und wurde mit einem Mundvoll Dornen und Schleim belohnt.

Eine gute Gelegenheit, um sich davonzustehlen. Esk schob sein Messer in die Scheide und trat auf einen weiteren Pfad, einen von vielen, die auf den Baum zuführten. Doch kaum hatte sein Fuß ihn berührt, als er auch schon wieder verschwand. Alle Pfade führten nur in eine einzige Richtung: ins Innere des Baums. Wie sollte er jemals entkommen?

Er mußte seine Magie einsetzen. Er wählte einen weiteren Pfad aus, und als er mit dem Fuß auftrat, murmelte er: »Nein.« Das hinderte den Pfad daran zu verschwinden. Esk war gerade noch rechtzeitig auf den Gedanken gekommen, sein Talent einzusetzen; er war sich auch nicht sicher gewesen, ob es im Kürbis überhaupt funktionieren würde; jetzt war er beruhigt.

Der Pfad löste sich langsam auf, je weiter er sich von dem Baum entfernte, um schließlich in einem völligen Durcheinander zu enden. Er hatte so gut wie nichts erreicht, wenn man mal von der Erkenntnis absah, daß der leichteste Weg nicht unbedingt der beste war.

Er betrachtete die anderen Pfade, die sich nun anboten. Sie konnten nicht alle zu Gewirrbäumen führen, denn die Greifer waren notorische Einzelgänger; sie steckten ihre Jagdreviere ab und widerstanden jedem Eindringen durch andere Exemplare ihrer Art.

Schulterzuckend trat er auf den Pfad, der ihm am besten erschien. Schlimmer als der letzte konnte dieser auch nicht enden!

Wieder paßte sich die Umgebung der neuen Perspektive an, und sofort sah es so aus, als sei dies der einzige natürliche Pfad, den man weit und breit hätte nehmen können. Doch Esk war noch vorsichtiger als zuvor. Er machte wieder kehrt und folgte dem Pfad bis zu der Stelle zurück, wo er ihn zuerst betreten hatte. Er verschwand nicht: ein Zweibahnpfad. Dann drehte er sich wieder um und ging in die ursprüngliche Richtung zurück.

Schon bald entdeckte er den Alptraum dieses Wegs. Er bestand aus einem (natürlich!) monströsen Kraken, jenem schrecklichen Seetangungeheuer, das unachtsame Schwimmer in die Falle lockte. Dieses Exemplar jedoch schwamm in der Luft über dem Weg. Seine Tentakel waren ebenso lang und sehnig wie jene des Gewirrbaums, und sie besaßen tassenförmige Saugnäpfe.

Beide entdeckten einander im selben Augenblick. Der Krake schwebte mit ausgebreiteten Fangarmen auf ihn zu.

Esk zog wieder sein Messer, wissend, daß es für solch ein Wesen allerdings kaum eine Bedrohung darstellte. Er lief den Pfad entlang, obwohl ihm selbst eine Flucht unmöglich erschien. Der Krake schwebte scheinbar mühelos hinter ihm her und griff wie beiläufig nach ihm. Das Wesen wußte, daß es Esk so gut wie sicher hatte; daher machte es sich nicht die geringsten Sorgen, ob er sich wehren oder fliehen konnte.

Natürlich hätte er ihm einfach nur nein zu sagen brauchen. Doch langsam ärgerten Esk diese Pfade, die ständig ins Verderben führten, und nun wurde aus Verärgerung Wut.

Als die Tentakel ihn berührten, schob er das Messer in die Scheide und packte sie mit bloßen Händen. Seine Ogerkraft manifestierte sich. Er erwischte einen Tentakel und zerquetschte ihn. Dann bekam er einen weiteren zu packen und riß heftig daran.

Der Krake reagierte, wie es schon der Baum getan hatte: Einen Augenblick lang krümmte er sich vor Schmerz, dann warf er ein halbes Dutzend weitere Tentakel ins Gefecht. Diesmal wich Esk nicht aus, sondern packte sie und verknotete sie miteinander. Er wußte, daß er damit eigentlich nur seine persönliche Enttäuschung an einem Geschöpf ausließ, das lediglich versuchte, seine ihm gestellte Aufgabe zu erfüllen, doch das war seiner Ogernatur gleichgültig. Nichts, was recht bei Verstand war, legte sich mit einem Oger an!

Sehr bald hatte der Krake genug davon; der Alptraum erwies sich als Eigentor. Er riß sich los und floh, überließ Esk den Weg.

Esk entspannte sich, obwohl er sich ein wenig schuldig fühlte. Er hätte dem Gewächs einfach nur nein sagen und unbelastigt vorbeigehen sollen. Er hätte seinen Ärger darüber, daß er in der Welt des Hypnokürbisses gefangensaß, nicht an einem relativ unschuldigen Wesen auslassen dürfen.

Bald erreichte Esk das Ende des Weges. Er hörte einfach auf, und dahinter begann wieder das Durcheinander aus

Dornen und Giftschleim. Also machte Esk kehrt und schritt bis ans gegenüberliegende Ende – das ebenso abrupt in den bedrohlichen Urwald mündete. Das war ein Pfad, der nirgendwo hinführte; eine bloße Jagdstrecke des Kraken. Wieder hatte er nichts gewonnen.

Nun, es gab ja noch andere Wege. Er schritt zurück bis zur Mitte des Pfads, blickte sich um, bis er einen anderen Weg entdeckte. Er fand einen Stock und benutzte ihn, um Dornen- und Schleimgewächse beiseite zu schieben, dann betrat er vorsichtig den anderen Pfad.

Einmal mehr verschob sich die Perspektive und konzentrierte sich auf den neuen Weg; der andere, den er soeben verlassen hatte, war inzwischen fast unsichtbar geworden, und das wenige, was er erkannte, wirkte verzerrt. Der schwebende Krake war nirgendwo zu sehen. Eine wirklich trügerische Gegend!

Dieser neue Pfad schien nicht soviele Gefahren zu bergen. Schon bald offenbarte er einen klaren Bach, dessen Wasser funkelte, ohne sich jedoch zu bewegen.

Hätte Esk nicht gewußt, daß es sich hier um das Gebiet der Alpträume handelte, seine Erfahrungen mit den beiden anderen Pfaden hätten ihn immerhin vorgewarnt. Diesem Wasser traute er kein bißchen. Doch wo lag der Haken? Was konnte daran so schlimm sein, daß es zu dieser Gegend des Schreckens gehörte?

Dann hörte er Lärm. Irgend etwas kam den Pfad entlang. Vorsichtig trat er beiseite, wobei er den größten Dornen aus dem Weg ging, und machte sich so unauffällig wie möglich.

Ein verzweifeltes Häschen tauchte auf, das vor einem fetten, geifernden Wolf floh. Das Häschen hüpfte den Pfad entlang, die weichen, rosa Ohren im Wind angelegt. Mit gebleckten Zähnen jagte der Wolf ihm nach.

Esk hätte den Wolf gern aufgehalten, indem er nein zu ihm sagte, doch die beiden waren so schnell an ihm vorbeigerast, daß er überhaupt nicht auf den Gedanken gekommen war. So mußte er mitansehen, wie das Häschen es zum Bach schaffte und hineinsprang, um dem Wolf doch noch zu entkommen, der seinerseits quietschend am Ufer abbremste. Anscheinend mochten Alptraumwölfe kein Wasser, und so war das Häschen nun in Sicherheit.

Doch nachdem es ins Wasser gesprungen war, widerfuhr dem Häschen eine Verwandlung. Zwar veränderte sich nichts an seinem Aussehen, dafür aber an seinem Wesen. Es stieß ein merkwürdig heulendes Knurren aus, dann schwamm es zielstrebig auf den wartenden Wolf zu, der seinen Augen nicht traute. Dieses verrückte Häschen kehrte ja freiwillig in seine Fänge zurück!

Das Häschen kroch ans Ufer und schüttelte sich. Wieder knurrte es, und seine Augen funkelten rot. Dann bleckte es die Zähne. Als nächstes sprang es den Wolf an, der so überrascht war, daß er sich nicht rührte. Die Zähne des Häschens schnappten sich ein Ohr des Wolfs, und seine beiden Füße trommelten hart auf die Nase des Widersachers ein.

Das Häschen griff den Wolf auf heftigste Weise an! Erschrocken sprang der Wolf zurück. Das Ohr löste sich aus dem Biß des Häschens, Blut spritzte. Wieder sprang das Häschen mit schnappenden Zähnen auf den Wolf zu.

Der Wolf hätte eigentlich fähig sein müssen, dem Häschen den Garaus zu machen, doch er war so verwirrt, daß er den Schwanz einzog und davonrannte, worauf ihn das Häschen verfolgte.

Esk sah zu und war ebenso überrascht wie der Wolf. Was hatte es nur mit dem Wasser auf sich?

Die Nase des Häschens zuckte. Offenbar witterte es Esk. Es drehte sich zu ihm um und knurrte wieder, seine Augen brannten lichterloh. Dann machte es einen Satz auf ihn zu.

»Nein!« rief Esk.

Das Häschen war bereits im Sprung, konnte seine Richtung nicht mehr ändern, aber es änderte immerhin sein Vorhaben. Anstatt Esk zu beißen, prallte es lediglich gegen seine Brust und kam sofort wieder auf die Füße. Dann hüpfte es wieder den Weg entlang, um von neuem den Wolf zu verfolgen.

Esk musterte den Bach. Er hatte nur eine Erklärung für

das seltsame Geschehen. Er wußte von Liebesbornen, die jedes Wesen, das von ihnen trank, dazu zwangen, sich in die nächste Kreatur des anderen Geschlechts zu verlieben, der es danach begegnete. Man ging im allgemeinen davon aus, daß die meisten Mischformen Xanths durch solche Liebesborne entstanden waren: Zentauren, Harpyien, Meermenschen und so weiter. Doch hier im Reich der Alpträume mußte es sich um das genaue Gegenteil davon handeln: um einen Haßborn. Das Häschen hatte also davon getrunken und war daraufhin mit solchem Haß erfüllt, daß es jede Furcht vor dem Wolf verloren hatte. Es hatte auch Esk gehaßt. Es war nicht mehr sanft und verängstigt; nun war es bösartig und kühn. Seine Persönlichkeit hatte sich radikal verändert.

Esk entschied, daß er nicht von diesem Quell trinken wollte. Langsam schritt er den Weg zurück und suchte nach einem anderen Pfad.

Er hatte drei verschiedene Pfade versucht, und jeder davon hatte ihn ins Unheil geführt. Zeit, die Taktik zu wechseln. Wie wäre es denn mit einem verborgenen, verschlungenen Pfad?

Beinahe hätte er ihn übersehen. Der Weg war so unauffällig, daß er sich im Gewirr förmlich verlor. Vielleicht war es ja überhaupt kein Pfad. Doch er beschloß, es damit zu versuchen. Vorsichtig betrat er ihn.

Wieder verschob sich die Perspektive, und der Pfad war etwas deutlicher zu erkennen. Doch er war in schlechtem Zustand und ziemlich verschlungen. Gestrüpp hing darüber, und Steine bedeckten ihn; wenn er dort entlangging, mußte er bei jedem Schritt aufpassen. Ob das die Sache wert war?

Er hoffte es sehr. Denn wenn der Pfad in letzter Zeit von niemandem benutzt worden war, wurde er vermutlich auch nicht von irgendeinem Alptraumungeheuer in Anspruch genommen. Schon seine bloße Unwegbarkeit machte ihn sicherer. Mit wachsender Zuversicht ging Esk los.

Plötzlich begegnete er einem menschlichen Skelett. Es

lag über den Pfad gegossen da! Den Schädel auf einer Seite, die Beinknochen auf der anderen.

Esk seufzte. »Dieser Pfad ist offensichtlich auch nicht sicherer«, sagte er. »Der arme Kerl ...« Er berührte einen Hüftknochen mit seiner Stiefelspitze.

Das Skelett regte sich. Esk machte einen Satz zurück, obwohl er wußte, daß er wahrscheinlich mit seiner Berührung nur die Knochen ein Stück verschoben hatte. Schließlich konnten sich Knochen doch nicht von allein bewegen!

Das Skelett drehte sich um und setzte sich auf.

Esk wich noch ein weiteres Stück zurück. *Das Ding bewegte sich ja!*

Das Skelett erhob sich etwas wacklig.

»Schon gut!« rief Esk. »Ich gebe deinen Pfad ja schon frei! Ich habe kein Verlangen danach, schon wieder mit einem Alptraum zu kämpfen!«

Der Schädel drehte sich auf den Skelettknochen, und die leeren Augenhöhlen richteten sich auf ihn. »Du hast mich gefunden?« fragte die zahnige Kieferlade.

»Ich habe dich gefunden, und jetzt werde ich dich auch wieder in Ruhe lassen«, bestätigte Esk. »Wirklich, ich suche keinen Ärger, nur einen Ausweg. Kein Grund also, mich zu jagen.«

»Bitte behalte mich«, erwiderte das Skelett. Seine Kieferlade bewegte sich beim Sprechen.

»Dich behalten?« fragte Esk verständnislos. »Wozu denn?«

»Damit ich nicht länger verloren bin.«

»Du bist verloren? Ich dachte, du wärst tot!«

»Nein, ich bin verloren«, widersprach das Skelett energisch. »Das hier ist der Verlorene Pfad.«

»Wie kann ein Pfad denn verlorengehen?«

»Indem ihn niemand mehr findet«, erklärte das Skelett. »Bitte, ich muß zurück zum Spukgarten, kann mich aber selbst nicht befreien. Nimm mich an die Hand und hilf mir, damit ich gefunden werde.«

Langsam wich das ursprüngliche Entsetzen von Esk. Dies war immerhin ein Ort der Alpträume, und das Skelett war auch nicht schlimmer als die anderen. »Aber ich bin doch selbst verloren.«

»Nein, ich sehe, daß du ein Sterblicher bist. Du mußt gerade hereingucken.«

»Äh, ja«, bestätigte Esk. »Ich bin gestürzt, und plötzlich blickte mein Auge in den Hypnokürbis. Ich versuche eine Nachtmähre zu finden, damit die für mich eine Nachricht nach draußen bringt, dann kann jemand meine Blicklinie unterbrechen. Doch bis dahin stecke ich hier fest.«

»Ja, dich hat man nur vorübergehend verlegt. Aber ich bin richtiggehend verlorengegangen. Deshalb muß ich dich auch um Hilfe anflehen; wenn du mich nicht erlöst, werde ich meine Stellung möglicherweise nie wiedergewinnen.«

»Deine Stellung?«

»Ich gehöre zur Skelettmannschaft neben dem Spukhaus. Eines Tages ist ein grauenhafter Oger vorbeigekommen und ...«

»Das war mein Vater!« rief Esk und erinnerte sich an das, was Krach erzählt hatte.

Hastig riß das Skelett den Arm fort. »Oh, nein! Und ich habe geglaubt, du könntest mein Retter sein!«

»Warte, Skelett«, warf Esk schnell ein. »Ich schätze, wenn mein Vater schuld daran war, daß du verlorengegangen bist, sollte ich dir eigentlich dabei helfen, wiedergefunden zu werden. Wie heißt du denn?«

»Mark«, antwortete das Skelett.

»Mein Name ist Esk.« Und dann streckte er etwas verlegen die Hand vor.

Das Skelett schüttelte sie. »Oh, danke, Esk! Das soll dein Schaden nicht sein! Ich bin zwar verloren, kenne mich aber in der Umgebung ganz gut aus. Wenn ich dir irgendwie behilflich sein kann ...«

»Ich glaube, du hast mir schon geholfen«, erwiderte Esk und löste seine Finger von der Knochenhand, so schnell es ohne Affront ging. »Ich habe nämlich nach der ... äh, Spukgegend gesucht, weil mein Vater sie mal erwähnt hat.

Wenn ich die finde, kann ich möglicherweise auch seinen Weg wiederfinden, den er zur Weide der Nachtmähren genommen hat.«

»Das könnte tatsächlich hinhauen!« sagte Mark mit knochiger Begeisterung. »Ich kann dir zwar den Weg nicht zeigen, weil ich ja verloren bin, aber ich kann dir alles andere darüber erzählen, und ich bin sicher, daß meine Gefährten auch über Informationen verfügen.«

»Gut. Dann gehen wir los.«

Doch das Skelett zögerte. »Du mußt mich an der Hand nehmen. Ich kann mich nicht selbst lösen.«

»Oh.« Esk nahm wieder die Hand, er begriff, daß er den seltsamen Gesetzen dieses Ortes gehorchen mußte. Tatsächlich waren die Knochen fest und trocken und nicht etwa schleimig, wie er befürchtet hatte. »Kennst du denn die richtige Richtung?«

»Leider nein«, antwortete Mark. »Als dieser Oger anfing, mit Knochen um sich zu schmeißen – bitte, ich will dich damit nicht beleidigen –, da bin ich geflohen und habe mich verirrt. Ich habe versucht, den Rückweg wiederzufinden, aber irgendwie bin ich auf diesen Pfad geraten, und das war es denn auch. Seitdem bin ich verirrt und verloren. Schließlich habe ich mich ein bißchen hingelegt, gewissermaßen um die müden Knochen auszuruhen, und dann bist du vorbeigekommen.«

»Aber als du erst einmal auf dem Pfad warst, da war er doch gar nicht mehr verloren«, widersprach Esk. »Dann hättest du doch nach Hause zurückfinden müssen.«

»Nein. Als ich erst einmal darauf war, wurde ich zum Teil davon, weil ich ihn nicht gefunden habe. Ich bin einfach nur darauf gestolpert.«

»Ich bin mir nicht sicher, daß es mir viel besser ergangen ist. Ich habe es mit drei anderen Wegen versucht, und alle waren schlimm, deshalb habe ich schließlich Ausschau nach einer anderen Art von Pfad gehalten …«

»… und ihn gefunden!« rief Mark. »Daher bist du auch nicht verloren. Auch wenn du nicht auf direktem Weg aus dieser Welt fliehen kannst, kannst du durch diesen Pfad doch immerhin einen Ausweg finden.«

»Bist du dir da ganz sicher?«

»Nein«, gestand Mark.

Esk zuckte die Schultern. Diese Vermutung war auch nicht weniger einleuchtend als alles andere, und es war jedenfalls ermutigender, an die Möglichkeit einer Flucht zu glauben als an ihre Unmöglichkeit.

Der Dschungel lichtete sich und begann eher einem Wald zu gleichen. Das war eine Erleichterung; vielleicht stand Esk ja wirklich im Begriff, den Ausweg zu finden. Wenn er Mark in den Garten der wandelnden Skelette zurückführte und wenn die anderen vielleicht den Weg kannten, der ihn zur Weide der Nachtmähren bringen würde ...

Vor ihm huschte etwas davon, und er erschrak. Es sah aus wie ein mundanisches Reh, war aber hellrot. »Was soll das denn?«

»Nur ein Rotwild«, meinte Mark. »Hast du denn die Farbe nicht gesehen?«

»Ja. Deswegen war ich mir ja auch nicht sicher, was es ist.«

»Rotwild ist rot«, meinte Mark. »Ich dachte, jeder wüßte das.«

»Zufällig bin ich hier fremd«, erwiderte Esk etwas kurz angebunden.

Sie gingen weiter. Nach einer Weile mußten sie unter einer verwobenen Schlingpflanze hindurch, die einen Satz Augäpfel zu besitzen schien. »Sag mal, ist das eine Schlauschlinge?« fragte Esk. »Mein Vater ist einmal einer solchen begegnet. Die hat ihn für eine Weile sehr klug gemacht. Was hat die denn hier zu suchen?«

»Vielleicht kann ich sie ja mal fragen«, meinte Mark. Er streckte die Hand aus, packte die Schlingpflanze und legte sie sich auf den Schädel. »Sie sagt, daß sie aus dem Lexikon verlorengegangen ist«, berichtete er.

»Aus dem Lexikon? Was ist das denn?«

»Die Schlauschlinge meint, daß irgendso ein Esel aus

Mundania mit einem Sekretär hier durchkam und alle Dinge in Xanth aufgelistet hat – bis auf die Schlauschlinge. Deshalb ist sie verlorengegangen.«

»Zu schade«, meinte Esk. »Jetzt wird niemand mehr schlau.«

Mark griff unter der Schlinge hindurch, worauf diese sich wieder von seinem Schädel löste. Offensichtlich konnte sie nicht an einem Schädel haften bleiben, wahrscheinlich weil der kein Gehirn enthielt, das sie hätte schlau machen können.

Schon kamen sie an verschiedensten anderen, verlorengegangenen Gegenständen vorbei: an einem Fossil, das von einem Lebewesen stammte, das weder in Xanth noch in Mundania bekannt war und dessen Entdeckung die gesamte Wissenschaft revolutionieren würde; an einem verschollenen Streifen des Regenbogens, der wunderbarer war als alle anderen; an einem verlorengegangenen Bewußtseinsstrom. Esk hätte all diese Dinge erheblich interessanter gefunden, hätte er sich nicht solche Sorgen gemacht, ob er noch rechtzeitig den Weg aus dem Kürbis finden würde, bevor sein Körper in Xanth zu Schaden kam. Was, wenn ein Drache ihn witterte? Dann würde er möglicherweise völlig zerfressen erwachen.

Dann kamen sie zu einer jungen Frau, die in einer Badewanne saß. Sie war von metallischer Farbe und recht nett proportioniert. Das konnte Esk ganz gut erkennen, weil ihre einzige Kleidung aus einer Art Metallhalter bestand, der ihre Vorderseite bedeckte.

Sie sprang auf, als sie näher kamen. »Ach, gut!« rief sie. »Endlich gefunden!«

»Äh, hallo«, sagte Esk und versuchte die Augen unentwegt ein Stück höher, über ihren Brustkorb, zu richten. Er wußte, daß Chex Zentaur seine Einstellung töricht genannt hätte, doch diese Einstellung war eines von jenen Dingen, die nicht verlorengegangen waren. »Ich bin Esk, und das hier ist Mark.«

»Hallo Esk und Mark«, sagte sie fröhlich. »Ich bin Bria Messing.«

»Ein Messingmensch!« rief Esk. »Nach euch habe ich gesucht!«

»Nun, jetzt hast du mich gefunden. Sind wir uns schon einmal begegnet?« Sie schüttelte ihr Messinghaar, so daß es allerliebst glitzerte.

»Ich meine, ich habe den Ort gesucht, wo du wohnst, weil ich glaube, daß er sich in der Nähe der Nachtmährenweide befindet. Weißt du zufällig, wo ...?«

»Nein, ich habe mich hoffnungslos verirrt. Ich dachte, *du* wüßtest es. Bist du denn nicht gekommen, um mich hier herauszuholen?«

»Ich bin nur zufällig vorbeigekommen«, gestand Esk.

»Er ist ein Spanner«, erklärte Mark.

Esk merkte, wie er errötete, obwohl er wußte, daß das Skelett das Guckloch im Kürbis meinte und nicht das, was Esk verzweifelt nicht anzustarren versuchte. »Ja, ja«, warf er schnell ein. »Ich bin gestürzt und neben einem Kürbis aufgekommen, bevor ich mich versah, und nun stecke ich hier fest.«

»Hast du Probleme mit den Augen?« fragte Bria.

»Äh, ein paar vielleicht. Weißt du etwas über die Gegend hier? Irgend etwas, was uns helfen könnte, äh, uns wieder zurechtzufinden?«

Sie drehte sich um, wobei sie ihr knackiges Messinghinterteil zeigte, das sich genauso geschmeidig dehnte wie richtiges Fleisch. »Ich fürchte nein. Ich erforsche gern fremde Gegenden und suchte gerade nach einem Weg, der mir einen Besuch in der Außenwelt ermöglichen würde, doch wie du siehst, habe ich mich verirrt.« Sie vollendete ihre Drehung, und Esk riß die Augen wieder hoch. »Bist du sicher, daß du dich wohl fühlst?« fragte sie besorgt. »Du siehst so rot im Gesicht aus, was unter den Lebenden doch ein Anzeichen für Schmerz und Leid ist, soweit ich gehört habe.«

»Äh, ja, es schmerzt auch«, stimmte Esk schnell zu. »Mein Körper steckt in dieser Grube, und ich mache mir große Sorgen, daß ihm irgend etwas zustoßen könnte, bevor ich gerettet werde. Wenn ich nur eine Nachtmähre aufsuchen könnte ...«

»Ja, es muß ein ziemlich großes Problem sein, lebendig zu sein«, meinte Bria. »Stimmt es, daß ihr essen und ausscheiden müßt, nur damit es weitergeht?«

»Messingmenschen etwa nicht?«

»Natürlich nicht. Warum soll man sich auch mit diesen ganzen Unbequemlichkeiten und dem Schmutz abgeben, wenn man nicht muß? Ich vermute, daß du auch diese unbequeme Kleidung tragen mußt, damit dir warm ist.«

»Du solltest ihn nicht in Verlegenheit bringen, indem du Bemerkungen über seine Fleischesschwächen machst«, tadelte Mark sie.

»Ja, es stimmt«, erwiderte sie. »Ich entschuldige mich, Esk.« Sie trat auf ihn zu, legte die Arme um ihn und küßte ihn auf den Mund. »Genügt das?«

Wie gelähmt stand Esk da, im Augenblick war er ebenso reglos wie eine Metallstatue.

»Anscheinend nicht«, bemerkte Mark.

»Dann muß ich mir wohl mehr Mühe geben«, sagte sie fröhlich. »Esk, es tut mir leid, wenn ich etwas gesagt habe, was dich beleidigt oder peinlich berührt hat, und ich hoffe, du verzeihst mir das.« Dann umarmte sie ihn so fest, daß er beinahe sein Gleichgewicht verloren hätte und unwillkürlich nach einem Halt tastete, wobei er die Arme um sie legte. Dann küßte sie ihn wieder, tief und kräftig. Sie war zwar aus Metall, doch ihre Lippen waren warm und weich.

Schließlich wandte sie den Kopf ein Stückchen zurück. »Genügt das als Entschuldigung?« fragte sie wieder.

Esk fühlte sich, als würde er über den Baumwipfeln schweben. Alles, was ihn noch festhielt, war ihr Körper, den er umschlungen hatte. Dann spürte er unter seiner Hand einen Dübel, und er erkannte, was er da eigentlich festhielt. Und wieder erstarrte er.

»Anscheinend gibst du dir doch nicht genug Mühe«, bemerkte Mark.

Bria schnitt eine süße Grimasse. »Anscheinend nicht. Nun, dann werde ich eben dafür sorgen, daß es beim nächsten Mal ganz bestimmt klappt.« Sie atmete ein und bereitete sich so auf ihr großes Werk vor.

»Nein – nein!« stammelte Esk. »Ich – ich – ich nehme deine ... Ent – ... Entschuldigung an!«

Sie legte den Kopf schräg, und ihr Haar fiel mit kupfernem Schimmer auf die Schultern. »Bist du sicher? Du siehst immer noch gerötet aus.«

»V – völlig sicher«, sagte er unsicher.

»Dann bin ich ja beruhigt. Vergiß nicht, es mir zu sagen, wenn ich dich wieder in Verlegenheit bringen sollte.«

»Äh, ja, gewiß«, versprach er, als sie sich von ihm löste und seine Hand schließlich von ihrer Backe glitt.

»Entschuldigungen sind ja so eine Plage!« bemerkte Mark. »Ich weiß nicht, für wen von beiden es schlimmer ist, für denjenigen, der sich entschuldigt, oder für den anderen.«

Nun mußte Esk nicht nur seinen Blick, sondern auch noch seine Phantasie streng zügeln. Seine Erfahrung mit Frauen war sehr begrenzt, doch er begann zu entdecken, daß die Nuancen einer solchen Beziehung von gewaltiger Sprengkraft sein konnten. Er hatte Bria erst vor wenigen Augenblicken kennengelernt, und doch hatte sie seiner Vorstellungskraft schon eine gänzlich neue Dimension erschlossen.

»Wir sollten besser den Pfad entlanggehen«, meinte Bria. »Da Esk nicht von unserer Welt ist, sollte es ihm eigentlich gelingen, uns zur Orientierung zurückzuverhelfen, solange wir Kontakt zu ihm halten.«

»Ganz meine Meinung«, erwiderte Mark.

Bria nahm Esks rechte Hand und Mark seine linke, und so gingen sie den Pfad entlang. Esk ließ sich führen, denn in Gedanken war er woanders. Wie konnte ein Metallwesen nur so weich sein?

Der Pfad schlug einen Haken nach dem anderen, wurde mal schmal, dann wieder breit, doch sie hielten sich aneinander fest und schritten unentwegt weiter.

Bria entdeckte etwas vor sich, vielleicht einen winzigen Stein, und bückte sich schnell, um ihn mit der freien Hand aufzunehmen. »Genau das, was ich schon immer gewollt habe!« rief sie.

»Ach ja? Was ist es denn?« fragte Esk.

Sie blickte ihn von der Seite an. »Vielleicht nichts von Bedeutung. Nur ein weiterer verlorener Gegenstand, den ich wohl aufheben werde für den Fall, daß ich ihn eines Tages brauchen sollte.«

Esk zuckte die Schultern. Natürlich konnte sie aufheben, was sie wollte. Doch ein derart kleiner Stein schien ihm kaum die Mühe wert zu sein.

Langsam veränderte sich die Szenerie. Nun schienen sie in ein Gebiet ordentlich angeordneter Pflanzen zu gelangen, die ...

Ein grelles Licht blitzte plötzlich auf. »Ach, ich bin ja so froh, daß wir dich rechtzeitig wiedergefunden haben!« rief Chex. »Bist du in Ordnung, Esk?«

»Wav ivt dav denn?« fragte Volney.

»Ein nacktärschiges Flittchen!« rief Latia. »Und ein Knochenbündel!«

Mit einem Ruck erwachte Esks Aufmerksamkeit. »Sagt nichts, was einen in Verlegenheit bringen könnte!« rief er. »Das hier sind meine Bekannten aus dem Kürbis!« Denn Mark und Bria waren bei ihm und hielten noch immer seine Hände fest.

»Das stimmt«, sagte Chex. »Wer diese Welt verläßt, nimmt alles mit, was er gerade berührt. Das hier sind Kürbisleute.«

Das Skelett und das Messingmädchen wirkten benommen. Nun war Esk an der Reihe, die Sache in die Hand zu nehmen. »Zu meiner Rechten, das ist Bria Messing«, sagte er. »Und hier links ist Mark Gebein. Sie waren auf dem Verlorenen Pfad. Bria und Mark, das hier sind meine Freunde aus dem normalen Xanth: Chex Zentaur, Volney Wühlmaus und Latia Fluchungeheuer.«

Man begrüßte einander freundlich. Dann faßte Chex die Lage zusammen. »Ich glaube, wir können Mark und Bria in ihre eigene Welt zurückbringen. Esk, du brauchst lediglich ihre Hände festzuhalten und in das Guckloch zu schauen;

im Inneren des Kürbis läßt du sie dann los, und wir unterbrechen deinen Augenkontakt, damit du allein zurückkehrst.«

»Und wir? Wo bleiben wir?« fragte Bria empört. »Auf dem Verlorenen Pfad – wo wir nicht entkommen können?«

»Aber das hier ist doch gar nicht eure Welt«, protestierte Chex. »Hier ist alles anders.«

»Ich wollte diese Welt sowieso einmal kennenlernen«, meinte Bria.

Mark zuckte die Schulterknochen. »Ich glaube, einsamer und unglücklicher als auf dem Verlorenen Pfad bin ich hier auch nicht. Wenn einer von euch irgendwann einmal in einen Kürbis schaut und den Spukgarten ausmacht, könnt ihr mich direkt dorthin zurückbringen.«

»Aber der Kürbis zeigt doch immer nur dieselbe Szene«, warf Chex ein. »Jedesmal, wenn Esk hineinblickt, wird er sich an derselben Stelle wiederfinden, an der er zuvor war.«

»Einverstanden«, meinte Mark. »Aber ihr anderen werdet verschiedene Szenen sehen, und vielleicht ist eine davon diejenige, die ich brauche.«

Chex nickte. »Ja, das können wir jetzt versuchen. Normalerweise würde ich zwar niemals freiwillig in einen Hypnokürbis schauen, aber das scheint mir eine sinnvolle Ausnahme zu sein.« Sie griff hinunter und hob den Kürbis auf. »Bitte befreit mich bald wieder«, sagte sie und legte das Auge ans Guckloch.

Sie erstarrte. Esk löste sich von Bria und Mark, um die Hand über das Guckloch zu legen, wodurch er Chex' Vision unterbrach.

Die Zentaurin erwachte wieder zum Leben. »Ich war in einer Gegend voller Papiergegenstände«, sagte sie. »Es waren einige äußerst raffinierte Konstruktionen darunter; ich wußte gar nicht, daß Papier solche Formen annehmen kann!«

»Falsche Gegend«, meinte Esk. Er nahm den Kürbis und hielt ihn vor Volneys Gesicht.

Der Wühlmäuserich blickte hinein und erstarrte. Dann deckte Esk wieder das Guckloch ab, und Volney bewegte sich. »Eine endlove Wavvermavve«, berichtete er. »Vehr hübv, aber für dieve Leute wohl nicht geeignet.«

Nun reichte Esk Latia den Kürbis. Auch sie blickte hinein und erstarrte, um schließlich, als Esk den Blickkontakt unterbrach, eine Grimasse zu schneiden. »Eine große, weite Ebene mit schwarzen Pferdegestalten am Horizont«, berichtete sie.

»Das ist die Weide der Nachtmähren!« rief Esk. »Genau das, wonach ich gesucht habe – und was ich jetzt nicht mehr brauche!«

»Es sieht so aus, als könnten wir diesen Besuchern im Augenblick nicht helfen«, meinte Chex. »Vielleicht macht es ihnen nichts aus, wenn sie eine Weile bei uns bleiben, bis wir jemanden gefunden haben, dessen Kürbisvision brauchbarer ist.«

»Das ist gut«, meinte Bria. »Ich bleibe gern noch eine Weile hier.«

»Aber dann wirst du dich gefälligst anständig kleiden«, warf Latia ein.

»Wie bitte?«

»Das sind andere Sitten!« klärte Esk Bria hastig auf. »Sie meint ja nur, daß es besser wäre, wenn du ein Kleid anziehen könntest.«

»Das stimmt«, pflichtete Mark ihm bei. »Hier in dieser Gegend trägt man Kleider.«

»Ich nicht«, widersprach Chex.

»Aber die Humanoiden tragen größtenteils Kleider«, warf Esk ein.

»Ich schätze, wir sollten die Welt, die wir besuchen, nicht unbedingt in Verlegenheit bringen«, meinte Bria zögernd.

»Hier in der Nähe ist ein Breitbahnstoffbaum«, teilte Latia ihr mit. »Mit dessen Hilfe kann ich dir schnell etwas Kleidung beschaffen.« Dann musterte sie Mark. »Und wenn ich für dich ein Fischgrätenmuster finde, ist das sicherlich auch ganz nett.« Zusammen mit den beiden Kürbisbewohnern schritt Latia davon, um den Stoff zu besorgen.

»Breitbahnstoff und Fischgrätenmuster«, murmelte Chex. »Was die nur für passend hält!«

»Die Fluchungeheuer achten sehr auf Anstand und Sitte«, meinte Esk. »Ich nehme an, sie hat dich und Volney aufgesucht, und dann hat Volney mich wahrscheinlich mit seiner Witterung aufgespürt?«

»Ganz genau. Wir wußten zwar nicht, daß du in Gesellschaft zurückkehren würdest, aber es spielt eigentlich ja auch keine Rolle. Ich nehme an, du hast keine Lösung für das Problem des Tötmichflusses gefunden?«

»Leider nein. Aber ich kann immer noch die Oger um Hilfe bitten.«

»Wir müssen etwas essen und Erfahrungen austauschen«, meinte sie, »dann können wir entscheiden, was wir morgen tun sollen.«

»Ja. Ich möchte auch gern erfahren, wie es euch beiden ergangen ist.« Und er war wirklich froh, wieder in vertrauter Gesellschaft zu sein. Doch noch immer flirtete sein Geist mit der Erfahrung, die er mit Bria gemacht hatte. Er war zwar aus dem Kürbis zurückgekehrt, und sein Körper war unversehrt geblieben, doch sein Geist hatte sich noch nicht beruhigt. Er wünschte sich, daß er mit jemandem darüber hätte sprechen können.

»Sie scheint ein recht nettes Mädchen zu sein und ist auch sehr wohlgeformt«, bemerkte Chex, als würde sie seine Gedanken lesen. »Aber sie ist nicht von deiner Welt, Esk.«

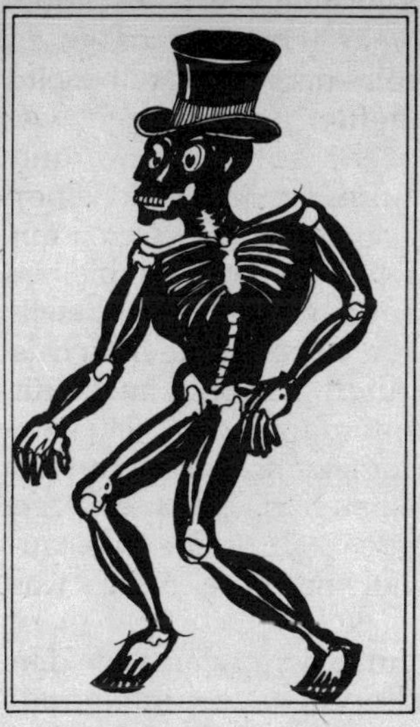

10

CHEIRON

Chex trabte nach Süden, Mark saß auf ihrem Rücken. Sie wollte in das Gebiet ihres Vaters, und das Skelett hätte aus eigener Kraft nie mit ihr Schritt halten können.

Tatsächlich sah Mark inzwischen gar nicht mehr wie ein Skelett aus. Latia hatte einen wirkungsvollen Anzug aus Fischgrätenstoff geschneidert und ihn mit einem Paar kräftiger Sandalen und dicken Handschuhen ausgerüstet, die weit über die Handgelenke reichten. Bis auf seinen Totenschädel sah er wie ein lebendiger Mensch aus. Zum Glück wog er nicht sehr viel, trotz seiner Kleidung, da er ja nur aus Knochen bestand.

Nachdem sie in der Nacht zuvor einander von ihren Erlebnissen berichtet hatten, waren sie zu der Entscheidung gelangt, daß das Fluchungeheuer und das Messingmädchen Esk begleiten sollten, während das Skelett Chex zugewiesen wurde. Die Wühlmaus reiste wieder allein, da es für die anderen zu schwierig gewesen wäre, unter der

Erde mit ihr Schritt zu halten. Vielleicht würde es ihnen diesmal gelingen, eine etwas konkretere Hilfszusage zu bekommen. Wie schon einmal, wollten sie sich auch dieses Mal nach sieben Tagen wieder treffen und schauen, wie weit sie gekommen waren.

Denn sie wollten den Küßmichfluß um jeden Preis von seinem Unglück befreien.

Es war möglich, daß Mark nicht lange bei ihr bleiben würde, denn sie hatten sich darauf geeinigt, alle anderen, denen sie begegnen sollten, in den Kürbis spähen zu lassen, um Mark hineinzugeleiten, sofern das Spukhaus oder der Garten gefunden werden konnten. In der Zwischenzeit war sie froh, sich mit ihm unterhalten zu können, denn wie alle Zentauren war sie auf alles neugierig, was außergewöhnlich war.

»Wie kommt es, daß deine Knochen ohne Fleisch und Sehnen zusammenhalten?« fragte sie.

»Das ist das Wesen der Skelettmagie«, erklärte er. »Der Zehenknochen ist mit dem Fußknochen verbunden, der Fußknochen mit dem Knöchelknochen, der Knöchelknochen mit dem Beinknochen ...«

»Ich verstehe schon«, unterbrach sie ihn schiefmäulig. »Ich vermute, das ist die gleiche Magie, die dich auch lebendig macht?«

»Natürlich. So wie die Magie des Lebens dein Fleisch lebendig macht. Wird es dir eigentlich gar nicht heiß, so eingehüllt von derart enormen Fleischmassen?«

»Wir haben uns akklimatisiert«, sagte sie mit heimlichem Lächeln. »Und wieso kannst du ohne Lungen, Kehle und Mund reden?«

»Das ist einfach nur Teil der Magie. Manche Bewegungen des Kiefers bringen bestimmte Geräusche hervor, und wir lernen schon in jungem Alter, sie zu beherrschen, bis wir es recht gut können. Der gesamte Prozeß dauert mehrere Jahre, aber für uns ist dies die Kunst des Erwachsenwerdens.«

»Des Erwachsenwerdens? Soll das heißen, daß es auch Kinderskelette gibt?«

»Natürlich. Hast du geglaubt, daß wir einfach aus dem Nichts entstünden?«

»Ich dachte immer, daß ihr die Überreste von Verstorbenen seid.«

»Die Überreste von Verstorbenen? Was für ein abscheulicher Gedanke!«

»Ich wollte dich nicht beleidigen, Mark«, sagte sie hastig. »Wir von der Außenwelt haben nicht viel Kontakt mit euch im Kürbis, daher wissen wir vieles nicht. Ich möchte mich entschuldigen, falls ...«

»Du brauchst dich nicht zu entschuldigen«, warf er schnell ein. »Natürlich hast du es nicht gewußt, deshalb hast du ja auch gefragt.«

Chex erinnerte sich an etwas, das Esk beiläufig erwähnt hatte. »Was Entschuldigungen angeht ... stimmt es, daß eure Art sich durch Küsse entschuldigt?«

»Natürlich nicht! Wer hat dich denn auf *den* Gedanken gebracht?«

»Vielleicht habe ich irgendeine Anspielung falsch verstanden. Esk hat etwas über die Messings gesagt ...«

»Die tun es natürlich auf ihre Weise. Bria hat Esk in Verlegenheit gebracht und ihn daher geküßt.«

»Und Skelette machen das nicht so?« Das war ja interessant!

»Bestimmt nicht. Wie sollten wir denn küssen?«

»Ich verstehe. Und doch ...«

»Wir schlagen unsere Schädel gegeneinander.«

»Tut das nicht weh?«

»Weh?«

Sie begriff, daß der Schmerz für Skelette eine fremdartige Vorstellung sein mußte. »Tut es also nicht. Aber angenommen, ein Skelett bringt einen Messing in Verlegenheit? Würden die sich dann küssen oder ihre Köpfe gegeneinander schlagen?«

»Wie sollte ein Skelett denn einen Messing in Verlegenheit bringen?« fragte er.

Das nahm ihr den Wind aus den Segeln, daher wechselte

sie lieber das Thema. »Du hast gesagt, es gebe auch kleine Skelette. Wie vermehren sich die Skelette denn?«

»Das ist ganz einfach. Der Mann schlägt die Frau so hart, daß sie auseinanderfliegt. Das nennt man aufreißen. Dann sucht er sich ein paar der kleineren Knochen aus und setzt aus ihnen ein Babyskelett zusammen.«

»Aber braucht sie diese Knochen denn nicht selbst?«

»Na ja, wie vermehren sich denn lebende Wesen?«

»Der männliche Partner pflanzt seinen Samen in den weiblichen, und die gebiert aus ihrem Fleisch ein Junges.«

»Braucht sie dieses Fleisch denn nicht für sich?«

Chex überlegte. Dann gelangte sie zu dem Schluß, daß Mark ihren Einwand recht gut gekontert hatte.

Nach einer ganzen Weile gelangten sie zu Xaps Weide. Der Hippogryph döste gerade. Er hatte den Körper eines Zentauren und die Front eines Greifs, mit großen, goldenen Flügeln und einem goldenen Raubvogelkopf. Es war offensichtlich, daß er die besten Jahre schon hinter sich hatte, doch noch immer gab er ein mächtiges Flügelungeheuer ab.

»Hallo, Vater«, rief Chex.

Xap riß den Kopf unter dem Flügel hervor und krächzte.

»Er redet nicht viel«, erklärte Chex dem Skelett. »Aber ich kann ihn trotzdem ganz gut verstehen.« Und dann, an den Hippogryph gewandt: »Vater, das hier ist Mark Gebein aus dem Kürbis. Er möchte gern zurückkehren, sofern er eine normale Person findet, die auf seine Region ausgerichtet ist.«

Xap krächzte erneut. Chex drehte sich zu Mark um, der noch immer auf ihr ritt, in seinen Fischgrätenanzug gekleidet. »Tut mir leid. Mein Vater sagt, das letzte Mal, als er in einen Kürbis geschaut hat, hat er dort nur einen See aus purpurfarbenem Dung erblickt. Ich glaube kaum, daß du dorthin willst.« Das Skelett nickte; Dung ließ die Knochen übelriechen.

»Vater«, fuhr sie fort, »ich brauche Hilfe für einen Freund. Ich würde die Flügelungeheuer gern um diese

Hilfe bitten. Meinst du, ich könnte mich mal mit ihnen treffen?«

Xap krächzte. »Wen? Cheiron?« fragte Chex. »Nein, ich kenne ihn nicht, und ich habe auch noch nicht von ihm gehört, aber ich bezweifle, daß das nötig ist. Vater, es wäre mir ganz lieb, wenn du mit der ständigen Kuppelei aufhörtest! Ich habe dir schon einmal gesagt, daß kein gewöhnlicher Zentraur sich mit einem geflügelten paaren will; die meisten reden nicht einmal mit mir. Auch meine Zentaurengroßmutter tut es nicht. Bei den geflügelten Ungeheuern fühle ich mich wohler. Die behandeln mich wenigstens nicht wie eine Mißgeburt. Deshalb habe ich auch darauf gehofft, daß sie mir helfen würden, denn die Zentauren haben sich geweigert.«

Xap krächzte wieder. »Aber ich kann nicht dort oben hin!« protestierte Chex. »So hoch kommt kein Landlebewesen!«

Doch es erwies sich, daß die Flügelungeheuer eine strenge Politik verfolgten: Sie gaben sich mit keinem Wesen ab, das ihnen nicht auf ihrem eigenen Territorium gegenübertrat. Xap würde ihr zwar helfen, indem er sie von ihrem Kommen benachrichtigte, aber sie mußte schon selbst auf ihre Weide hinauf.

Chex nahm ihren Mut zusammen. Sie fürchtete sich vor der Strapaze, wußte aber, daß es die einzige Möglichkeit war. Sie kannte den Weg, bezweifelte jedoch, daß sie ihn würde bezwingen können. Das Beste, was sie tun konnte, war, bei dem Versuch zu sterben.

Dies erklärte sie Mark, als sie damit begann, den Bergweg hinaufzusteigen. »Ist das Sterben für Fleischwesen denn nicht etwas Unangenehmes?« erkundigte er sich.

»Sehr unangenehm.«

»Braucht ein Fleischwesen dann Mut, um es zu riskieren?«

»Ich schätze schon«, meinte sie. »Aber zum Glück sind die Zentauren ja für ihren Mut bekannt.« Doch ihre Zunge war völlig ausgetrocknet. Wie sie sich doch wünschte, daß sie den Guten Magier ausfindig gemacht und von ihm das Fliegen gelernt hätte!

Am Fuß des Berges blieb sie stehen, um Kot und Harn von sich zu geben; es hatte schließlich keinen Zweck, unnötigen Ballast mit hinaufzuschleppen! Mark fand diesen Vorgang sehr interessant, denn seine Art hatte damit keine Erfahrung. »Das Leben scheint mir eine ziemlich unpraktische Angelegenheit zu sein«, bemerkte er.

Der Pfad führte steil nach oben. Schon bald gelangten sie an einen tosenden Bergbach. »Halt dich fest«, ermahnte sie Mark. »Hier gibt es keine Brücke, ich muß also hindurchwaten.«

Mark hielt sich fest, und sie schritt ins Wasser hinein. Es war eiskalt, und schon bald wurden ihr die Beine taub. Dann verstärkte sich die Strömung und tat ihr Bestes, um ihr den Halt zu rauben, doch Chex widerstand ihr.

Dann, mitten im Fluß, wurde es abrupt tiefer. Chex bekam keinen richtigen Halt mehr, und die Strömung war zu kräftig, als daß sie noch hätte schwimmen können.

Enttäuscht und zitternd kehrte sie um. »Ich komme nicht durch!« sagte sie und war sich unsicher, ob die Tropfen in ihrem Gesicht von der Gischt des Gebirgsbaches oder aus ihren Augen stammten.

»Gestatte mir, die Lage einmal zu inspizieren«, warf Mark ein. Er kletterte von ihrem Rücken, zog seine Kleider aus und schritt am Ufer entlang, wobei sein Totenschädel von einer Seite zur anderen schwang. »Ja, genau wie ich gedacht habe, es gibt da eine Höhle.«

»Eine Höhle? Hier?« fragte sie. »Woher willst du das wissen?«

»Skelette haben ein Gespür für unterirdische Dinge«, erklärte er. »In dieser Höhle ist Wasser, nicht ganz so kalt wie der Fluß und mit einer nur sehr geringen Strömung; und sie ist groß genug für dich. Ich kann dich hindurchführen, wenn du willst.«

»Aber ja!« rief sie begeistert. Doch dann merkte sie, daß er möglicherweise eine Kleinigkeit übersehen hatte: »Aber ich muß auch atmen können, weißt du. Gibt es dort unten auch Luft?«

Mark legte den Schädel schräg und musterte die verborgene Höhle. »Etwas. In Blasen. In mehreren Schritten Abstand. Ich kann dich hinführen.«

Chex beschloß, den Sprung ins kalte Wasser zu wagen. »Dann führe mich! Aber vergiß nicht, daß ich ungefähr einmal in der Minute atmen muß. Sonst ertrinke ich.«

»Was ist das, ertrinken?«

»An Luftmangel sterben.«

»Ach, ja. Und das findest du ja nicht besonders angenehm. Ich werde versuchen, daran zu denken: einmal in der Minute etwas Luft.«

»Wo ist denn diese Höhle genau?« fragte sie. Die Sache behagte ihr nicht sonderlich, aber sie wußte auch keinen besseren Ausweg.

»Nur ein paar Schritte stromaufwärts. Sie ist recht verschlungen.«

Da fiel ihr ein weiteres Problem ein. »Das bedeutet, daß du mich ständig führen mußt – aber unter Wasser wirst du nicht reden können.«

»Oh, ich kann sehr wohl reden. Aber vielleicht wirst du Schwierigkeiten haben mich zu verstehen.«

»Ja, der Unterschied leuchtet mir ein. Dann will ich dir erklären, wie du mich ohne Worte lenken kannst.« Sie machte sich daran, ihn genauso auszubilden wie Esk, damit er sie mit Knieknochen und Fußknochen präzise steuern konnte.

Brr! sagten seine Beinknochen.

Chex blieb stehen. »Hier? Aber ich sehe doch gar nichts!«

Drehen, sagte das linke Knie. Mark machte seine Sache wirklich gut!

Sie wandte sich dem Strom zu. *Vorsicht,* sagten seine Knie.

Er wurde sogar zu einem richtigen Experten! Sie hatte gar nicht gewußt, daß es auch diesen Befehl gab! Sie trat in den Fluß hinein und spürte seine tödliche Kälte.

Das Flußbett fiel scharf ab; an dieser Stelle war es überraschend tief. Von Marks Beinknochen geleitet, bahnte sie sich ihren Weg hinunter, bis sie ein großes Loch unter der Wasseroberfläche gefunden hatten, das unter dem Ufer in die Tiefe führte und dann eine Drehung machte, um parallel zum Fluß zu verlaufen. Die Höhle!

Sie mußte den Kopf einziehen, um hineinzugelangen, doch war es im Inneren groß genug für sie. Bevor sie endgültig eintrat, wandte sie sich ein letztes Mal an das Skelett. »Vergiß nicht, daß du mich innerhalb einer Minute zur Luft führen mußt. Wie gut entwickelt ist denn dein Zeitgefühl?«

»Das ist ausgezeichnet«, versicherte er ihr. »Wir brauchen ein sehr präzises Zeitgefühl beim Tanzen, ebenso wie wir auch eine gründliche Koordination beim Glücksspiel benötigen.«

»Ihr betreibt Glücksspiel? Wie denn?«

»Natürlich indem wir Knochen rollen lassen. Ein herrlicher Zeitvertreib zwischen den Gigs.«

»Gigs?«

»Auftritte. Wenn eine Bestellung für einen schlimmen Traum eingeht und wir eine Vorführung haben. Man sagt uns nie rechtzeitig Bescheid, so daß wir uns manchmal richtig abhetzen müssen. Unsere Existenz besteht also aus langen Perioden der Langeweile, durchsetzt von kurzen Augenblicken des Entsetzens. Das ist genau wie Krieg.«

»Entsetzen? Was entsetzt euch denn?«

»Uns nichts, sondern die Empfänger der schlimmen Träume.«

»Na schön, dann spiel bloß nicht mit deinem Zeitgefühl herum! Ich stehe selbst kurz vor einer Periode des Entsetzens, da braucht mir niemand noch nachzuhelfen!«

»Die erste Luftblase ist nur 52 Sekunden entfernt«, erwiderte er.

Chex wurde klar, daß sie sich einfach darauf verlassen mußte. Sie atmete tief ein, was dazu führte, daß ein Fisch in der Nähe die Augen riesig weit aufsperrte, als er ihren geblähten Brustkorb sah, und sie hielt die Luft an, um schließlich in die Höhle einzutauchen.

Da fiel ihr ihre Platzangst wieder ein. Sie bewegte sich schnurgerade auf einen abgeschlossenen Raum zu!

Aber der war doch mit Wasser gefüllt, sagte sie sich. Die Höhle würde schon nicht einstürzen, weil sie nicht unter Druck stand; das Wasser stützte sie ab. Das mußte sie einfach glauben!

Sie hatte einigen Auftrieb, was das Gehen beschwerlich machte; sie mußte die Hände nach oben strecken und sich mehr oder weniger an der Höhlendecke entlangziehen. Marks fester Kniedruck lenkte sie, so daß sie in keine Sackgassen geriet. Es war nicht so kalt wie im Fluß, dennoch war es ungemütlich. Ihre Flügel halfen ihr ein wenig; das Gefieder isolierte und schützte ihren Oberkörper. Doch sie begann sich Sorgen zu machen: War er davon ausgegangen, daß sie im Eiltempo vorankommen würden, als er die Zeit bis zur nächsten Luftblase abgeschätzt hatte? In diesem Fall würde sie nämlich wesentlich länger brauchen, und das wäre eine Katastrophe! Sollte sie umkehren, solange es noch Zeit war?

Sie entschied sich für das Risiko. Wenn die Luft zu weit entfernt sein sollte, würde sie den Fluß überhaupt nicht überqueren können. Und wenn sie jetzt umkehrte, würde ihre Platzangst glauben, einen Sieg davongetragen zu haben, und würde es ihr niemals mehr gestatten, es noch einmal zu versuchen. Es ging also um alles oder nichts. Die Luftblase *mußte* einfach in Reichweite sein!

Genau zweiundfünfzig Sekunden, nachdem sie losgegangen waren, stach ihr Kopf in eine Luftblase. Gierig atmete sie ein, ihre Gefühlserleichterung war noch größer als ihre körperliche Erleichterung. Mark hatte tatsächlich ein ausgezeichnetes Zeitgefühl!

Die Luft wurde schnell schal; es war keine große Blase. Wieder atmete sie ein, hielt die Luft an und schritt weiter, wobei sie diesmal daran dachte, langsam aus dem Mund auszuatmen; das würde ihr bei der nächsten Luftblase Zeit ersparen und ihr zudem größere Schwere verleihen, so daß ihre Hufe etwas mehr Halt finden würden.

Die Kälte des Wassers betäubte ihre Augen. Es war hier

so dunkel, daß sie tatsächlich überhaupt nichts sehen konnte, daher schloß sie klugerweise die Augen, um sie zu schützen. Nun war sie völlig von der Leitung des Skeletts abhängig. Seltsamerweise schwand ihre Platzangst ein wenig; es war, als wäre sie nicht mehr sie selbst, sondern nur noch ein bloßes Fahrzeug, das auf fremde Direktiven reagierte.

Einundvierzig Sekunden später erreichte sie eine weitere Luftblase. Sie war etwas größer als die erste, so daß Chex tiefer einatmen konnte, bevor sie weiterschritt.

Nun lenkte Mark sie scharf nach rechts. Die Höhle führte in die Tiefe und verlief gerade rechtzeitig noch einmal waagerecht, um ihr eine weitere Luftblase zu bescheren. Sie begriff, daß sie nicht unbedingt den kürzesten Weg nahmen, sondern vielmehr jenen, der ihr pro Minute eine Luftblase garantierte. Das Skelett leistete wirklich ausgezeichnete Arbeit!

Als sie gerade schon zu befürchten begann, daß ihre Gliedmaßen in der immer schlimmer werdenden Kälte ihr den Dienst versagen würden, führte die Höhle sie wieder steil nach oben, und ihr Kopf stieß in der Nähe des anderen Ufers aus dem Wasser. Sie hatten es geschafft!

Chex stolperte an Land und blieb zitternd stehen. Ihr Körper war in einem schrecklichen Zustand, doch empfand sie auch eine ungeheuere Dankbarkeit dafür, daß Mark sie hinübergebracht hatte. Sie hatte soeben ein unüberwindliches Hindernis überwunden! Sie hatte nicht nur die Herausforderung des Flusses selbst gemeistert, sondern auch die der Kälte und ihrer eigenen Platzangst, was gewissermaßen einem dreifachen Triumph gleichkam.

»Weißt du«, keuchte sie, als ihr langsam wieder wärmer wurde, »wenn wir oben auf dem Berg jemanden finden sollten, der dich in den Spukgarten führen kann, müssen wir möglicherweise mit deiner Rückkehr in den Kürbis noch etwas warten, damit du mich vorher noch durch diese Höhle führst.«

Achselzuckend meinte Mark: »Warum nicht? Es ist eine sehr angenehme Höhle.«

Eine angenehme Höhle! Aber das Skelett war natürlich immun gegen Kälte, und es war auch daran gewöhnt, sich im Dunkeln zu bewegen.

Sie machten sich wieder daran, den Berg zu besteigen. Sehr wenig Zeit war vergangen, nur ihr persönlich war es wie eine Ewigkeit erschienen, als sie sich von Luftblase zu Luftblase durch die Höhle vorgetastet hatte. Schon jetzt erfüllte die Anstrengung sie mit Wärme. Vielleicht würde sie es doch bis zum Gipfel schaffen!

Was die Zeit betraf: Wieviel hatte sie wohl noch? Es hatte einen Tag gedauert, bis sie zu ihrem Vater gelangt war, und einen weiteren bis zum Fuß des Berges. Wenn sie es in einem Tag bis zum Gipfel schaffte, blieb ihr noch ein Tag übrig, um die Flügelungeheuer davon zu überzeugen, daß sie ihr helfen sollten. Dann hatte sie drei Tage für die Rückkehr zum Treffpunkt, wo sie sich mit Esk und Volney verabredet hatte. Bisher hatte sie sich also noch nicht verspätet.

Der Gedanke an Esk erinnerte sie daran, wie er ihr erstes Treffen verfehlt hatte. Das war wirklich eine häßliche Situation gewesen! Hätte das Fluchungeheuer Latia nicht daran gedacht, sie auf eigene Faust aufzusuchen, so hätte es leicht das Ende von Esk sein können! Und all das nur, weil er sie törichterweise darum gebeten hatte, ihn zu verfluchen, im Glauben, daß es ein Segen sein würde. Die Menschen hatten eine willkürliche Ader, die sie dazu brachte, auf völlig irrationale Weise zu handeln.

Und doch hatte er es überlebt, ja er hatte sogar einen Kürbisbewohner mitgebracht, der sich ihr im Augenblick als beachtliche Hilfe erwies. Was für Esk ein Fluch gewesen sein mochte, stellte sich für Chex ironischerweise als Segen heraus!

Doch das andere Wesen, das er mitgebracht hatte, war das Messingmädchen. Ihre Art machte gelegentliche Beleidigungen durch Küsse wett, und dies hatte sie offensichtlich auch bei Esk getan. Menschen neigten dazu, sich von äußerem Schein und Tun beeinflussen zu lassen, anstatt sich wie die Zentauren an praktischen und intellektuellen

Überlegungen zu orientieren; auch so eine Schwäche der Menschen. Manchmal fragte sie sich, wie die menschliche Spezies in Xanth hatte überleben können. Andererseits besaßen die Menschen auch einige angenehme Eigenschaften. Esk hatte sie auf der Stelle akzeptiert und sein magisches Talent benutzt, um sie vor Unheil zu schützen; tatsächlich war er großzügiger zu ihr gewesen als die Zentauren. Daher wollte sie das Menschenvolk auch nicht richten; wahrscheinlich wogen die Vorteile dieser Wesen im Endeffekt ihre Nachteile auf.

Bria Messing hatte ihn also geküßt, und nun war der Junge ganz offensichtlich völlig hingerissen. Wirklich ein merkwürdiger Fluch! Doch es lag noch eine weitere und exquisite Ironie darin, daß Esk sie offensichtlich gar nicht als Teil des Fluchs sah. Konnte es vielleicht sein, daß sein Eintritt in den Kürbis in Wirklichkeit doch ein Segen gewesen war? In diesem Fall mußte es ein mächtiger Segen sein, denn Latia hatte ja erklärt, wie sich ihre Flüche verstärkten, wenn man sie nur aufhäufte.

Dieses intellektuelle Rätsel war faszinierend, daher lenkte sie sich damit ab, während sie den steilen Abhang emporstieg. Angenommen, daß Esk tatsächlich von einem kräftigen Segen getroffen worden war, dann war der Vorteil, den sie aus Marks Hilfe zog, nur eine Nebensächlichkeit dieses Segens, die ihre Mission erleichterte und damit Esks. Und Bria – sie konnte möglicherweise eine sehr viel größere Rolle in dieser Mission spielen, als sie angenommen hatten.

Aber sie war ein Wesen des Kürbis. Das bedeutete, daß sie in diesen zurückkehren mußte, denn ihre Existenz in dieser Welt war kein bißchen substantieller als Esks Existenz im Kürbis. Sie mußte wieder in ihre Welt zurückkehren, oder sie würde schließlich zugrundegehen. Was wurde dann mit ihrer Beziehung zu Esk?

Angenommen, daß eine solche Beziehung möglich war. Immerhin sah Bria durchaus menschlich aus, wenn man davon absah, daß sie aus Metall bestand. Angenommen, Esk wollte sie nicht aufgeben? Da würde dann der Riesenkürbis der Zombies ins Spiel kommen: Dann könnte Esk ihn körperlich betreten und ihr nachgehen, um Bria vielleicht körperlich wieder mitzubringen.

Nein ... Wenn Mark und Bria physisch im Kürbis blieben, dann war es kaum denkbar, daß man sie in ihre Heimat zurückbrachte, indem man lediglich jemanden aus der Außenwelt durch ein Guckloch spähen und sie dann mitnehmen ließ. Also mußten sie tatsächlich physisch draußen sein. Doch Chex war sich völlig sicher, daß sich im Laufe der Geschichte niemals ein Bewohner des Kürbis in der Außenwelt niedergelassen hatte; so etwas hätte ihre Mutter ihr erzählt.

Es mußte daher einen Grund geben, weshalb sie draußen nicht unbeschränkt überleben konnten. Welcher Grund konnte das sein?

Nun, sie hatte ja ihre eigene Informationsquelle, die ihr zur Verfügung stand. »Mark, was würde geschehen, wenn es dir nicht gelänge, in deine Heimat im Kürbis zurückzukehren?«

»Dann würde ich langsam verblassen«, erwiderte er prompt. »Schließlich bin ich ja der Stoff, aus dem die Alpträume sind.«

»Und wenn nun Bria – nehmen wir einfach willkürlich ein Beispiel – hierbleiben wollte, könnte sie das nicht tun?«

»Sie könnte es auch nicht – es sei denn, sie bekäme Zugang zu einer Seele.«

»Zugang zu einer Seele?«

»Wir Wesen des Traumreichs haben natürlich keine Seele. Darin unterscheiden wir uns von euch Lebenden. Hätten wir Seelen, würden wir lebendig werden und könnten hier normale Zeitspannen überdauern.«

Nun fiel es Chex wieder ein: Im Kürbis herrschte ein großer Seelenbedarf! Plötzlich leuchtete ihr auch der Grund dafür ein. »Meine Mutter hat der Nachtmähre Imbri die Hälfte ihrer Seele abgegeben.«

»Ja, aus einer halben Seele wird einmal eine ganze, da sie sich selbst ausfüllt. Das braucht zwar Zeit, wird aber gelegentlich gemacht.«

»Wenn dir also jemand eine halbe Seele gäbe, könntest du auf unbegrenzte Zeit hier leben?«

»Ja. Aber ich möchte natürlich gar nicht leben. Ich bin überrascht, daß ihr euch mit all diesen Unbequemlichkeiten und dem gelegentlichen Schmutz so klaglos abgebt.«

Chex nickte. Sie meinte, eine Lösung für Esks Problem gefunden zu haben, sollte es überhaupt entstehen. Sie war überzeugt davon, daß Esk nicht von allein zu einer Lösung finden würde; ihm fehlte der Zentaurenverstand.

Sie riß sich selbst aus ihrem Tagtraum, als sie merkte, daß der Pfad immer schmaler wurde. Inzwischen hatten sie schon ein gutes Stück Weg hinter sich gelegt, und der Abhang wurde immer steiler; allmählich fanden ihre Hufe kaum noch Halt.

Dann ging es einfach nicht mehr weiter. Wenn sie noch einen Schritt machte, würde sie in die Tiefe stürzen.

Sie blieb unbeweglich stehen. Ein überaus schmaler Pfad führte um den Berg herum, darüber ragte ein gewaltiger Abhang empor, darunter die schwindelerregende Tiefe. Sie konnte diese Klippe nicht erklimmen und würde beim Versuch mit Sicherheit abstürzen. Was sollte sie tun?

»Du weißt nicht zufällig, ob es hier in der Nähe noch eine Höhle gibt?« fragte sie Mark.

»Keine Höhle«, erwiderte das Skelett.

»Dann fürchte ich, daß wir nicht weitermachen können. Das hier ist der einzige Weg, soweit ich weiß, und der ist für mich einfach zu schmal.«

Das Skelett dachte nach. »Für mich scheint er nicht zu schmal zu sein.«

»Das mag vielleicht stimmen. Aber ich bin es, die auf das Plateau gelangen und mit den Flügelungeheuern sprechen muß; dir würden sie gar nicht erst zuhören, weil du keine Flügel besitzt.«

»Ich glaube trotzdem, daß ich dir vielleicht helfen kann. Könntest du dort emporklettern, wenn du eine Leine hättest, an der du dich festhalten könntest?«

»Ja, das könnte ich wohl. Aber ich habe keine Leine dabei, ich bin eine Pfeil-und-Bogen-Zentaurin. Meine

Arme sind nicht kräftig genug, um mein ganzes Körpergewicht mit Hilfe einer Leine zu tragen. Mein Großvater Chester besitzt sehr kräftige Arme, der könnte das wohl, aber ich nicht.« Enttäuscht biß sie die Zähne zusammen. »Ach, wie ich mir doch wünschte, fliegen zu können!«

»Aber du könntest dich doch immerhin festhalten, solange deine Füße Halt haben.«

»Ja. Aber selbst wenn ich eine Leine hätte, könnte ich sie nicht befestigen, denn ich kann ja nicht einmal das andere Ende des Pfads erkennen.«

»Ich werde nachsehen.« Mark stieg ab und ging den Pfad entlang. Als der Felsvorsprung immer schmaler wurde, kam er nur noch seitwärts gehend voran, wobei er sehr vorsichtig operieren mußte, doch hatte er offenbar weder Höhenangst, noch fürchtete er sich vor dem Absturz; ein weiterer Vorteil, wenn man unlebendig war. Er verschwand hinter der Biegung.

Nach einer Weile kehrte er zurück. »Da ist ein Fels, an dem ich mich festklammern könnte«, verkündete er.

»Wie schön für dich«, erwiderte Chex und versuchte, es nicht in einem zu unfreundlichen Tonfall zu sagen.

»Wenn du mich also einfach in Stücke zertrittst und mich um die Biegung schleuderst, so daß ich mich mit einer Hand festhalten kann, wird das schon klappen.«

Chex erschrak zutiefst. Wollte Mark damit etwa auf seine Art einen Selbstmord vorschlagen? »Was?«

»Laß mich dich einfach hier packen, damit ich nicht von der Felskante stürze«, erklärte er. »So, und jetzt verpaß mir einen ordentlichen Tritt.«

»Aber das würde dich doch vernichten!« rief sie entsetzt.

»O nein, wir Skelette können uns leicht wieder zusammensetzen, wenn wir darauf vorbereitet sind. Tritt mich in Stücke, dann erkläre ich dir den nächsten Schritt.«

Es fiel Chex außerordentlich schwer, doch schließlich tat sie wie ihr geheißen. Sie ging einen Schritt zurück und trat mit den Hinterläufen gegen Marks Hüftknochen.

Das Skelett platzte auseinander. Die Knochen segelten durch die Luft. Doch dann geschah etwas Merkwürdiges.

Denn die Knochen lösten sich nicht völlig voneinander, statt dessen bildeten sie eine Leine, die am Berghang herunterbaumelte.

»Und jetzt zieh mich hoch«, sagte Marks Stimme.

Sie kehrte zum Wendeplatz zurück, drehte sich und kam wieder auf ihn zu. Dann nahm sie ihren Mut zusammen und spähte über die Felskante in die Tiefe. Die Knochenleine reichte ein gutes Stück den Felshang hinunter. Ungefähr auf halber Strecke befand sich der Schädel. »Hol mich ein«, wiederholte er.

Eine wahrhaft seltsame Magie! Sie nahm einen Knochen und zog daran. Marks Fingerknochen waren nicht mehr mit seinem Handknochen verbunden, sein Handknochen auch nicht mit dem Handgelenk, statt dessen war ein Finger mit dem anderen verbunden. Sie holte die Leine Handbreit um Handbreit ein, wobei sie feststellte, daß die Finger- und Armknochen mit den Rippen- und Genickknochen und schließlich mit dem Schädelknochen verbunden waren.

»Und jetzt mußt du den Rest seitlich um den Berg schleudern«, wies der Schädel sie an. »Auf gleicher Höhe mit dem Pfad. Der Fels, an dem ich mich festhalten will, befindet sich nur ein kleines Stück außerhalb deiner Sichtweite.«

Chex gehorchte. Sie ließ die Knochenleine wie ein Pendel hin und her schwingen, bis das Ende hoch genug sauste. Und dann, als es gerade auf richtiger Höhe war, ließ sie los, und die Leine klatschte gegen den Berghang.

»Ich habe ihn!« rief der Schädel. »Und jetzt mußt du mich straffen.«

Chex musterte den Knochenbogen. »Aber wenn ich zu fest reiße, reißt dich das denn nicht auseinander?«

»Ich glaube nicht. Ich werde schon Warnung geben, wenn meine Belastungsgrenze erreicht ist.«

Also holte sie die Leine wieder ein, bis sie straff war und sie einen Armknochen zu packen bekam, als der Schädel »Genug!« rief.

»Und jetzt?« rief sie ihm zu.

»Jetzt berühre den Handknochen mit dem Armknochen.«

Sie machte eine Schlaufe mit der Knochenleine, brachte den Armknochen an den Handknochen – und sofort schnappten die beiden zusammen, als wären sie magnetisiert.

»Jetzt kannst du mit meiner Hilfe dein Gleichgewicht halten«, rief der Schädel ihr zu. »Versuche, mich nicht allzu stark zu belasten.«

Chex beäugte den schmalen Pfad, über dem nur die Knochenleine hing. Die Sache erschien ihr entsetzlich riskant, doch Mark hatte schon einmal bewiesen, daß er wußte, was er tat.

Sie hielt sich an der Leine fest und schritt die Felskante entlang. Die Bergwand drückte ihren massiven, pferdischen Körper nach außen, und sie konnte sich nicht richtig mit den Hufen abstemmen. Ihre Flügel erschwerten die Sache noch, weil auch sie Raum beanspruchten. So klammerte sie sich an der Leine fest, wobei ihr Körper immer mehr aus dem Gleichgewicht geriet, weit über den Abgrund gebeugt.

Sie hatte sich noch nie vor Höhen gefürchtet, immer nur vor Tiefen, doch es wäre ein leichtes gewesen, jetzt eine derartige Angst zu kultivieren!

Ihre Hände schwitzten etwas, aber sie konnte sie nicht reinigen. Sie hoffte nur, daß die Knochen nicht kitzlig waren.

»Das ist sehr gut«, meinte Marks Schädel, der nun direkt unter ihrer Hand lag.

Erschrocken hätte Chex fast die Leine fahren lassen. Einen Augenblick lang hatte sie ganz vergessen, woraus sie bestand! »Danke«, murmelte sie angespannt.

Sie hangelte sich die Rippenknochen entlang, bis sie die Rückgrat- und schließlich die Hüftknochen erreichte, wobei sie krampfhaft jeden Gedanken an ihre Natur vermied, nicht etwa aus menschlicher Zimperlichkeit, sondern weil sie gar nicht erst die Frage aufkommen lassen wollte, wie diese Knochen es nur schafften, in dieser Form zusammenzuhalten. Mark war ein viel erstaunlicheres Wesen, als sie zunächst geglaubt hatte!

Schließlich gelangte sie ans Ende der Leine, wo der Pfad auch breiter wurde und wo der letzte Fingerknochen sich in eine Felsnische eingehakt hatte. Hätte sie vorher gewußt, daß dies der ganze Halt der Leine war, dann wäre sie noch nervöser gewesen!

Endlich fand sie wieder richtigen Halt unter den Hufen und ließ die Leine fahren. »Ich habe es geschafft!« rief sie dem Schädel zu. »Und jetzt?«

»Hol mich ein«, rief der Schädel, als das andere Ende der Leine heranschwang. Dort hatte der letzte Finger losgelassen.

Handbreit um Handbreit holte sie die Knochen wieder ein. »Das ist gut«, sagte der Schädel, als sie ihn vor sich hatte, und blickte sie kurz aus einer Augenhöhle an.

»Aber wie willst du dich denn jetzt wieder zusammensetzen?« fragte sie.

»Dafür brauche ich etwas Hilfe«, gestand der Schädel. »Du mußt die Knochen wieder in der richtigen Reihenfolge anordnen.«

»Aber ich kenne doch die richtige Reihenfolge nicht!«

»Ich werde dich dabei anleiten.«

Und so geschah es auch. Sie legte jeden Knochen so an den anderen an, wie der Schädel es ihr vorschrieb. Nach einer Weile hatte Mark wieder seine richtige Skelettgestalt angenommen.

»Je mehr ich über dich erfahre, desto größer wird meine Achtung für dich«, teilte sie ihm mit. »Ich hätte nie geglaubt, daß Knochen so vielseitig sein könnten.«

»Danke. Und ich muß zugeben, daß dein Fleisch auch nicht halb so unbeholfen oder abstoßend ist, wie ich zunächst erwartet hatte.«

»Danke«, sagte sie mit dem Anflug eines Lächelns.

Dann setzten sie ihren Aufstieg fort. Langsam näherten sie sich dem Gipfel. Zum Glück, denn es war schon spät am Tag, und sie wollte die Nacht nicht auf dem Pfad verbringen. Sollte eines der Flügelungeheuer sie für ein nächtliches Beuteopfer halten, könnte ihre Lage äußerst prekär werden.

Dann kamen sie an eine Felsspalte. Sie zog sich erst schmal über den Pfad, um immer breiter zu werden, bis sie schließlich eine gewaltige Spalte abgab. Wie sollte sie nur auf die andere Seite gelangen?

Chex blickte sich um. Es gab ein paar armselige Bäume und etwas totes Holz in der Umgebung, ferner ein paar andere Gewächse und lose Gesteinsbrocken. Mehr nicht. Erneut musterte sie die Felskluft. Sie war eindeutig zu breit, als daß Chex sie hätte überspringen können. Rechts und links vom Weg wurde sie auch nicht schmaler, im Gegenteil. Der gesamte Berggipfel war in zwei Teile gespalten, und das Plateau, auf dem sich die Flügelungeheuer zu treffen pflegten, lag auf der gegenüberliegenden Seite.

»Dich könnte ich vielleicht noch auf die andere Seite schleudern«, sagte sie zu Mark. »Aber für mich ist das zu weit.«

»Ich kann keine Stellen erkennen, wo ich mich festhalten könnte«, meinte das Skelett. »Und selbst wenn es welche gäbe, könnte ich wahrscheinlich nicht dein volles Gewicht halten. Die Kohäsion hat auch ihre Grenzen.«

»Ganz gewiß«, pflichtete sie ihm bei. »Du hast schon mehr als genug geleistet. Ich würde dich nicht einmal darum bitten, es zu versuchen, selbst wenn meine Arme kräftig genug für eine solche Überquerung wären. Es muß noch eine andere Möglichkeit geben.«

Doch gab es die wirklich? Aus dem toten Holz konnte man keine Brücke bauen, und auch die Steine waren gänzlich ungeeignet. Es sei denn ...

Sie machte sich ans Werk, vermied jeden Gedanken daran, wie riskant es war. Sie sammelte Holz ein, rollte Steine herbei, errichtete am Rand der Kluft einen Haufen. Sie packte alles so fest aufeinander wie möglich, um eine Sprungschanze zu bilden, die sich ein beachtliches Stück in die Höhe hob.

Mit schräg gelegten Augenhöhlen betrachtete Mark ihr Tun. »Ist das nicht eine Vergeudung der Kräfte, die du eigentlich brauchst, um die Kluft zu überqueren?« fragte er.

»Ich baue eine Sprungrampe«, erklärte sie. »Ich hoffe, daß ich damit meine Sprungweite steigern kann.«

Er überlegte. »Wenn ich von deiner bisherigen Beinkraft und deinem Körpergewicht ausgehe, vermute ich, daß dein Sprung um ein gutes Stück zu kurz ausfallen wird«, sagte er.

Chex dachte daran, wie präzise er ihr Vorankommen im Wasser ausgerechnet hatte. Das war eine Enttäuschung für sie. Sie hatte gehofft, daß die Sprungschanze das fehlende Stück wettmachen würde. Inzwischen hatte sie alles verfügbare Material aufgebraucht, höher ließ sich die Rampe nicht bauen.

Doch da blieb noch eine weitere Chance. »Ich kann zwar nicht fliegen, aber meine Flügel verleihen mir durchaus etwas Auftrieb«, sagte sie. »Meinst du, daß der meine Sprungweite hinreichend vergrößern wird?«

»Ich verstehe nichts von Flugparametern«, erwiderte er.

»Es muß einfach reichen«, entschied sie. »Laß mich dich erst auf die andere Seite werfen, dann komme ich gleich nach.«

»Wie du wünschst.«

Sie packte ihn an Genick- und Hüftknochen, nahm Schwung und schleuderte ihn über den Abgrund. Er prallte drüben auf und sackte zusammen, hatte sich aber schon einen Augenblick später wieder aufgerichtet; er konnte sich ja keine Schürfwunden zuziehen. Kurz darauf warf sie auch ihren Bogen und den Köcher mit den Pfeilen hinüber, ebenso ihr Vorratsbündel; sie wollte den Sprung ohne jeden überflüssigen Ballast durchführen.

Dann war es soweit. Sie trottete auf die andere Seite der Rampe, um Anlauf zu nehmen. Gleichmäßig beschleunigte sie ihr Tempo.

Dann hatte sie die Rampe erreicht, galoppierte mit voller Kraft hinauf und sprang …

Sobald sie über den Abgrund setzte, breitete sie die Schwingen aus und schlug sie kraftvoll. Sie spürte ihren

Auftrieb, wußte aber, daß er nicht genügte; ihr Versuch des Fliegens war nichts anderes als ein So-tun-als-ob.

Dann berührten ihre Vorderhufe den Felsen, und sie wußte, daß sie es geschafft hatte. Sie zog die Hinterhufe an, um sie an die Stelle der Vorderhufe zu setzen und ihre Landung abzusichern, dann vollführte sie noch einen zweiten, kleineren Sprung, um sich zu orientieren. Zum ersten Mal in ihrem Leben hatten ihre Flügel einen wichtigen Dienst geleistet! Wie froh sie doch war, daß sie ihre Brustmuskeln ausgebildet hatte!

Nun blieb sie stehen und drehte sich keuchend zu Mark um. »Ich hoffe, das war die letzte Gefahr auf diesem Pfad!«

»Interessant«, bemerkte er. »Deine Flügel haben deine Sprungweite tatsächlich signifikant erhöht.«

»Höchst interessant«, pflichtete sie ihm schiefmäulig bei. Anscheinend hatten Skelette es nicht so mit Gefühlen, wenn man davon absah, daß sie in Alpträumen Schrecken auslösten.

Sie aß etwas Obst aus ihren Vorräten, dann nahm sie Rucksack, Bogen und Köcher wieder auf. »Es kann nicht mehr weit sein«, meinte sie.

»Ist es auch nicht«, bestätigte Mark. »Sie befinden sich unmittelbar hinter dem nächsten Gipfel.«

»Woher weißt du das?«

»Ich spüre den Boden beben, wenn sie landen.«

Skelette hatten offenbar ein sehr feines Gespür für Bodenerschütterungen! »Also gut! An die Arbeit.«

Sie erreichten den Gipfel, und vor ihnen erstreckte sich das Hochplateau, auf dem sich zahlreiche Flügelungeheuer tummelten.

Es waren Ungeheuer aller Arten: Greife, Drachen, Rokhs, Sphinxe und eine Reihe seltener Spezies, beispielsweise der Hippogryph.

Xap trat vor. Er krächzte.

»Ich verstehe«, sagte Chex. »Ich mußte es allein schaffen, sonst hätten sie mir nicht zugehört. Werden sie mir denn jetzt zuhören?«

Er krächzte bejahend.

»O Flügelungeheuer«, sagte Chex. »Ich bin im Namen der Wühlmäuse des Tals gekommen. Die Dämonen haben den Küßmichfluß begradigt und ihn häßlich und bösartig gemacht, und sie hindern die Wühlmäuse daran, ihm seine natürlichen Kurven zurückzugeben. Werdet ihr uns helfen, die Dämonen abzuhalten, damit der Fluß wieder in seinen Urzustand versetzt werden kann?«

Nun erscholl ein Geplapper aus Krächzlauten, Zischen und Grollen. Dann krächzte Xap.

»Sie werden morgen darüber entscheiden«, wiederholte Chex.

Xap krächzte ein weiteres Mal.

»Ich soll mich mit Cheiron treffen?« fragte sie. »Du hast ihn schon einmal erwähnt. Vater, du weißt doch genau, daß ich Schwierigkeiten mit Zentauren habe! Meine Großmutter weigert sich sogar, mit mir zu reden, und die Zentauren von der Insel haben es nicht zugelassen, daß ich zu ihnen spreche.«

Achselzuckend wechselte der Hippogryph das Thema. Er half ihr dabei, Nahrung für ihre Abendmahlzeit zu suchen, und zeigte ihr einen geeigneten Schlafplatz. Mark, der keinen Schlaf benötigte, verbrachte die Nacht damit, umherzugehen und die verschiedenen Ungeheuer kennenzulernen. »Einige von denen würden sich gut in Alpträumen machen«, bemerkte er beeindruckt.

Am Morgen erklärte Xap, wie die Entscheidung gefällt werden sollte. Da viele der Ungeheuer Probleme mit der Sprache und auch mit der Logik hatten, sollte eine Vorführung von Vorkämpfern stattfinden. Chex würde die Sache der Wühlmäuse vertreten, Cheiron dagegen die Sache der Flügelungeheuer. Die überzeugendere Seite sollte siegen.

Chex erkannte, daß sie am Vortag in ihrer Müdigkeit einen großen Fehler gemacht hatte. Sie hatte sich geweigert, dem Zentauren vorgestellt zu werden, und nun war Cheiron wütend, und sie mußte sich ihm förmlich entgegenstellen. Sie war überzeugt davon, daß sie ihre Sache erfolgreich gegen eines der vogelhirnigen Ungeheuer hätte durchbringen können, mit einem Zentaur dagegen verhielt es sich anders. Nun mußte sie es mit einem Intellekt aufnehmen, der ihrem ebenbürtig war.

Nun, was geschehen war, war eben geschehen. Vielleicht würde Cheiron ja trotzdem Verständnis für die mißliche Lage der Wühlmäuse aufbringen.

Als sie vortrat, um sich Cheiron entgegenzustellen, schwebte plötzlich eine gewaltige Finsternis über der Ebene. Es sah aus, als wäre eine Gewitterwolke aufgezogen. »Was ist das denn?« fragte sie verwirrt.

Xap krächzte.

»Licht und Finsternis?« wiederholte sie. »Ich bin das Licht und er die Finsternis? Wie soll ich denn da mein Anliegen vorbringen?«

Wieder krächzte Xap.

»Im Geiste?« Ja, das war es. Sie war davon ausgegangen, daß die Auseinandersetzung verbal und logisch erfolgen würde; nun begriff sie, daß es nicht nur darum ging, daß jede Seite einen Vorkämpfer ins Gefecht führte, um ihre Sache vorzutragen. Die Vorträge selbst mußten eine Form annehmen, die auch für die weniger intelligenten Ungeheuer verständlich war. Daher auch Licht und Finsternis: Flugwesen hatten ein großes Gespür für Schattierungen.

Die Flügelungeheuer standen in einem Kreis, der das ganze Hochplateau einschloß. Alle blickten sie in seine Mitte. Sie waren leblos wie Statuen, warteten ab.

Sie dachte an das Tal der Wühlmäuse, wie Volney es ihr beschrieben hatte, an das Tal in seinem Urzustand: grün, friedlich, von den Kurven des Küßmichflusses umschmeichelt. Daran, wie alle Wesen, die davon tranken, von gutem Willen und Zuneigung erfüllt wurden, ohne jedoch zu irgendwelchen peinlichen oder tolpatschigen Liebesbeziehungen gezwungen zu werden, wie dies bei Liebesbornen der Fall war. Um sie herum flackerte das Licht auf, trieb die Dunkelheit über ihr zurück, und an der Scheidemarke zwischen beiden bildeten die Kontraste ein Bild, das ihre Vision wiedergab.

Dann dachte sie daran, wie die Dämonen gekommen waren, wie sie den Fluß begradigt und seine sanften Kurven durch harte, gerade Kanäle ersetzt hatten. Das Bild veränderte sich und zeigte den bösartigen Zustand des Tals in seiner Gegenwart, da die Vegetation abstarb und die Wesen einander mieden und das Motto ›Tritt mich‹ oder sogar ›Töte mich‹ hieß.

Endlich brachte sie ihre Bitte vor. Das Bild zeigte die Flugungeheuer, wie sie sich aus der Luft auf die Dämonen stürzten, ihnen so lange zusetzten, bis sie sie aus dem Tal vertrieben hatten. Wühlmäuse erschienen, die durch Dämme und Mauern Tunnels gruben und das gefangene Wasser freisetzten, damit der Küßmich wieder in seinen Urzustand zurückkehrte und das Tal der Wühlmäuse endlich wieder speiste.

Nun kam Cheiron mit seinem Gegenanliegen an die Reihe. Die Flügelungeheuer stürzten sich zwar auf die Dämonen, doch diese wehrten sich, entmaterialisierten und bildeten sich hinter den Ungeheuern aufs neue, bewarfen sie mit Steinen, stachen nach ihnen, rissen ihnen Federn aus den Flügeln. Schon bald lagen die armen Ungeheuer verwundet und sterbend am Boden, während die Wühlmäuse ihre Arbeit an den Dämmen nicht mehr fortsetzen konnten. Dann bedeckten die Dämonen die verwundeten Kreaturen mit Strauchwerk und setzten es in Brand.

Als Chex ihr Anliegen vorgetragen hatte, hatte sich das Licht um sie herum ausgedehnt, bis die ganze Ebene erleuchtet und die Dunkelheit darüber schwächer geworden war. Mit Cheirons Antwort wuchs die Finsternis in die Tiefe, zermalmte das Licht. Selbst das Feuer in seinem Bild loderte finster, wie ein Alptraum aus dem Kürbis trieb der Qualm in die Höhe und verband sich mit der Finsternis. Nur in Chex' unmittelbarer Umgebung war das Licht noch kräftig genug; sie hatte Boden verloren.

Sie versuchte es erneut. Sie dachte daran, wie Esk seine Vorfahren, die Oger, aufsuchte, um sie um die Hilfe zu bitten, die die Menschen ihm verweigerten. Sie dachte an Volney Wühlmaus, wie er sich in den Boden eingrub, um seine gefürchteten Verwandten, die Zappler, aufzusuchen.

Wenn eine von beiden Gruppen einwilligte zu helfen, dann würden die Flügelungeheuer nicht allein sein und könnten die mächtigen Dämonen vielleicht doch schlagen.

Während sie dies dachte, wurde das Licht immer heller und trieb die Finsternis zurück, noch weiter als beim ersten Mal, und die Figuren in dem Bild begannen zu glühen. Die marschierenden Oger wirkten geradezu edel, und die Dämonen sahen verängstigt aus, als die vereinten Boden- und Luftstreitkräfte sich näherten. Der Sieg war zu einer realen Möglichkeit geworden!

Nun konterte Cheiron wieder. Die Finsternis wogte gegen das leuchtende Bild an, und dieses wurde immer kleiner, als würde es sich zurückziehen, bis es schließlich nur noch ganz winzig und weit entfernt war. Was scherten sich die Flügelungeheuer um die Sorgen der Bodenungeheuer? Für die Luftlebewesen stellten die Dämonen doch keine Bedrohung dar!

Chex wartete nicht ab, bis er damit fertig war. Sie konterte mit einer improvisierten Gefühlsaufwallung. Die Flügelmonster sorgten sich doch, sie *mußten* sich einfach darum sorgen, denn was den Landungeheuern schadete, schadete auch denen der Luft. Die Menschen mochten zwar gleichgültig gegenüber den Sorgen eines nicht von Menschen bewohnten Gebiets sein, und die Zentauren mochten sich nicht um nichtzentaurische Angelegenheiten scheren, doch bestimmt wollten die Flügelungeheuer in besserem Einklang mit anderen Kreaturen leben als diese!

Als sie diese Gedanken projizierte, sammelte sich das Licht wieder und verdrängte die Finsternis. Doch das Dunkel stieß wieder nach. Es nützte nichts, wenn die Flügelungeheuer sich ebenso töricht benahmen wie die Ungeheuer am Boden; bei diesem törichten Unterfangen könnten sie alle den Tod finden.

Aber das nahm Chex nicht unwidersprochen hin. Selbst wenn es ein hoffnungsloses Anliegen gewesen wäre, war es die Sache wert, unabhängig davon, ob man vielleicht scheiterte. Andere Kreaturen mochten ihre Feigheit hinter Gleichgültigkeit verbergen, doch nicht die kühnsten aller

Kreaturen, die Flügelungeheuer! Es war immer noch besser, auf einer derart ehrenvollen Mission, als in der Schande des Nichtstuns zu sterben, wie die Menschen und Zentauren.

Ihr Licht wurde immer heller und breitete sich mit jedem Argument weiter aus, schlug die Finsternis zurück, bis von ihr nur noch eine winzige Wolke übrigblieb. Nun barsten auch weitere Lichtquellen hervor, wie Flammen, die von zündelnden Funken ausgelöst wurden. Sie entsprangen den Ungeheuern selbst, die das Plateau umstellt hatten; sie waren ihrer Meinung!

Die dunkle Wolke schrumpfte zusammen, bis endlich die darin befindliche Gestalt sichtbar wurde. Und plötzlich fühlte Chex sich ganz schwach.

Cheiron war ja ein geflügelter Zentaur!

Natürlich hätte sie das schon vorher begreifen müssen! Sie hatte seinen Namen richtig als typisch für einen Zentauren erkannt, hatte aber die Tatsache dabei übersehen, daß alle Lebewesen auf diesem Plateau Flügel hatten. Der Pfad, dem sie hinauf gefolgt war, wurde nur wenig genutzt, und sie hatte keine Spuren eines Zentauren darauf erkannt. Die einzige Möglichkeit, wie Cheiron hätte hierhergelangen können, war Fliegen gewesen. Doch statt das zu erkennen, hatte sie persönlich einen Fehler begangen. Sie hatte sich ausgerechnet das einzige andere Wesen ihrer Art zum Feind gemacht.

Über ihr löste sich der letzte Rest der Finsternis auf, und die Sonne schien herab. Doch in Chex' Herzen wallte neue Finsternis auf. Wie hatte sie sich nur so töricht verhalten können!

Cheiron kam auf sie zugeflogen, und das Licht der Sonne betonte seine silbernen Schwingen und die goldenen Hufe. Er war der schönste Zentaur, dem sie je begegnet war! Er schien von reifem Alter zu sein, gewiß jedenfalls älter als sie, mit gut ausgeprägten Muskeln und von geschmeidigem Körperbau. *Und er konnte fliegen*!

Er landete vor ihr und legte die Flügel an, doch sie war zu niedergeschlagen, um ihm ins Gesicht zu blicken. »Dein

Kampfgeist gefällt mir, Kleine«, sagte er. »Du hast dich hier hinaufgekämpft, und du hast dich durch die Dunkelheit gekämpft, die ich verbreitet habe. Dein Vater hatte recht, als er von dir sprach: Du bist nicht nur allein deshalb würdig, weil du außer mir die einzige meiner Art in Xanth bist. Ich bin von weither herbeigeflogen, als ich von dir hörte, in der Hoffnung, daß es sich lohnen würde.«

Schüchtern und auf gräßliche Menschenart errötend, sah sie ihn an. Er lächelte. »So ... und du bist gar nicht böse, weil ich mich gestern geweigert habe, mich dir vorstellen zu lassen?«

»Böse? Fürchterlich wütend bin ich!« sagte er. »Aber du bist noch jung, und man darf nicht von dir erwarten, daß du alle gesellschaftlichen Gepflogenheiten bereits kennst, vor allem da die meisten Zentauren dich meiden. Ich weiß, wie das ist, glaube mir! Immerhin hat es mir einen Vorwand dafür geliefert, deinen Kampfgeist auf die Probe zu stellen. Die Flügelungeheuer werden ins Tal der Wühlmäuse fliegen; du hast sie überredet. Und ich ...«

Sie sah ihn völlig benommen an. Welch eine prachtvolle Kreatur! »Und du ...?«

»Ich werde dich willkommen heißen ... wenn du zu mir fliegst.« Er machte kehrt, breitete die Flügel aus und hob ab, ließ sie in einem Luftwirbel zurück, der kaum stürmischer war als ihre Gefühle.

Sie mußte lernen zu fliegen!

11

OGER

Sie schritten auf dem Weg nach Schloß Roogna. Chex hatte Prinzessin Ivy versprochen, daß sie Esk vorbeischicken würde, um Bericht zu erstatten, sobald sie ihn gefunden hatte, und Ivy hatte wiederum versprochen, etwas anderes auszugraben, was ihnen beim Küßmichfluß behilflich sein könnte. Wie sich herausstellte, tat Ivy für sie beinahe ebensoviel, wie es ihre Eltern hätten tun können.

»Wer ist Ivy?« fragte Bria.

Esk erklärte es ihr, denn Bria wußte natürlich nur wenig über die Hierarchie im gewöhnlichen Xanth.

»Ach, Irenes Tochter!« rief Bria. »Meine Mutter Blyght kannte Irene.«

»Ach ja?« fragte Esk überrascht. »Wie das?«

»Nachdem dein Ogervater Marks Leute zerrissen hatte, kümmerte er sich um die Messings und entführte Blygth in diese Welt. Dort lernte sie einige interessante Leute kennen, einschließlich deiner Mutter Tandy, und später dann kam sie dazu, der Mähre Imbri zu helfen, eure Könige zu retten.«

»Warum hast du mir das denn nicht vorher gesagt?« fragte er.

»Ich hielt es nicht für wichtig. Außerdem sollte man sich als Mädchen in Gegenwart von Ogern vorsichtig verhalten. Dein Vater hat meiner Mutter immerhin eine Beule verpaßt.«

»So etwas würde er nie tun! Er ist meiner Mutter immer treu gewesen!«

»Willst du damit sagen, daß es nicht wahr ist? Du bringst mich in Verlegenheit.«

Esk hielt inne. Die Sache versprach kompliziert zu werden. »Äh, nein, das will ich damit nicht sagen.«

»Was willst du denn sagen?«

»Nur, daß hier irgendein Mißverständnis vorliegen muß.«

»Ach so.« Sie klang enttäuscht. »Jedenfalls hat sie später meinen Vater geheiratet, aber ich glaube, irgendwie hat ihr die Außenwelt gefehlt. Das hat mich sehr neugierig darauf gemacht. So habe ich mich ja auch verirrt; ich habe nach einem Ausgang gesucht.«

Esk lächelte. »Na ja, du hast ja auch einen Ausgang gefunden!«

»Nein, *du* hast ihn gefunden. Aber ich bin auch nicht wirklich draußen; ich bin hier ebenso gefangen, wie du drinnen gefangen warst.«

»Soll das heißen, daß sich dein Körper immer noch auf dem Verlorenen Pfad befindet?«

»Nein. Aber ich bin auch nicht wirklich draußen, denn sobald du in den Kürbis zurückkehrst, kehre ich auch zurück, oder ich verblasse oder so was – ich weiß auch nicht genau, was dann passiert, jedenfalls nichts Gutes. Ich muß irgendeine Möglichkeit finden, mich hier zu stabilisieren, damit ich nicht in Schwierigkeiten gerate.«

»Chex hat einen physischen Zugang zum Kürbis gefunden!« rief Esk. »Durch den Zombiekürbis! Wenn du durch ihn wieder hineingingst ...«

»*Hinein*zugehen nützt mir gar nichts.«

»Aber ich dachte ...«

Sie musterte ihn abschätzend. »Du solltest nicht versuchen zu denken, Esk. Das ist nicht gut für Oger.«

»Na ja, vielleicht kannst du ja mit mir zurückkehren und dann durch diesen großen Kürbis wieder hinausgehen. Dann wärst du auf dich selbst gestellt und nicht mehr von mir abhängig.«

»Das würde auch nicht funktionieren. Vergiß nicht, daß ich mich auf dem Verlorenen Pfad befinde.«

»Ja, aber wenn wir jemanden finden, der den Kürbis in deiner Heimat betritt, dann könnte diese Person dich mitnehmen, und du wärst nicht mehr verloren.«

»Aber dann wüßte ich immer noch nicht, wo sich der Zombiekürbis befindet. Dann würde ich mich wieder nur verirren, wenn ich versuchte, ihn aufzuspüren.«

»Das ist doch lächerlich!« fauchte er. »Du könntest dir eine Landkarte oder so etwas besorgen und ihn suchen. Irgend jemand dort drin muß doch wissen, wo er ist!«

»Du hältst mich für lächerlich!« rief sie, und ihr Messinggesicht umwölkte sich. »Du hast mich in Verlegenheit gebracht!«

Hoppla. Er hatte versucht, jedem Ärger auszuweichen, aber irgendwie war er doch hineingeraten. »Es tut mir leid. Ich wollte nicht ...«

»So entschuldigt man sich nicht!«

Esk blickte erst sie an, dann musterte er hilflos Latia.

»Mach schon«, sagte das Fluchungeheuer knapp. »Entschuldige dich so, wie es sich gehört.«

»Äh, ja«, erwiderte Esk. Dann nahm er sie in die Arme. »Ich entschuldige mich dafür, daß ich dich in Verlegenheit gebracht habe«, sagte er und gab ihr einen hastigen Kuß.

Sie blieb reglos stehen wie eine Statue. »Ich glaube, das reichte nicht ganz«, bemerkte Latia.

Esk versuchte es erneut. »Bria, es tut mir sehr leid, daß ich dich in Verlegenheit gebracht habe, und ich möchte mich hiermit in aller Form entschuldigen«, sagte er und küßte sie etwas entschiedener.

Noch immer blieb das Messingmädchen völlig erstarrt stehen.

»Dir muß man wohl erst mal das Küssen beibringen«, schnaubte Latia verächtlich.

Pikiert schlang Esk die Arme um Bria, riß sie herum und verpaßte ihr einen Kuß, der seine Lippen zu zerreißen drohte.

Da schmolz Bria endlich dahin. »Angenommen«, murmelte sie.

»Also *das* ist wirklich ein Mädchen, das ausgezeichnet für die Bühne geeignet wäre«, murmelte Latia. »Ich habe selten einen besseren Trick gesehen.«

»Einen was?« fragte Esk.

»Nichts«, erwiderte die alte Frau mit einem sonderbar verschmitzten Grinsen.

Sie setzten ihre Reise nach Schloß Roogna fort, doch inzwischen war Esk genauso verwirrt wie nach dem ersten Kuß, den Bria ihm geschenkt hatte. Er versuchte sich daran zu erinnern, wie er sie eigentlich in Verlegenheit gebracht hatte, doch das gelang ihm nicht. Er versuchte sich zu überlegen, was die Fluchungeheuerfrau mit Trick gemeint hatte, doch wieder zog er eine Niete.

Es dauerte nicht lang, da erreichten sie schließlich Schloß Roogna. Prinzessin Ivy kam herausgesprungen, um sie zu begrüßen. »Ihr habt ihn gefunden!« rief sie glücklich.

»Volney Wühlmaus hat ihn ausgeschnüffelt«, erzählte Latia. »Die Zentaurin und der Wühlmäuserich sind noch mal auf die Suche gegangen, um Hilfe zu holen, aber ihn haben wir zurückgebracht.«

»Er wirkt irgendwie benommen«, meinte das Mädchen.

»Er hat eine Weile im Kürbis verbracht.«

»Ach so. Das erklärt es.« Dann bemerkte sie Bria. »Hallo, wer bist du denn?«

»Nur etwas, was er aus dem Kürbis gefischt hat«, erklärte Bria.

»Du bist eine Kürbisbewohnerin? Wie aufregend!«

Esk fand seine Sprache wieder. »Das ist Bria Messing. Ihre Mutter kannte deine.«

»Ein Messingmädchen? Dann muß ihre Mutter Blygth Messing sein, die von Krach Oger eine Beule verpaßt bekommen hat!«

Bria warf Esk einen schrägen Blick zu, worauf er fast erstickte.

Glücklicherweise ging Ivy sofort zu einem anderen Thema über. »Ich habe etwas gefunden, was uns helfen kann! Einen Pfadfinderzauber!«

»Einen Pfadfinder?« fragte Esk und nahm den Gegenstand in die Hand, den sie ihm reichte. Er sah aus wie ein Stück gebogener Draht.

»Das ist ein Zauber, der für dich einen Pfad findet«, erklärte Ivy. »Wo immer du hinwillst.«

»Das ist ja leicht. Ich möchte nämlich die Oger aufsuchen und fragen, ob sie bereit sind, den Wühlmäusen zu helfen. Aber in einer Woche schaffe ich es nicht bis dorthin und wieder zurück, es sei denn, du kannst mir noch ein paar von den Geschwindigkeitspillen geben.«

»Nein, mehr möchte ich nicht entwenden, sonst fällt es auf. Aber das hier ist genauso gut. Frag ihn doch einfach nach dem Pfad, der zu den Ogern führt!«

»Du hast mich nicht verstanden. Die Oger finde ich schon; ich brauche einfach nur mehr Zeit, als ich zur Verfügung habe.«

»Dann frag ihn nach dem Pfad, der dich in der Zeit dorthin führt, die du zur Verfügung hast«, schlug Ivy fröhlich vor.

»So etwas kann der Zauber?«

»Aber klaro. Es gibt nur ein kleines Problem. Er funktioniert nämlich für jede Person nur einmal.«

»Na ja, ich kann ja denselben Pfad wieder zurückgehen. Das dürfte nicht schwer sein.«

Das Mädchen legte die Stirn in Falten. »Ich bin mir nicht sicher, daß es so funktioniert. Ich glaube nicht, daß du ohne den Zauber den Pfad wiederfinden wirst.«

»So einen Pfad kenne ich auch«, bemerkte Bria. »Nur daß man keinen Weg findet, der von ihm *fort*führt.«

»Ach, das muß ja Spaß machen!« meinte Ivy.

»Ich schätze, ich könnte den Zauber wohl benutzen, um hinzukommen«, warf Esk ein. »Aber dann schaffe ich es hoffentlich rechtzeitig auf dem normalen Weg zurück. Das könnte klappen.«

»Natürlich kannst du zurück, Dummkopf«, versetzte Ivy. »Du brauchst doch bloß einen Freund, der den Zauber für den Rückweg benutzt.«

»Ach, das stimmt ja!« rief Esk. »Jetzt bin ich ganz verlegen! Darauf hätte ich selbst kommen müssen.«

»Oh, oh«, murmelte Latia.

»Du hast ihn in Verlegenheit gebracht«, sagte Bria zu Ivy. »Jetzt mußt du dich bei ihm entschuldigen.«

Ivy wirkte überrascht. »Toll – und wie mache ich das?«

»So«, sagte Bria. Sie legte die Arme um Esk. »Ich entschuldige mich«, sagte sie. Dann küßte sie ihn.

»Extraordinär«, murmelte Latia bewundernd. »Läßt keine Gelegenheit aus!«

»Sieht aus, als würde es Spaß machen«, bemerkte Ivy.

An diesem Punkt hallte aus dem Schloßgraben ein Klatschen herüber, gefolgt von einem Jaulen. »Oh – das Grabenungeheuerlein ärgert wieder jemanden. Muß weg!« Ivy huschte davon.

Esk untersuchte den Zauber. »Ich schätze, dann brauche ich wohl Begleitung«, meinte er.

»Keine Sorge, wir kommen beide mit«, antwortete Latia.

»Aber ich gehe doch ins Ogerland!« protestierte er. »Das kann gefährlich werden.«

»Deshalb kommen wir ja auch mit«, erwiderte Bria. »Männer geraten dort immer in Schwierigkeiten, wenn man sie allein läßt.«

Ihre Logik überzeugte Esk zwar nicht völlig, andererseits war er noch ziemlich durcheinander von den letzten ein bis zwei Küssen, deshalb beugte er sich ihrem Entschluß. Er wußte, daß Bria ihn mit diesen Küssen hauptsächlich ärgern wollte, weil sie aus einer anderen Welt stammte, wohin sie irgendwann zurückkehren würde, dennoch verfehlten die Küsse nicht ihre Wirkung. Wenn er doch nur ein wirkliches Mädchen wie sie kennenlernen könnte!

»Dann sollte ich wohl mal herausfinden, wie man diesen Zauber anwendet«, sagte er und musterte dabei den Pfadfinder.

»Das ist kein Problem«, warf Latia ein. »Wir Fluchungeheuer haben die Dinger gelegentlich verwendet. Du mußt ihn einfach hochhalten, dich darauf konzentrieren und den Namen des Orts nennen, an den der Pfad dich führen soll.«

»Ach so.« Esk hielt den Draht hoch und öffnete den Mund.

»Aber du mußt auch angeben, daß du den kürzesten Pfad haben willst«, fügte Latia hinzu. »Sonst bekommst du vielleicht den Panoramapfad; der wäre dann länger als derjenige, den du ohne Hilfe des Pfadfinders finden würdest.«

»Danke für dieses kleine Detail«, bemerkte Bria.

Latia musterte sie. »Willst du frech werden, Mädchen? Das würde mich in Verlegenheit bringen.«

»Nein, überhaupt nicht«, erwiderte Bria hastig. »Ich wollte dich doch nur loben!«

»Das dachte ich mir.«

Wenn es um Tricks ging, erkannte Esk, war die alte Frau keine Anfängerin. Darin schienen überhaupt Frauen aller Altersklassen besser zu sein als Männer; selbst der kleinen Ivy war es irgendwie gelungen, ohne allzu große Schwierigkeiten die Verbote ihres Vaters zu umgehen.

Er wandte sich wieder dem Pfadfinderzauber zu und konzentrierte sich. »Den kürzesten Pfad zum Ogersee«, sagte er.

Dann blinzelte er, denn plötzlich befand sich vor ihm ein Pfad, den er noch nie gesehen hatte. Er war ziemlich breit und gerade und offen; es würde keine Schwierigkeiten machen, ihm zu folgen. Doch er führte nach Süden.

»Der Ogersee liegt aber im Norden!« protestierte er. »Das ist der verkehrte Pfad!«

»Unsinn«, bellte Latia. »Pfadfinder irren sich nie. Verlaß dich lieber auf ihn als auf dein eigenes Urteil.«

Esk erkannte, daß ihm nicht viel anderes übrigblieb, denn wenn er den angebotenen Pfad nicht nahm, mußte er seinen eigenen finden, was ihn für die Hinreise allein schon eine Woche gekostet hätte.

Also betrat er ihn.

Latia und Bria folgten. Der Pfad führte gemächlich nach Süden, in den dicksten Dschungel hinein. Und dann, als sie außer Sichtweite von Schloß Roogna waren, änderte er seine Richtung und führte in einem Bogen nach Norden.

»Siehst du? Er weiß schon, wo er hinführt«, meinte Latia.

»Aber wie kann es der kürzeste Pfad sein, wenn er doch gerade diesen Umweg gemacht hat?« wollte Esk wissen.

»Vielleicht läßt er sich nur ungern stören.«

Der Pfad schlug eine Kurve nach links, dann immer weiter, bis er auf etwas höherer Ebene sich selbst kreuzte. Die Kurve wurde immer enger und führte in eine zweite Schlaufe, die dicht über der ersten endete.

»Dieser Pfad hält uns nur zum Narren!« meinte Esk. »Der führt nirgendwohin.«

»Wahrscheinlich hat er dafür seine Gründe«, widersprach Latia. »Kritisiere ihn nicht zu scharf. Sonst bringst du ihn noch in Verlegenheit.«

Esk wollte den Pfad nicht küssen, deshalb enthielt er sich lieber weiterer Kommentare. Die Spirale setzte sich fort, bis sie ziemlich in die Höhe geführt hatte und sehr eng geworden war; sie gingen auf Höhe der Baumwipfel in einem engen Kreis.

Da führte der Pfad endlich wieder nach Norden, auf dem Ast eines Riesenbaums entlang. »Siehst du, er mußte nur erst einmal die erforderliche Höhe erreichen«, sagte Bria zufrieden. »Das muß ein weiblicher Pfad sein. Denn er weiß, was er tut, auch wenn andere es nicht wissen.«

Esk hoffte es. Der Ast führte auf knorrige, verschlungene Weise in die Tiefen des Laubwerks, und die Schatten wurden immer dunkler, so daß sie sorgfältig einen Fuß vor den anderen setzen mußten. Es gab zwar auch viele Seitenzweige, doch sie erkannten mühelos, wo der eigentliche Pfad entlangging, weil er ziemlich ausgetreten aussah. Darüber machte Esk sich Gedanken. Dem Verlorenen Pfad im Kürbis war an manchen Stellen schwierig zu folgen gewesen, weil er kaum benutzt wurde. Wer benutzte denn dann diesen Pfad hier so häufig?

»Wahrscheinlich gibt es mehrere Standardpfade«, bemerkte Latia als Antwort auf seine Gedanken. »Vielleicht werden sie stückweise zusammengefügt, wird ein Ende an das andere gelegt, um eine bestimmte Route zu ergeben, die zu einem bestimmten Ziel führt. Daher ist dieser Teil stark benutzt worden, doch nur von Leuten, die in andere Regionen gingen. Es spielt kaum eine Rolle, solange die Programmierung stimmt.«

Sie erreichten den Stamm des Baumes. Darin befand sich ein Loch, in das der Pfad führte. Das Innere glich einem Tunnel, überraschend groß; der Pfad führte noch lange weiter, nachdem er nach Esks Meinung eigentlich schon auf der anderen Seite des Baums hätte heraustreten müssen. Die Wände wurden immer glatter und begannen schwach zu glitzern, als seien sie feucht.

Da entdeckte Esk einen Stalaktiten. »Einen Augenblick mal!« rief er. »Stalaktiten gibt es doch nur in Höhlen!«

»Das ist seltsam«, meinte auch Latia. Sie legte die Hand auf den abwärts gerichteten Kegel. »Aber der hier besteht aus Holz.«

Esk berührte ihn ebenfalls. Tatsächlich, es war Holz. Die Dunkelheit hatte sein Aussehen verändert.

Schließlich führte der Tunnel auf einen anderen Ast hinaus. »Ist das immer noch derselbe Baum?« fragte Bria, im plötzlichen Licht blinzelnd.

Tatsächlich schien er sich verändert zu haben. Die Rinde war glatter, und der Durchmesser des Stammes kam ihnen kleiner vor. Neugierig geworden, blieb Esk stehen und bahnte sich seinen Weg außen um den Baum herum, bis er an der Seite stand, an der sie in ihn eingetreten waren.

Dort gab es keinen Eingang. Der Baum besaß nur ein einziges Loch – auf der Seite, aus der sie herausgekommen waren.

Er kehrte zurück und spähte in den Tunnel hinein. Er führte weit nach hinten, und am anderen Ende war Licht zu erkennen.

»Du benimmst dich, als hättest du noch nie einen magischen Pfad gesehen«, bemerkte Latia.

Esk wurde verlegen, doch er kämpfte mannhaft darum, dieses Gefühls Herr zu werden, weil er seine Konsequenzen mehr fürchtete als die Verlegenheit selbst. Also wandte er sich wieder nach vorn und schritt den Astpfad entlang.

Er besaß kleinere Äste, die hinaufragten und ihn überdachten, und an einigen davon hingen Früchte. Esk griff hinauf und pflückte eine Pflaume, die sich, als er hineinbiß, als saftig und lecker erwies.

Ein Stück weiter am selben Ast hingen zwei Früchte einer anderen Art. Sie waren grünlich gelb und unten am dicksten. Er pflückte sie beide, weil sie sich nicht einzeln pflücken ließen; so war das eben bei Paarbirnen. Auch diese schmeckten sehr gut.

Ein Stück weiter entdeckte er eine große Ananas. Die ließ er aus, weil diese Fruchtart gern explodierte.

»Das ist aber ein vielseitiger Obstbaum«, bemerkte Latia.

Schließlich verließ der Pfad den Baum, indem er stufenweise in die Tiefe auf den Boden führte, um dann einem kleinen Fluß entgegenzustreben.

Esk blieb stehen. »Ich kann keinen Pfad am anderen Ufer erkennen.«

Latia und Bria überzeugten sich ebenfalls davon, daß der Pfad lediglich schräg in den Fluß hinein führte, ohne sich auf der anderen Seite fortzusetzen.

»Dafür gibt es nur eine Erklärung«, sagte Latia. Sie trat auf den Fluß hinaus.

Ihr Fuß versank nicht im Wasser. Vielmehr stand sie auf dem Fluß, als wäre er aus festem Material. Sie machte einen weiteren Schritt und blieb stehen. »Genau, wie ich vermutet habe«, sagte sie. »Der Pfad führt auf dem Fluß weiter.«

Esk war zu klug, um die Sache jetzt noch in Frage zu stellen. Er trat aufs Wasser hinaus und stellte fest, daß es so fest war wie Eis, aber nicht so kalt. Es war tatsächlich der Pfad. Er hätte schon früher darauf kommen müssen, denn der Pfad, der vom Schloß des Guten Magiers geführt hatte, hatte ebenfalls Gewässer überquert.

Bria folgte ihm. »Ich glaube, hier in der Außenwelt gefällt es mir«, sagte sie und bauschte ihr Kleid.

Als Esk sie ansah, entdeckte er, daß das Wasser, auf dem sie stand, spiegelte. Er konnte an ihren Beinen emporsehen.

Hastig wandte er sich ab. Obwohl er ihre Beine schon im Kürbis angeschaut hatte, bevor sie das Kleid angezogen hatte, fühlte er sich schuldig, weil er sie jetzt sah. Schuldig, weil er sie *sehen* wollte.

»Habe ich dich in Verlegenheit gebracht?« erkundigte sich Bria.

Auch das noch! Er wollte ihr die Wahrheit sagen, wollte ihr mitteilen, daß sie ihn schuldlos in Verlegenheit gebracht hatte, wußte aber, daß dies die Angelegenheit nur noch verkomplizieren würde. »Ich, äh, habe mich selbst in Verlegenheit gebracht«, sagte er.

Sie lachte. »Da wirst du aber Schwierigkeiten haben, wenn du das in Ordnung bringen willst!«

Schwierigkeiten in der Tat! Er *wußte*, daß sie ihn nur aufzog; wahrscheinlich wußte sie auch von den Spiegelungen. Warum konnte sein Gefühl denn nicht seinem Intellekt folgen und akzeptieren, daß das Messingmädchen nur eine flüchtige Bekanntschaft war?

Der Fluß wurde breiter, bis sie schließlich in gehörigem Abstand von beiden Ufern dahinschritten. Nun breiteten sich Wasserlilien über seine ruhige Oberfläche und verschleierten die Spiegelungen, was Esk erleichterte. Doch wohin führte der Pfad? Er schien sich nur wenig für sein Ziel zu interessieren; manchmal führte er nach Norden, manchmal nach Süden, manchmal auch nach Osten oder Westen. Nun steuerte er auf etwas zu, das ein See zu werden versprach. Wann würde er sein Ziel denn endlich ernsthaft angehen?

Ganz plötzlich endete der Pfad. Latia, die inzwischen an der Spitze ging, stürzte mit einem Mal neben einem grünen Lilienfeld ins Wasser.

Esk legte sich auf dem festen Pfad auf den Bauch und griff nach ihr, um sie herauszuholen. Seine suchende Hand erwischte ihren hageren Fußknöchel. Er riß daran – und spürte das Stechen einer Ohrfeige. Was war hier los?

Dann schob Latia den Kopf aus dem Wasser. »Tut mir leid – ich dachte, du wärst ein Wasserfloh oder so etwas. Es ist schon in Ordnung – der Pfad befindet sich hier unten. Ihr müßt einfach nur herabsteigen und euch neu orientieren.«

Dann verschwand ihr Kopf wieder.

»Hast du bemerkt – ihr Haar war nicht einmal naß«, sagte Bria.

Esk hatte es zwar nicht bemerkt, nun aber fiel es ihm auch auf. Er griff ins Wasser, doch sein Arm blieb trocken.

Also trat er über den Pfad hinaus und fiel ins Wasser. Vorsichtshalber hielt er die Luft an, was allerdings unnötig war; er war nicht wirklich unter Wasser. Im nächsten Augenblick vollführte sein Körper eine Drehung, und er spürte, wie seine Füße unter dem Lilienfeld Halt fanden. Jetzt stand er kopfunter im See!

Er versuchte zu atmen, was ihm auch gelang. Er entdeckte Fische im Wasser, die ganz normal dahinschwammen, im Vergleich zu ihm also auf dem Kopf, doch für ihn war das Wasser ja auch Luft.

Er blickte den Weg hinunter (hinauf), den er gekommen war, und sah Brias Beine. Sofort wandte er den Blick wieder ab und versuchte, sein Erröten zu unterdrücken.

Dann sprang Bria. Sie vollführte einen Purzelbaum und landete neben ihm auf dem Lilienfeld. »Vorsicht«, sagte sie. »Wir wollen ja nicht durchbrechen und in den Himmel stürzen!«

Esk trat auf das nächste Lilienfeld. Er entdeckte, daß die Lilien keine Stengel besaßen. Daraufhin kauerte er sich nieder und fuhr mit dem Finger durch die Seeoberfläche zwischen den einzelnen Blüten. Seine Hand stieß durch die Oberflächenspannung und baumelte frei in der Luft.

»Wir sollten uns lieber an die Blüten halten«, meinte er. »Ich glaube, das ist eine Art von Tretsteinen.«

Sie gingen weiter und folgten dem unregelmäßigen Lauf der grünen Blüten. Schließlich neigte sich das Bett des Sees zu ihnen herab, so daß sie die Köpfe einziehen mußten. Als es zu seicht zum Gehen geworden war, versuchte Esk durch die Oberfläche zu treten und seine Normalstellung wiederzuerlangen.

Er fand sich knietief im Wasser wieder, auf eine undurchdringliche Dschungelmauer aus Dornengewächsen blickend. Der Pfad verlief nicht in diese Richtung!

Latia kam aus dem Wasser. »Da sind sie ja«, sagte sie. »Wolkensteine.«

Esk blickte hin. Über dem See war eine kleine Reihe winziger Wolken, von denen die nächstgelegenen und niedrigsten sich in Schrittweite befanden.

Achselzuckend betrat er die erste Wolke. Sie wellte sich ein wenig und wackelte, hielt aber sein Gewicht. Schnell wechselte er zur nächsten über, die etwas höher schwebte und größer war und sich als stabiler erwies.

Nun kam auch Bria aus der Tiefe hervor. »Ach, mir gefällt diese Welt immer besser!« rief sie. »So etwas haben wir überhaupt nicht im Kürbis!«

Esk enthielt sich des Kommentars, daß er dergleichen in seiner Welt bisher auch noch nicht erlebt hatte. Vielleicht war er ja bisher einfach nur noch nicht weit genug gereist.

Die Wolkensteine führten sie sicher über den See und hinunter ans gegenüberliegende Ufer. Esk hatte zwar keine Ahnung, weshalb der Pfad nicht direkt dorthin geführt hatte, doch es oblag ihm nicht, seine Kompetenz anzuzweifeln. Hauptsache, er brachte sie innerhalb von drei Tagen ins Ogerland!

Endlich verlief der Pfad wieder wie ein normaler Weg, direkt nach Norden – bis sie den Spiegel erreichten.

Er stand mitten auf dem Pfad, eine senkrechte, mannsgroße Glasscheibe. Esk wäre beinahe dagegengelaufen, weil der Spiegel den Pfad so vollkommen reflektierte und es aussah, als würde er weiterführen – doch gerade noch rechtzeitig hatte er sich selbst entdeckt, bevor er mit seinem Spiegelbild zusammengeprallt war. Daher blieb er stehen und bewunderte sein etwas mitgenommenes Abbild. Bria sah viel besser aus, Latia dafür schlimmer.

Er spähte um den Spiegel herum. Dahinter lag ein dichtes, undurchdringliches Feld voller Fluchzecken. An den Seiten wuchsen Jucksträucher. Darüber hing das Blattwerk eines giftigen Eichelbaums. Eine wirklich tödliche Sackgasse!

»Es muß einen Weg geben«, murmelte Latia. »Vielleicht ist das hier eine Tür.« Probehalber stach sie mit dem Finger nach dem Glas.

Der Finger durchdrang es ohne jeden Widerstand. »Ich glaube, ich habe es gefunden«, sagte sie, als ihre Hand und schließlich auch noch ihr Arm im Spiegel verschwanden. Die Spiegelung zeigte nur jenen Teil von ihr, der dem Spiegel am nächsten stand.

»Aber wir wissen doch gar nicht, was dahinterliegt!« warnte Esk sie, denn er sah, daß ihr Arm nicht aus der Rückseite des Spiegels wieder hervortrat.

Das war wie das Loch im Baum: Der Ausgang war ganz woanders.

»Offensichtlich das andere Ende des Pfads«, sagte sie und steckte den Kopf hindurch. Schon bald war sie ganz im Spiegel verschwunden.

»Du siehst ja ziemlich zerzaust aus«, sagte Bria und musterte Esks Spiegelbild. »Komm, ich kämme dir die Haare.« Irgendwoher holte sie einen Messingkamm hervor.

»Äh, aber …«, protestierte er matt.

»Ach, habe ich dich etwa in Verlegenheit gebracht? Dann muß ich mich sofort entschuldigen.«

»Nein, nein, es ist schon in Ordnung!«

»Sicher ist sicher.« Sie legte die Arme um ihn.

Esk wußte, daß er eigentlich etwas heftiger protestieren sollte, doch irgendwie fehlte ihm der Mut. Sie preßte ihn dicht an sich und küßte ihn, und sie war warm und weich und unglaublich sanft. Er schloß die Augen und wußte, daß er niemals darauf gekommen wäre, daß sie aus Messing war, wenn er sich allein nach seinem Gefühl richtete. Und wieder fühlte er sich, als würde er schweben.

»Wenn … wenn du aus hartem Metall bestehst«, sagte

er, als sie ihn schließlich wieder losließ, »wie kannst du dann nur so … so …?«

»Oh, ich kann ganz weich sein, wenn ich will«, sagte sie. »Schließlich könnten wir Messings uns ja wohl schlecht bewegen, wenn wir völlig starr wären.«

»Aber deine Mutter … diese Beule …«

»Der Oger hat sie überrascht. Er hat sie an ihrem Büstenhalter gepackt und auf den Messinghut eines unter ihm stehenden Mannes fallen lassen.«

Langsam hatte Esk eine Vorstellung davon, an welcher Stelle sich die Beule befinden mochte.

»Ich verstehe. Es war also ein Unfall. Aber hätte sich die Beule nicht wieder ausgebeult, nachdem sie wieder weichgeworden war?«

»Nein, Beulen sind die beständigste Sache der Welt. Sie hat sie immer noch; sie tut so, als wäre es ein Grübchen.«

»Jetzt verstehe ich, weshalb du keine Oger magst.«

»Ach was, ich fand das immer romantisch. Ich würde selbst gerne einmal einem Oger begegnen.«

»Na ja, ich bin teilweise ein Oger.«

»Ich weiß«, sagte sie leise. Und dann: »Hoppla, habe ich dich etwa in Verlegenheit gebracht? Du errötest ja schon wieder.«

»Nein, nein, es ist schon gut!« wehrte er ab.

Doch sie wollte lieber auf Nummer Sicher gehen und entschuldigte sich auf ihre Art.

»Na, das ist ja reizend«, bemerkte Latia und trat aus dem Spiegel hervor. »Ich sehe schon, daß ihr euch wirklich schreckliche Sorgen um mein Wohlergehen gemacht habt, während ich im Spiegel war.«

»Äh …«, fing Esk an.

»Erzähl mir nichts, laß mich raten. Sie hat dich wieder in Verlegenheit gebracht, stimmt's?«

»Es ist erstaunlich, wie oft mir solch ein Malheur passiert«, bemerkte Bria unschuldig. »Ich muß mich in dieser Außenwelt wirklich sehr tolpatschig benehmen.«

»Ganz bestimmt«, bestätigte Latia trocken. »Nun, ich bin hier, um euch zu berichten, daß der Pfad auf der anderen

Seite weiterführt. Eine merkwürdige Landschaft, aber wahrscheinlich wollten wir ja dorthin.«

Sie traten durch den Spiegel. Auf der anderen Seite sah es wirklich seltsam aus; kein Spiegel mehr, sondern eine klare Glasscheibe, durch welche sie den Pfad erkennen konnten, den sie gekommen waren. Ein Einwegspiegel – welch seltsame Magie!

Der Pfad selbst bestand auch aus Glas, ähnlich der Seeoberfläche.

Die Landschaft zu beiden Seiten wirkte noch seltsamer; sie war völlig aus Glas. Die Sträucher waren aus grüngefärbtem Glas, und die Bäume hatten braungefärbte Stämme und grünliches Blattwerk. Ein graugetönter Glashase hüpfte davon, als sie näher kamen, und ein rötlicher Glasvogel flog am Himmel entlang.

»Das erinnert mich ein bißchen an zu Hause«, bemerkte Bria. »Nur daß dort alles aus Messing ist.«

»Wir bringen dich schon wieder nach Hause, sobald wir können«, versicherte Esk ihr.

»Ach, ich habe kein Heimweh! Das ist ein wunderbares Abenteuer. Ich vergleiche nur.«

Der Glaswald wich einer glasigen Ebene, auf der viele Glashalme wuchsen. Cremefarben gefärbte Glastiere glasten darauf. Sie gaben glasige Muh-Geräusche von sich und bemuhten sich davon, von den nicht gläsernen Eindringlingen verschreckt.

Glasten? *Grasten*, erkannte Esk. Und dann …

Und dann kam ein glasiges Einhorn herangetrabt, auf dem ein glasiger Mann ritt. Der Mann stieg ab und trat auf sie zu, wobei er eine leuchtende Glasklinge zückte. Er sprach mit einer Stimme, die Geschirr zum Zerspringen gebracht hätte. »Glas oder Leben!«

»Nein«, erwiderte Esk, als er merkte, daß der Mann Unheil im Schilde führte.

Daraufhin überlegte es sich der Mann anders. Er bestieg wieder sein gläsernes Reittier und galoppierte davon, eine Wolke aus Glasstaub hinter sich zurücklassend.

»Sehen wir zu, daß wir hier schnell durchkommen«,

meinte Latia. »Ich glaube, diese Leute sind nicht besonders friedliebend.«

So eilten sie den Pfad entlang. Schon bald erreichten sie eine weitere Glasscheibe. »Das müßte eigentlich unser Ausgang sein«, meinte Latia. »Aber ich werde die Sache lieber überprüfen. Ihr beide könnt ja mit dem weitermachen, was ihr vorhin nicht zu Ende führen konntet.« Sie trat durch das Glas, und sie sahen zu, wie sie um eine Biegung des dahinterliegenden Pfads schritt.

»Was haben wir denn vorhin eigentlich getan?« erkundigte sich Bria fröhlich.

»Äh ...«

»Ach, ja, ich wollte mich ja bei dir entschuldigen. Ich weiß zwar nicht mehr wofür, aber sicher ist sicher.«

»Aber du brauchst doch gar nicht ...«

Ihr warmer Kuß schnitt ihm das Wort ab. Er entschied, daß es sinnlos war zu protestieren. Bria hatte recht: Sie konnte wirklich sehr weich sein, wenn sie wollte.

Und doch war ihr Körper völlig aus Messing, und einige ihrer Manieren waren auch etwas hölzern – nein metallen. Alle Hoffnungen, die er sich machen mochte, waren ziemlich töricht.

Latia kehrte zurück. »Ja, es ist unser Pfad«, berichtete sie. »Und er scheint in der Nähe des Ogerlands zu sein.«

»Ach ja? Woher weißt du das denn?« wollte Esk wissen.

»Durch ein paar Kleinigkeiten. Bäume, die zu Brezeln verformt sind; zersprungene Felsbrocken mit haarigen Faustabdrücken; Drachen, die vor allem, was zwei Beine hat, völlig verschüchtert davonschleichen. Vielleicht irre ich mich ja auch.«

Esk hakte lieber nicht nach.

Sie traten durch die Glasscheibe. Als Esk sich wieder umdrehte, war es ein Spiegel, der nichts von der dahinterliegenden Glaswelt offenbarte. Das war wieder ein interessantes Erlebnis gewesen!

Latia hatte die Gegend genau beschrieben. Sie befanden sich ganz eindeutig auf Ogergebiet. Esk wurde nervös. Er stammte zwar von Ogern ab, hatte aber bisher wenig mit

Vollogern zu tun gehabt. Die Sache konnte in einer Katastrophe enden.

Schon bald hörten sie dumpfes Hämmern, als würden Bäume umgeworfen. Ein Oger kam herangestakst, achtlos schob er Sträucher und Felsen mit einer Riesenfaust beiseite, während er sich mit den großen Nägeln der anderen Riesenpranke gerade die montrösen gelben Zähne putzte.

Ihr Vorhaben kam Esk immer törichter vor. Das war ja das reinste brutale Tier! Der Oger war etwa doppelt so groß wie er und so häßlich, daß sich überall dort, wo er hinblickte, Rauchwolken bildeten.

»Oooohh, was für eine Bestie!« murmelte Bria bewundernd.

Der Oger hörte sie. Er drehte sein zottiges Maul nach ihr um. »Schau mal, sieh – eine kleine Sie!« rief er.

»Wir sind gekommen, um mit euch Ogern zu sprechen«, rief Esk ihm zu.

Nun erspähte der Oger auch die beiden anderen. »Du bist zum Reden da, ja?«

»Ja, wir sind da, um zu reden«, ging Esk auf den Oger ein. »Bitte bring uns zu deinem Anführer.«

Der Oger kratzte sich den haarigen Kopf. Riesenflöhe hopsten von seinem schmutzigen Fingernagel davon. »Zum Führer, ja? Ist das wahr?«

»Ganz bestimmt«, bestätigte Esk.

»Also gut, auf mit Mut!« Dann packte der Oger Esk und riß ihn hoch, um ihn in seinen riesigen Rucksack zu stopfen. Latia und Bria erging es ähnlich.

»Ich hoffe, du weißt, was er tut«, brummte Latia.

»Das hoffe ich auch«, brummte Esk zurück.

Der Oger stakste weiter, wobei er Sträucher und Bäume aus dem Weg schubste, während der Rucksack dabei heftig durchgeschüttelt wurde. Die drei hielten sich mit Mühe am Rande des Sacks und an dem Riemen fest.

Schließlich erreichte der Oger ein Ogerdorf. In der Mitte loderte ein riesiges Feuer, daneben stand ein großer schwarzer Topf.

»Topf heißmachen!« brüllte der Oger. »Hab leckere Sachen!«

»Oh, oh!« schrie Esk. Der Topf war angefüllt mit Wasser, unten auf dem Boden aber konnte er Knochen erkennen. Die erinnerten ihn an Mark, und das fand er nicht sonderlich beruhigend.

Der Oger nahm schwungvoll den Rucksack ab und brachte ihn zum Topf. Dann wollte er ihn umstülpen.

»Nein!« rief Esk.

Verblüfft hielt der Oger inne.

»Wir sind gekommen, um zu reden, nicht um gekocht zu werden!« brüllte Esk.

Inzwischen waren weitere Oger herangekommen, darunter mehrere Weibchen. Wenn die Männchen schon häßlich waren, so waren die Weibchen erst absolut grauenhaft. »Nur anschauen dürfen, nicht kochen und schlürfen?« erkundigte sich eine davon und kratzte sich so heftig am Kopf, daß die Läuse in Panik davonstoben.

»Wir wollten eure Hilfe für die Wühlmäuse!« rief Esk und wünschte sich, daß er doch nie diese törichte Mission angetreten hätte.

»Wühlmäuse ins Kochgehäuse!« rief ein weiterer Oger und schnalzte mit den Lippen, ein Geräusch, das die Vögel auf einem fern gelegenen Baum hastig das Weite suchen ließ.

»Wir wollten euch einen Eindruck davon vermitteln, wie wichtig das ist«, sagte Esk und wußte doch, daß er diese Monster kaum beeindrucken konnte.

»Eindruck? Steindruck?« verlangte der Oger, der sie hergebracht hatte, zu wissen. Darauf lachten alle mit solcher Grobheit, wie sie nur ihre Art zustandebringen konnte.

»Ja, Eindruck«, fuhr Esk stur fort. »Damit ihr uns helft.«

Darüber dachte der erste Oger nach. Die Anstrengung erhitzte seine Schädelplatte, worauf die Flöhe heiße Füße bekamen und davonsprangen. »Ich sage ja, ist doch klar!«

Die anderen Oger waren froh, der gräßlichen Anstrengung enthoben zu sein, selbst nachdenken zu müssen, und brüllten Zustimmung.

»Wunderbar«, meinte Latia. »Jetzt müssen wir sie nur noch richtig beeindrucken, dann haben wir gewonnen.«

»Das müßte möglich sein«, warf Bria fröhlich ein. »Jeder von uns hat seine eigene Art und seine eigenen Talente.«

»Ich bin mir nicht sicher ...«, begann Esk.

»Ich kann zum Beispiel sehr hart sein, wenn ich will. Ich werde es euch zeigen.« Sie stieg aus dem Rucksack, den der Oger neben dem Topf am Boden abgestellt hatte. »Tret mich, Oger!« rief sie. »Beiß mich in Stücke!«

Das ließ der Oger sich nicht zweimal sagen. Kurz bevor drei andere Riesenpranken nach ihr griffen, hatte er sie gepackt und hochgerissen, um sie sich mit den Beinen zuerst ins Maul zu stopfen.

Dann biß er zu.

Pause. Dann breitete sich träge Überraschung vom Maul ausgehend über sein Gesicht aus. Denn seine Zähne waren auf etwas gestoßen, das sehr viel härter war als Knochen.

Er zog Bria wieder hervor und musterte sie. Sie sah immer noch eßbar aus. »Sie süß, ich friß«, folgerte er und sperrte das Maul wieder weit auf, um sie zu verschlingen.

Doch die Zähne trafen nur auf hartes Metall. Brias Kopf blieb dran. »Ist das alles, was du kannst, Oger?« rief sie in Nähe seiner Zunge.

Verwirrt holte der Oger sie wieder hervor. Sofort packte sie der nächste und biß in ihren Arm. Es war ein kräftiger Biß, er hallte metallisch wider, dabei eine vorbeiziehende Wolke so sehr erschreckend, daß sie etwas Wasser verlor. Ein gelber Zahnbrocken flog durch die Luft.

»Wirklich zäh, wie ich seh«, gestand der Oger.

»Hat das auf euch Eindruck gemacht?« wollte Bria wissen.

Die Oger tauschten Blicke, träge Blicke, die nur langsam ihr Ziel erreichten. Die Bäume in der Umgebung wanden sich, sie waren immer beunruhigt, wenn die Oger sich merkwürdig verhielten. Doch schließlich nickten alle; sie waren beeindruckt.

»So funktioniert das also«, sagte Latia. »Nun gut, dann wollen wir mal sehen, was ich tun kann.« Sie kletterte aus dem Rucksack und wandte sich an die Oger. »Wer ist am häßlichsten von euch?« fragte sie.

Eine Ogerin beugte sich vor. Als sie dies tat, verwelkten sämtliche Pflanzen in ihrer Nähe. »Das bin ich – ganz häßlich!«

Sie war wirklich häßlich; noch nie hatte Esk ein derart grauenhaftes Gesicht gesehen.

»Ich kann noch häßlicher sein als du«, behauptete Latia.

Da lachten alle Oger, und sie brauchten vorher nicht einmal darüber nachzudenken. Denn es war doch offensichtlich, daß niemand häßlicher sein konnte als die Ogerin.

»Häßlich ist, wer Häßliches tut«, sagte Latia unbeeindruckt. »Was kann eure häßliche Ogerin denn?«

Die Ogerin machte kehrt und schwankte zu ihrer Hütte hinüber. Eine Schar Fledermäuse stob aus dem Hütteninneren davon, sie sahen benommen aus. Die Ogerin kehrte mit einer verbeulten Milchkanne wieder. Sie schnitt eine Grimasse – und die ganze Milch gerann.

Esk sah sie fassungslos an. Das war wirklich häßlich! Er hatte immer geglaubt, daß die Geschichten, die von derlei Ereignissen erzählten, übertrieben waren.

Da legte Latia die Hände vors Gesicht. Darin hielt sie Puder und Kreide, um ihr Gesicht zu schminken.

»Was tut sie da?« wollte Bria wissen.

»Sie ist Schauspielerin«, erklärte Esk. »Alle Fluchungeheuer haben Theatertalent. Sie können sich sehr hübsch machen – und wahrscheinlich auch sehr häßlich, wenn sie wollen.«

Latia hob den Blick. Ihr vormals reizloses Gesicht hatte sich verändert. Nun war es so scheußlich, daß einem übel davon wurde. Doch die Oger sahen es einfach nur unbeeindruckt an. An Häßlichkeit waren sie gewöhnt.

Dann ging Latia auf den großen Topf zu. »Heb mich hoch«, sagte sie.

Neugierig nahm ein Oger sie auf und hielt sie über den Topf. Latia richtete ihr Gesicht nach unten und runzelte die Stirn.

Das Wasser begann zu schäumen.

Fassungslos sah Esk es mit an. Die Oger taten es ihm gleich.

»Nun?« fragte Latia, nachdem der Oger sie wieder abgesetzt hatte.

»Das macht Eindruck wie ein Steindruck«, murmelte ein Oger, immer noch den Topf anstarrend.

Esk erinnerte sich daran, wie seine Großmutter, ein Fluchungeheuer, einst eine Ogerin nachgeahmt und damit die Liebe seines Großvaters gewonnen hatte. Endlich hatte er eine ungefähre Vorstellung davon, wie sie es angestellt hatte.

Doch nun war er an der Reihe. Was konnte er tun, das dem, was die Frauen geleistet hatten, ebenbürtig war? Wenn er wütend wurde, konnte er zwar für kurze Zeit die Kraft eines Ogers entwickeln – doch die würde nur der Kraft eines normalen Ogers entsprechen und sie nicht übersteigen. Das würde sie bestimmt nicht beeindrucken.

Plötzlich hatte er eine Idee. »Wer von euch ist am dümmsten?« fragte er.

»Ich!« rief der Oger und vergaß sogar zu reimen.

»Ich, ich!« rief ein anderer, dem es noch einfiel.

Nun erscholl ein Chor von Selbstanpreisungen, denn natürlich hielt sich jeder für das dümmste Lebewesen aller Zeiten. Doch schließlich setzte sich einer von ihnen durch: der riesigste von allen, der auch die lockerste Kieferlade hatte. Er war so muskulös, daß sich beim Denken die Muskeln an seinem Kopf ballten, zugleich aber auch so dumm, daß er damit nicht einmal die Flöhe vertreiben konnte; seine Schädelplatte wurde einfach nicht heiß genug.

»Nun, ich bin dümmer als du«, behauptete Esk. »Ich werde es beweisen.« Dann konzentrierte er sich, und seine Furcht vor dem Versagen erweckte seine Ogerkraft. Er ging auf den Oger zu, schlang die Arme um seine Beine und hob ihn auf, schwang ihn herum, seine gesamte Ogerkraft nutzend, und schlug den Oger mit dem Kopf gegen einen Baum. Der Baum zerbarst, doch der Oger blieb natürlich unversehrt.

Dafür wurde er aber wütend. Oger mochten es nicht

besonders, Bäume mit dem Gesicht zu zertrümmern, sie zogen ihre Riesenfäuste zu diesem Zwecke vor. Er packte den umgestürzten Baumstamm und schwang ihn in Esks Richtung, wollte ihn mit einem einzigen Hieb in den Boden hämmern.

Esk aber blieb stehen. »Was könnte wohl dummer sein als das, was ich soeben einem Oger angetan habe?« fragte er.

Die Oger überlegten. Und dann, als der Baumstamm auf den Boden traf und Esk beiseite sprang, begannen sie zu lachen. Der Boden erbebte von ihrem Gelächter, die Sonne begann zu zittern und verlor einige ihrer Strahlen, und selbst der Oger, den Esk angegriffen hatte, stimmte mit ein. Es war wirklich ein guter Witz. *Nichts* hätte dümmer sein können, als einen Oger so zu provozieren!

»Das war aber wirklich verdammt dämlich!« fauchte Latia.

»Absolut idiotisch!« meinte Bria.

»Ganz genau«, pflichtete Esk ihnen bei. »Es war das Dümmste, was ich hätte tun können.«

Nun schwiegen sie, beeindruckt von der Ernsthaftigkeit seiner Behauptung.

Und so beeindruckten Esk und seine Freunde die Oger und gewannen ihre Unterstützung. Nun mußten sie nur noch die Begrüßungsfeier der Oger überleben und ihnen irgendwie erklären, wie sie zum Tal der Wühlmäuse gelangten. Immerhin: Die Oger würden ihnen helfen.

12

ZAPPLER

Volney grub sich auf die Zapplerprinzessin zu, geleitet von dem Ortungsstein, den die Grabbler ihm gegeben hatten. Wie der andere Stein, wirkte auch dieser auf ihn verkehrtherum; er mußte sich am übelsten Geschmack orientieren und den guten meiden.

Soweit er wußte, waren die Zappler die kräftigsten Bohrer unter den Wühlmäusen.

Genau genommen waren das ihre Larven. Wenn zwei Zappler sich gepaart hatten, begab sich das Weibchen zu einem geeigneten Fels und baute dort sein Nest, und wenn die Larven ausgeschlüpft waren, bohrten sie in einem immer größer werdenden Umkreis Löcher in dieses Feld, bis sie gute Nahrung gefunden hatten. Das gelang nur wenigen von ihnen; die meisten Larven kamen um, indem sie ihre gesamte Kraft auf die vergebliche Nahrungssuche verwendeten.

Das Problem der Zappler bestand darin, daß sie äußerst

geschmäcklerisch waren. Jeder von ihnen mochte nur einen ganz bestimmten Stein und aß nichts anderes. Da es Hunderte verschiedener Geschmäcker gab und die Steinadern willkürlich verteilt waren, hatte eine Zapplerlarve nur eine Chance von 1:1000, jemals Gestein in der richtigen Geschmacksnote zu finden. Ein normaler Schwarm umfaßte Tausende von Larven, so daß einige wenige von ihnen normalerweise auch tatsächlich ein Zuhause fanden. Darum gab es auch an der Oberfläche keine Heerscharen von Zapplern; das Weibchen paarte sich nur ein einziges Mal, danach wurde es unfruchtbar, weil alle Eizellen in seinem Körper für das Hervorbringen der Larven verbraucht wurden. Pro Jahr gab es höchstens einen oder zwei Schwärme, die auf ihre jeweiligen Gesteinsadern beschränkt blieben. Es wäre eine Hilfe gewesen, wenn das Gestein, das für die Schwarmbildung geeignet war, auch zur Nahrungsaufnahme hätte dienen können; dann hätten alle Larven sich sofort niederlassen und fressen können.

Doch als er darüber nachdachte, erkannte Volney auch, warum dem nicht so sein durfte. Wenn all die Tausende von Zapplerlarven den Fels auffräßen, in dem sie nisteten, wäre dieser bald verschwunden, und von der Gesteinsader bliebe nichts anderes übrig als eine pulsierende Masse nur teilweise zur Reife gelangter Zappler. Von diesen würde dann keiner mehr die volle Reife erlangen, weil es keine Nahrung mehr gab. So würden alle umkommen, und die Zappler würden aussterben. Daher mußten sich Nist- und Wachstumsgeschmack voneinander unterscheiden; der Nistgeschmack war für alle Larven gleich, der Freß- oder Wachstumsgeschmack unterschiedlich. Wenn man es so verstand, leuchtete das Zapplersystem durchaus ein.

Doch diese spezielle Zapplerprinzessin, die er aufsuchen wollte, war eine Mutantin, wie die Grabbler erklärt hatten. Normalerweise gab es in jedem Schwarm eine recht große Vielfalt, der Geschmack einzelner Larven reichte vom gewöhnlichsten Gestein bis zum seltensten. Der Nistgeschmack stimmte mit dem Freßgeschmack der Prinzessin überein; da sie normalerweise den größten Teil des Nahrungsvorrats beim Heranreifen aufbrauchte, mußte sie sich danach zum Nisten ähnliches Gestein suchen. Dieses Weibchen aber hatte einen sehr exotischen Geschmack und hatte demzufolge auch kein anderes, ihm entsprechendes Gestein finden können. Solange es für sie aber keinen richtigen Nistplatz gab, konnte sie sich auch nicht paaren. Hatte sie einen solchen Platz gefunden, würde sie ein Männchen herbeirufen, die beiden würden sich paaren und das Weibchen würde sich an einen geeigneten Ort begeben, um dort sein Nest zu bauen.

Der Grund, weshalb die Grabbler, die doch recht gewitzte Wesen waren, nach Volneys Meinung sich dafür interessierten, war die Tatsache, daß der Geschmack der Prinzessin auf luftgewürztes Gestein ausgerichtet war. Sie hatte zwar ihre eigene Gesteinsader ausfindig gemacht und verzehrt, doch schien dies die einzige gewesen zu sein, die es gab. Im allgemeinen bevorzugten Zappler felsgewürzten Stein, insofern war sie ein äußerst seltenes Exemplar. Sie schien allerdings nicht zu wissen, daß es oben an der Erdoberfläche sehr viel luftgewürzte Steine gab, weil die Luft ja alles beschmutzte, mit dem sie in Berührung kam. Tatsächlich war dies auch eine Erklärung für jene seltenen Zapplerschwärme, die man gelegentlich an der Oberfläche beobachten konnte, sobald ein Weibchen bis zu dieser Ebene emporstieß und auch einen entsprechenden Geschmack besaß. Die Lebewesen an der Oberfläche glaubten, daß sie alle Zapplerlarven eines Schwarms vernichten mußten, um die Entstehung eines neuen zu verhindern; das war eben ihre Unwissenheit. In Wirklichkeit machten ihre Bemühungen nur einen sehr geringen Unterschied. Sie verhinderten damit allenfalls die vorübergehende Unbequemlichkeit, die das Durchbohren aller möglichen Gegenstände durch die Larven mit sich brachte, von denen ja keine den gleichen Geschmack besaß wie ihre Königinmutter. Nur jene Larven, die an Tiefengestein Geschmack fanden und die zudem eine entsprechende Gesteinsader aufspürten, konnten überleben. In Wirklichkeit mußten die Oberflächenwesen also einen solchen Schwarm nur ignorieren, dann würde er auch wieder verschwinden. So in etwa lauteten die Ausführungen der Grabbler, die mehr als zufrieden gewesen waren, einen ihrer Wühlmausvettern endlich einmal über die wahren Tatsachen des Lebens auf der anderen Seite des Spektrums aufzuklären.

All dies war für Volney völlig neu, denn bisher hatte er die übliche Angst der Oberflächenwesen vor Zapplerschwärmen geteilt. Das bewies auch, daß die Auffassung der tiefer lebenden Grabblerarten nicht ganz ungerechtfertigt war: daß nämlich die Wühlmäuse etwas weltfremd geworden seien und nicht mehr allzuviel über ihre Verwandten wüßten.

Nachdem seine Mission beendet war, würde er seine Gefährten im Tal wohl umerziehen müssen.

Doch zunächst einmal mußte er sie zu einem Ende bringen, und das schien ihm kein Kinderspiel zu sein. Auch wenn ein Zapplerschwarm nicht unbedingt eine Katastrophe bedeuten mußte, wie er bisher geglaubt hatte, war er zumindest vorübergehend doch gefährlich genug, weil die Larven alles durchbohrten, dem sie begegneten, und ihre winzigen Löcher darin hinterließen. Derartige Löcher konnten für andere Lebewesen äußerst schmerzhaft sein, ja bisweilen sogar tödlich. Einen Zapplerschwarm auf das Tal der Wühlmäuse loszulassen – noch immer war er sich nicht sicher, wie klug ein solcher Entschluß wäre, selbst wenn die Wühlmäuse und andere Kreaturen rechtzeitig davon erfahren sollten, um sich solange in Sicherheit zu bringen, bis der Schwarm vorbeigezogen war. Diese Vorbehalte waren es auch gewesen, die ihn davon abgehalten hatten, die Prinzessin früher aufzusuchen. Doch nun, da es seinen beiden anderen Gefährten an der Oberfläche nicht gelungen war, Hilfe herbeizubringen, mußte er es einfach versuchen. Er hoffte nur, daß er damit keinen schrecklichen Fehler beging.

Über all dies dachte er nach, während er schräg in die Tiefe grub, dem üblen Geschmack des Steins folgend. Von Zeit zu Zeit ruhte er sich aus und aß etwas von den Früchten und Wurzeln in seinem Beutel, denn es war ein langer

Weg. Und nach einer Weile legte er sich schlafen, die Barthaare wachsam auf der Hut vor Nickelfüßlern. Er hatte keine Lust, noch einmal so in Gefahr zu geraten!

Nach zwei Tagen ließ der saure Geschmack des Steins seinen Mund beinahe taub werden. Er war nahe am Ziel!

Und tatsächlich durchbrach er schon einen Augenblick später das Tunnelsystem der Prinzessin. Er blinzelte, denn die Höhlen waren erhellt; an den Wänden wuchsen leuchtende Pilze, die mit ihrem Licht alles in sanfte Farbtöne hüllten. Das Ganze hatte eine entschieden weibliche Atmosphäre; selbst wenn er nur zufällig hineingestolpert wäre, hätte er sofort gewußt, daß hier ein Weibchen lebte. Er rüstete sich innerlich für die Begegnung und rief dann schließlich auf wühlmäusisch nach ihr.

Sie antwortete ihm sofort. »Wer dringt da in meine Gräben ein?«

Volney war erstaunt. Für eine Wühlmaus klang ihre Stimme außerordentlich lieblich. Er hatte mit einer eher herben Begrüßung gerechnet, denn beide Arten hatten nur wenig Kontakt miteinander.

»Ich bin Volney Wühlmaus und habe möglicherweise eine Bitte.«

Da erschien sie vor ihm, und wieder war er überrascht. Sie war ein erstaunlich liebliches, süßes Wesen, das ihn an ein Weibchen seiner eigenen Art erinnerte, mit grauem Pelz, der zu glühen schien. Sie hatte nicht die geringste Ähnlichkeit mit einer weißen Larve; kein Zweifel – sie gehörte zur Familie der Wühlmäuse.

»Ich bin Wilda Zappler«, erwiderte sie. »Mit Freuden würde ich dir eine Bitte erfüllen, aber im Augenblick suche ich keinen Paarungspartner.«

»Das hat man mir schon erzählt«, sagte er, überrrascht von ihrer Begrüßung. Er war nicht ihr Typ! Wühlmaus und Zappler konnten körperlich noch so gut zueinander passen, genetisch waren sie unverträglich. Sie konnten sich zwar paaren, gemeinsam jedoch niemals Nachkommen hervorbringen. »Eine solche Bitte hatte ich gar nicht im Sinn. Ich gehöre ja nicht zu deiner Art.«

»Worum geht es denn?« Sie stellte die Pelzhaare auf, was äußerst hübsch aussah. Volney wurde sich plötzlich seines eigenen, durch zweitägiges Graben stark verschmutzten Pelzes bewußt. Er hätte sich die Zeit nehmen sollen, sich vorher sauberzulecken! Doch er wußte einen Ausweg: Er wechselte einfach in seinen Oberflächenanzug, nun besaß er einen grauen Pelz und braune Augen. Da er in diesem Anzug nicht gegraben hatte, war er noch sauber.

»Ich stamme aus dem Tal der Wühlmäuse, und wir haben ein ernstes Problem. Die Dämonen setzen uns zu und haben unseren früher so freundlichen Küßmichfluß grausam begradigt. Wir suchen nach Möglichkeiten, die Dämonen zu vertreiben, um den Fluß in seinen ursprünglichen, überlegenen Zustand zurückzuversetzen. Dann kann unser Tal wieder schön sein.«

»Das ist ja wirklich sehr interessant«, meinte sie höflich. »Aber ich glaube, das geht mich nichts an.«

»Ich hatte die Idee, daß ein in dieser Gegend umherschwärmender Zapplerschwarm den Dämonen erhebliches Unbehagen bereiten könnte, was sie vertreiben würde, so daß wir den Flußlauf wiederherstellen könnten.«

»Aber Zappler schwärmen doch gar nicht an der Oberfläche«, wandte sie ein. »Dort oben gibt es keine vernünftig schmeckenden Steine!«

»Möglicherweise doch«, versetzte er. »Den Grabblern zufolge, die sowohl in der Tiefe als auch in Oberflächennähe bohren, gibt es dort oben nämlich eine ganze Menge luftgewürztes Gestein.«

»Luftgewürztes Gestein?«

»Wie man mir erzählt hat, bevorzugst du diese Sorte.«

»Ich weiß zwar, was ich mag, habe aber nie gewußt, wie es genannt wird. Willst du damit sagen, daß es an der Oberfläche Gestein von jener Geschmackssorte gibt, die ich benötige?«

»Das scheinen die Grabbler jedenfalls zu glauben. Als ich ihnen begegnete, hielten sie mich erst für dich, und zwar wegen des Geruchs, der an meinem Pelz haftete. Daher erscheint es mir möglich, daß die besondere Atmosphäre im Tal der Wühlmäuse für dich bekömmlich sein könnte.«

»Du riechst aber gar nicht wie mein Gestein«, warf sie ein.

»Das hat sich inzwischen stark verflüchtigt, weil ich schon lange nicht mehr im Tal war. Aber vielleicht riecht das Innere meines Beutels ein wenig danach.« Er öffnete den Beutel.

Sie beschnüffelte ihn. »Ja! Das ist genau mein Geschmack! Ach, ich wünschte, das hätte ich vorher gewußt! Ich muß mich sofort paaren und dorthin begeben!«

»Es gibt da allerdings eine Komplikation«, warf er ein. »Die Larven eines Zapplerschwarms sind nämlich schädlich für andere Lebewesen.«

»Schädlich? Davon weiß ich nichts.«

»Das liegt daran, weil deine Art normalerweise in begrenzten Gesteinsadern nistet, wo es keine anderen Lebewesen gibt. An der Oberfläche jedoch kennt ein Schwarm praktisch keine Grenzen, weil er sich durch die Luft bewegt, die nur wenig Widerstand bietet. So durchlöchert er andere Kreaturen, was ziemlich unangenehm ist.«

»Ach so, ich verstehe. Ich kann mir vorstellen, daß das unangenehm sein kann, wie du meinst. Aber warum verwendet ihr dann keinen Begrenzungszauber?«

»Wie bitte?«

»Einen Begrenzungszauber. Solche Zauber haben wir im Laufe der Geschichte gelegentlich eingesetzt, zu jenen seltenen Gelegenheiten, wenn sich unser Revier mit dem anderer Lebewesen überschnitt. Er begrenzt den Schwarm in einem festgesetzten Umkreis, so daß er außerhalb dieser Grenze keinen Schaden anrichten kann.«

»Aber bedeutet das denn nicht, daß dies euren Fortpflanzungszyklus beeinträchtigt? Wenn die Larven sich nicht frei bewegen können, wie sollen sie dann das Gestein finden, das sie benötigen?«

»Es begrenzt uns auch nicht mehr als eine begrenzte Gesteinsader, auf der wir nisten«, wandte sie ein. »Wir Zappler sind an Beschränkungen gewöhnt. Wenn der Begrenzungszauber nur die Waagerechte einschränkt, nicht aber die Senkrechtachse, werden einige Larven auch Tiefengestein finden. Jene, die an der Oberfläche bleiben, haben sowieso keine Chance, da sie nach anderem Gesteinsgeschmack suchen.«

Das befriedigte Volney zutiefst. »Dann sieht es also so aus, als könnten wir uns gegenseitig einen Gefallen erweisen«, meinte er. »Sag mir, wo ich diesen Begrenzungszauber finde, dann verrate ich dir im Gegenzug, wo sich das Tal befindet.«

Voller Freude richtete sie ihr Pelzhaar noch ein weiteres Stück auf und musterte ihn mit Augen, die vom Bräunlichen ins Graue hinüberspielten, während ihr Pelz eine umgekehrte Färbung erfuhr. »Im Augenblick ist er verlorengegangen. Irgend jemand hat ihn in einen Kürbis mitgenommen und nicht wieder zurückgebracht.«

»War das möglicherweise auf dem Verlorenen Pfad im Kürbis?« fragte er, da er sich an etwas erinnerte, was Esk ihm erzählt hatte.

»Ja, ich glaube schon. Wenn du also dorthin gehst, müßtest du ihn finden.« Sie sah ihn weiterhin mit ihren großen Augen an, die sich nun vom Grauen ins Violette veränderten, während ihr Pelz eine angenehm grüne Farbe bekam. Es war offensichtlich, daß die Zappler weitaus vielseitigere Farbveränderungen beherrschten als die Wühlmäuse. »Du bist ein gutaussehender Wühlmäuserich, Volney.«

»Das Tal liegt ... kennst du ungefähr die Umrisse von Xanth? Es befindet sich im mittleren Xanth, südlich der Spalte und nördlich vom Ogersee.«

»Ich bin sicher, daß ich es finden werde«, erwiderte sie. Ihre Augen wurden hellrot, während ihr Pelz silbern wurde. »Ich bin ja so froh, daß du mich aufgesucht hast!«

Irgend etwas an ihrer Haltung störte ihn. Er blickte in ihr Gesicht und erkannte plötzlich, welch ein außergewöhnlich anziehendes Wesen sie doch war.

Diese lodernden roten Augen ... Rote Augen! Die Farbe der Paarung!

»Ich muß jetzt weitergraben«, sagte er hastig. »Es war wirklich sehr nett, dich kennengelernt zu haben.«

»Bleib noch ein Weilchen«, hauchte sie. »Wir könnten uns ein wenig amüsieren.«

Inzwischen hatte er begriffen, was vorgefallen war. Wilda hatte einen geeigneten Nistplatz gefunden, weil er ihr vom Tal erzählt hatte; und sie hatte den Geruch überprüft. Damit war sie in die Paarungsphase übergewechselt – und er war der nächstbeste männliche Partner. Zappler waren nicht gerade die intelligentesten Wühler, genau wie die Schaufler; sie ließen sich hauptsächlich von ihren Trieben leiten. Als erstes besorgte sich ein Zappler einen Ort, wo er fressen und heranwachsen konnte; dann machten die Männchen sich ans Umherstreunen, und die Weibchen suchten sich einen Nistplatz; hatten sie einen solchen gefunden, waren sie paarungsbereit, und das erste Männchen, das beim Umherschweifen vorbeikam, war auch gleich der Richtige. So etwas dauerte normalerweise nicht sehr lange, weil sie zur Paarung einen besonderen Geruch ausschieden, der alle Männchen in der Umgebung anzog.

Dieser Paarungsduft! Deshalb wurde sie also plötzlich so anziehend! Sie mochten zwar verschiedenen Arten angehören, doch schien dieses Geruchssignal auch auf ihn zu wirken. Wenn er noch länger hierblieb, würde er schon bald davon überwältigt werden, trotz des Artunterschieds, und ...

Und es war eine Falle. Nicht, weil der Akt selbst irgendwie gefährlich gewesen wäre, sondern weil es diesen Artenunterschied gab.

»Vergiß nicht, ich bin ein Wühlmäuserich, und du bist eine Zapplerin«, erinnerte er sie.

»Erzähl mir bloß nicht, daß du prüde bist, was andere Kulturen angeht«, murmelte sie und rieb ihren Pelz an seinem. Das jagte ihm ein Prickeln durch den ganzen Körper.

Er atmete tief durch – und mußte feststellen, daß der Duft ihn betörte. Allzubald würde er davon überwältigt werden, und dann würde ihm der Artenunterschied egal sein.

»Mit Prüderie hat das nichts zu tun«, erklärte er. »Aber

es wäre höchst sinnlos. Wir wären nämlich nicht fruchtbar; dann würdest du keinen Schwarm hervorbringen.«

»Das verstehe ich nicht«, meinte sie. »Wenn man sich paart, bringt man auch Nachkommen hervor. Einen einzigen Schwarm; danach schließt man sich der Erwachsenengesellschaft an, und alle späteren Paarungen bleiben unfruchtbar.«

»Wir haben unterschiedliche Gene. Du mußt dich mit einem Männchen deiner eigenen Art paaren. Ich bin sicher, daß schon bald eins vorbeikommen wird.« Denn der Paarungsduft würde durch die Felsritzen dringen und Zapplermännchen anlocken.

»Warten wir doch nicht solange«, sagte sie und liebkoste mit der Schnauze seinen Nacken.

Der Duft, auch Zappler-Wasser genannt, drohte Gewalt über ihn zu erringen. Volney wußte, daß die Sache nicht so lief, wie es sein sollte, doch es fiel ihm immer schwerer, sich an den Grund dafür zu erinnern. Spielte es denn wirklich eine Rolle? Sie war doch solch ein wunderschönes Geschöpf!

Dann hatte er einen verzweifelt schlauen Einfall! Er nahm den Leitstein aus dem Mund und schob ihn sich in die Nase. Nun übertönte seine Bitterkeit den Paarungsduft, und sein Geist wurde wieder klar.

Jetzt begriff er auch, weshalb diese Falle so gefährlich war. Wenn er versuchte sich mit ihr zu paaren, würde er sie nicht befruchten können. Folglich würde sie auch nicht schwanger werden, und ihr Paarungsinstinkt würde dabei auch nicht nachlassen. Sie würde sich weiterhin unentwegt paaren wollen, und ihr Paarungsduft sowie ihr Aussehen würden dieses Verlangen widerspiegeln – worauf er in einer ständigen Paarungsrolle feststecken würde. Solange er da war, würde sie keinen anderen Partner suchen, und kein Zapplermännchen würde sie stören, so begierig es auch sein mochte, weil kein Wühlmauswesen mit der Paarung leichtfertig umging. Somit könnte sie nie geschwängert werden. Und er käme aus dieser Zwickmühle nicht mehr heraus, weil kein Männchen dem Zappler-Wasser widerstehen konnte, wenn es erst einmal seine volle Wirkung entfaltet hatte.

Er könnte diesen Tunnel nie wieder verlassen, nicht einmal zur Nahrungsaufnahme. Und so würde er nach und nach verhungern, unfähig, sich von ihr zu lösen, und sein letzter Akt vor dem Sterben wäre eine letzte Paarung mit ihr.

Nun, vielleicht könnte eine Paarung doch zur Fortpflanzung führen, wenn sie durch das Elixier eines Liebesborns oder durch einen Anpassungszauber verstärkt wurde. Doch im Augenblick stand beides nicht zur Verfügung.

»Magst du mich etwa nicht?« fragte Wilda.

Er wollte sie nicht vor den Kopf stoßen, weil er ja immerhin auf ihr Entgegenkommen rechnete, sobald sie sich erfolgreich mit einem Männchen ihrer eigenen Art gepaart hatte. Ein Zapplerschwarm müßte die Dämonen aus dem Tal vertreiben, mit Sicherheit würde er die Deiche der Dämonen vernichten und das Wasser des Tötmichflusses aus seinen Kanälen befreien. »Ich möchte für dich einfach nur das Beste«, erwiderte er. »Und das ist, dich mit einem Männchen deiner eigenen Art zu paaren. Ich muß jetzt fort, um den Begrenzungszauber zu suchen.«

»Ich verstehe es wirklich nicht«, meinte sie. Und dann kitzelte sie seine Nase mit einem Barthaar.

Volney mußte niesen. Der übelriechende und -schmeckende Stein flog davon und ging im Staub verloren. Plötzlich war Volney der vollen Wucht des Paarungsdufts ausgesetzt.

Nun war die Zeit für verzweifelte Notmaßnahmen gekommen. Volney hielt die Luft an und sprang auf die Wand zu. Er rammte sich die künstlichen Krallen auf die Pfoten und grub mit außergewöhnlicher Heftigkeit ins Erdreich. Unter der Magie der Krallen zerstäubte das Gestein, und ein neues Loch entstand.

»Was ist denn los?« fragte Wilda. »Habe ich dich irgendwie beleidigt? Ich entschuldige mich dafür!«

»Entschuldige dich bloß nicht!« keuchte Volney, dem plötzlich einige weitere Dinge einfielen, die Esk ihm erzählt hatte. Manche Leute hatten eine außerordentlich intime Art, sich zu entschuldigen!

»Aber ich wollte doch nur nett zu dir sein!« flehte sie.

Als Volney wieder einen Atemzug nahm, spürte er wieder den betäubenden Duft des Zappler-Wassers. Warum nicht einfach umkehren und …?

Doch seine Vernunft zwang ihn, sich zu beherrschen – sofern er wieder die Luft anhielt. Er setzte das Graben fort, steckte die Nase ins Gestein, um den Duft auszufiltern.

»Ah, du möchtest gerne flirten«, sagte sie. »Da spiele ich mit! Ich krieg dich schon!«

»Ja, krieg mich doch!« keuchte Volney. Er würde sie abhängen, und noch bevor sie ihn gefunden hatte, würde ein Zappler-Männchen von ihr angelockt werden, und dann würde es ihm die Paarung abnehmen. Danach würde sie sich an das Tal erinnern und vielleicht nicht mehr auf Volney wegen seiner plötzlichen Flucht wütend sein.

Doch er hatte vergessen, wie gut die Zappler bohren konnten. Wilda begann mit ihrem eigenen Tunnel, der parallel zu seinem verlief, und hielt mühelos mit ihm Schritt. Er hatte keine Kraftpillen mehr; wenn sie des Spielens müde wurde, könnte sie ihm mit Leichtigkeit den Weg abschneiden. Dann würde ihr Duft ihn überwältigen, und schon war es um sie geschehen.

Was sollte er tun? Sie grub über ihm, was ihm den Weg an die Oberfläche versperrte. Von Genetik mochte sie zwar nicht viel verstehen, aber was das Tunnelgraben anging, war sie sehr gewitzt, wie alle Mitglieder der großen Familie der Wühler. Das war angeboren; jedes dieser Wesen, das keine Gänge zu graben verstand, wurde schon bald auf die Erdoberfläche verbannt. Eine der schändlichsten Unzulänglichkeiten der Oberflächenwesen war mit Sicherheit ihre Unfähigkeit, richtige Gänge zu graben.

Vielleicht konnte er ja einen Haken schlagen und sie narren, um dann bis zur Oberfläche vorzustoßen, bevor sie ihn erwischte. An die Oberfläche würde sie sich erst nach der Paarung wagen. Das hoffte er jedenfalls.

Er verbreiterte seinen Tunnel, um genug Platz zum Wenden zu haben, dann rutschte er zurück. Es ging viel schneller, den Schutt beiseite zu räumen, als jungfräuliches Gestein zu durchbohren. Und so kam er dreimal so schnell voran. Schon bald war er wieder in ihrer ursprünglichen Höhle.

»Wie nett«, murmelte sie und zuckte mit den Barthaaren. »Du bist zurückgekehrt.«

Volney hielt die Luft an und bremste schlitternd. Sie hatte ihn erwartet! Er konnte es fast körperlich spüren, wie ihr Zappler-Wasser seinen Pelz umschmeichelte. Er wirbelte herum und stürzte sich wieder in seinen Tunnel. Schon bald war er wieder am anderen Ende und grub weiter. Ob er jetzt in einem steilen Winkel nach oben graben konnte, bevor sie ihn eingeholt hatte?

Er konnte es nicht. Er hörte, wie sie ihren Graben unaufhaltsam nähertrieb.

Dann hatte er eine finstere Idee. Er kannte eine Stelle, an die sie sich bestimmt nicht begeben würde!

Abrupt bohrte er sich in steilem Winkel in die Tiefe. Er verfügte über das ausgezeichnete räumliche Erinnerungsvermögen der Wühlmäuse, mit dessen Hilfe er jeden Raum wiederfinden konnte, den er jemals besucht hatte. Er wußte, wohin er wollte.

Wilda hielt Schritt, ohne sich ihm jedoch zu nähern, anscheinend war sie neugierig, wie sich seine neue Taktik entwickeln würde. Sie wußte, daß er nicht auf alle Zeiten in die Tiefe graben konnte, früher oder später mußte er wieder nach oben, und dann würde sie den Flirt beenden und das Finale einleiten.

Wäre es nicht einfacher, fragte er sich, sich von ihr einfangen zu lassen? Doch dann erkannte er, daß er wieder einmal dem Paarungsduft zu erliegen drohte. Jedesmal, wenn er sich durch brüchiges Gestein vorgrub, gelangte etwas von dem Duft in seine Nase. Wenn er es zuließ, daß sie ihn einfing, würde er es nie zum vereinbarten Treffpunkt mit seinen Freunden an der Oberfläche schaffen, und dann würde das Tal der Wühlmäuse nicht gerettet werden. Er mußte die Sache bis zum Ende durchkämpfen!

Nun näherte er sich seinem Ziel: dem heißen Lavastrom. Wenn er die Sache zu weit trieb, würde er bei lebendigem Leib geröstet werden und sich wünschen, doch bei der Zapplerprinzessin geblieben zu sein. Denn wenn er in der Lava sterben sollte, würde Wilda sich woanders paaren und danach das Tal aufsuchen – *doch dann gäbe es keinen Begrenzungszauber*.

Er spürte die Hitze. Er kannte zwar nicht die genaue Ausdehnung des Lavastroms, wußte aber, wo sich sein erster Tunnel befand, der zu ihm führte. Er grub eine Schräge, um auf diesen Gang zuzustoßen, und hoffte darauf, daß Wilda sein Vorhaben nicht durchschaute.

Ihr Tempo verlangsamte sich, als sie die Hitze der Lava spürte; diese Gegend gefiel ihr nicht! Sie zögerte, während er weitergrub. Gut; ihm gefiel diese Gegend schließlich auch nicht, und er wollte auch nicht weiter in sie eindringen, als absolut erforderlich war.

Dann fällte sie eine Entscheidung. Eilig grub sie sich auf ihn zu.

Volney verstärkte seine Anstrengungen. Er spürte zwar schon eine bleierne Müdigkeit in sich, wußte andererseits aber auch, daß es jetzt galt, die allerletzten Kraftreserven zu mobilisieren. Wenn sie ihn einfing, war alles verloren.

Das Gestein wurde immer heißer. Das erleichterte seinen magischen Krallen zwar die Arbeit, machte ihm zugleich aber auch Sorgen; er näherte sich der Lava von der anderen Seite und wußte nicht genau, wo ihre Grenze verlief.

Trotz seiner Anstrengungen holte Wilda auf. Noch bevor er einen früheren Gang wiedergefunden hatte, schnitt sie ihm den Weg ab. Plötzlich brach sie in seinen Tunnel ein.

»Das macht Spaß«, meinte sie. »Aber diese Gegend hier gefällt mir nicht. Kehren wir in meine Höhle zurück und amüsieren wir uns.« Unter den gegebenen Umständen ein Angebot, dem man nicht widerstehen konnte.

Volney versuchte die Luft anzuhalten, doch die Anstrengungen des Grabens ließen ihn keuchen. Er wußte, daß er verloren hatte. Er atmete ihren Duft ein.

Doch seltsamerweise verspürte er gar kein überwältigendes Verlangen nach ihr. Gewiß, sie war hübsch und nett; er fand nichts auszusetzen an ihr. Unter anderen Umständen hätte er sie gern näher kennengelernt. Doch er spürte keinen Drang, sich mit ihr zu paaren. Was war geschehen?

Was seine Nase nun vor allem roch, war Lava.

Das war die Lösung: Die Lava verbrannte den Paarungsduft! Der Lavastrom hatte ihn gerettet!

»Prinzessin Wilda«, sagte er sanft. »Ich mag dich und finde dich höchst anziehend. Aber ich gehöre nicht zu deiner Art und würde dir keinen Gefallen tun, wenn ich versuchte, mich mit dir zu paaren. Ich muß an die Oberfläche zurückkehren, um den Begrenzungszauber zu suchen, damit dein Schwarm im Tal gedeihen kann, ohne den Lebewesen dort einen Schaden zuzufügen. Geh und such dir einen Paarungspartner deiner eigenen Rasse, und mögen meine allerbesten Wünsche dich dabei begleiten.«

Ihre Barthaare zuckten unglücklich. »Du willst dich nicht mit mir paaren?«

»Doch, ich will es schon, aber ich weiß, daß es dir nur schaden würde«, erwiderte er und merkte dabei, daß es ihm ernst war. »Ich will tun, was das Beste ist. Ich werde mich immer an dich erinnern, und ich werde es immer zutiefst bedauern, nicht getan zu haben, was ich nicht tun durfte, denn du bist eine Perle unter den Weibchen.«

Dann begann er wieder zu graben, in steilem Winkel nach oben. Sie kauerte einen Augenblick auf dem Boden, dann machte sie niedergeschlagen kehrt und kroch zu ihrer Höhle zurück.

Er hatte es geschafft. Doch irgendwie war er darüber nicht entzückt. Wenn er nur hätte nachgeben *können* …

Er brauchte drei Tage, bis er die Oberfläche erreicht hatte, weil er so ermüdet war; er hegte den Verdacht, daß es nicht nur eine körperliche, sondern auch eine seelische Müdigkeit war. An seinem Pelz hing noch immer ein Hauch des Paarungsduftes, und ab und zu wurde er seiner gewahr und verfiel ins Träumen. Gewiß, die Prinzessin war eine

Zapplerin, aber sie war sehr liebreizend gewesen; nun, da er seine Entscheidung gefällt hatte, hatte er die Freiheit, endlos zu betrauern, was hätte sein können, so töricht dies auch gewesen wäre. Nun verstand er die Probleme, die Esk mit dem Messingmädchen hatte; die süßeste Versuchung war oft jene, von der man zugleich wußte, daß sie auch die törichtste war.

Als er die Oberfläche durchstieß, hatte er noch einen Tag, um es bis zum vereinbarten Treffpunkt zu schaffen. Es war nicht mehr weit, also rastete er und legte sich schlafen.

Am nächsten Tag begab er sich in den Hain von Schloß Roogna. Esk und Chex waren da, das Messingmädchen, der Skelettmann und die alte Fluchungeheuerfrau und natürlich die kleine Ivy, die sich auf ihn stürzte und ihn umarmte, als gehörte er zu ihren Haustieren. Merkwürdig daran war nur, daß ihm die Sache plötzlich gefiel; in diesem Augenblick fühlte er sich schon viel wühlmäusischer.

Sie berichteten einander von ihren Erlebnissen. Es stellte sich heraus, daß Esk die Oger zur Hilfeleistung hatte bewegen können; schon hatten die grobschlächtigen Humanoiden damit begonnen, auf ihre träge Art den Marsch ins Tal der Wühlmäuse vorzubereiten. Chex hatte die Hilfe der Flügelungeheuer gewonnen, die schon bald eintreffen würden.

Dann berichtete Volney mit einigen Vorbehalten davon, was er erreicht hatte. »Eine Zapplerprinzessin!« rief Ivy. »Wie aufregend!«

Chex reagierte sehr viel nüchterner. »Ein Zapplerschwarm?« fragte sie beunruhigt. »Das ist aber ein ziemliches Risiko!«

»Daher müssen wir den Begrenzungszauber auf dem Verlorenen Pfad suchen«, meinte Esk.

Dann diskutierten sie, wie sie verfahren sollten. Der Eintritt in den Kürbis war riskant. Wer sollte in den Zombiekürbis gehen, und wer sollte zurückbleiben?

»Diesen Weg möchte ich nicht gehen!« protestierte Bria. »Dann verirre ich mich nämlich vielleicht noch endgültig.«

»Das Problem ist leicht zu lösen«, warf Chex ein. »Laß

dich von Esk auf den Verlorenen Pfad zurückbringen, dann sucht er dich vom Inneren des Kürbis aus auf und rettet dich erneut. Danach kannst du auch körperlich in diese Welt kommen oder in deine Heimatstadt zurückkehren.«

»Ich weiß nicht, ob ich dorthin zurück will«, warf Bria ein.

»Das mußt du natürlich selbst entscheiden«, erwiderte die Zentaurin. Volney merkte an ihrem Verhalten, daß Brias Zögern die Zentaurin nicht überraschte. Natürlich wollte das Messingmädchen hierbleiben; es stand ja schließlich im Begriff, sich an Esk heranzumachen.

Chex wandte sich an das Skelett. »Und du, Mark willst es riskieren, die Schleife über den Zombiekürbis zu nehmen?«

»Ich muß gestehen, daß mich diese Welt zu interessieren beginnt«, gab das Skelett zur Antwort. »Ich habe es nicht eilig, in den Spukgarten zurückzukehren. Daher würde ich euch auf der Reise lieber begleiten, wenn ihr damit einverstanden seid.«

»Aber damit riskierst du Verwicklungen und Umwege, die wir gar nicht richtig verstehen«, ermahnte sie ihn.

Mark zuckte die Schultern. Das konnte er sehr gut, weil seine Knochen so deutlich offenlagen. »Immerhin sind sie interessant.«

»Sehr interessant«, stimmte die Zentaurin zu. »Damit wären wir also zu viert. Ich glaube, das reicht. Latia und Bria können hier warten, und wenn wir nach einer Woche noch nicht zurück sind …«

»Dann komme ich nach«, warf Bria ein. »Und Latia wird die Wühlmäuse des Tals darüber informieren, daß die Oger und die Flügelungeheuer und die Zappler kommen, damit sie sich darauf vorbereiten können.«

Damit war die Sache entschieden. Morgen würden die Vier losziehen, um den riesigen Zombiekürbis aufzusuchen, den Chex kannte. Volney aber war beunruhigt. Der Gedanke an ein physisches Betreten des Kürbis erfüllte ihn mit Abscheu, allerdings war der Gedanke, sein Talvolk im Stich lassen zu sollen, noch schlimmer für ihn.

13

TRÄUME

Sie brauchten einen Tag, um den Zombiekürbis zu erreichen, weil die anderen nicht so schnell waren wie Chex. Sie hatten zwei Tage Aufenthalt im Kürbis eingeplant, um den Begrenzungszauber zu finden, und die gleiche Zeit für die Rückkehr, so daß sie einen Tag Spielraum besaßen, doch sie mußten sich beeilen: Das Schicksal des Tals der Wühlmäuse konnte von ihrem Erfolg abhängen.

Chex holte den Pfadfinderzauber hervor. Esk hatte ihn schon einmal verwendet, um zum Ogersee zu finden, so daß er für ihn nicht wieder funktionieren würde, daher kam nun Chex an die Reihe. »Den leichtesten und sichersten Weg für vier Personen zum verlorengegangenen Begrenzungszauber«, sagte sie mit lauter Stimme. Esk fand dieses Vorgehen sehr klug; der Kürbis hatte seine eigenen Hindernisse und Gefahren, beispielsweise die Falle des Verlorenen Pfads. Er hatte nach dem kürzesten Weg zum Ogersee gefragt, und doch war die Strecke gelegentlich äußerst mühsam gewesen; im Kürbis würde es wahrscheinlich um einiges schlimmer werden.

Vor ihnen erschien der Pfad. Wie erwartet, führte er in das riesige Guckloch hinein. Das machte Esk nervös, weil er sich an seine jüngsten Erfahrungen mit dem Kürbis erinnerte, doch er machte sich klar, daß dies ja nicht die gleiche Situation sei, weil sie nach einem physischen Eintritt auch wieder physisch austreten konnten, und zwar nach eigenem Willen. Zudem war da immer noch der Pfad, der sie führen würde. Und außerdem hatte er selbst, Esk, auch keinen Schaden erlitten, er war nur verwirrt worden. Ja, er war sogar mit zwei neugewonnenen Freunden wieder hervorgekommen.

Doch die anderen sprangen bereits hinein, und so blieb ihm nicht allzuviel Zeit zum Nachdenken. Also sprang er – und fand sich inmitten verfaulender Pflanzen wieder. Es war, als hätte irgendeine monströse Krankheit dieses Tal befallen und die Vegetation zum Verfaulen und Absterben gebracht.

»Vombiepflanven«, murmelte Volney, der offensichtlich genauso beunruhigt war wie Esk.

Chex deutete auf den Weg, der die Form eines übergroßen und schlammigen Pfads angenommen hatte, welcher zwischen Erdsenken hindurch führte. Esk erblickte einen umgestürzten Grabstein und begriff plötzlich, daß es sich bei den Senken um eingefallene Gräber handelte, auf denen sich die kränklichen Gewächse drängten. Dieser Ort gefiel ihm überhaupt nicht!

»Paßt auf, die Schlange!« rief Chex.

Als Esk nach vorn blickte, sah er eine monströse Zombieschlange, die auf Marks Beinknochen zuschoß. Doch sie verfehlte ihn und biß statt dessen in eine Pflanze. Ungerührt schritt das Skelett weiter. Mark hatte irgendwann Latias Anzug abgelegt. Kleidung erschien ihm ohnehin als nutzlose Eitelkeit.

Volney blieb stehen und beobachtete die Schlange. Als er an ihr vorbei wollte, zog sie sich ein Stück zurück, um wieder zuzuschlagen; da raste er weiter, und die Schlange verfehlte ihn und bekam erneut die Pflanze zu beißen. Sie war wirklich nicht besonders schlau oder schnell, wenn man sie mit gewöhnlichen Schlangen verglich, aber für Zombieverhältnisse galt das vielleicht nicht. Das Merkwürdigste an der ganzen Sache war, daß die Pflanze nun plötzlich recht gesund wirkte. Das Schlangengift schien ihr zu bekommen.

»Zombies fürchten sich vor Gesundheit«, rief Chex ihnen zu. »Daher droht der Biß, ihnen das zu bescheren, was sie fürchten. Aber wir sind keine Zombies und wissen nicht, was er uns antun würde.«

Das wußten sie allerdings nicht! Esk schätzte das Tempo der Schlange ein und huschte an ihr vorbei, um die anderen einzuholen.

Nun befanden sie sich im Gebiet der sausenden Messer. »Das ist der Weg, den ich schon einmal genommen habe«, sagte Chex. »Der Pfad führt hier entlang, aber irgendwie muß er auch abzweigen, weil ich mich ja damals vor der Zentaureninsel befand.« Sie holte ein Messer aus ihrem Gepäck und schleuderte es in das Gewühl.

Sofort griffen die Messer diesen Eindringling an. Dabei zerfetzten sie einander, weil sie außer Kontrolle gerieten, und schon bald waren alle Klingen abgebrochen. Nun hätten die vier eigentlich weitergehen können – doch der Weg des Pfadfinders schien nicht länger dorthin zu führen.

Chex nickte. »Der Pfad verändert sich. Der Messerkampf ist kein Teil von ihm, er ist nur ein Schlüssel dazu.« Und sie setzten sich auf einem neuen Pfad in Bewegung, der die Strecke zurückführte, die sie gekommen waren.

Verfaulende Vegetation hatte sich in verfaulendes Gestein verwandelt.

Chex gelangte an einen grünen Fels, der schon soweit verfault war, daß er einem Pilz glich. Sie hob einen Vorderhuf und schlug damit gegen diesen Stein.

Das Ding zerplatzte. Dort, wo seine Stücke zu Boden gingen, versanken sie, und ein ekliges grünes Feuer loderte empor, breitete sich auf dem Boden selbst aus und verzehrte ihn. Es dauerte nicht lange, bis unter der Bodenschicht etwas zu erkennen war: eine Holzplattform, die nicht verbrannte.

Darunter befand sich ein Hohlraum, in den hölzerne Stufen hineinführten.

»Nun müßte der Pfad uns wieder woandershin führen«, bemerkte Chex.

Doch das tat er nicht. Er führte vielmehr die Stufen hinunter.

»Ich gebe zu, daß ich beim letzten Mal neugierig war«, sagte die Zentaurin. »Ich hätte gerne gewußt, wohin diese Treppen führen, doch jetzt bedeutet es, daß der Weg mir nicht länger vertraut sein wird. Wenigstens wißt ihr jetzt, daß der Pfad sehr verworren sein kann.«

Das war wahr! »Aber halbwegs sicher und leicht«, bemerkte Esk. Er hätte gern gewußt, was in der seltsamen Welt des Kürbis als vernünftig galt! Wenn angreifende Zombieschlangen schon für Sicherheit standen, wie sah dann wohl erst die Gefahr aus?

Etwas unbeholfen trat Chex in die Grube hinunter. Unten gab es einen Absatz, der groß genug für alle vier war. Dahinter erblickten sie einen breiten, erhellten Gang, der ganz eindeutig ihren Weg darstellte.

So bauten sie sich nebeneinander auf und gingen weiter. Bisher war es wirklich nicht allzu schlimm gewesen. Vielleicht würde der Pfad ja doch nach menschlichem Dafürhalten durchaus passierbar sein.

Dann gelangten sie an ein rostiges Gittertor, das den Weg versperrte. Dahinter standen vier bizarre Zombies. Der eine war ein verfaulender Mann, der andere eine sich zersetzende Zentaurin, und schließlich gab es noch einen schimmelbedeckten Wühlmäuserich und ein klappriges Skelett.

»Sonderbar«, bemerkte Chex. »Irgend etwas weiß, daß wir hier sind.«

»Dav beruhigt mich nicht«, sagte Volney.

»So etwas ist nichts Ungewöhnliches«, meinte Mark. »Wir im Kürbis sind belebte Alptraumkonzepte. Nun, da ihr – und ich anscheinend auch – physisch in dieses Reich eingetreten seid, verdichten sich die Träume. Ich vermute, daß die Sache für euch ziemlich unangenehm werden könnte.«

»Für dich denn nicht?« wollte Chex wissen.

»Ich träume natürlich nicht, daher kann ich auch keine Alpträume bekommen.«

»Aber diese Gestalt vor dir sieht doch einem verdorbenen Skelett sehr ähnlich.«

»Ja. Das ist seltsam. Sie muß mich für ein Lebewesen gehalten haben. Ich bin mir nicht sicher, ob ich mich geschmeichelt oder beleidigt fühlen soll.«

»Aber was sollen wir jetzt tun?« fragte Esk. »Das Tor stürmen? Es hat keine Öffnung, und das Gitter ist zu schmal, um uns durchzulassen.«

»Wenn das hier, wie ich vermute, Belebungen unseres Geistes sind, müssen wir uns ihnen ganz direkt stellen«, meinte Mark. »Ihr Zweck ist es natürlich, uns zu verscheuchen. Alpträume verlieren ihre Macht, wenn das Opfer nicht mehr vor Entsetzen davonläuft.« Er blickte sich um. »Ich hoffe, daß ihr das nirgends herumerzählt. Betriebsgeheimnis, müßt ihr wissen.«

Esk hätte gelacht, wenn sich seine Knie nicht so schwach angefühlt hätten.

»Dann werde ich mich meinem Doppelgänger eben stellen«, entschied Chex kühn. Sie trat ans Tor.

Die Zombiezentaurin trat ebenfalls näher, als wäre sie ein Spiegelbild. Am Tor begegneten sie einander. Chex streckte die rechte Hand vor, worauf ihre Doppelgängerin die linke ausstreckte. Sie berührte sie – und ihre Hand fuhr durch die andere.

Nein, nicht hindurch – hinein. Die beiden verschmolzen miteinander und verschwanden.

Erschrocken zog Chex den Arm zurück. Das Zombiewesen tat das gleiche, und beide Hände erschienen wieder.

»Genau wie Wasser!« rief Esk. »Wie wenn man seine Hand ins Wasser streckt! Dann verschwindet sie, und die Spiegelung auch.«

»Das muß es sein«, stimmte Chex ihm zu. Sie breitete die

Flügel ein Stück aus, wie sie es häufig zu tun pflegte, und ihr Zombieabbild imitierte sie.

Da trat sie vor, ins Tor hinein. Die Doppelgängerin wiederholte die Bewegungen.

Sie verschmolzen miteinander. Ihre beiden Vorderteile verschwanden ineinander, bis nur noch ein Tier mit zwei Hinterenden übrigblieb. Dann verschmolzen auch diese und ließen nur zwei kurze Zeit peitschende Schweife zurück. Endlich wurden auch die Schweife ineinandergezogen und verschwanden.

Da bildete sich ein Bild über dem Tor. Es zeigte Chex, wie sie durch einen Wald galoppierte und beunruhigt über die Schulter zurückblickte. Wovor floh sie nur?

Sie kam auf ein Feld. Nun erkannte man, wovon sie verfolgt wurde: eine Zentaurenherde, männliche, weibliche und jugendliche Zentauren, alle mit Speeren und Bögen bewaffnet. Anscheinend wollten sie sie töten!

Das Feld endete an einem zerklüfteten, mit Steinen übersäten Abhang. Chex mußte langsamer galoppieren, um sich auf den Steinen nicht zu verletzen, und die Verfolger kamen immer näher. Einer der Zentauren zielte mit Pfeil und Bogen nach ihr.

Der Abhang wurde allmählich steiler, bis sie nicht mehr weiter konnte, weil sie sonst den Halt verloren hätte. Davor fiel der Boden jäh ab, unten toste ein Fluß. Es gab keinerlei Möglichkeit, ihn zu durchwaten; wenn sie es versuchte, würde sie an den Felsen im Wasser zerschellen. Nun waren ihre Qual und ihr Entsetzen deutlich zu erkennen.

»Es ist doch nur eine Vision!« rief Esk. »Sie kann dir nichts anhaben! Nur ein Alptraum!«

Chex hörte ihn. In plötzlicher Erkenntnis sah sie ihn an – und ebenso plötzlich war sie wieder bei ihnen im Gang, der Alptraum war verschwunden.

Die Zombiezentaurin stand wieder vor dem Tor, sie war völlig unverändert. Der Weg blieb versperrt.

Chex keuchte schwer; der Schrecken saß ihr noch in den Knochen. »Habt ihr es gesehen?« fragte sie.

»Ja«, bestätigte Esk. »Wir haben es gesehen. Du bist von Zentauren gejagt worden.«

»Sie haben mich wegen meiner Flügel abgelehnt«, sagte sie. »Sie hielten mich für eine Mißgeburt!«

»Genau wie die richtigen Zentauren«, bestätigte Esk.

»Das ist deine tiefliegendste Furcht oder Scham«, erklärte Mark. »Der schlimmste Traum, den die Nachtmähren dir bringen können: von deiner eigenen Art abgelehnt zu werden.«

Sie erschauerte. »Ja. Ich versuche zwar, nicht daran zu denken, aber es tut tatsächlich schrecklich weh. Ich möchte zu meiner Art gehören und kann es nicht.«

»Du mußt dich der Sache stellen«, meinte Mark.

»Wie soll ich das tun? Wenn ich nicht davonlaufe, bringen sie mich um!«

»Aber ein geträumter Tod ist doch kein wirklicher«, wandte Esk ein.

»Ich hoffe, ihr habt recht«, sagte sie grimmig. »Also gut, weckt mich dieses Mal nicht auf.«

Sie verschmolz wieder mit ihrer Doppelgängerin, und der Traum begann aufs neue.

Chex flog durch den Wald, einem Feld entgegen. Doch dieses Mal zwang sie sich selbst dazu stehenzubleiben und sich umzudrehen, um sich ihren Verfolgern zu stellen. »Ihr habt kein Recht, mich derart zu peinigen!« rief sie. »Ich bin so, wie ich geboren wurde! Das ist nicht meine Schuld!«

»Mißgeburt! Mißgeburt! Mißgeburt!« riefen sie im Chor. »Tod allen Mißgeburten!«

Und dann durchbohrten sie sie mit ihren Speeren, beschossen sie mit ihren Pfeilen, stachen mit ihren Messern auf sie ein, bis nur noch eine zitternde Fleischmasse übrigblieb. Chex erwachte schreiend. Der zweite Traum war noch schlimmer gewesen als der erste! Die angedrohte Gewalt war kein Bluff gewesen.

Esk sprang auf sie zu und breitete die Arme aus. Sie griff hinunter und drückte ihn an sich. »Ach, das war entsetzlich!« rief sie. »Ich bin *gestorben*! Sie haben mich getötet, und es tat weh, und ich bin verstümmelt worden und war tot!«

»Entsetzlich«, stimmte Esk zu und hielt sie fest, so gut er konnte, obwohl ihre Brustmuskeln gegen seinen Hals drückten.

»Das war offensichtlich nicht die richtige Art, sich dieser Furcht zu stellen«, bemerkte Mark.

»Erst bin ich geflohen, dann habe ich mich ihnen gestellt!« schluchzte Chex hysterisch. »Beides war falsch. Was soll ich denn noch alles tun?«

»Dav müvven wir unv überlegen«, meinte Volney. »Wir haben ev mit den Extremen vervucht; wav liegt denn davwiven?«

Chex löste sich von Esk. »Ich benehme mich ja wie ein dummes Fohlen! Natürlich muß man dieses Problem analysieren und lösen. Ich habe nach einem Schwarz-Weiß-Muster reagiert, obwohl die Wirklichkeit in der Regel doch aus Grautönen besteht. Aber der Traum war so wirklich, daß es mich überwältigt hat! Ich habe wirklich geglaubt, ich wäre da, obwohl ich es doch besser wußte.«

»*Ich* habe auch zuerst geglaubt, daß du da wärst«, meinte Esk.

»Und ich danke euch auch für eure Unterstützung«, sagte sie. »Langsam begreife ich den Wert der Freundschaft.«

»Wir vind Freunde«, sagte Volney und nickte, während er die Menschensprache imitierte. »Vollen wir unv dir anvlieven und unv den Ventauren in den Weg vtellen?«

»Ja, gute Idee!« rief Esk. »Vier sind besser als einer! Und Mark könnte denen einen ordentlichen Schrecken einjagen!«

»Ich weiß euer Angebot zwar zu schätzen«, erwiderte Chex, »aber ich möchte euch nicht einer derartigen Gefahr aussetzen. Mag sein, daß man euch nicht wirklich töten kann, aber glaubt mir, es kann euch weh tun; ich spüre den Schmerz noch immer! Und außerdem glaube ich, daß es sich hier um eine persönliche Herausforderung handelt, es würde wohl nicht zählen, wenn ich sie nur mit fremder Hilfe meisterte.«

Das sahen sie ein. »Aber was willst du denn tun, wenn

du weder mit ihnen kämpfen kannst noch mit ihnen diskutieren oder ihnen entkommen?« wollte Esk wissen.

»Du mußt sie abweisen«, bemerkte Mark.

Chex' Augen weiteten sich. »Ich glaube, du hast recht! Ich habe sie beide Male ernst genommen, deshalb besaßen sie Macht. *Ich* habe ihnen diese Macht gegeben!«

»Und doch hast du gewußt, daß es nur Traumgestalten sind«, sagte Esk. »Dennoch haben sie dich angegriffen. Ich glaube nicht, daß es genügt, ihnen einfach nur zu sagen, daß du sie ablehnst.«

»Nein, das wird nicht genügen«, stimmte sie ihm zu. »Ich werde es beweisen müssen. Und da es sich um einen Traum handelt, weiß ich wohl auch, wie das geschehen muß.« Sie baute sich wieder vor dem Tor auf. »Wünscht mir Glück.«

»Ganze Berge davon!« sagte Esk.

»Höhlenweive Glück«, schloß Volney sich ihm an.

»Brustkörbe voll«, meinte Mark.

Sie nahm ihren ganzen Mut zusammen, bevor sie wieder durchs Tor trat. Erneut verschwand sie zusammen mit dem Zombiewesen.

Diesmal lief sie bis zum Feld, hielt plötzlich an und wirbelte herum. Die Zentaurenhorde kam herangejagt, die Waffen schwingend.

»Ihr habt hier überhaupt nichts zu sagen!« rief sie. »Das ist mein Traum! Ich lehne euch ab und alles, wofür ihr steht – Engstirnigkeit, Intoleranz, Gewalttätigkeit! Das ist nicht mein Weg und sollte auch nicht der eure sein.«

Sie stürmten mit blitzenden Waffen auf sie zu. *O nein!* dachte Esk. Es funktionierte nicht.

Da breitete Chex die Flügel aus und sprang in die Luft. Die Flügel schwangen kraftvoll, wühlten dabei eine Staubwolke auf und wehten den Zentauren die Mähnen zurück. Langsam, majestätisch schwang sie sich in die Höhe.

Sie flog!

Die Zentauren gafften. Welch eine Überraschung!

»Ich lehne euer bodengebundenes Leben ab!« rief Chex. »Ihr habt keine Flügel, deshalb verdammt ihr jene, die welche haben! Das ist euer Grundfehler – die Trauben sind euch zu sauer!«

Nun erholten sich die Zentauren von ihrem Schrecken. Sie hoben die Waffen – und Chex ließ die Flügel kräftiger schwingen, schwang sich in den Himmel empor, war schon bald außerhalb ihrer Reichweite. »Ich brauche eure Billigung nicht; ich fürchte mich nicht vor eurer Verdammung!« rief sie. »Ich habe mein eigenes Leben! Ich lasse euch hinter mir!«

Da erwachte sie. Sie stand wieder auf dem Boden, keuchend, gerötet vom Sieg, und der Traum war verschwunden.

»Aber im wirklichen Leben kann ich immer noch nicht fliegen«, sagte sie traurig. »Ich habe erkannt, daß es im Traum andere Werte gab, und wenn ich vielleicht auch schreckliche Fehler gehabt haben mochte, so hatte ich auch wunderbare Fähigkeiten. Sie gehören zusammen. Im Traum lassen sich die Extreme miteinander verbinden. Daher habe ich mich auf das Positive gestürzt und das Negative besiegt. Und wißt ihr was? Es stimmt! Ich brauche die Zentauren wirklich nicht mehr! Ich bin frei von meinem Makel falschen Verlangens; ich will nicht mehr wie sie sein oder von ihnen akzeptiert werden. Ich will meinen eigenen Horizont erforschen, der soviel größer ist als ihrer! Ihre Wirklichkeit hat auch Gültigkeit – für sie. Ich konnte nicht vor ihnen fliehen, solange ich ihre Zustimmung begehrte, und ich konnte mich ihnen auch nicht entgegenstellen, solange ich wußte, daß sie im Traum nur eine Übertreibung ihres wirklichen Wesens waren. Auf ihrem eigenen Boden konnte ich sie nicht schlagen. Doch als ich meinen herbeirief, waren sie hilflos!«

Sie hielt inne, als sie merkte, daß die anderen sie stumm anblickten. »Was ist denn los? Seid ihr anderer Meinung?«

Endlich fand Esk die Stimme wieder. »Du bist durch«, sagte er.

»Ich ...« Sie blickte sich um. »Tatsächlich, ich stehe ja auf der anderen Seite des Tors!«

»Das ist dein Sieg«, bestätigte Mark.

»Ich habe mich erfolgreich mit meiner schlimmsten Angst oder Scham auseinandergesetzt«, pflichtete sie ihm bei. »Jetzt verfolgt sie mich nicht mehr. Der Traum war nur ihr Abbild. Das Hindernis ebenfalls. Für mich gibt es beide nicht mehr.« Und sie trat ungehindert durch das Tor, machte kehrt und schritt noch einmal hindurch. Die Metallgitterstäbe hatten keine Substanz für sie.

Esk trat vor, um die Gitterstäbe zu berühren – worauf sein Doppelgänger das gleiche tat und von der anderen Seite aus die Hand nach ihm ausstreckte. Esk riß die Hand zurück; für ihn war das Hindernis noch immer wirklich!

»Die Vombieventaurin ivt fort«, bemerkte Volney. »Aber die anderen vind noch da.«

»Jeder von uns muß seinen eigenen Alptraum besiegen«, entgegnete Esk.

»Ich werde mich meinem vtellen«, entschied der Wühlmäuserich und trat ans Tor.

Die Zombiewühlmaus traf ihn Schnauze an Schnauze. Die beiden verschmolzen miteinander, und der Traum formte sich aus. Er zeigte einen Tunnel, dessen Wände hübsch von bunten Pilzen glühten. Volney betrat ihn, indem er die Wand durchbohrte, wobei die magischen Metallkrallen an seinen Vorderfüßen das Gestein durchbohrten, als bestünde es nur aus Schlamm.

Da war noch eine Wühlmaus – nein, erkannte Esk, Gestalt und Farbe waren auf beinahe unmerkliche Weise verändert. Es war ein Weibchen, und zwar keines, das Volneys Art angehörte. Ihre Augen und das Fell veränderten ebenso die Farbe wie seine, doch auch darin unterschied sie sich.

»Die Zapplerprinzessin«, murmelte Chex. Sie war wieder durch das Tor getreten und stand nun neben Esk.

Oh. Esk dachte an die Dämonin Metria und begriff langsam, wessen sich der Wühlmäuserich am heftigsten schämte.

Volney stellte sich vor die Zapplerin. Die kam näher, und sie beschnüffelten sich. Nun war ein angenehmer Duft zu bemerken, wie von blühenden Blumen. Irgendwie erinnerte er Esk an Bria Messing; seltsam, denn schließlich war sie doch aus Metall und roch eigentlich nach poliertem Messing.

Volney zuckte zurück, und der Traum endete. Nun stand er wieder auf dieser Seite des Ganges neben dem Tor. »Ich hatte von befürchtet, dav ev dav vein würde«, sagte er.

»Du begehrst die Zapplerprinzessin«, sagte Chex.

»Aber die Falle ...«

»Ja, das hast du uns ja erklärt«, erwiderte die Zentaurin. »Aber du hast ihr doch widerstanden, folglich dürftest du dich deswegen eigentlich auch nicht schämen. Du hast getan, was du tun mußtest, nur deshalb befinden wir uns jetzt auf der Suche nach dem Begrenzungszauber.«

»Und doch wäre ich beinahe geveitert«, widersprach Volney. »Wegen meiner Unwürdigkeit.«

»Wegen deiner was?« fragte Esk. »Mir bist du immer wie ein Prachtexemplar von einem Wühlmäuserich vorgekommen.«

»Dav bin ich nicht«, entgegnete Volney. »Die Ablehnung durch ihre eigene Art, vor der vich Chex fürchtete – die habe ich auch erlebt.«

»Das mußt du uns erklären«, meinte Chex. »Hat dich dein Volk denn nicht auf eine Mission geschickt?«

»Ja – aber nicht etwa, weil ich davu am bevten geeignet geweven wäre, vondern weil ich überflüvvig bin.«

»Überflüssig?« fragte Chex. »Wieso das denn?«

Volney seufzte. »Ev ivt Veit, meine geheime Vande vu offenbaren. Ich habe um eine äuvervt wühlmäuvige weibliche Wühlmauv geworben, aber vie hat einen anderen vorgevogen.«

»Eine außerst wühlmäusige Wühlmaus hat dich abgelehnt?« fragte Chex. »Aber das bist doch du dann nicht schuld!«

»Doch, doch«, widersprach Volney. »Wühlmäuve paaren vich fürv Leben, und alv ich abgelehnt wurde, war ich damit von allen möglichen weiteren Paarungen auvgevlovven. Da blieb mir nichtv anderev übrig, alv vu gehen.«

»Einmal abgelehnt worden – und schon bist du tabu?« fragte Chex. »Das erscheint mir aber kaum vernünftig.«

»Du bivt ja auch keine Wühlmauv«, versetzte Volney. »Vtell dir mal vor, ich hätte Flügel.«

»Gut gekontert«, pflichtete sie ihm bei und schnitt eine Grimasse.

»Aber du bist doch losgegangen, um deinem Volk zu helfen«, warf Esk ein. »Was ist denn daran schändlich?«

»Ich habe die Mivvion nicht angenommen, um dem Tal vu dienen, vondern alv Vorwand, um gehen vu können«, erklärte Volney.

»Trotzdem – du hattest doch vor, sie zu Ende zu führen, nicht wahr?«

»Ja. Aber alv ich dann Wilda begegnete ...«

»Da warst du versucht, deine Mission einfach zu vergessen«, beendete Chex für ihn den Satz. »Ja, das verstehe ich jetzt. Aber du hast dieser Versuchung doch widerstanden, folglich brauchst du dich auch nicht zu schämen.«

»Die Vande liegt in der Vervuchung«, erläuterte Volney. »Ich hätte gar nicht ervt in Vervuchung geraten dürfen.«

»Das bezweifle ich«, widersprach Mark. »Du hast der Versuchung sowohl im wirklichen Leben als auch im Traum widerstanden.«

Chex nickte. »Ich glaube, du bist deiner tiefliegendsten Furcht oder Schande noch gar nicht begegnet.«

Volney seufzte tief. »Dann muv ich mich ihr wohl jetvt vtellen«, meinte er. Und schritt wieder seinem Doppelgänger entgegen.

Wieder formte sich die gleiche Szene. Die liebliche Wilda Zappler trat vor, um ihn aufzusuchen, sie beschnüffelten sich.

Der Blumenduft wurde immer stärker.

Volney zögerte, dann wagte er es. Wenn seine schlimmste Schande nicht darin lag, von ihr verführt zu werden, worin lag sie dann? Er kam näher, um sie nach Wühlmausart zu umarmen.

Ihre Nase zuckte. Sie roch irgend etwas. Über ihnen formte sich ein Bild, eine Szene innerhalb der Szene: Eine weibliche Wühlmaus wandte sich von dem Volney der Traumsequenz ab.

»Sie begreift, daß er ein Zurückgewiesener ist«, flüsterte Chex.

Plötzlich wandte auch die Zapplerin sich ab. Der Blumenduft verging. Volney war erneut abgewiesen worden.

Unvermittelt erwachte er und fand sich neben seinen Gefährten im Gang wieder. Seine tiefste Sorge war offen zutage getreten: daß seine grundlegende Unwürdigkeit als Wühlmaus ihn auch von der Zapplerprinzessin entfremden könnte. Dann hätte er sich zweifach schuldig gemacht: Er hätte seine Mission und sein Tal verraten und hätte doch auch die Prinzessin nicht gewonnen.

»Es gibt nur eine Lösung«, sagte Chex. »Vollende deine Mission. Denn wenn jemand schuld hat, dann nicht du. Du brauchst dich nicht weiter zu schämen. Die Zapplerprinzessin wird dich nicht zurückweisen, und wenn sie es doch tut, ist es ihr Fehler, nicht deiner.«

»Aber ich habe mich einer unwühlmäuviven Vwäche vuldig gemacht«, wandte er ein.

»Nur in deinen bösen Träumen«, erklärte sie. »Du fürchtest dich vor Schwäche, gleichwohl bist du in deinem Leben noch niemals wirklich schwach gewesen.«

Volney runzelte nachdenklich die Stirn. Dann schritt er entschlossen der Zombiewühlmaus entgegen. Der Traum bildete sich wieder – und verschwand sofort. Volney stand plötzlich auf der anderen Seite des Tores.

»Jetvt glaube ich ev«, stimmte Volney ihr zu. »Ich werde meine Mivvion zu Ende führen, egal auf welche Vervuchung oder Ablehnung ich dabei vtove.«

Esk atmete durch. »Jetzt bin ich an der Reihe«, sagte er.

Der Zombiemann kam ihm entgegen. Esk verschmolz mit ihm – und sein Traum wurde offenbar.

Er setzte sich aus einem wirbelnden Universum aus Sternen und Staub und Monden zusammen, die sich alle in der Pracht ihrer verschiedenen Traumlaufbahnen bewegten, anstatt fest an ihrer Schale zu hängen, wie es in Wirklichkeit war. Der Mond war in diesem Traum nicht etwa eine grüne Käsemasse, sondern eine monströse Kugel aus Gestein, die von Kratern übersät war. Und was das Allerseltsamste war: Das Land Xanth war nur eine Halbinsel an der Oberfläche einer riesigen mundanischen Kugel. Selbst wenn er nicht gewußt hätte, daß dies nur ein Traum war, hätte Esk erkannt, daß es sich um eine Halluzination handeln mußte!

Die Szene kam immer näher auf ihn zu, die einzelnen Bestandteile dehnten sich aus, bis sie zu einer Karte Xanths geworden waren, auf der er stand. Dann formte sich parallel dazu ein Bild, identisch mit dem ersten, nur daß Esk darin nicht zu sehen war.

Das war alles. Entkörpert stand er da, musterte die beiden Bilder, das eine mit seinem Abbild und das andere ohne. Ansonsten unterschieden sie sich durch nichts voneinander.

Er kreischte. Im nächsten Augenblick fand er sich im Gang wieder. Chex eilte herbei und umarmte und tröstete ihn, während sein Entsetzen langsam verschwand.

»Aber wav voll dav bedeuten?« fragte Volney. »Ich habe keine Ungeheuer gevehen, keine Vande. Einfach nur vwei Vvenen.«

»Es gab überhaupt keinen Unterschied!« rief Esk. »Überhaupt keinen!«

»Das ist wahr«, murmelte Chex. »Aber das war für uns nicht grauenhaft. Warum dann für dich?«

Als er darüber nachdachte, begann Esk zu begreifen. »Ich bin zwar in einer Szene, aber nicht in der anderen – und es macht keinen Unterschied. Es macht überhaupt keinen Unterschied, ob ich da bin oder nicht!«

»Ja, Esk«, bestätigte Chex.

»Es spielt keine Rolle, ob ich lebendig bin oder tot«, fuhr Esk fort. »Xanth bleibt das gleiche. *Welche Berechtigung hat dann meine Existenz?*«

»Das ist nur deine Angst, nicht die Wirklichkeit«, erinnerte Chex ihn.

»Aber vielleicht ist es *doch* die Wirklichkeit!« widersprach er. »Ich bin ein Nichts und Niemand; was ich tue, spielt keine Rolle. Ich begreife jetzt, daß ich nur ausgezogen bin, den Guten Magier aufzusuchen, weil ich einen Beweis dafür haben wollte, daß ich in irgendeiner Weise wichtig sein könnte. Die Dämonin loszuwerden, meine Eltern vor ihr zu retten – das alles war nur ein Vorwand. Ich habe gehofft, daß der Gute Magier mich irgendwie ... wertvoll machen könnte.«

»Aber du bist doch wertvoll!« entgegnete Chex. »Wie kannst du daran zweifeln?«

»Das rede ich mir zwar selbst auch ein«, erklärte Esk. »Aber tief in meinem Inneren bin ich mir nicht sicher, daß es wirklich so ist. Was habe ich denn getan, um für das Bestehen Xanths einen Unterschied zu machen? Hätte ich nie gelebt, was würde es für irgend jemanden oder irgend etwas bedeuten? Das Bild, in dem ich existiere, ist genau das gleiche wie jenes, in dem ich es nicht tue.«

Sie überlegte. »Das könnte wohl sein. Aber das könnte auf ähnliche Weise für uns alle gelten. Objektiv betrachtet sind wir vielleicht alle unwürdig. Ich glaube aber, daß es eine Lösung gibt. Du brauchst dich nicht mit dem abzufinden, was du im Augenblick bist. Du kannst daran arbeiten, einen Unterschied zu *machen.* Das ist es ja auch, was Volney tut. Dann werden die Bilder sich verändern.«

Esk nickte. »Wenn du es sagst, scheint es mir einzuleuchten. Aber wie sollte ich schon etwas Entscheidendes bewirken? Xanth ist so groß, und ich bin so klein.«

»Wieviel Unterschied würde es denn machen, wenn der Küßmichfluß nicht begradigt würde?«

»Einen großen. Aber das ist Volneys Mission. Wir helfen ihm nur.«

»Aber wenn er sie nun nicht ohne dich zu Ende führen kann?«

»Ja, wenn ich ihm dabei helfen könnte, es zu tun – dann gäbe es etwas, was ohne mich nicht das gleiche wäre«, sagte Esk, dem dieser Gedanke gefiel.

Er schritt wieder ins Tor hinein. Der Zombiemann traf auf ihn, sie verschmolzen, und wieder erschien der Traum.

»Ich bin jetzt nichts«, sagte Esk. »Aber ich kann etwas

bewirken, und das werde ich versuchen. Habe ich Erfolg, werde ich etwas sein. Mehr kann ich nicht tun – mehr kann niemand tun. Man kann sich nur ehrlich bemühen. Wenn das nicht genügt, dann gibt es überhaupt nichts, was genügt, aber dann lohnt es sich auch nicht, deswegen Alpträume zu bekommen.«

Die Bilder schimmerten. Dann schlängelte sich etwas in das Bild hinein, in dem Esk zu sehen war. Ein Fluß, der auf der anderen Landkarte beinahe gerade verlief, begann Windungen zu bekommen.

Das war alles. Es war nur ein Traum, dennoch verlieh er Esk eine gewaltige Befriedigung. Er wußte nun, was er tun mußte, um seine am tiefsten sitzende Furcht zu bezwingen. Um eine Garantie dafür zu bekommen, daß sein Leben so etwas wie einen Sinn hatte. Sein Leben brauchte nicht unbedingt eine leere Hülse zu bleiben, solange er bei seiner Mission noch nicht gescheitert war.

Die Vision löste sich auf. Esk fand sich auf der anderen Seite des Tors wieder.

Nun stand nur noch Mark auf der ursprünglichen Seite. »Jetzt bin ich an der Reihe«, sagte das Skelett. »Aber ich zögere.«

»Das verstehen wir«, meinte Chex. »Wir hatten alle sehr unangenehme Erlebnisse.«

»Ich mache mir keine Sorgen wegen eines Alptraums«, erklärte Mark. »Ich träume nicht, weil ich nicht lebendig bin. Sorgen mache ich mir vielmehr darüber, daß es keine Reaktion geben könnte, denn in mir ist nichts, was sie erzeugen könnte – keine Furcht, keine Scham, kein schändliches Geheimnis –, und ich sorge mich, daß mein Versuch, auf die andere Seite zu gelangen, einen Fehler auslösen könnte, der das ganze Programm abstürzen läßt.«

»Der was tut?« fragte Esk.

»Die Prüfung ist auf lebende Wesen ausgerichtet, die träumen«, erklärte Mark. »Wenn jemand sich auf sie einläßt, der keine Träume hat, könnte das den Mechanismus zum Stillstand bringen, so daß er sich nicht orientieren kann, und das könnte alles in Gefahr bringen oder sogar vernichten. Ich bin mir nicht sicher, ob wir dieses Risiko eingehen sollten.«

»Da hat er recht«, murmelte Chex. »Er ist schließlich ein Alptraumwesen; wie soll er da selbst schlimme Träume haben?«

»Was passiert denn«, fragte Esk, »wenn das Programm … äh … abstürzt?«

»Dann würde dieser Zugang zum Kürbis versperrt werden«, klärte Mark ihn auf. »Und ihr säßet hier möglicherweise in der Falle, ohne daß es einen Fluchtweg gäbe. Es könnte aber auch sein, daß ihr drei gefühlsmäßigen oder körperlichen Schaden davontragt.«

»Mark ivt ein guter Führer«, warf Volney ein. »Ohne veinen Rat würden wir unvere Mivvion möglicherweive nicht vu Ende bringen.«

»Dann sollten wir es vielleicht doch riskieren«, schlug Esk vor.

Chex nickte. »Das sollten wir vielleicht wirklich. Schließlich gibt es keinerlei Anzeichen dafür, daß es Schwierigkeiten geben könnte. Immerhin steht dort ein wartendes Zombieskelett. Komm durch, Mark.«

Das Skelett zuckte die Schultern und marschierte ins Tor hinein. Das Zombieskelett kam ihm entgegen, und die beiden verschmolzen.

Ein Bild begann sich zu entwickeln. Es zeigte Mark, wie er im Gang stand, er sah genauso aus wie immer. Dann löste es sich auf, und Mark stand wieder dort, wo er losgegangen war.

»Das Wesen hat versucht, für ihn einen Traum zu erschaffen!« rief Esk.

»Und es hat nichts gefunden, woran es sich hätte festhalten können«, fügte Mark hinzu.

»Da bin ich mir nicht sicher«, meldete sich Chex zu Wort. »Es muß irgend etwas gegeben haben, damit es überhaupt anfangen konnte, und ich meine, wir sollten herausfinden, was es war. Das könnte nämlich wichtig sein.«

»Er wurde ohne Traum zurückgewiesen«, sagte Esk. »Das Wesen hat geglaubt, daß es einen Traum geben würde, also hat es damit angefangen, und dann mußte es feststellen, daß es keinen gab, deshalb hat alles geendet.«

»Aber es gab doch einen Traum«, widersprach sie. »Zwar nur einen sehr schlechten, aber immerhin. Das legt den Verdacht nahe, daß Mark nach unseren Maßstäben eine gewisse Wirklichkeit besitzt.«

Das fand Volney interessant. »Wav könnte dav für eine Wirklichkeit vein? Er bevitvt doch kein Leben.«

»Das Bild hat nur ihn wiedergegeben, völlig unverändert«, überlegte Esk. »Einen Augenblick habe ich sogar gedacht, daß er es tatsächlich wäre, bis es verblaßt ist.«

»Das war ich auch«, bestätigte Mark. »Da ich kein Leben habe, habe ich auch keinen Traum. Es war nur ein Bild, das mich so gezeigt hat, wie ich bin.«

»Ja, so war es«, pflichtete Chex ihm bei. »Und folglich muß dies auch deine am tiefsten sitzende Furcht oder Scham darstellen.«

»Ich besitze weder Furcht noch Scham«, wiederholte Mark.

»Vielleicht bist du ja deswegen abgewiesen worden«, versetzte Chex.

»Ja, weil es nur jene akzeptiert, die ihre Träume erlösen können, und ich hatte nichts zum Erlösen«, sagte Mark und nickte dabei.

»Nein. Weil du dich geweigert hast, dich der Sache zu stellen.«

Das amüsierte Esk. »Warum sollte er sich einer Sache stellen, die gar nicht existiert?«

»Weil sie eben *doch* existiert«, beharrte sie unerschütterlich. »Hätte sie nicht existiert, wäre er ohne Herausforderung durchgekommen. Aber da ist ein Zombiedoppelgänger, der auf ihn wartet und an dem er nicht vorbeikommt, solange er nicht dieses allertiefste Gespenst in seinem Inneren überwunden hat.«

»Aber in meinem Inneren ist einfach nichts«, protestierte Mark. »Mein Schädel und mein Brustkorb sind völlig hohl, wie ihr sehen könnt.« Er klopfte mit einem Knöchel gegen den Schädel.

»Das war bei dem Skelett im Traum auch so«, bestätigte sie.

»Meinst du etwa, daß er sich *vor sich selbst* fürchtet?« fragte Esk ungläubig.

»Vielleicht.« Sie musterte Mark. »Tust du das?«

»Was sollte denn daran zu fürchten sein?« fragte Mark irritiert.

»Du weichst der Frage aus.«

»Aber es ist nichts in mir, wovor ich mich fürchten könnte«, argumentierte das Skelett. »Ich existiere nur, um bei lebenden Wesen Furcht auszulösen. Ich besitze keine andere Wirklichkeit.«

»Ja, das legt dein Traum nahe«, meinte Chex. »Gefällt dir das?«

»Warum sollte es? Ich habe kein Recht, mich über etwas zu freuen oder darüber traurig zu sein. So ist meine Lage eben.«

»Du weichst schon wieder der Frage aus.«

»Was glaubt ihr denn, wie ich mich fühle?« wollte Mark wissen.

»Also ich wäre ziemlich entsetzt«, erwiderte Esk. »Meine am tiefsten sitzende Furcht hier war die, daß ich für Xanth nichts bedeuten könnte, so daß mein Leben keinen Sinn hätte. Aber du bist nicht einmal lebendig. Das geht sogar noch eine Stufe tiefer als bei mir.«

»Es wäre töricht von mir, das Leben zu begehren«, sagte Mark knapp. »Das bedeutet nur Unannehmlichkeiten.«

»Wie kann ein Wesen, das nicht lebendig ist, nur töricht sein?« fragte Chex.

»Das Leben besteht doch nur aus peinlichen Unannehmlichkeiten, die sich darum ranken, daß man Stoffe aufnimmt und sie ausscheidet«, erklärte Mark. »Aus Leid und Pein und Scham. Das Ende ist genau das, was ich schon bin: tot. Es ist sinnlos.«

»Aber das Leben besitzt immerhin Gefühle«, widersprach Chex. »Und du hast auch Gefühl. Besteht deine schlimmste Angst vielleicht darin, daß du befürchtest, niemals mehr sein zu können, als du jetzt schon bist?«

»Aber ich *kann* doch auch niemals mehr sein!«

»Warum versuchst du es nicht noch einmal mit dem Tor«, schlug sie vor.

Achselzuckend trat Mark wieder in den Zombie hinein. Diesmal formte sich ein festeres Bild – von ihm, so wie er war.

»Aber ich *will* nicht auf alle Zeiten tot sein!« rief Mark plötzlich. »Und vielleicht brauche ich es auch nicht zu sein! Wenn Esk aus sich etwas Wertvolles machen kann, warum kann ich dann nicht danach streben, mehr zu werden als ein bloßer Spuk?«

Der Traum hielt noch einen Augenblick an, dann verblaßte er. Und Mark stand zusammen mit den anderen hinter dem Tor.

»Ich werde dich umarmen«, sagte Chex und beugte sich über ihn.

Mark wirkte benommen, was Esk gut verstand. Das Skelett erwachte zum Leben, zumindest wollte es das tun. Das war schon ein gewaltiger Fortschritt.

Insgeheim staunte Esk. Er begriff zwar, wie Lebewesen sterben konnten, aber nicht, wie die Toten hätten zum Leben erweckt werden sollen. War das ein echter Vorgang oder lediglich eine Illusion, wie sie nur von diesem Reich der Träume verursacht werden konnte? Angenommen, daß Mark nur *dächte*, er begänne zu leben und zu träumen?

»Gehen wir«, sagte Chex forsch. »Jetzt verstehen wir unsere Motive und unsere Natur besser, aber das nützt uns nicht viel, solange wir diesen Begrenzungszauber nicht finden.«

Nur zu wahr! Sie gingen den Gang weiter, der nun etwas heller wirkte.

»Keine Fäulniv mehr«, bemerkte Volney, während er den Boden beschnüffelte. »Wir haben dav Vombiegebiet hinter unv gelavven.«

»Da bin ich aber froh!« sagte Chex. »Nicht nur, weil ich faulendes Fleisch nicht besonders mag, sondern weil es auch bedeutet, daß dieser Pfad wirklich zur ganzen Welt des Kürbis führt und nicht nur zum Zombieteil.«

Plötzlich endete der Pfad an einer kahlen Mauer. Er führte unmittelbar in sie hinein, doch vermochten sie das feste Gestein nicht zu durchstoßen.

»Was nun?« fragte Esk enttäuscht.

Chex fuhr mit den Händen über die Mauer, fühlte nach Ritzen oder losen Stücken, während Volney den Boden beschnüffelte, um etwaige Löcher auszumachen. Doch beides blieb ohne Erfolg. Die Mauer war nach wie vor fest und unbeweglich.

»Hast du irgendeinen Vorschlag, Mark?« fragte Esk.

»Vielleicht. Es muß offenbar einen Weg geben, der durch dieses Hindernis führt, genau wie beim letzten Mal. Den müssen wir nur finden.«

»Das hier ist das Reich der Träume. Vielleicht braucht man einen Traum für diese Mauer.«

»Du meinst, wenn wir davon träumen, daß wir durchkommen, können wir es auch wirklich?«

»Es ist wohl wahrscheinlicher, daß wir uns einen Traum herstellen müssen, wie es hier im allgemeinen üblich ist.«

Interessiert sah Chex auf. »Wie stellt man denn einen Traum her, der davon handelt, daß man durch eine Mauer schreitet?«

»Man entwirft ihn und baut ihn dann auf«, erwiderte das Skelett ernst.

Chex beherrschte sich, um nicht gereizt zu antworten. »Könntest du vielleicht etwas genauer werden?«

»Gewiß. Vielleicht funktioniert es, wenn wir einen Durchgang durch die Mauer aufmalen.«

Chex schien zwar daran zu zweifeln, machte sich aber auf die Suche, bis sie einen Stein gefunden hatte, der schwarz und bröckelig war. Damit malte sie eine große Tür auf die Mauer. Dann drückte sie dagegen. Nichts geschah.

»Laß es mich mal versuchen«, sagte Esk. Er nahm den Stein und malte einen Türknauf. Dann tat er so, als würde er diesen mit der Hand umfassen und daran drehen.

Der Knauf drehte sich, die Tür ging auf.

Verblüfft stürzten sie hindurch. Sie kamen in eine große Galerie, in der viele wunderschöne Bilder hingen.

»Ausstellung hinter einem Bild«, bemerkte Chex uind sah sich um.

Der Pfad führte an Landschaftsszenen vorbei, die Seen und Wasserfälle zeigten, Wüsten und Einöden und Trokkenlöcher, vorbei an Landschaften aus schneebedeckten Wäldern und blühenden Sträuchern, an Szenerien seltsamer Häuser, darunter eines mit Hühnerbeinen, bis er schließlich vor dem Porträt eines Wasserspeiers endete. Wasser strömte aus dem Maul des Ungeheuers in einen darunterliegenden Teich.

Der Pfad führte die Wand empor, hinein in den Teich auf dem Bild.

Esk seufzte. »Ich werde es versuchen«, sagte er.

Er stach mit dem Finger in den Teich. Der Finger drang in das Bild ein, und er spürte das Wasser. Er schob den Arm nach, und auch der wurde naß. Endlich stieß er beide Arme hinein, zog den Kopf ein und sprang nach vorn ins Bild.

So gelangte er in den See, der tiefer war, als er aussah. Er schwamm und zog sich schon einen Augenblick später jenseits des Sees auf das Pflaster. Er troff nur so von Wasser. Er sah zurück, konnte aber nichts ausmachen bis auf den Rest dieser Landschaft, der aus einem hübschen Dorf bestand, das sein Wasser offenbar aus dieser Quelle bezog. Hoch am Himmel hing die Sonne, von schweren Wolken gestützt. Er war in die Welt des Bildes eingetreten.

Der Pfad erstreckte sich zu einem Weg, der wiederum in einen ganz gewöhnlichen Wald führte. Nichts wies darauf hin, daß er in der Kürbiswelt war.

Hinter sich hörte er Wasser plätschern. Dann tauchte Volney Wühlmaus auf, erreichte schon nach kurzer Zeit das Ufer und stemmte sich an Land, wie Esk es getan hatte.

Als nächstes erschien Mark aus dem Nichts. Das Skelett konnte nicht schwimmen; so hatte es die knochigen Füße einfach auf den Boden des Sees gesetzt und war bis zum Ufer marschiert. Esk griff hinunter und packte die Knochenhand, um Mark hinauszuhelfen.

»Gleich wird es spritzen«, warnte Mark.

Er behielt recht. Mit einem lauten Platsch landete Chex im Teich.

»Wenn das hier der leichteste und sicherste Pfad ist«, grunzte sie, als sie endlich wieder Boden unter den Hufen hatte, »dann möchte ich nicht den gefährlichsten sehen!« Sie schüttelte sich und verspritzte dabei Wasser. »Ich hoffe, daß wir nicht sehr viel weiter müssen!« Sie folgten dem Weg zum Wald. Als sie an den ersten Bäumen vorbeikamen, führte der Weg plötzlich in dichtes Gestrüpp hinein.

Chex seufzte. »Das hätte ich mir denken können.«

Doch irgend etwas beschäftigte Esk. »Irgendwie kommt mir dieser Pfad bekannt vor.«

»Natürlich«, sagte Mark. »Das ist der Verlorene Pfad.«

»Und auf dem werden wir den verlorengegangenen Begrenzungszauber finden!« rief Esk. »Wir nähern uns unserem Ziel!«

Voller Freude liefen sie auf den verschlungenen Pfad. Nur Mark schien beunruhigt zu sein. »Dieses Mal gibt es keine Flucht, indem jemand die Blicklinie zum Guckloch unterbricht«, ermahnte er sie.

Das kühlte Esks Begeisterung ab. Doch er sah keine andere Möglichkeit, als vorzupreschen. Wenn sie trotz des Pfadfinderzaubers auf dem Verlorenen Pfad feststecken sollten, dann wäre ihr Traum von der Rettung des Tals der Wühlmäuse ausgeträumt. Wenn sie diesen Pfad jedoch nicht nähmen, müßten sie diesen Traum von vornherein aufgeben.

14

ELEMENTE

Der Pfad war ziemlich verschlungen, doch solange sie darauf blieben, war er einigermaßen gut zu erkennen, genau wie beim erstenmal, als Esk ihn entlanggeschritten war. Schon bald begann er sich ein wenig auszukennen. Es würde nicht lange dauern, dann würden sie an die Stelle gelangen, wo ...

»He, Mark!« rief er. »Wirst du dort sein, wo du warst?«

»Ich bin hier, natürlich«, erwiderte das Skelett.

»Ich meine, wenn du doch in meine Welt auf die gleiche Weise gelangt bist wie ich in deine, also eher im Geiste als körperlich, dann müßte dein Körper doch ...«

»Das bezweifle ich. Wir magischen Wesen kennen keine solch scharfen Grenzen der Wirklichkeit; wir sind ganz und gar dort, wo wir zu sein scheinen. Daher werden weder ich noch Bria Messingmädchen auf diesem Pfad sein; du hast uns gefunden, deshalb sind wir auch nicht mehr verloren.«

Chex nickte stumm. Sie schien diese Frage auch schon überdacht zu haben.

»Das leuchtet mir ein«, sagte Esk. Doch insgeheim blieb er unruhig. Was, wenn das Skelett *doch* auf dem Pfad erscheinen sollte?

Aber als sie an die Stelle gelangten, wo er Mark gefunden hatte, war vom Skelett nur noch der Abdruck seines Hüftknochens im Boden zu sehen. Marks Erklärung stimmte. Seine ganze Existenz war dort, wo er zu sein schien. Zwischen lebenden und magischen Wesen schien es tatsächlich Unterschiede zu geben.

Beim erstenmal hatte er Marks Knochenhand anfassen müssen, damit dieser nicht länger verschollen blieb; nun konnte Mark ohne seine Hilfe gehen, weil er gefunden worden war. Offensichtlich war der Pfadfinderzauber stärker als die Magie des Verlorenen Pfads, so daß keiner von ihnen verloren war.

Schweigend gingen sie weiter. Endlich erreichten sie den Platz, wo Bria gewesen war. Esk erinnerte sich an ihren Entschuldigungskuß und merkte, wie er errötete.

»Hier hat das Messingmädchen den Anpassungszauber aufgesammelt«, bemerkte Mark.

»Den was?« fragte Esk erschrocken.

»Den verlorengegangenen Anpassungszauber. Elfen und andere Kreaturen verwenden ihn, wenn sie sich mit Leuten paaren wollen, die die falsche Größe haben oder der falsche Typ sind.«

»Wie kann er denn verlorengegangen sein, wenn die Elfen ihn verwenden?« fragte Chex.

»Er ist nicht im Lexikon aufgelistet, genau wie die Schlauschlinge, daher ist er verlorengegangen«, erklärte Mark geduldig.

»Wie paßt ein Anpassungszauber denn an?« fragte Esk, dessen Interesse nun erwacht war. Er erinnerte sich daran, wie zutraulich Bria ungefähr um diese Zeit geworden war, und wünschte sich, daß er schon früher begriffen hätte, was es mit dem Zauber auf sich hatte.

»Wenn ein Elf sich mit einem Menschen paaren will oder

mit einem Oger oder womit auch immer, bewirkt der Anpassungszauber nach seiner Aktivierung, daß beide scheinbar dieselbe Größe haben. So können sie einigermaßen schnell zum Ziel ihres Verlangens kommen.«

»Und was, wenn sie ganz unterschiedliche Typen sind und nicht so sehr Größenunterschiede aufweisen?« wollte Esk wissen. »Wenn der eine beispielsweise aus Fleisch besteht und der andere aus Metall?«

»Dann würde der Zauber sie kompatibel machen«, meinte Mark. »Diese Elfenzauber sind ziemlich mächtig. Die beiden könnten sich fortpflanzen.«

»Ich hege den Verdacht, daß es da jemand auf einen anderen abgesehen hat«, bemerkte Chex. Sie sah zu, wie Esk errötete. »Und daß dieser andere jemand nicht sonderlich viel dagegen hat.«

»Ist das, äh, einer von diesen Einmalzaubern?« fragte Esk. »Wie der Pfadfinderzauber, der immer nur von einer Person ...?«

»Nein, er läßt sich ständig aktivieren«, klärte Mark ihn auf. »Ich habe einmal in einem Traum einen Elf heimgesucht, der in fester Bindung mit einer Meerjungfrau lebte. Er fürchtete sich vor dem Tod, nicht vor dem Verlust der Meerjungfrau, und er war schon einige Jahre mit ihr zusammen.« Er grinste fleischlos. »Ich nahm die Gestalt eines Elfenskeletts an und jagte ihn bis ans Wasserufer, doch dann legte die Meerjungfrau die Arme um ihn und beschützte ihn vor der Angst, so daß ich mich wieder zurückziehen mußte. Sie hatte einen Busen wie Chex, nur daß er feucht glitzerte.«

»Meine Brustmuskeln glitzern auch feucht, wenn ich bei heißem Wetter Übungen mache«, bemerkte Chex.

»Aber was ist denn dann ... was ist denn dann mit einer unwirklichen Person?« fragte Esk in qualvoller Aufregung. »Wie könnte die ...?«

»Wir haben schon einige Fortschritte an Mark selbst mitbekommen«, murmelte Chex. »Manchmal wird das Unwirkliche wirklich, wenn es mit wirklichen Lebewesen zusammen ist.«

Sie gingen weiter den Pfad entlang, doch Esk nahm kaum noch etwas um sich wahr. Hatte Bria sich wirklich auf diese Weise entschuldigt, weil das in ihrer Kultur so üblich war, oder hatte sie ihn beeindrucken wollen? Beeindruckt hatte sie ihn jedenfalls! Doch welches Motiv hatte sie dabei gehabt? Interessierte sie sich in Wirklichkeit für ihn oder dafür, nicht länger verschollen zu bleiben, oder wollte sie wirklich werden? Je länger er darüber nachdachte, um so mehr erschien es ihm, als hätte sie irgendeinen Ausweg aus ihrer Lage gesucht. Und er war eben nur der Nächstbeste gewesen. Also hatte sie mit ihm zusammen den Kürbis verlassen und besaß nun eine gewisse Unabhängigkeit. Diesen Anpassungszauber konnte sie auch auf jeden anderen männlichen Partner anwenden; warum sollte sie sich dann mit ihm abgeben? Er wünschte sich, daß ihm dieser Gedanke nicht so viel zu schaffen gemacht hätte.

»Schaut euch das mal an!« rief Chex und riß ihn aus seinen Träumen. »Unser Pfad weicht vom Verlorenen Pfad ab!«

»Aber ivt denn der Begrenvungvvauber gar nicht verlorengegangen?« fragte Volney.

»Vielleicht nicht so, wie wir geglaubt haben«, meinte Chex. »Vielleicht gibt es aber auch einen Abschnitt auf diesem Verlorenen Pfad, der weder leicht begehbar noch sicher ist, so daß wir einen Umweg machen müssen.«

Sie folgten dem Pfad des Pfadfinders, der sie in eine ganz andere Gegend führte. Über ihm bildeten sich Farbspritzer, die sich ausbreiteten, sich verwandelten und wieder auflösten. Seltsame Geräusche ertönten, Stöhnen und Wimmern und unangenehmes Gelächter. Düfte zogen vorbei, manche davon wie Parfüm, andere wie verfaulende Hirne.

»Es ist schön, wieder zu den konventionellen Schrecken zurückzukehren«, meinte Mark begeistert.

»Das stimmt«, warf Chex ein. »Wir sind ja in der Heimat der Alpträume. Das hatte ich schon fast vergessen.«

»Ja. Es sind die Gefühle der Einsamen und der Verwirrten. Sind sie nicht wunderschön?«

»Wunderschön«, stimmte sie ihm resigniert zu.

Dann bildete sich ein riesiges Gesicht mit glühenden Augen über ihnen. »Wer wagt es hier, in mein Revier einzudringen?« fragte es pfeifend.

»Ach, verzieh dich gefälligst auf den Verlorenen Pfad!« fauchte Chex es an. »Wir haben schon genug durchgemacht.«

»Ach, jaaaa?« fragte das Gesicht mit böser Grimasse. Der Mund öffnete sich weit, unmöglich weit, bis er schließlich größer geworden war als das Gesicht selbst. Aus ihm trat ein weiteres Gesicht hervor, noch häßlicher als das erste, mit einer riesigen, warzigen Nase und dolchähnlichen Zähnen.

»Einnnndrinnnnglinnnnge!« zischte das neue Gesicht.

»Hört mal, würdet ihr vielleicht die Güte haben zu verschwinden?« fragte Chex ungeduldig. »Wir haben noch viel vor und sind diese Routinespukerei langsam leid. Laßt uns einfach in Ruhe, ja?«

»Grrrr!« knurrte das Gesicht. Es sperrte das Maul auf, und die Dolchzähne blitzten. Aus diesem Schlund kam ein drittes, noch schlimmeres Gesicht hervor, das anstelle von Augen kleine, tänzelnde Flammen hatte, und statt einer Nase einen Schnabel, während sein Mund ein Loch war, das wie eine tiefe Höhle aussah.

»Würdet ihr jetzt endlich aufhören?« brüllte Chex. Sie riß ihren Bogen herum, legte einen Pfeil ein und schoß ihn auf den Schnabel ab.

»Äh, das ist möglicherweise unklug«, sagte Esk, doch er kam zu spät. Überraschend, mit welcher Schnelligkeit Chex das Gesicht angegriffen hatte. Er hatte zwar gewußt, daß Zentauren sehr gut mit Pfeil und Bogen umgehen konnten, nicht aber, daß sie es *so* gut konnten.

Der Pfeil fuhr durch den Schnabel, der nur ein bloßes Bild am Himmel war. Das Gesicht jedoch reagierte mit Zorn. Es brüllte, was einen Schwall eisiger Luft erzeugte, die mit Graupeln vermischt war, und stürzte sich auf sie. Noch bevor sie sich auch nur rühren konnten, hatte der gähnende Schlund sie allesamt verschlungen!

Plötzlich wurde es bitterkalt, und der Graupelschauer

bedeckte sie sehr schnell mit Eis. Im nächsten Augenblick standen sie auf einem schneebedeckten Hügel, von einem Wind umheult, der ihnen die letzte Hitze aus den ungeschützten Körpern peitschte.

»Du hast recht gehabt«, sagte Chex mit klappernden Zähnen. »Das hätte ich nicht tun sollen.«

Sie kauerten sich wärmeheischend aneinander, bis auf Mark, dem die Kälte nichts ausmachte. Der Sturm tobte um sie herum, löschte die Sonne und sogar den Himmel gänzlich aus. Es war ihnen unmöglich, gegen den Wind zu blikken, die ganze Landschaft war zu einer rasenden Windsbraut geworden.

Und es wurde immer noch schlimmer! Die Kraft des Windes drohte sie vom Berg zu fegen, noch bevor sie erfroren waren. »W-w-w-was f-f-f-für ein l-l-l-leichter P-p-p-pfad!« schnatterte Esk.

»Ich glaube, das hier ist das Reich des Elements Luft«, bemerkte Mark. »Besser gesagt dessen Außenstelle im Kürbis. Die Luft kann ziemlich stürmisch werden, wenn man sie erzürnt.«

»Wer hätte dav gedacht!« knurrte Volney, der fast völlig von Schnee bedeckt war.

»Wer hätte das gedacht«, wiederholte Chex. »Graben wir uns ein, um es ein bißchen wärmer zu haben, bis es vorbei ist.«

»Es wird nicht vorbeigehen«, sagte Mark. »Wenn die Luft beleidigt ist, ruht sie nicht, bis sie ihren Gegner vernichtet hat.«

Und tatsächlich wurde der Sturm immer heftiger. Graupel und Schnee prasselten wie scharfer Sand auf sie ein. Es nützte nichts, sich zusammenzukauern; sie waren viel zu ungeschützt.

»Wir müssen einen Tunnel graben, unter ihm hindurch«, meinte Chex. »Nur, daß ich keine Tunnel graben kann und mich vor geschlossenen, engen Räumen fürchte. Das einzige, was mich bisher dazu bewegt hat, diese ganzen unterirdischen Gänge zu durchlaufen, war das Wissen, daß dies ja nur die Kürbiswelt ist.«

»Ich kann aber Tunnelv graben«, meinte Volney. Er streifte seine Sonderkrallen über und tauchte förmlich in den Schnee, hinter ihm stoben die Schneemassen nur so davon. Kurz darauf war er in dem Loch verschwunden, das er gegraben hatte.

»Deine Platzangst hat sich aber nicht in deinem Alptraum geäußert«, bemerkte das Skelett.

»Das stimmt«, antwortete sie überrascht. »Ich hatte größere Angst vor dem Abgelehntwerden als davor, von Erdmassen begraben zu werden. Wenn ich meine schlimmste Angst meistern konnte, müßte ich ja wohl auch meine kleinere Angst besiegen können.« Sie warf sich in die Brust. »Jedenfalls werde ich es versuchen.«

»Aber es wird zu lange dauern, um ein Loch zu graben, das groß genug für uns alle ist«, wandte Esk ein.

»Wir können uns einen provisorischen Unterschlupf aus Schnee bauen, bis die Grabungsarbeiten fertig sind«, sagte Chex. Sie versuchte den Schnee mit den Händen aufzuschaufeln, doch der Schnee war zu kalt, und sie wurde langsamer; sie war im Begriff zu erfrieren. »Ach, wenn ich doch nur eine Schaufel hätte!« rief sie und schob die Hände unter die Flügel.

»Laß mich deine Schaufel sein«, sagte Mark. »Verpaß mir einen Tritt.«

»Wie bitte?« fragte Esk.

»Verpaß mir einen Tritt, daß ich auseinanderfliege, und mach aus meinen Knochen eine Schaufel«, erläuterte das Skelett.

»Oh, ja!« meinte Chex. »Beug dich vor.«

Mark gehorchte, und sie drehte sich um, um ihm einen mächtigen Tritt ins knochige Hinterteil zu verpassen. Die Knochen flogen auseinander, verbanden sich aber wieder zu einer Kette.

Chex machte daraus eine grobe Schaufel, wobei die langen Beinknochen als Griff dienten und die Rippen als eigentliches Schaufelblatt. Mit den übrigen Knochen formte Esk eine andere Schaufel, deren Blatt aus dem grinsenden Totenkopf bestand. Zwischen beiden Schaufeln zog sich ein Verbindungsband aus winzigen Knochen; anscheinend brach Mark nie völlig auseinander.

So machten sie sich ans Graben und kamen dabei gut voran. Die Anstrengung wärmte sie auf, und diese sonderbaren Knochenschaufeln leisteten ihnen gute Arbeit. Anscheinend erleichterte die Magie des Skeletts die Arbeit mit jedem Werkzeug, zu dem man die Knochen zusammengesetzt hatte. Schon bald hatten sie ein großes Loch ausgehoben.

Volney hatte mitlerweile immer mehr in die Tiefe gegraben, und nun erschien sein Kopf plötzlich im Loch. »Ich habe eine Höhle gefunden«, berichtete er. »Aber möglicherweive wäre ev unklug vie vu betreten.«

»Wieso denn?« fragte Esk. »Wir können hier nicht sehr viel länger bleiben, sonst erfrieren wir noch.«

»Möglicherweive gibt ev da noch ein anderev Ungeheuer.«

Chex hörte auf zu graben. »Ist es eine warme Höhle?«

»Bequem. Aber ...«

»Dann riskieren wir es einfach mit dem Ungeheuer!« rief sie.

»Aber was ist mit dem Pfad?« fragte Esk. »Wir müssen doch dem Pfad folgen!«

»Der Pfad ivt dort«, erwiderte Volney.

»Damit ist die Sache entschieden«, meinte Chex. »Wenn ich dein Loch hinunterklettern kann, werde ich es tun!«

»Gleich«, lautete Volneys Antwort. Er machte sich wieder ans Graben, und schnell wurde das Loch breiter. Schon bald war es breit genug für Chex, um sich hindurchzuquetschen – jedenfalls ihrer Schätzung nach.

»Schieb mich von hinten an, wenn es nötig sein sollte«, sagte sie zu Esk und reichte ihm ihre Schaufel. »Und ignorier mich einfach, falls ich schreien sollte. Es könnte sein, daß ich in törichte Panik verfalle.« Sie mußte Kopf und Schultern weit vorbeugen, ihre Vorderläufe mit den Händen packen und die hinteren Hufe weit ausstrecken. Es wirkte äußerst unbequem, doch sie tat einfach, was sein mußte.

Volney half nach, indem er von unten an ihr zog, während Esk von oben schob, doch an ihrer breitesten Körperstelle verkeilte sie sich und kam nicht mehr voran. Sie steckte fest.

»Was sollen wir jetzt tun?« fragte Esk.

»Wir müssen sie mit einem meiner Knochen heraushebeln«, entschied der Totenkopf.

Erschrocken hätte Esk ihn beinahe fallenlassen. Doch warum sollte Mark nicht sprechen können, nur weil er zu einer Schaufel geworden war? Er konnte ohnehin nur durch Magie sprechen. Er legte seine Schaufel, deren Griff aus Armknochen bestand, ans Ende von Chex' Schaufel, wodurch ein doppelt so langer Stiel entstand. »Kannst du starr bleiben, wenn ich auf dieser Seite Druck gebe?«

»Natürlich«, erwiderte der Totenschädel. »Wir Skelette sind stolz auf unsere Starrheit.«

Esk schob das andere Ende des Schaufelpfahls an die Stelle, wo die Zentaurin eingekeilt war, dann beugte er sich langsam über den Griff und versuchte, ihren Körper mit einem Minimum an Druck freizubekommen. Doch es ging nicht.

»Ein bißchen weiter links«, schlug der Schädel vor.

Esk versuchte es ein Stück neben ihren angelegten Flügeln. »Ja, so ist es besser«, meldete der Schädel. »Ich spüre, wie es nachgibt. Noch ein bißchen ...«

Esk verstärkte den Druck. Plötzlich begann Chex zu zappeln, und ihr Oberkörper rutschte ein Stück in die Tiefe. Es funktionierte!

Nach Marks Anweisungen gab Esk an verschiedenen Stellen Druck, wodurch der Torso jedesmal ein Stückchen tiefer rutschte. Schließlich glitt Chex vollends in die Tiefe. Sie hatte es geschafft!

Hinter ihr sprang Esk hinunter. Das Loch mündete in einer Höhle. Im Licht, das von oben durch das Loch einfiel, sah Esk, wie Chex einige Schürfwunden an ihrem Fell befühlte. »Ich, äh, mußte ein wenig nachhelfen«, sagte er.

»Das war auch gut so«, erwiderte sie. »Ich bin nämlich nicht nur beinahe in Panik geraten, sondern auch fast erstickt.« Tatsächlich wirkte sie etwas mitgenommen, doch immerhin hatte sie es überlebt.

In der Höhle war es zum Glück wärmer. Er entdeckte das matte Leuchten des Pfadfinderpfads; er führte tatsächlich hier entlang. Doch was sollte es mit einem Ungeheuer auf sich haben?

In diesem Augenblick ertönte von vorn ein ohrenbetäubendes Rollen.

Tatsächlich, da war wirklich ein Ungeheuer!

Sie tauschten Blicke aus.

»Zurück können wir aber nicht«, meinte Chex. »Selbst wenn ich überhaupt noch einmal durch das Loch käme, würde ich es nur ungern tun. Dort erwartet uns nur das zornige Element Luft.« »Und eigentlich sollte der Pfad ja auch sicher sein«, unterstützte Esk sie. »Bisher hat er uns zwar öfters Angst eingejagt, aber Schaden genommen haben wir eigentlich nicht.«

»Bivher nicht«, meinte auch Volney und zuckte mißbilligend mit den Barthaaren.

Sie gingen den Pfad entlang. Es dauerte nicht lange, dann entdeckten sie ein riesiges, in den Höhlenboden eingelassenes Gesicht, dessen Schlund selbst eine Höhle war und dessen Augen aus dampfenden Schächten bestanden.

Am Kinn blieb Chex stehen. »Das letzte Gesicht war das Antlitz des Elements Luft«, sagte sie, »zumindest so, wie es hier im Kürbis verkörpert ist. Folglich müßte dieses hier die Personifizierung des Elements Erde sein.«

»Grrrolllll«, brüllte der Schlund, und Schwefeldämpfe stiegen auf, die sie husten ließen.

Doch der Pfad führte in den Schlund hinein.

»Laßt uns Mark wieder zusammensetzen, während wir über die Sache nachdenken«, meinte Chex.

»Das ist nicht nötig«, widersprach der Schädel. »Möglicherweise braucht ihr noch einmal eine Schaufel oder einen Hebel – oder auch eine Waffe. Wartet, bis wir diese Schwierigkeiten hier überwunden haben, sofern es euch nichts ausmacht, mich zu tragen.«

»Mir macht es nichts aus«, erwiderte Esk. Er begann die

Fähigkeiten des Skeletts immer mehr zu schätzen. Mark war wirklich ein sehr vielseitiger Bursche!

»Wenn wir dievev Gevicht beleidigen, könnte dav viemlich unangenehme Folgen haben«, warnte Volney.

Plötzlich hatte Esk eine Idee. »Dann laßt uns ihm doch schmeicheln!« sagte er.

Chex nickte. »Vielleicht wären wir leichter durch das Reich der Luft gekommen, wenn ich nicht die Geduld verloren hätte. Das war höchst unzentaurenhaft von mir.«

»Habt ihr schon jemals ein stattlicheres Gesicht gesehen?« fragte Esk laut. »Eines mit ... äh ... irdischeren Zügen?«

»Nein, ganz sicher nicht«, erwiderte Chex. »Das ist eine äußerst gelungene Skulptur.«

Der riesige Mund streckte sich zu einem Lächeln. Das Gebrüll verstummte.

»Gehen wir doch einmal hinein und sehen wir nach, was es dort noch für Wunder geben mag«, schlug Esk vor. »Ich bin sicher, daß es innen noch hübscher ist als außen.«

»Das ist durchaus möglich«, pflichtete Chex ihm bei. »Allzuoft vergessen wir, wieviel wir dem Element Erde doch schulden. Ohne es besäßen wir nur wenig Substanz.«

Das Lächeln streckte sich zu einem zufriedenen Grinsen. Eine große Steinzunge trat hervor und formte sich zu einer Rampe.

Sie schritten diese Rampe hinunter, in den Schlund hinein.

Nach kurzem Abstieg führte die Rampe auf einen gewundenen Weg, der durch ein Netz von Höhlen führte. Stalaktiten hingen von der Decke herab, während von unten prachtvolle Säulen emporwuchsen. Manche davon waren aus hübsch gefärbtem Gestein, das verschlungene grüne und rote und gelbe Streifen aufwies. Andere waren kristallin, durchsichtig, wirkten beinahe zu zart, um auch nur die geringste Bodenerschütterung überstehen zu können. Wiederum andere leuchteten und erhellten mit ihrem sanften Licht den Pfad. Nun brauchten sie nicht erst ihre Vorstellungskraft zu bemühen, um der Schönheit dieser

Gegend Komplimente zu machen; alles war wirklich wunderschön.

Selbst die Höhlen aus zerborstenem Gestein waren beachtenswert. Die Mineralien bestanden aus verschiedensten Edelsteinen, von glitzerndem Bergkristall bis zu glitzernden Diamanten. Jetzt kam Chex' weibliches Wesen zum Vorschein. »Wir sind zwar nur auf der Durchreise«, meinte sie, »aber ich frage mich ... meint ihr, daß ich vielleicht einen kleinen Splitter von diesem wunderschönen Purpuramethyst mitnehmen kann? Es ist ja so ein schöner Stein!«

»Wenn das Element Erde nichts dagegen hat«, meinte der Schädel.

Chex beugte sich vor, um einen Stein von einem Geröllhaufen zu nehmen, der halb so groß war wie sie selbst. »Darf ich diesen hier behalten?« fragte sie. »Ich verspreche auch, ihn immer wertzuschätzen und auch meine Erinnerung an diese Gegend.«

Von den Wänden der Höhle ertönte ein sanftes Schnurren.

Esk beschloß, es in Zukunft bei allen Begegnungen mit fremden Wesen oder Mächten zunächst mit Freundlichkeit zu versuchen. Welch einen Unterschied es hier doch gemacht hatte!

Schließlich gelangten sie an eine Wand aus Feuer. »Das wird wohl eine größere Herausforderung«, bemerkte Chex. »Wie sollen wir hier durchs Kürbisreich des Elements Feuer gelangen, ohne dabei zu verbrennen?«

»Ich vermute, daß ihr zuerst zu Flammen werden müßt«, meinte der Schädel.

Chex lachte kurz auf, doch dann wurde sie wieder ernst. »Das war kein guter Witz«, entschied sie.

»Komisch ist das bestimmt nicht«, meinte auch Esk. »Ich möchte nicht verbrannt werden.«

»Vielleicht wieder etwav mehr Vorvtellungvkraft?« fragte Volney.

»Du meinst, wir sollen noch einmal eine Tür zeichnen und hindurchtreten?« fragte Chex.

»Aber wenn dahinter das Reich des Feuers liegt, werden wir trotzdem verbrannt.«

Esk überlegte. »Wir haben die Luft beleidigt und wurden beinahe von einem Schneesturm ausgelöscht. Was, wenn wir dem Feuer ein Kompliment machen? Diese Elemente besitzen große Macht und können uns alles sehr schwer oder sehr leicht machen, ganz wie sie wollen.«

Chex nickte. »Wenn die Luft uns beinahe zu Tode erfrieren konnte, kann das Feuer vielleicht davon Abstand nehmen, uns zu Tode zu verbrennen, wenn es das will. Aber wie macht man dem Feuer Komplimente?«

»Vielleicht versucht ihr es damit, ihm die Wahrheit zu sagen«, meinte Marks Schädel.

»Die Wahrheit?« fragte Esk. »Daß wir nicht verbrannt werden wollen?«

»Daß wir eine Mission haben und seine Hilfe brauchen.«

Esk nickte beifällig. »Ich werde es versuchen.«

Er wandte sich an die Feuerwand. »O Element Feuer«, rief er, »wir sind vier Reisende, die durch dein Reich müssen. Dürfen wir dich sprechen?«

In der Flammenwand bildete sich ein riesiges Gesicht mit Augen wie Sonnenflächen und einem Maul, das einem kleinen Lavastrom glich.

»Sooooo?« fragte es hitzig.

»Ja, wir sind durchs Reich der Luft und der Erde gereist, und nun sind wir zu dir gekommen. Wir haben dich zum Kochen benutzt und um uns Wärme zu verschaffen, wenn uns kalt war. Wir wissen deine Macht zu schätzen, können dich aber nicht berühren, ohne dabei Schaden zu erleiden. Wirst du uns durchziehen lassen, ohne uns zu verbrennen?«

Das Gesicht überlegte. »Ihr müßt Flammen werden«, sagte es und betonte dabei jede Silbe mit einem Flammenstoß.

»Aber …«, begann Esk.

»Wir können zu Flammen werden – ohne daß es uns schadet?« fiel Chex ihm ins Wort.

»Ja – wenn ihr es annehmt«, erwiderte das Feuergesicht.

»Und dann können wir auch zum nächsten Reich weiter?«

»Ja.«

»Dann werden wir es tun«, sagte sie. »Wie werden wir denn zu Flammen?«

Als Antwort öffnete sich der Mund zu einem großen, feurigen Kreis.

»Wir müssen uns auf das Wort des Elements Feuer verlassen«, sagte Chex. Dann sprang sie hinein.

Sie verschwand. Nun war an ihrer Stelle nur noch eine tänzelnde Flamme in Zentaurengestalt zu sehen.

Entsetzt sah Esk es mit an. »Es hat sie verbrannt!« flüsterte er.

Die Zentaurenflamme drehte sich um und winkte ihnen; sie sollten folgen.

»Nein, das ist sie«, widersprach der Totenschädel. »Sie ist zur Flamme geworden. Wirf mich jetzt hinein.«

Esks Hand zitterte, doch er schleuderte den Knochenstab durch den Ring. Er verwandelte sich in eine Flamme und nahm die Gestalt eines Skeletts an.

»Ev muß vtimmen«, meinte Volney. »Vergiv nicht, der Pfad voll ja vicher vein. Heb mich alv nächvten hinein.«

Esk beugte sich vor und verschränkte die Hände. Der Wühlmäuserich stemmte eine Hinterpfote darauf, ließ sich von Esk ein Stück anheben und sprang. So plumpste er in den Kreis und verschwand ebenfalls in den Flammen.

Nun war Esk an der Reihe. Er musterte den Feuerkreis und zögerte. War es wirklich sicher hineinzuspringen, oder waren die anderen verbrannt worden, so daß an ihrer Stelle nur lockende, höhnende Flammenillusionen erschienen waren? Wie konnte er sich sicher sein? Noch immer zögerte er, unfähig zu springen. Die drei Feuerwesen winkten ihm zu, doch war das noch kein Beweis dafür, daß seine Freunde unversehrt waren.

Dann dachte er an seine Fluchtmöglichkeiten für den Fall, daß er nicht in die Flammen springen würde. Den Pfad, der sie hierher geführt hatte, konnte er nicht mehr zurückgehen; dazu gab es viel zu viele Hindernisse, kahle

Mauern, Einwegbilder und ähnliches. Allein konnte er nicht zurückkehren; er brauchte jemanden, der über den Pfadfinderzauber verfügte; also konnte er ebensogut in den Flammen umkommen.

Diese Gedanken verliehen ihm den Mut der Verzweiflung. Er atmete tief durch, hielt die Luft an und sprang.

Ein greller Schwindel erfaßte ihn. Dann landete er auf einer Brennstoffontäne, die ihn trug und schweben ließ.

»Willkommen an Bord«, sagte Chex. »Einen Augenblick lang dachte ich schon, daß du dich uns nicht anschließen würdest!«

Esk sah an sich selbst herunter. Er bestand völlig aus Flammen!

»Paßt auf und haltet euch immer an die Brennstoffquelle«, ermahnte Volney die anderen. »Denn wenn ihr achtlos seid, könntet ihr sehr schnell verblassen.«

Esk zuckte vor Schreck zusammen. »Du lispelst ja gar nicht mehr!« rief er, und sein Körper loderte vor Überraschung.

»Ich habe noch nie gelispelt!« entgegnete der Feuerwühlmäuserich empört. »*Du* hast aufgehört, ständig zu zischen.«

Esk entschied sich, lieber keinen Streit vom Zaun zu brechen. Was den Brennstoff anging, so überzeugte er sich schnell von dessen Wichtigkeit. Wenn er nämlich von seiner Fontäne trat, wurde sein Körper sofort anämisch und drohte flackernd zu verscheiden. Es gab hier viele Fontänen, die Sache war also kein Problem. Er brauchte lediglich von einer zur anderen zu schreiten.

Dann sah er Chex an. Sie veränderte gerade ihre Gestalt.

»Flammen sind formbar«, sagte sie, als sie seinen Blick bemerkte. Er wußte nicht so genau, wie sie überhaupt sehen oder hören oder sprechen konnten, aber es funktionierte. »Es fällt mir schwer, mein Hinterteil heiß zu halten, deshalb experimentiere ich gerade mit einer Form, die für diesen Zweck geeigneter ist.« Sie fuhr fort sich zu verwandeln, bis sie keinerlei Ähnlichkeit mehr mit einer Zentaurin hatte und statt dessen eher der Flamme einer großen Kerze glich. Dann schob sie eine Feuerpseudopode zu einer Nachbarfontäne hinüber und loderte dort auf, während ihr früheres Selbst erlosch.

Esk versuchte es auch. Er ließ seine beiden Füße miteinander verschmelzen und fühlte sich sofort besser; denn jetzt strömte mehr von dem Brennstoff in ihn hinein. Er griff nach der nächsten Fontäne und sah, daß er dabei eher eine Flammenausdehnung vorschob als einen Arm; wozu sich die Mühe machen, einen nutzlosen Arm auszubilden, wenn er doch nur eine Verbindung brauchte?

Schon bald sahen sie alle wie Kerzenflammen aus, sogar Mark. Sie setzten ihre Reise durch das Reich des Feuers fort. Der Pfad war an den Brennstoffmustern zu erkennen, ob es sich einfach um Gas, um Flüssigkeit oder um Festbrennstoff handelte. Auf jedem davon konnten sie weiter existieren, wenngleich sich Farbe und Hitze mit den verschiedenen Brennstoffen verwandelten. Der Geruch der Brennstoffe unterschied sich. Gas war grün und flackerte, während Kohle blau war und ebenmäßig brannte, Holz hingegen war gelb und stotterte.

Sie überquerten das Feuerfeld und gelangten an eine Grenze: Wasser. Ein scheinbar endloser See zog sich über eine Ebene. Er wirkte sehr trostlos, doch der Pfad führte hinein.

»Wir danken dir für deine Gastfreundschaft, Feuer«, sagte Esk. »Nun müssen wir weiter durchs Wasser.«

Das Flammengesicht tauchte noch einmal vor ihnen auf. »Darum beneide ich euch nicht«, sagte es und erlosch.

»Oh, Element Wasser«, sagte Esk und wandte sich dabei an den See. »Wir sind vier Reisende, die durch dein Gebiet müssen. Dürfen wir auf deine Einwilligung hoffen?«

Ein Gesicht formte sich auf der Seeoberfläche, es hatte Augen wie Strudel. »Springt hinein«, sagte es mit feuchter Aussprache.

»Aber im Augenblick besitzen wir alle Flammengestalt«, warf Esk ein. »Wir fürchten uns davor, plötzlich zu erlöschen.«

Der Wassermund öffnete sich einfach zu einem immer

größer werdenden Wellenring. Eine andere Antwort erhielten sie nicht.

»Ich werde es versuchen«, entschied Mark. »Ich habe ja kein Leben, das ich verlieren könnte.«

Die Skelettflamme sprang ins Wasser, erzeugte dabei ein gewaltiges Zischen und erlosch. »Hoppla«, meinte Volney.

Plötzlich erschien ein knochenweißer Fisch und stieß die Schnauze aus dem Wasser. Er spie ihnen einen Wasserstrom entgegen, dann machte er kehrt.

Esk sah Chex an. »Ist das Mark?«

»Sieht so aus«, sagte sie.

»Dann werde ich ihm folgen.« Esk sprang ins Wasser. Er spürte die Erschütterung, als seine Flamme erstarb. Zugleich aber spürte er das angenehm kühle Wasser. Er atmete ein – und merkte, wie das Wasser durch seine Kiemen strömte. Er war zum Fisch geworden.

Neben ihm klatschte etwas ins Wasser, ein weiterer Fisch schwamm heran mit braunen Schuppen und einem großen Körper, an dem weiße Flossen wie Flügel flatterten. »Hallo, Chex«, sagte er in Fischsprache.

»Das ist wie Fliegen!« erwiderte sie zufrieden.

»Das ist wie Leben«, meinte der knochenbleiche Fisch und zappelte mit seinen knochigen Kiemen.

Wieder platschte etwas ins Wasser, und ein gedrungener Fisch mit kurzen Flossen kam heran. »Das ist genau wie Graben«, meinte er und zeigte sich ebenfalls.

Sie schwammen durch das Element Wasser, der leuchtenden Blasenspur folgend, die ihren Pfad markierte. Sie kamen an winkendem Seetang vorbei, an blubbernden Unterwasserquellen und durch Gegenden, wo das Sonnenlicht die Oberfläche fleckig erscheinen ließ, durch seichte Gebiete, wo sich der weiße Sand wie eine Dünenwüste erstreckte, durch Untiefen, wo sich der Meeresboden in der Düsternis der unergründlichen Tiefe verlor.

Es war tatsächlich wie Fliegen. Chex tanzte förmlich dahin, ihre Ohrenflossen schwangen auf und ab wie Flügel. Esk hatte sich nie danach gesehnt, fliegen zu können, doch nun konnte er sie verstehen; diese Art der Fortbewegung hatte soviel einzigartige Freiheit an sich, daß das Reisen zu Lande dagegen schrecklich langweilig erschien.

Andere Fische kamen herbei, um zuzusehen, wie sie vorüberzogen, drangen aber nicht bis zum Pfad vor. Einige von ihnen sahen recht hungrig aus, doch der Zauber des Pfads hielt sie offenbar zurück.

Nach einer Weile gelangten sie ans Ende des Wasserelements in der Kürbiswelt. Der Pfad führte durch eine durchsichtige, senkrechte Wand; es war nicht zu erkennen, um welche Art von Herausforderung es sich hierbei handelte.

»O! Nichts«, sprach Esk, »wir sind vier Reisende, die auf einer Suche durch dein Gebiet müssen. Wirst du ...«

Entsetzt brach er ab. »Was sage ich denn da? *Da ist das Nichts!* Aus dem entkommt niemand!«

»Bist auf die Nachtmähren«, pflichtete Chex ihm bei, sie war ebenso entsetzt wie er. »Meine Mutter war einmal hier und mußte von den Nachtmähren hinausgetragen werden. Dafür mußte sie mit der Hälfte ihrer Seele zahlen!«

»Und meine Mutter auch!« sagte Esk. »Und mein Vater – die hatten zusammen nur noch eine einzige volle Seele. Dort dürfen wir nicht hinein!«

»Ihr habt eins vergessen«, warf Mark ein. »Das hier ist nicht das wahre Nichts, sondern nur seine Außenstelle im Kürbis, nur der Traum vom Nichts, der den Schlafenden in Schrecken versetzt, so wie ihr jetzt auch erschreckt seid. Es kann euch nicht festhalten.«

Chex nickte, was in ihrer Fischgestalt eine reife Leistung darstellte. »Ich schätze, dann können wir es wohl riskieren, da der Pfad ja auch hineinführt und eigentlich sicher sein soll.« Sie klang aber doch ziemlich verunsichert.

»Entweder wir trauen ihm, oder wir tun es nicht«, meinte Esk. »Um zum Begrenzungszauber zu kommen, müssen wir es tun.« Er hoffte, daß er sich sicherer anhörte, als ihm zumute war. Seine Knie fühlten sich weich an, was um so beunruhigender war, als er im Augenblick überhaupt keine Knie besaß.

Esk wiederholte seine rituelle Anrufung des Nichts, doch sie bekamen keine Antwort. Darüber berieten sie sich und gelangten zögernd zu dem Schluß, daß es wahrscheinlich sicher sei, durch das Hindernis hindurchzuschwimmen, sofern es möglich war, und daß sie im nächsten Element entsprechende Gestalt annehmen würden. Vielleicht sogar ihre eigene.

Diesmal hielten sie sich gemeinsam an den Händen (Flossen) fest, alle gleichermaßen nervös, und schwammen auf das Hindernis zu.

Plötzlich schwebten sie über einer leeren Ebene in der Luft. Das Wasser war verschwunden, doch sie waren noch immer Fische.

»Ich dachte, ich würde wieder meine eigentliche Gestalt annehmen«, sagte Chex überrascht.

Während sie sprach, verwandelte sie sich plötzlich in eine Zentaurin, die ohne zu fliegen in der Luft schwebte. »Und daß ich wieder an den Boden gebunden wäre«, fügte sie wiederum verblüfft hinzu. Worauf sie zu Boden stürzte.

»Warum verwandeln wir anderen uns dann nicht wieder?« fragte Esk.

So geschah es denn auch. Mark wurde wieder zum Skelett. »Ich glaube, ein fleischlicher Zustand wäre mir auch ganz lieb gewesen«, sagte er betrübt. Worauf er zu einem lebenden Mann wurde, mit Haut und Haaren und nackt.

»Ich glaube, das ist jetzt eine ganz besondere Situation«, meinte Chex mit zentaurentypischer Untertreibung.

»Ganz besonders«, stimmte Volney ihr zu und nahm ebenfalls die Gestalt eines Mannes an.

»Das hier ist wie im Feuerreich«, fuhr Chex fort. »Da konnten wir unsere Gestalt auch verändern, und Volney hat genauso gesprochen wie wir. Nur, daß es hier noch viel stärker ist.«

»Mir ist auch aufgefallen, daß ich plötzlich viel besser sprechen konnte«, meinte Volney. »Ich habe mich schon immer gefragt, wie es wohl wäre, aufrecht zu gehen, so wie die Menschen es tun.«

»Oder Fleisch zu haben, wie es die lebenden Leute kennen«, fuhr Mark fort und nahm die Gestalt eines männlichen Zentauren an.

»Oder männlich zu sein«, sagte Chex und wurde männlich.

»Äh, wir laufen Gefahr, uns von unserem eigentlichen Ziel ablenken zu lassen«, ermahnte sie Esk.

Sofort nahm jeder wieder seine ursprüngliche Gestalt an.

»Ich bin froh, wenn wir endlich den Begrenzungszauber gefunden haben«, warf Chex ein. »An einem solchen Ort wie diesem könnten wir uns auf alle Zeiten ablenken, und das könnte ähnlich gefährlich sein wie das Guckloch, das in den Kürbis führt, ganz zu schweigen davon, in welche Gefahr es das Tal der Wühlmäuse bringen würde.«

»Das ist nur zu wahr«, bestätigte Volney. »Es gibt eben nicht nur körperliche Gefahren.«

Sie folgten dem Pfad in eine zunächst kahle Landschaft, doch nach und nach entwickelten sich Bäume und Felder und Sträucher.

Chex hielt an. »Auch auf die Gefahr einer Ablenkung hin möchte ich doch eine Frage stellen«, sagte sie. »Ist es möglich, daß es hier gar keine Landschaft gibt und wir sie uns nur einbilden? Wenn dem so sein sollte, sind die Dinge nämlich nicht unbedingt das, als was sie uns erscheinen.«

»Das läßt sich leicht überprüfen«, antwortete Esk. »Konzentrieren wir uns doch alle darauf, daß es keine Landschaft geben soll, und schauen wir, ob sie dann verschwindet.«

Sie konzentrierten sich, und die Landschaft verschwand tatsächlich.

»Meine nächste Frage«, sagte Chex schleppend, »lautet: Bilden wir uns auch den Pfad nur ein?«

Esk pfiff durch die Zähne. »Das sollten wir lieber herausbekommen!«

Sie konzentrierten sich erneut, doch der Pfad blieb bestehen.

»Der ist wenigstens echt«, meinte Chex erleichtert. »Wir können uns also jede beliebige Landschaft einbilden, solange wir nur nicht vom Pfad abkommen.«

Sie schritten weiter, und die Landschaft bildete sich aufs neue aus, diesmal sonderbarer und weniger glaubwürdig.

Es schien eine Gemeinschaftsanstrengung zu sein, bei der in der Ferne Wühlmäuse und Flügelzentauren umherflogen und Bäume wuchsen wie Knochen mit Totenschädelfrüchten, während Messingmädchen hinter durchsichtigen Metallvorhängen hervorlugten, die ihre bronzefarbenen Beine offenbarten.

Dann führte der Pfad in eine Schlaufe hinein. Es war völlig eindeutig: Sie gingen mehrmals umher, bis sie sich davon überzeugt hatten, daß er nirgendwohin führte.

»Ich glaube, wir sind am Ziel«, meinte Esk. »Aber wo ist der Begrenzungszauber?«

»Suchen wir die Landschaft danach ab«, schlug Mark vor.

Sie konzentrierten sich, worauf ihre Umgebung sich wieder völlig entleerte. Dann sahen sie, daß der Pfad in ein tiefes Loch hineinführte. Er verschwand einfach in einer Schwärze, die so tief war, daß sie sie einzusaugen schien. Sie mußten den Blick abwenden.

»Aber was ist das?« fragte Volney.

»Ich vermute, die Mitte des Nichts«, warf Mark ein. »Das schwarze Loch, aus dem nichts zurückkehrt.«

»Aber wenn der Zauber sich dort unten befindet, wie sollen wir ihn dann herausholen?« wollte Esk wissen.

»Du hast schon wieder etwas vergessen«, wandte Mark ein. »Wir haben es hier nur mit dem Nichtsausläufer im Kürbis zu tun, nicht mit dem Nichts selbst. Daher kann es durchaus möglich sein, daß wir etwas daraus hervorholen.«

»Aber der Pfad führt nicht hinein, sondern nur herum«, bemerkte Volney. »Das deutet darauf hin, daß der Zauber sich nicht in ihm befindet, sondern ...«

»Sondern *es selbst* ist!« rief Chex.

»Der Begrenzungszauber soll das Nichts sein?« fragte Esk verwirrt.

»Ich glaube, ich begreife langsam die Logik, die dahinter steht«, erörterte Chex. »Was kann einen Zapplerschwarm in Schach halten?«

»Nichts«, erwiderte Esk. »Man muß jedes einzelne Mitglied des Schwarms einfangen und töten, sonst gibt es später einen neuen.«

»Gar nicht wahr«, protestierte Volney.

»Du hast recht«, warf Chex schnell ein. »Aber wir sind uns darin einig, daß es keine Mauer gibt, die einen Schwarm von Zapplerlarven begrenzen kann. Sie bohren sich durch alles, bis sie entweder keine Kraft mehr haben, ihre jeweilige Gesteinsart finden oder getötet werden.«

»Das stimmt«, bestätigte Volney.

»Daher ist die Vorstellung von einem Begrenzungszauber auch recht seltsam«, fuhr sie fort. »Denn der soll etwas Unbegrenzbares begrenzen. Es gibt jedoch etwas, das alles begrenzt, was sich in ihm befindet, ohne Ausnahme, und das ist ...«

»Das Nichts!« sagten Esk und Volney im Chor.

»Das Nichts«, bestätigte sie. »Meine Mutter und Esks Eltern sind der Region des Nichts nur durch die Einmischung der Nachtmähren entgangen, die sich als einzige ungehindert durch derlei Regionen bewegen können. Diese äußere Mauer des Nichts sollte die Zappler also auch begrenzen, ohne ihnen Schaden zuzufügen. Sie hindert sie lediglich daran, ihr zu entkommen, bis sie schließlich keine Kraft mehr haben und sterben. Dabei sterben sie glücklich, weil sie sich einbilden, sich in ihrem Lieblingsgestein zu befinden, doch können sie nicht darüber hinaus greifen. Mit der Zeit verschwinden dann alle bis auf jene, die in die Tiefe gebohrt und ihr Gestein im umgrenzenden Gebiet gefunden haben. Daher ist das Nichts tatsächlich der Begrenzungszauber.«

Ihre Logik überzeugte. »Aber wie sollen wir das ... das Nichts mit ins Tal nehmen?« wollte Esk wissen.

»Das können wir natürlich nicht«, meinte Chex. »Aber vielleicht können wir ebensogut ein Abbild mitnehmen.«

»Durch Einbildungskraft läßt sich doch kein Zapplerschwarm aufhalten!« protestierte Esk. »Eine Zapplerlarve besitzt nur wenig Einbildungskraft, die hat immer nur eins im Sinn.«

»Das ist wahr. Ich vermute aber, daß dieses Nichts im

Kürbis ähnlich funktioniert wie das Guckloch. Wenn wir es ins Tal bringen und aufstellen, wird es die Zappler im richtigen Nichts einschließen, das ein Gebiet genau wie dieses ist, nur dauerhafter, und die Wirkung wird die gleiche sein. Dann brauchen wir es nur in den Kürbis zurückzubringen und ...«

Sie brach den Satz ab, als allen klarzuwerden begann, worauf er hinauslief. Mark faßte es in Worte. »Wie sollen wir das Nichts dort im Tal aufstellen, ohne selbst in seine Falle zu laufen, und wie sollen wir es später wieder in den Kürbis zurückbringen, wenn wir damit fertig sind?«

»Es muß eine Möglichkeit geben«, bemerkte Esk. »Tatächlich haben wir es doch mit zwei Problemen zu tun: Wir müssen es hinbringen, und wir müssen es wieder zurückbringen – ohne in seine Falle zu laufen.«

Mark beugte sich über das Loch und spähte hinein. »Tu das nicht!« rief Chex. »Wenn du hineinstürzen solltest ...«

»Es ist doch nur ein Abbild«, erinnerte sie das Skelett. Dann griff Mark hinunter, um den Rand des Lochs aufzunehmen, und faltete es einmal zusammen. Dann faltete er es ein weiteres Mal, während die anderen fassungslos zusahen, und fuhr damit fort, bis es schließlich zu einem kleinen Bündel geworden war, das er in einer Knochenfaust verstecken konnte. »Das Transportproblem hat sich erledigt. Ich habe mir schon Sorgen gemacht, daß ich nicht dazu in der Lage sein könnte, es zu bewegen, weil die Dämonen nichts im Kürbis beherrschen können, aber es sieht so aus, als sei ich nicht aus demselben Stoff, aus dem die Dämonen sind.«

»Offensichtlich nicht«, bestätigte Chex. »Ich wußte gar nicht, daß die Dämonen in dieser Hinsicht begrenzt sind.«

»Da Dämonen keine Seele haben, dürfen sie auch nicht mit Dingen umgehen, die in enger Verbindung zu Seelen stehen«, erklärte Mark. »Die meisten Dinge im Kürbis aber stehen in einer solchen Verbindung, weil es das lebendige Gewissen ist, der Wächter der Seele, das die Träume herbeiruft.«

Die leere Landschaft um sie herum war verschwunden.

Nun standen sie dafür in einer großen Höhle, offensichtlich die wirkliche Szenerie für die Illusion, die diesen Aspekt des Kürbis darstellte. Als sie ihren Mittelpunkt zusammengefaltet hatten, war die Illusion verblaßt.

»Äh ... ja, sieht so aus«, meinte Esk. »Wir können es mitnehmen und auch wieder zurück. Aber nur, wenn wir neben ihm bleiben, um es wieder aufzuheben, und wenn die Zappler dann ausschwärmen, werden wir so durchlöchert werden, daß wir tot sein werden.«

»Ich bin bereits tot«, erinnerte ihn Mark. »Ich bleibe gern neben dem Loch, bis der Zapplerschwarm mit seiner Arbeit fertig ist ...«

»Und wir anderen können uns außerhalb aufhalten«, meinte Chex. »Mark, ich glaube, du hast es erst möglich gemacht, daß wir unsere Mission erfolgreich zu Ende führen können!« Sie beugte sich vor und küßte seinen Schädel.

Das Skelett wirkte beunruhigt. »War das eine Entschuldigung?«

»Eine Entschuldigung?« fragte sie.

»Du hast mich entweder geküßt oder deinen Schädel gegen meinen geschlagen, und das bedeutet doch ...«

Sie lachte. »Ja, das war eine Entschuldigung dafür, daß ich jemals habe denken können, du wärst nicht mindestens eine ebenso wirkliche Person wie wir anderen!« Sie blickte sich um. »Und nun wollen wir ... mal sehen ... Volney, du solltest jetzt den Pfadfinderzauber benutzen, damit wir einen Pfad finden, der uns zum Ausgang des Zombiekürbis führt. Du hast den Zauber ja noch nicht benutzt.« Sie holte den Pfadfinderzauber hervor und reichte ihn dem Wühlmäuserich.

»Gern«, sagte Volney.

15

UNGEHEUER

Auf Schloß Roogna wurden sie von drei Frauen willkommen geheißen: von der alten Latia, der reifen Bria und der jungen Ivy. Alle anderen waren damit beschäftigt, die Suche nach dem verschollenen Guten Magier Humfrey fortzusetzen.

Zufällig ging Esk gerade an der Spitze, als sie im Obsthain eintrafen, so daß er auch als erster mit Fragen überschüttet wurde.

»Habt ihr den Begrenzungszauber?« fragte Latia.

»Habe ich dich in Verlegenheit gebracht?« fragte Bria.

»Wie war es im Kürbis?« fragte Ivy.

Esk antwortete ihnen nacheinander. »Wir haben. Ja, das hast du. Es war höchst merkwürdig.«

Dann zeigte Mark seine Hand voll Nichts, womit er Latia ablenkte, während Chex damit begann, Ivy die Reise zu beschreiben, so daß nur noch Bria übrigblieb.

»Dann muß ich mich wohl entschuldigen«, sagte sie begierig. »Was habe ich denn getan?«

»Du hast mich dazu benutzt, um aus dem Kürbis zu kommen und um zu versuchen, wirklich zu werden.«

Sie hatte ihn gerade umarmen wollen, doch nun hielt sie inne.

»Ja, das stimmt. Aber weißt du, meine Mutter Blygth hat es immer bedauert, daß sie deinen Vater, den Oger, nicht besser kennengelernt hat und daß sie auch nicht öfter in diese Welt gekommen ist. Manchmal hat sie davon erzählt, und da merkte ich, wie traurig sie war. Nicht, daß sie in der Messingstadt unglücklich gewesen wäre, aber sie hat einfach nur über das nachgedacht, was hätte sein können. Diese Gedanken habe ich von ihr geerbt. Deshalb bin ich umhergewandert, und deshalb ging ich schließlich auch verloren. Ich habe nach einem Ausweg gesucht, konnte ihn aber nicht finden. Dann bist du gekommen, und da wußte ich sofort, daß du mich nicht nur hinausbringen könntest, sondern daß du auch irgendwie prima bist. Als ich dann erfuhr, daß du der Sohn von Mutters Oger bist, war ich ganz versessen auf dich. Und als ich den Anpassungszauber fand, begriff ich, daß es möglich sein müßte. Ich wußte, daß du nach einem Mädchen aus Fleisch und Blut suchtest und daß du mich nicht mögen würdest, wenn man dich nicht mächtig dazu ermunterte, deshalb mußte ich einfach schnell handeln, wenn ich überhaupt noch irgendeine Hoffnung haben wollte. Das ist die ganze Geschichte.«

»Das meine ich aber gar nicht«, erwiderte Esk. »Warum hast du denn geglaubt, daß ich dich nicht mögen würde?«

»Na ja, ich bin ja nicht so wie die Fleischmädchen.«

»Du weichst mir immer noch aus.«

»Du mußt im Kürbis aber eine Menge dazugelernt haben!« rief sie plötzlich.

»Ich habe meine tiefste Angst kennengelernt, und nun kann ich solche Ängste auch bei anderen sehen. Du mußt einen guten Grund dafür gehabt haben, zu glauben, daß ich dich nicht mögen würde, wenn ich die Wahrheit erführe.«

»Es ist die Sache mit der Seele«, hauchte sie.
»Die was?«
»Wir Traumwesen besitzen keine Seele. Ohne sie können wir nicht wirklich sein.«
»Du willst meine Seele haben?« rief er entsetzt.
»Vielleicht ... die Hälfte?« fragte sie zaghaft.
»Kein Stück bekommst du davon!« rief er empört.
»Ja, natürlich«, sagte sie beinahe unhörbar. »Dann will ich mich entschuldigen und dich danach in Ruhe lassen.«
»Nein! Keine Entschuldigung! Von diesem Trick habe ich genug!« Abrupt wandte er sich von ihr ab und stakste davon.
Inzwischen fanden auch die anderen Gespräche ihr Ende. »Wir müvven weiter inv Tal«, sagte Volney. »Dort werden langvam die Ungeheuer eintreffen.«
»Geht doch erst am Morgen los!« rief Ivy. »Es gibt so vieles, was ich noch hören will!«
Sie willigten ein. Der Tagesmarsch hatte sie ermüdet. Der Pfad, der sie aus dem Kürbis hinausgeführt hatte, war beinahe ebenso verworren gewesen wie der Hinweg, und danach hatten sie vom Kürbis aus noch bis zu Schloß Roogna gehen müssen. Also war es besser, wenn sie am nächsten Morgen ausgeruht die Reise fortsetzten.

Am nächsten Tag brachen alle auf, wobei Volney die Führung übernahm, dann folgten Chex, Esk, Mark, Latia und Bria. Seitdem er ihr Ansinnen abgelehnt hatte, hatte das Messingmädchen kein Wort mehr mit Esk gewechselt, weshalb er sich auch ein wenig schuldig fühlte; andererseits war er aber auch äußerst wütend darüber, daß sie ihn so unverschämt um so etwas gebeten hatte: die Hälfte seiner Seele!
Da erinnerte er sich an etwas, was Chex ihm erzählt hatte, und er ging ein Stück schneller, bis er neben ihr schritt. »Hat deine Mutter nicht die Hälfte ihrer Seele eingebüßt? Um aus dem Nichts herauszukommen?«
»Ja. Das war der Preis der Nachtmähren. Im Kürbisreich

sind Seelen sehr gefragt. Deine Eltern haben diesen Preis auch bezahlt.«

»Darüber haben sie nie viel gesprochen«, meinte er. »Ich hätte nie geglaubt, daß jeder von ihnen nur eine halbe Seele besitzt.«

»Nein, das haben sie auch nicht. Der Nachthengst hat am Schluß eine Seele wieder rausgerückt, deshalb hat jeder von ihnen wieder eine ganze. Wahrscheinlich haben sie danach nie wieder darüber nachgedacht.«

Dessen war sich Esk nicht so sicher. »Aber deine Mutter ...«

»Meine Mutter hat ihre Seelenhälfte nie zurückbekommen. Aber das hat ihr auch nicht wirklich etwas ausgemacht. Weißt du, das war die Seelenhälfte, die an die Mähre Imbri ging, durch welche diese wirklich werden und den Verlust ihres Körpers im richtigen Nichts überleben und zu einer Tagmähre werden konnte. Und außerdem ist Chems Seele nach einer Weile wieder nachgewachsen, so daß sie in Wirklichkeit gar nichts verloren hat.«

»Seelen können ... nachwachsen?« Davon hatte er zwar schon einmal gehört, doch war es ihm jetzt sehr wichtig, die Sache ganz genau zu verstehen.

»O ja, sofern etwas da ist, worauf sie aufbauen können. So bekommen Säuglinge auch ihre Seelen, soweit ich weiß; erst nehmen sie von jedem Elternteil ein Stückchen, das dann weiterwächst, während die Seelen der Eltern auch wieder nachwachsen. Soweit ich weiß, ist es also nicht unbedingt ein Vergnügen, die halbe Seele einzubüßen, aber es ist auch keine Tortur. Ich hätte gar keine eigene Seele, wenn es meiner Mutter nicht gelungen wäre, die ihre wieder zu vervollständigen. Warum fragst du?«

»Bria will die Hälfte meiner Seele haben.«

Chex blickte seitlich auf ihn herunter. »Oh, so weit ist es also schon gekommen? Ich muß sagen, das überrascht mich nicht.«

»Deshalb hat sie sich auch an mich herangemacht. Wegen meiner Seele, damit sie wirklich werden kann.«

»Oh, so siehst du das also?«

»Wie sollte man es denn wohl sonst sehen? Sie hat sich dazu entschlossen, mich zu benutzen, um aus dem Kürbis zu kommen. Ich habe immer gedacht, daß sie mich mag.«

»Muß ich jetzt widersprechen?«

»Etwa nicht? Man benutzt doch niemanden, den man wirklich mag.«

»Da bin ich mir nicht sicher. Mögen und Teilen – das kann durchaus zusammengehen.«

»Ich schätze, sie mag es höchstens, wenn ich ihr meine Seelenhälfte gebe.«

»Aber sie hat doch ein Zuhause im Kürbis. Warum sollte sie sonst hier draußen bleiben wollen?«

Esk spreizte die Hände. »Ich vermute, es gefällt ihr hier draußen einfach besser. Sie sagt, daß sie gerne Forschungsreisen unternimmt und daß ihre Mutter meinen Vater kannte.«

»Aber warum sollte es ihr hier besser gefallen, wo es für sie doch so seltsam und fremdartig ist?«

»Worauf willst du hinaus?«

»Ich würde jedenfalls nicht gern in ein fremdes Reich gehen und dort den Rest meiner Existenz verbringen, wenn ich dafür keinen guten Grund hätte.«

»Ich kann beim besten Willen keinen solchen guten Grund bei ihr erkennen.«

»Wenn ich jemandem begegnete, der in diesem anderen Reich lebt, und bei ihm bleiben wollte, und dies nicht könnte, solange ich nicht dort bliebe, dann würde ich möglicherweise auch alles in die Wege leiten, was erforderlich wäre, um dort zu bleiben.«

Esk überlegte. »Willst du damit sagen, daß es sich eigentlich umgekehrt verhält? Daß sie mich nicht benutzt, weil sie bleiben will, sondern daß sie bleiben will, weil sie mich mag?«

»Nun, ich frage mich schon, warum sie keinen anderen Mann um seine Seele gebeten hat. Gewiß hatte sie doch in unserer Abwesenheit Gelegenheit genug dafür, aber Ivy erzählte mir, daß Bria meistens allein geblieben ist und nicht sehr viel gesagt hat. Daß sie nirgendwo Forschungsreisen unternommen hat und niedergeschlagen wirkte, bis du zurückgekehrt bist.«

Esk schüttelte den Kopf. »Ich wünschte, ich würde ihr wirkliches Motiv kennen.«

»Warum?«

»Weil es einen Unterschied macht!« sagte er hitzig. »Wenn sie nur geglaubt haben sollte, daß ich eben der nützlichste Idiot mit einer greifbaren Seele war ...!«

»Warum sollte das einen Unterschied machen? Du brauchst ihr doch gar nichts zu geben, was du nicht geben willst.«

»Was, wenn ich ihr meine Seele gäbe und sie einfach woanders hinginge?«

»Dann wäre die Auflösung dieser Ungewißheit die Sache möglicherweise wert. Mit Sicherheit würdest du auf diese Weise ihr wahres Motiv erfahren.«

Verwirrt gab Esk keine Antwort mehr.

Er war jetzt völlig durcheinander und mußte erst einmal nachdenken.

Endlich gelangten sie an die Kreuzung, die südlich zum Schloß des Guten Magiers und nördlich zum Tal der Wühlmäuse führte. Volney hielt sich nach Norden, und sie folgten ihm.

Bald wurde der Pfad schmaler und bog nach Osten. Volney schritt unbeirrt voran, doch allmählich begann es zu dämmern. Sie mußten ihr Nachtlager aufschlagen.

Sie suchten nach Früchten und Wurzeln. Mark und Bria halfen dabei, obwohl keiner von beiden essen mußte. Der Anblick des Messingmädchens versetzte Esks Gefühle in Wallung, es war wie eine Brise, die den Schleier seiner Verwirrung hob. Wenn sie nur seine Seele wollte, sie aber nicht bekommen konnte, warum war sie dann nicht einfach woanders hingegangen? Jedenfalls brauchte sie ihnen wohl kaum zu helfen, wenn sie es nicht wollte.

Weshalb sollte es für ihn einen Unterschied machen, hatte Chex gefragt. Weil Bria ihn geküßt hatte und weil er sich wünschte, daß sie das öfter tat. Vielleicht war er nur ein Narr, aber so empfand er nun einmal.

Chex hatte ihm genau gesagt, wie er die Wahrheit in Erfahrung bringen konnte.

Er schritt zu Bria hinüber. »Ich gebe dir die Hälfte meiner Seele«, sagte er.

»Wie, um mich loszuwerden?« fauchte sie. »Ich will sie gar nicht haben!«

»Warum hast du mich dann vorhin darum gebeten?«

»Ich ...« Dann wandte sie sich ab. »Ach, ist doch egal.«

Mit diesem Problem hatte er nicht gerechnet. »Nein, ich will es wirklich wissen.«

»Weil ich dumm war«, sagte sie. »Ich dachte ...« Doch wieder brach sie ab.

Langsam begann Esk die Antwort zu ahnen. »Weil du geglaubt hast, daß wir vielleicht ... daß wir vielleicht zusammenleben könnten?«

»Ich hätte es besser wissen müssen! Ich bin ja nur ein Messingmensch aus dem Kürbis! Ich bin ja nicht einmal lebendig! Warum sollte irgend jemand wollen ...« Sie fuhr sich mit einem Zipfel ihres Rocks an die Augen.

»Irgend jemand tut es vielleicht.«

»Na klar«, meinte sie ätzend. »Wer denn?«

»Nur ein anderer Narr«, erwiderte er. »Ich glaube, ich bin dir eine Entschuldigung schuldig.«

Sie musterte ihn, eine Messingträne auf der Wange. »Soll das heißen, daß du ...?«

»Ich glaube, ich habe deine Absicht mißverstanden. Ich dachte, du wolltest nur meine Seele haben und nicht mich. Das hat weh getan.«

»Ach, Esk«, sagte sie und wurde plötzlich weich. »Ich ...«

»Nimm meine Seelenhälfte. Und dann tu, was du willst.«

»Wir wollen uns fürs erste nur entschuldigen«, entschied sie. »Ich will nämlich, daß du dir ganz sicher bist.«

So entschuldigten sie sich beieinander nach ihrer Art und Weise, und Esk war sich bereits sicher. Doch sie wollte seine Seele noch nicht annehmen.

Chex sah sie eine Weile später, wie sie Hände hielten, und sagte nichts dazu. Auch die anderen schwiegen, was bedeutete, daß sie es verstanden.

Am Morgen setzten sie ihren Marsch fort, und diesmal ging Bria neben Esk. Der Pfad führte ohne ungewöhnliche Vorkommnisse nach Osten; er schien tatsächlich verzaubert zu sein, und nun, da die kleinen Drachen verschwunden waren, drohten ihnen keine weiteren Gefahren mehr.

Bis zum Abend hatten sie das Tal der Wühlmäuse erreicht. Es bot einen kläglichen Anblick; ein breites Tal, von Strauchwerk bedeckt, das im Sterben lag. Mitten hindurch führte ein Kanal, so gerade wie ein Metallpfosten, in dem häßliches braunes Wasser schimmerte. Überall war ein schreckliches Summen zu vernehmen.

»Das ist merkwürdig«, meinte Esk. »Ich dachte, nur die Dämonen könnten die Summer hören.«

»Vie vind vlimmer geworden«, erwiderte Volney. »Nun gibt ev voviele von ihnen, dav jeder vie hören kann. Aber den Dämonen vetven vie vtärker vu alv unv.«

Die Dämonen beherrschten die ganze Landschaft. Die Wühlmäuse verhielten sich unauffällig, um nicht von den gereizten Dämonen bemerkt zu werden.

»Was für eine Ödenei«, meinte Chex.

Ein Dämon in Gestalt einer kleinen schwarzen Wolke kam sofort auf sie zu. »Wie hast du mich gerade genannt, Pferdegesicht?« fragte er.

»Ich habe nicht mit dir gesprochen«, erwiderte Chex. »Ich wußte nicht einmal, daß du da bist.«

»Das ist eine Lüge! Du hast mich ein ödes Ei genannt!« kreischte der Dämon. »Ich mache Staub aus dir!« Nun trat ein muskulöser Arm aus der Wolke hervor und ballte eine Faust, die auf ihr Gesicht zielte.

»Nein«, sagte Esk.

»Ach, du bist ja nicht einmal die Mühe wert, Mährenmähne«, meinte der Dämon und schwebte davon.

»Vielleicht irre ich mich ja«, bemerkte Latia, »aber ich

glaube, ich verstehe jetzt, weshalb die Wühlmäuse die Dämonen gern loswären.«

»Vie wurden ervt lävtig, alv die Vummer vlimmer wurden«, berichtete Volney. »Nun lävt der Tötmichfluv allev und jedermann, Wühlmäuve wie Dämonen, übelgelaunt werden.«

»Die Flügelungeheuer und die Oger können bald eintreffen«, erwiderte Esk. »Wir sollten uns lieber ein Lager suchen, bevor es hier zu hektisch wird.«

»Ja, das stimmt«, pflichtete Chex ihm bei. »Und außerdem müssen wir uns langsam organisieren. Haben wir schon einen Schlachtplan?«

»Schlachtplan?« wiederholte Esk verständnislos.

»Wer soll denn die Ungeheuer anführen? Und was sollen sie genau tun, wenn sie eingetroffen sind?«

»Na ja, sich einfach auf die Dämonen stürzen und sie vertreiben«, meinte Esk.

»Wenn die Sache nicht organisiert wird, ist es weitaus wahrscheinlicher, daß sich die Oger einfach auf die Flügelungeheuer stürzen.«

»Äh, ja«, mußte Esk verärgert zustimmen. »Aber wie soll man Oger schon organisieren?«

»Dazu macht man einen Gesamtplan, und danach bestimmt man einen Verbindungsoffizier, der mit ihrem Anführer Kontakt aufnimmt. Das gleiche gilt auch für die Flügelungeheuer. Organisation und Disziplin – das ist der Schlüssel zum Erfolg. In jedem Konflikt. Aber als erstes brauchen wir einen Anführer.«

»Ich schätze, da du ja weißt, wie so etwas geht ...«, sagte Esk verlegen.

»Ein Stutenfohlen? Mach dich nicht lächerlich. Es muß ein Mann sein.«

»Warum denn?«

»Weil das nun einmal das Wesen der Armeen ist. Die haben immer männliche Anführer.«

»Das ist doch albern«, protestierte Esk. »Anführer sollte werden, der am fähigsten ist.«

»Nein, Anführer muß werden, wer am meisten respektiert wird.« Sie lächelte. »Und ich glaube, das bist du, Esk. Du bist das einzige männliche Menschenwesen in unserer Gruppe, daher bist du mit allen anderen durch Blut oder Geschlecht verwandt.«

»Durch Blut oder Geschlecht?« wiederholte Esk beunruhigt.

»Oger, Fluchungeheuer, Messingleute, Zentauren und menschenähnliche Skelette stammen alle auf unterschiedlichste Weise vom Menschen ab. Das ist, bildlich gesprochen, das Blut. Volney ist männlichen Geschlechts, genau wie du. Daher hast du eine Affinität zu uns anderen und zu jenen, die mit uns arbeiten. Du kannst jeden unserer Standpunkte in gewissem Umfang verstehen, weshalb wir dich eher als Anführer akzeptieren können als irgendein anderes Wesen. Ist jemand anderer Meinung?« Sie sah sich in der Runde um.

Die anderen zuckten nur die Schultern.

»Aber ich verstehe doch überhaupt nichts vom Führen!« protestierte Esk wieder.

»Ein guter Anführer läßt sich natürlich beraten und entscheidet sich dann so, wie er es für das Beste hält. Ich schlage vor, daß du erst einmal einen Schlachtplan aufstellst und Verbindungsoffiziere zu den einzelnen Gruppen ernennst.«

»Äh, ja«, willigte Esk ein. Er war immer noch durcheinander. »Der Plan sieht so aus, daß wir uns auf die Dämonen stürzen und sie aus dem Tal vertreiben. Hat jemand dagegen Einwände?«

»Ja«, sagte Volney. »Die Dämonen können dematerialivieren, und dav werden vie auch tun, wenn vie bedroht werden. Wie vollen wir vie da vertreiben?«

»Du hast recht«, meinte Esk niedergeschlagen. »Wie konnte ich das nur vergessen! Äh, hat sonst jemand einen Vorschlag?«

»Ja«, meldete sich Latia zu Wort. »Ich verstehe zufällig ein wenig von Dämonen. Es stimmt, daß sie sich entmaterialisieren können, wenn sie wollen, es stimmt aber auch, daß sie diesen Zustand nicht unbegrenzt aufrechterhalten können, sonst lösen sie sich nämlich auf. Ich glaube, sie müssen ungefähr neunzig Prozent ihrer Zeit in feststofflicher Form verbringen. Tun sie das nicht, verdampfen sie und können sich selbst nicht wiederherstellen.«

»Aber ich dachte immer, daß Dämonen ewig leben!« wandte Esk ein.

»Das tun sie auch, aber ihre materielle Gestalt tut es nicht. Wenn sie verdampfen und sich nicht wiederherstellen können, müssen sie Dampf bleiben, etwa als Wolken oder ähnliches, ohne die physischen Dinge noch sonderlich beeinflussen zu können. So etwas mögen sie nicht. Ich weiß von einem Fall, der ständig mißgelaunt ist. Er nennt sich Cumulo Fracto Nimbus, König der Wolken. In Wirklichkeit ist er nur ein verdampfter Dämon. Für die anderen stellt er ein abschreckendes Beispiel dar. In diesen Zustand wollen sie nur ungern geraten.«

»Aber für kurze Zeit können sich die Dämonen sehr wohl entmaterialisieren«, ergänzte Esk. »Das können sie folglich auch dann, wenn sie von einem Ungeheuer angegriffen werden, um danach wieder ihre Gestalt anzunehmen. Wie sollen wir damit klarkommen?«

»Darauf wollte ich ja gerade eingehen. Wenn die Ungeheuer einfach immer nur weiter angreifen und die Dämonen dazu zwingen, sich ständig zu entmaterialisieren, werden die bald ihre Verflüchtigungsgrenze erreicht haben und müssen sich zurückziehen. Mit einem konzertierten, kontinuierlichen Kampf müßten wir es etwa innerhalb eines Tages erreichen können. Wir müssen nur dafür sorgen, daß die Dämonen sich in feststofflicher Gestalt nicht ausruhen können.«

»Ja!« rief Esk. »Gute Idee! Und dafür lassen wir die Ungeheuer sorgen! Danke, Latia! Du bist wirklich eine große Hilfe!«

»Deshalb bin ich ja mitgekommen«, sagte sie und vergaß beinahe ihre mürrische Natur, um ein wenig zu lächeln.

»Hat noch jemand Einwände oder Vorschläge zu machen?« fragte Esk, der sich schon erheblich besser fühlte.

»Was, wenn die Dämonen uns angreifen?« wollte Chex wissen. »Ich meine, nicht die Ungeheuer, denn die können schon für sich selbst sorgen, aber jene Mitglieder unserer Gruppe, die verwundbar sind? Damit könnten sie unsere ganze Organisation durcheinander bringen, von der Gefährdung für unser Leben ganz zu schweigen.«

Esks Stimmung sank sogleich wieder. »Daran habe ich ja auch noch gar nicht gedacht! Ja, wir müssen unsere eigene Verteidigung planen. Ich kann zu allen, die mich oder andere, die bei mir sind, angreifen, nein sagen. Aber die anderen ... ich weiß nicht.«

»Ich kann einen Fluch schleudern«, sagte Latia. »Ich habe immerhin noch zwei schlimme Flüche auf Lager.« Sie musterte Bria. »Vorausgesetzt, daß derjenige, den ich gegen dich geschleudert habe, in Wirklichkeit doch ein Segen war.«

»Ich glaube, das war er«, meinte Esk, und Bria lächelte ihn an.

»Ich kann mich unter meinen Artgenovven vervtecken«, sagte Volney. »Die Dämonen können die Wühlmäuve nicht gut voneinander unterveiden. Für die vehen wir alle gleich auv. Dann wäre ich ebenvo in Vicherheit wie alle anderen.«

»Dann ernenne ich dich hiermit zu unserem Verbindungsoffizier bei den Wühlmäusen«, verkündete Esk. »Und Chex zur Verbindungsoffizierin zu den Flügelungeheuern, die sie eigentlich schützen können müßten. Ich glaube, Bria und Mark kann niemand etwas anhaben. Wir sind also vielleicht doch nicht so verwundbar, wie wir erst glaubten.«

»Wer soll denn die Verbindung zu den Ogern herstellen – und zu den Dämonen?« fragte Chex.

»Zu den Dämonen?« wiederholte er. »Gegen die kämpfen wir doch!«

»Wir brauchen aber auch eine Verbindung zum Gegner, damit wir den Dämonen mitteilen können, was wir von ihnen fordern, daß sie sich aus dem Tal zurückziehen.«

Esk überlegte. »Vielleicht kann Latia die Verbindung zu den Ogern herstellen. Sie waren ziemlich beeindruckt von ihrer ... äh, von der Art und Weise, wie sie das Wasser zum Schäumen gebracht hat.«

»Von meiner Häßlichkeit«, berichtigte Latia. »Wird wirklich Zeit, daß die sich mal auszuzahlen beginnt! Sicher werde ich das übernehmen.«

»Und was die Dämonen angeht, so bleiben nur noch Mark oder Bria übrig. Möchte einer von euch ...?«

»Ich werde es tun«, antwortete Bria. »Ich werde mich äußerst hart für sie machen.«

»Dann bleibt Mark wohl unsere ... unsere Reserve«, sagte Esk.

»Du wirst einen Melder brauchen, wenn du unseren verstreuten Leuten Informationen oder neue Direktiven mitteilen willst«, warf Mark ein. »Das kann ich übernehmen.«

»Ja, das ist gut«, stimmte Esk ihm zu. »Ich glaube, jetzt sind wir schon recht gut organisiert. Laßt uns alle schlafen gehen.«

Sie legten sich zur Ruhe, doch es dauerte sehr lange, bis Esk sich richtig entspannen konnte. Inzwischen war ihm bewußt geworden, welch gewaltige Herausforderung vor ihnen lag. Irgendwie hatte er immer geglaubt, daß alles schon in Ordnung kommen würde, sobald sie Hilfe geholt hatten. Doch nun liefen alle Gefahr, verletzt oder getötet zu werden!

Schließlich kam Bria zu ihm. »Leg deinen Kopf in meinen Schoß«, sagte sie. »Ich brauche ja keinen Schlaf.«

Er tat es und stellte zu seiner Überraschung fest, wie weich ihr Schoß war.

Sie streichelte sein Haar, was sehr schön war, und schon bald schlief er ein.

Es war ein stürmischer Morgen, was den Ereignissen auch angemessen schien. Oger liebten schlechtes Wetter, und die Flügelungeheuer vielleicht auch. Man hörte Bäume umstürzen, als sich etwas Riesiges dem Tal näherte, und am Himmel erschien plötzlich eine große, geflügelte Gestalt.

»Verbindungsleute auf ihre Posten! Fangt eure Hilfstruppen ab!« rief Esk. »Bevor sie aufeinander prallen!«

Chex galoppierte in Richtung der nahenden Flügelungeheuer davon, während Latia ihr häßlichstes Gesicht anlegte und auf das Getöse im Wald zustakste. »Ich werde die Wühlmäuve benachrichtigen«, sagte Volney. »Wie willvt du mich finden, fallv du mich brauchvt?«

»Gib mir ein Haar aus deinem Pelz«, forderte Mark ihn auf. »Damit kann ich dich orten.«

Volney berührte seine Flanke mit einer Kralle und löste ein Haarbüschel. Das Skelett zupfte ein Haar heraus und hielt es sich an die Nase. »Ja, diese Witterung werde ich wiedererkennen.«

»So etwas kannst du?« fragte Esk überrascht. »Mit dem Geruchssinn eine Wühlmaus unter Hunderten aufspüren?«

»Nicht ganz mit dem Geruchssinn«, widersprach Mark. »Ich spüre auf magische Weise die Essenz der Dinge, ob es um Licht, um Klang oder um Substanz geht. Auf die gleiche Weise spreche ich auch. Ich will ja niemanden beleidigen, aber ich finde, daß eure fleischlichen Mechanismen vergleichsweise unbeholfen sind.«

»Das sind sie wahrscheinlich auch«, meinte Esk. »Wir fleischlichen Wesen tun die meisten Dinge auf mundanische Art, wir heben uns unsere Magie für besondere Aufgaben auf. Deshalb besitzen wir wahrscheinlich auch Talente. Es heißt, daß es in Xanth Lebewesen gibt, die Magie besitzen, und andere, die magisch *sind.* Ich gehöre zur ersten Art und du zur zweiten.«

»Ja, ich brauche all meine Magie für meine Wahrnehmung, für meine Mitteilungsfähigkeit, für meine Bewegung und dafür, daß meine Knochen zusammenbleiben. Da ist nichts mehr übrig für ein besonderes Talent. Vielleicht würde ich deshalb gerne lebendig werden.«

Die Wünsche des Skeletts schienen sich weiterentwickelt zu haben; bisher hatte Mark sich vor allem über die Unbequemlichkeiten des Lebens geäußert.

»Ich glaube, das gilt für mich auch«, warf Bria ein. »Nur

daß ich mich nicht nach einem magischen Talent sehne, sondern nur nach einer …«

»Nach einer Seele«, beendete Esk den Satz für sie. »Ich habe dir ja schon gesagt, du kannst die Hälfte von meiner haben.«

»Und ich habe dir gesagt, du sollst warten, bis du dir sicher bist. Ich glaube, ich will gar nicht die Seele haben; die ist nur ein Mittel zum Zweck.«

»Zum Zweck?« fragte Esk. »Was für ein Zweck?«

»Liebe. Ich glaube, die kann ich ohne Seele nicht wirklich erfahren. Alles, was ich erfahren kann, ist nur meine vergebliche Sehnsucht danach.«

»Eine Seele«, wiederholte Mark. »Ja, das ist natürlich notwendig. Ob wohl irgend jemand mit mir teilen würde?«

»Vielleicht, wenn du jemanden erst einmal gut genug kennengelernt hast«, meinte Esk. »Auf jeden Fall bist du es wert.«

Nun kehrten Chex und Latia zurück, gefolgt von einem Hengst mit Vogelkopf und einem Oger, der …

»Opa!« rief Esk. »Knacks Oger!« Er war es tatsächlich, der vegetarische Oger, der eine Schauspielerin der Fluchungeheuer geheiratet hatte, inzwischen vom Alter ergraut, doch immer noch das vollkommene Abbild eines Ogers: groß, häßlich und dumm.

»Ich hör vom Plan, tu was ich kann«, erwiderte Knacks.

»Und das hier ist mein Vater, Xap Hippogryph«, sagte Chex glücklich. »Er hat die Sache zum Vorwand genommen, um nach mir zu sehen.«

»Diese beiden können für ihre jeweilige Gruppe sprechen«, sagte Latia und schnitt eine Grimasse. »Dein Großvater behauptet, daß ich ihn an seine Partnerin erinnere, die wunderschön häßlich ist.«

»Das ist ja großartig!« meinte Esk. »Nun weiß ich, daß wir einen guten Kontakt zu den Ogern und den Flügelungeheuern haben werden. Habt ihr ihnen erklärt, daß sie nicht gegeneinander kämpfen dürfen?«

Der Hippogryph krächzte angewidert, und der Oger

stieß ein schreckliches Knurren aus, was als Antwort genügte; sie hatten es verstanden.

»Aber dafür könnt ihr so viele Dämonen verprügeln, wie ihr wollt«, fuhr Esk fort.

Diesmal klang das Krächzen fröhlich, und der Oger lächelte, was allerdings noch viel schlimmer aussah als seine mürrische Grimasse.

Esk erklärte ihnen, weshalb es erforderlich war, die Dämonen unentwegt anzugreifen, bis sie das Tal verließen, um einen Ort zu suchen, wo sie sich eine Weile ungestört im feststofflichen Zustand aufhalten konnten. Ungeheuer und Oger nickten; sie freuten sich diebisch auf das, was kommen sollte!

Nun begann der Wald vom schrecklichen Gestampfe zahlloser Oger zu erbeben, während der ohnehin schon düstere Himmel sich noch mehr verdunkelte, als zahlreiche Flügelungeheuer eintrafen. Knacks und Xap eilten davon, um ihren Leuten alles zu erklären.

»Du solltest jetzt besser einmal Volney aufsuchen und ihm mitteilen, daß es gleich losgeht«, sagte Esk zu Mark. »Die Wühlmäuse werden sich wahrscheinlich in ihre Tunnel verziehen wollen.«

»Sofort«, bestätigte das Skelett und ging davon.

»Wie soll ich denn Kontakt zu den Dämonen aufnehmen?« fragte Bria. »Ich kenne ihren Anführer nicht, ich weiß nicht einmal, ob sie überhaupt einen haben.«

»Ich denke, du wirst einfach losgehen und nachsehen müssen, ob einer von ihnen wie ein Anführer aussieht, und den mußt du dann ansprechen. Wenn es doch nicht der Anführer sein sollte, kann er für uns immerhin den Kontakt herstellen. Sag ihm, daß wir erst wieder gehen werden, nachdem die Dämonen sich zurückgezogen haben.«

»Das tue ich«, erwiderte sie.

»Wir sollten uns wohl lieber wieder auf unsere Posten begeben«, sagte Chex, »falls es noch irgendwelche Fragen geben sollte.«

»Ja«, meinte auch Latia. »Wißt ihr, ich kann es verstehen,

daß meine Freundin diesen Oger geheiratet hat. Es ist schon etwas Beeindruckendes an all dieser rohen Gewalt, die durch keinerlei Intellekt beschränkt wird.«

»Oger haben auch ihre guten Seiten«, pflichtete Esk ihr bei und fühlte sich auf törichte Weise stolz auf seine Abstammung.

Schließlich blieb Esk allein zurück. Es war schon lange her, daß er das letzte Mal allein gewesen war, und es behagte ihm nicht sonderlich.

Dann kamen die Oger ins Tal der Wühlmäuse gestampft und prügelten sofort auf die Dämonen ein, während die Flügelungeheuer über das Tal flogen und die Dämonen mit ihren Krallen bearbeiteten.

Das Wetter wurde immer schlechter, doch Esk blieb draußen in Wind und Regen stehen und beobachtete das Gemetzel mit schierer Freude. Die Schlacht um den Küßmichfluß hatte begonnen!

Plötzlich erschien neben ihm eine Dämonin. »Du bist es ja tatsächlich!« rief sie. »Genau, wie das Messingmädchen gesagt hat!«

Esk musterte sie genauer. »Oh, nein – Metria!« rief er. »Was machst du denn hier?«

»Ich habe den Wald beben gehört und die Ungeheuer gesehen, wie sie sich oben am Himmel zusammenzogen, da bin ich neugierig geworden. Und dann bin ich dieser fremden Metallfrau begegnet, die mir sagte, daß du das ganze Unternehmen hier leitest. Was glaubst du eigentlich, was du da tust, Pesk?«

»Ich heiße *Esk*! Wir glauben, daß wir die Dämonen aus dem Tal der Wühlmäuse vertreiben können.« Und noch während er es sagte, hörten sie ein gewaltiges Spritzen und Klatschen, als die Oger den begradigten Fluß erreichten und die Dämme zerstörten. »Habt ihr keinen Tretmichfluß mehr, dem ihr Tritte verpassen könnt, wie es euch gefällt?«

»Tretmich«, wiederholte sie. »Das ist ja schon fast witzig, Esk.«

»Danke. Und nun verschwinde. Wir müssen den Fluß wiederherstellen, den ihr kaputtgemacht habt.«

»Aber das haben wir doch nur getan, um die Summer loszuwerden!« protestierte sie.

»Und hat es funktioniert?«

»Nein«, gestand sie. »Die sind eine noch schlimmere Plage als jemals zuvor.«

»Nun, und wir tun dies hier nur, um euch Dämonen loszuwerden.«

»Meinst du, daß es funktioniert?«

Irgendwie störte ihn die Art, wie sie die Frage gestellt hatte.

»Warum verziehst du dich nicht einfach wieder in mein Versteck und ruhst dich dort ein bißchen aus?« fragte er gehässig.

»Nachdem du fortgegangen bist, wurde es dort etwas langweilig. Wir Dämonen sind doch nur glücklich, wenn wir irgend jemanden belästigen können.« Sie musterte ihn nachdenklich. »Ich glaube, in dir steckt mehr, als ich geahnt habe. Komm, ich will dir diesen Dienst erweisen, von dem wir gesprochen haben.« Ihr Kleid löste sich auf, und sie stand nackt vor ihm.

»Ganz und gar nicht!« rief Esk. »Du ekelst mich an!«

»Ach was, komm, bringen wir die Sache schnell hinter uns, damit ich noch genug Zeit habe, um ein paar von diesen Vögeln den Garaus zu machen.« Sie beugte sich vor, um ihn zu umarmen.

Er versuchte, sie von sich zu stoßen, doch seine Hand fuhr durch ihren Kopf hindurch, ohne ihrem Körper etwas anzuhaben. Sie umarmte ihn gierig, rieb ihren üppigen Oberkörper gegen seinen. »Ich will dich nur noch kurz ausziehen, du Liebling von einem sterblichen Mann«, murmelte sie.

»Nein!« rief Esk. Diesmal stand hinter dem Wort die ganze Kraft seiner Magie, und sie mußte von ihm ablassen.

Sie wich ein kleines Stück zurück und sah ihn an. »Warum denn nicht, Esk? Magst du keine Frauen?«

»Natürlich mag ich Frauen! Ich mag nur keine Dämonen!«

Sie schnippte mit den Fingern. »Dieser Messingarsch!

Die also! Das hätte ich mir doch gleich denken sollen!«

»Und wenn es schon so wäre?« fragte er verteidigend, beunruhigt darüber, daß er sich vor einer Dämonin überhaupt verteidigen mußte.

»Esk, die gehört ebensowenig zu deiner Rasse wie ich! Die besitzt kein lebendiges Fleisch, keine Seele. Warum willst du so dumm sein?«

»Was schert es dich schon, wie dumm ich bin? Du hast mein Versteck bekommen, und jetzt laß mich in Ruhe!«

»Schön, ich werde es mir überlegen«, sagte sie. »Und bis dahin werde ich einfach nur als Verbindung zu meinem Volk dienen.«

»Ich will dich nicht als Verbindung haben!«

»Schade«, sagte sie und löste sich mit einem überlegenen Lächeln auf.

Der Regen ließ nach, und die Wolken lösten sich langsam auf. Das Gemetzel jedoch wurde immer schlimmer. Esk beobachtete das Geschehen und mußte zu seinem Entsetzen feststellen, daß die Oger und Flügelungeheuer damit begannen, gegeneinander zu kämpfen. Gerade als er dies bemerkte, kam Mark zurückgeeilt.

»Ich habe Volney Bescheid gesagt, danach bin ich in dem Handgemenge aufgehalten worden«, meldete das Skelett.

»Unsere Ungeheuer fangen an, gegeneinander zu kämpfen!« sagte Esk. »Such unsere Verbindungsleute bei Ogern und Flügelungeheuern und sage ihnen, sie sollen damit aufhören! Noch sind wir die Dämonen nicht los!«

»Sofort!« Mark eilte wieder davon.

Bria kam herbeigelaufen. »Ich habe eine Kontaktperson gefunden!« rief sie. »Eine Dämonin, die sagte, sie würde die Nachricht überbringen.«

»Die will ich nicht haben!« sagte Esk. »Die kenne ich von früher! Sie ist hierher gekommen und hat versucht ... na, egal.«

»Ach ja, hat sie das?« sagte Bria mit scharfem Unterton. »Schön, das Spiel können beide spielen!« Sie stieg aus ihrem Kleid.

»Was tust du da?« fragte er überrascht.

»Dich verführen, natürlich.« Sie kam näher, um ihn zu umarmen.

»Aber da vorne tobt doch eine Schlacht!«

»Ja, deshalb werden wir uns beeilen müssen.«

»Aber ich dachte, du wolltest die Hälfte von meiner Seele haben!«

Sie hielt inne, als wäre sie davon überrumpelt worden, dann nahm sie sich wieder zusammen. »Ja, gib mir deine Seelenhälfte!«

Esk hatte es zwar versprochen, doch die Sache gefiel ihm überhaupt nicht. So hatte sich Bria noch nie benommen.

»Na, komm schon!« drängte sie.

»Nein. Nicht jetzt«, sagte er und fühlte sich dabei wie ein entsetzlicher Schurke. Warum machte er denn nur einen Rückzieher?

»Na, dann kannst du lange darauf warten!« fauchte sie, und ihr Kleid erschien wieder an ihrem Körper. Sie stolzierte davon und war schon bald nicht mehr zu sehen.

Der Angriff löste sich langsam auf, je mehr Oger und Flügelungeheuer aufeinander anstatt auf die Dämonen eindroschen. Das mußte unbedingt aufhören – aber wie sollte er das zustandebringen? Er hatte ihnen doch ausdrücklich gesagt, daß sie nicht gegeneinander kämpfen sollten!

Mark kehrte zurück. »Die Wühlmäuse wollen wissen, warum die Ungeheuer gegeneinander kämpfen anstatt gegen die Dämonen.«

»Das wüßte ich selbst gerne!« erwiderte Esk. »Vielleicht fehlt es den Ungeheuern an Disziplin. Vielleicht hätte ein besserer Führer das verhindert.«

Chex kam zurückgaloppiert. »Mein Vater sagt, daß die Oger angefangen hätten!« rief sie. »Die haben einfach auf alle Flügelungeheuer eingehauen, die sie zu packen bekamen!«

»Wir müssen erst abwarten, was Latia berichtet«, entschied Esk niedergeschlagen. »Ach, alles läuft schief!«

»Zumindest die Schlacht«, ergänzte sie.

»Mit Bria auch. Sie ...«

»Da ist sie ja«, warf die Zentaurin ein.

Tatsächlich kam Bria gerade zurück. Esk gelangte zu dem Schluß, daß Reue die beste Politik sei. »Bria, es tut mir leid!« rief er. »Ich gebe dir meine Seele sofort!«

Sie blieb stehen. »Was?«

»Ich wollte doch keinen Rückzieher machen! Ich war nur ... ich war nur verwirrt.«

»Esk, ich habe dir doch gesagt, daß ich will, daß du wartest. Diese Entscheidung ist zu wichtig, um sie sofort zu fällen.«

»Ja, aber dann hast du mich doch darum gebeten, und ...«

»Habe ich nicht! Wie kannst du nur so etwas von mir denken!?«

»Aber gerade eben, als du hier warst ...«

»Wovon redest du nur? Ich war die ganze Zeit weg und habe nach einer Verbindungsperson unter den Dämonen gesucht.«

»Das hat sie wirklich«, warf Chex ein. »Ich habe sie unten in der Nähe des Flußkanals gesehen.«

»Aber ...«, stammelte Esk und wurde immer verwirrter.

»Und ich habe auch jemanden gefunden«, meldete Bria. »Eine Dämonin, die mir sagte, daß sie mit ihrem Volk reden würde.«

»Ja, das war Metria, die Dämonin, die ...«

Keuchend kam nun Latia herbeigerannt. »Knacks sagt, daß die Flügelungeheuer angefangen hätten! Sie hätten sich einfach auf die Oger gestürzt und sie angegriffen, da haben die sich natürlich gewehrt! Warum haben sie das Abkommen gebrochen?«

»Aber die *Oger* haben doch angefangen!« protestierte Chex. »Mein Vater würde mich doch nicht belügen!«

»Und Knacks würde kein häßliches Fluchungeheuer belügen«, konterte Latia, »selbst wenn er klug genug wäre, um es zu versuchen, und wenn sie dumm genug wäre, um darauf reinzufallen. Die Oger haben nicht angefangen.«

»Jeder schiebt die Schuld auf den anderen!« rief Esk. »Aber *irgend jemand* muß doch angefangen haben!«

Plötzlich schreckten sie zusammen, als es ihnen klar

wurde. »Die Dämonen können ihre Gestalt verwandeln«, sagte Chex.

»Und sie lieben es, Unheil zu stiften«, fügte Latia hinzu.

»Und ein Motiv haben sie auch, um unseren Feldzug zu sabotieren«, schloß Bria. »Nachdem ich erst mit Metria gesprochen hatte, wußten sie genau, was wir tun und wer unser Anführer ist!«

»Dann haben also Dämonen in der Gestalt von Ogern die Flügelungeheuer angegriffen«, sagte Chex.

»Und Dämonen in der Gestalt von Flügelungeheuern haben die Oger angegriffen«, fügte Latia hinzu.

Esk schnippte mit den Fingern. »Und Metria – die muß deine Gestalt angenommen haben, Bria! Jetzt fällt es mir wieder ein – deine Kleider sind wie durch Magie plötzlich wieder an deinem Körper erschienen! So kannst du dich ja gar nicht anziehen!«

Bria schürzte die Lippen. »Sie hat mich nachgeahmt – und versucht, deine Seele zu bekommen?«

Nun wurde Esk von neuen Qualen überwältigt. Er schien am ganzen Leibe zu erröten.

»Ich glaube, wir sollten schnell wieder zurückeilen und es unseren Kampfpartnern erklären«, meinte Chex. »Und einen vorläufigen Rückzug anordnen.«

»Ja«, bemerkte auch Latia.

Beide eilten davon.

Bria trat zu Esk. »Und du hast sie ihr beinahe gegeben«, sagte sie. »Was wäre das für eine Katastrophe geworden!«

»Wie konnte ich nur so ein Narr sein!« stöhnte Esk.

»Weil du ein netter Mann mit einer netten Seele bist, der einfach von niemandem etwas Böses glauben mag«, erklärte sie. »Ich denke, ich sollte wohl doch besser in deiner Nähe bleiben. Die Dämonin kann ihre Nachrichten auch hierher bringen.«

»Ich dachte, sie wäre du, und ich habe nein gesagt«, sagte Esk, noch immer von Schuldgefühlen gepeinigt.

»Und sie hat ihre Kleider ausgezogen«, fuhr Bria fort. »Eigentlich sollte ich wohl beleidigt sein, aber ich bin es nicht. Ich glaube, sie hat sich vielleicht so verhalten, wie ich es nicht tue, so daß du mißtrauisch wurdest, und deshalb hast du es abgelehnt, ihr die halbe Seele zu geben.«

Esks Miene hellte sich auf. »Ja! Genau! Sie hat sich überhaupt nicht verhalten wie du! Nur, daß ich nicht erkannt habe ...«

»Wenn es so aussieht, als würde ich dich um irgend etwas bitten oder dir irgend etwas anbieten, sag einfach nein«, riet Bria. »Denn das werde nicht ich sein, sondern sie.«

»Ich glaube, ich bin ganz froh, daß du es nicht warst«, sagte er. »Ich entschuldige mich dafür, sie mit dir verwechselt zu haben.«

»Entschuldigung angenommen«, sagte sie, und sie küßten sich.

Die Schlacht löste sich auf, als die Oger und die Flügelungeheuer informiert worden waren und sich zurückzogen. Der Dämonenplan hatte zwar nicht funktioniert, aber die Schlacht hatten sie auch noch nicht gewonnen.

Es war schon spät am Tag, als die Kampfhandlungen aufhörten. Esk hatte das Gefühl, als wäre nur eine Stunde vergangen, tatsächlich aber hatte der Kampf mehrere Stunden gedauert.

Sie diskutierten über die Ereignisse des Tages und stellten einen neuen Plan auf. Jedes Ungeheuer sollte sich ein eigenes Revier vornehmen und auf alles eindreschen, was es darin vorfand, egal, wie es aussah. Auf diese Weise würden die Dämonen sie nicht narren können, weil jedes Ungeheuer wußte, daß keiner seiner Verbündeten in seine Kampfzone eindringen würde. Mark würde als Beobachter dienen, nicht aber als Melder, weil man auch keinen Meldern mehr trauen konnte. Sonst würden die Dämonen die Melder imitieren und falsche Nachrichten überbringen. Doch selbst wenn es hundert Skelette auf dem Schlachtfeld geben sollte, würde nur eines davon der wahre Mark sein, und Esk würde ihn mit Hilfe seiner Magie identifizieren können. Er würde einfach zu jedem Skelett nein sagen, was bedeutete, daß sein Aussehen nicht stimmte, und wenn es ein Dämon sein sollte, würde sich das Aussehen verändern. Nur der wahre Mark würde sich nicht ändern können.

So hätte Esk auch bei Metria vorgehen können, wenn er rechtzeitig daran gedacht hätte. »Also werde ich morgen auf Mark hören«, schloß er. »Und mit allen anderen spreche ich direkt, zeige ihnen meine Magie, damit sie wissen, daß ich es wirklich bin.«

Nun bereitete sich jeder auf die Nacht vor. Bria gesellte sich zu Esk. »Ich möchte dir etwas geben«, murmelte sie.

»Nein«, rief er beunruhigt.

Sie lachte. »Keine Sorge, ich bin nicht die Dämonin! Es ist der Anpassungszauber. Ich möchte, daß du ihn behältst.«

»Ich? Warum denn?«

»Ich kann sehr weich und sanft sein, wenn ich will, aber auch nicht *so* sanft. Es gibt manche Dinge, die das Fleisch mit Messing nicht tun kann. Dazu ist dieser Zauber erforderlich. Behalte ihn; wenn du ihn nicht aktivierst, kann ich dich auch nicht verführen.«

»Äh«, sagte er verblüfft.

»Wenn es mir trotzdem gelingen sollte, weißt du genau, daß nicht ich es bin, sondern die Dämonin.«

»Aber ...«

»Ich habe mir gedacht, daß du diese Gewißheit schätzen würdest.« Sie reichte ihm den Zauber.

Esk schaute den Gegenstand an, den sie ihm gegeben hatte. Er sah aus wie ein Reiskorn. »Das ... das soll er sein?«

»Manche Elfenzauber sind zwar sehr klein, dafür aber sehr mächtig.« Sie lächelte kurz. »Sozusagen.«

»Aber den werde ich doch verlieren!«

»Dann schluck ihn herunter. Dann wirst du ihn nicht verlieren.«

»Aber wenn ich ihn dann verdaut habe, wird er fort sein.«

»Nein, er wird vielmehr dein ganzes Leben lang Teil von dir bleiben. Dann kannst du ihn jederzeit aktivieren, indem du so machst.« Mit den Händen vollführte sie eine ausladende Geste. »Du brauchst nur in der Nähe der Person zu sein, die du an dich anpassen willst, wer immer das sein mag.«

»Aber ich will doch niemanden außer dir!«

»Ich habe dich nur geneckt, Esk«, sagte sie sanft. »Obwohl es stimmt – es würde bei jedem weiblichen Wesen funktionieren. Wenn du die Falsche erwischst, löschst du die Anpassung einfach aus, indem du die Geste umkehrst.«

»Aber es ist doch dein Zauber!« wandte er ein. »Du hast ihn doch gefunden!«

»Und du hast mich gefunden, deshalb gehöre ich dir.«

»Aber *du* brauchst ihn doch, nicht ich. Ich meine, du bist ein Messingmädchen im Reich des Fleisches, folglich ...«

»Es gibt nur einen, an den ich mich anpassen will, folglich kann er auch den Zauber haben.«

»Aber wenn dem so ist ...«

»Esk«, sagte sie ernst. »Ich habe dich um die Hälfte deiner Seele gebeten, damit ich dich besser lieben und dir ähnlicher sein kann. Die kannst du mir geben, wenn die Zeit reif ist. Damit würdest du das Risiko eingehen, daß du, sollte ich nicht sein, als was ich dir erscheine, die Hälfte deiner Seele ohne Gegenleistung verlierst. Nun, ich möchte aber, daß du eine Gegenleistung erhältst. Ich für meinen Teil riskiere, daß ich dir den Zauber gebe und du mich verläßt, ohne daß ich etwas dafür erhalte. Wir teilen uns also das Risiko, aber wenn wir gewinnen, gewinnen wir beide. Nimm den Zauber. Mach ihn auf alle Zeiten dein.«

Esk nahm den Zauber und verschluckte ihn. Dann legte er sich nieder und hielt sie fest, bis er müde wurde und einschlief, und sie hielt ihn solange in ihren Armen, bis er wieder erwachte. Zwischendurch tauschten sie einige Entschuldigungen aus, doch das hätten auch gewöhnliche Küsse sein können.

Am nächsten Tag wurde die Schlacht fortgesetzt. Die Oger marschierten zu ihren festgelegten Planquadraten, und die

Flügelungeheuer suchten ebenfalls ihre Positionen auf. Latia und Chex begaben sich zu den Hilfstruppen, während Volney seine eigenen Leute aufsuchte. Dann machten sich beide Gruppen daran, auf die Dämonen einzuschlagen, und wenn die Dämonen anderen Ogern oder Ungeheuern glichen, so war ihnen das um so lieber.

Die Wühlmäuse waren vorgewarnt und ließen sich nicht blicken.

Mark schritt durch das Tal und inspizierte die Lage. Schon bald kehrte das Skelett zurück. »Die Ungeheuer schlagen wieder aufeinander ein!« rief Mark. »Du mußt den Befehl zum Rückzug geben!«

»Nimm meine Hand«, erwiderte Esk.

Verblüfft streckte die Knochengestalt eine Hand vor, und Esk hielt sie. »Nein«, sagte er.

Das Skelett schimmerte und verwandelte sich, wurde zu einer grotesken Parodie seiner selbst.

»Verschwinde, Dämon«, sagte Esk.

»Dämon*in*!« sagte das Wesen, und Metrias Gesicht erschien. »Woher hast du das gewußt?«

»Mark würde mir nicht so einen Blödsinn erzählen«, erwiderte er.

Sie löste sich in zornigen Dampf auf und verschwand.

»Der hast du es wirklich gezeigt«, sagte Bria und nahm ihn an der Hand. »Komm, vergnügen wir uns ein wenig, während die Schlacht weitergeht.«

Esk sah sich um – und erblickte Bria zu seiner anderen Seite, ein kleines Stück entfernt am Boden sitzend. Dann sah er wieder zu der ersten zurück. Beide waren völlig identisch.

»Ignoriere die Dämonin da drüben einfach«, sagte die Bria neben ihm. »Die spielt doch gar keine Rolle.« Dann zog sie ihn näher, um ihn zu küssen.

Esk erinnerte sich an das, was Bria ihm am Abend zuvor gesagt hatte. Er konnte zwischen dem Messingmädchen und der Dämonin unterscheiden – doch nur, indem er etwas tat, dessen Erfolg ihn dann wünschen lassen würde, er hätte es nicht getan, weil es nur mit der Dämonin möglich war. Es sei denn, er benutzte den Anpassungszauber, was er nicht vorhatte. Es gab also keinen Ausweg.

Doch dann schnippte er mit den Fingern seiner freien Hand. »Was bin ich doch für ein Narr!« rief er.

»Weil du so lange gewartet hast«, sagte die Bria neben ihm.

»Nein«, sagte er und aktivierte dabei seine Magie.

Ihre Konturen verschwammen, dann nahm sie wieder Metrias Gestalt an. »Verdammt, schon wieder versagt!« rief sie angewidert und verdampfte.

Esk blickte Bria an. »Du hast gar nichts gesagt!« rief er.

»Ich wußte, daß du schon zwischen uns unterscheiden könntest, wenn du nur willst«, meinte sie.

»Ich wollte es auch, aber ...« Er zuckte die Schultern. »Nicht so, wie du es mir vorgeschlagen hast.«

»Ich weiß, daß ich dich nicht so auf den Arm nehmen sollte. Das könnte Ärger geben.«

»Rede jetzt nicht mehr«, widersprach er. »Jetzt habe ich endlich das Offensichtliche herausbekommen.«

»Eure fleischlichen Gehirne scheinen manchmal wirklich nicht besonders gut zu funktionieren.«

»Das beleidigt mich.«

»Dann muß ich mich entschuldigen.« Sie kam zu ihm und legte die Arme um ihn.

»Nein«, sagte er.

Bria verharrte an Ort und Stelle. »Ich wünschte, du würdest mich lassen.«

»Ich wollte nur sichergehen«, erklärte er. »Du hast dich nicht in Dampf aufgelöst, also bist du auch die Richtige.«

Sie nickte, konnte ihn aber wegen seiner Magie immer noch nicht küssen. Daher küßte er sie statt dessen.

Das Kampfgetümmel schwächte sich ab. Entweder wurden die Ungeheuer müde, oder sie fanden keine Ziele mehr. »Meinst du, daß die Dämonen geflohen sind?« fragte Bria.

»Ich traue ihnen nicht, wenn sie so bereitwillig aufgeben«, meinte er. »Die Sache muß irgendeinen Haken haben.« Doch er hatte nicht die leiseste Vorstellung, welcher Haken das sein konnte, denn es hatte wirklich den Anschein, als seien die Dämonen verschwunden.

Das Skelett kehrte zurück. »Die Kampfhandlungen sind überall zum Erliegen gekommen«, meldete es. »Die Ungeheuer haben keine Dämonen mehr.«

»Reich mir deine Hand.«

Das Skelett gehorchte. »Nein«, sagte Esk.

»Ich verstehe ja, daß du dieser Meldung nicht traust, aber so ist es nun einmal«, sagte Mark. Die Sache war ihm offensichtlich peinlich.

»Ich weiß«, erwiderte Esk. »Es ist nur, daß vorhin schon einmal ein falsches Skelett vorbeigekommen ist, deshalb überprüfe ich jetzt alle.«

»Ach so. Das hatte ich ganz vergessen.«

Dann kamen auch Chex und Latia zurück. Esk überprüfte sie beide, indem er sie berührte und seine Magie einsetzte, und beide erwiesen sich als wirklich. Es schien sich also nicht um eine List der Dämonen zu handeln.

»Vielleicht sollten wir die Sache lieber selbst überprüfen«, meinte Esk.

»Wie denn?« wollte Chex wissen.

»Nun, ich kann beispielsweise Dinge anfassen, um sicherzugehen, daß es sich dabei nicht um Dämonen handelt, und ich dachte mir, daß Latia vielleicht einen Fluch schleudern könnte, das müßte sie eigentlich aufrütteln.«

»Das könnte ich wohl«, stimmte Latia zu. »Aber auf diese Weise könnte ich nur ein sehr begrenztes Gebiet überprüfen, und ich habe bloß zwei Flüche zur Verfügung, danach kommt wieder ein Segen.«

»Das ist auch mein Problem«, erklärte Esk. »Ich kann immer nur einen Dämon nach dem anderen enttarnen, doch würde es ewig dauern, dies mit allen zu versuchen, und außerdem würden wir sie dadurch auch noch nicht los. Hoffen wir also darauf, daß sie tatsächlich fort sind.«

Sie schritten ins Tal hinunter, zur nächstgelegenen, von einem Oger bewachten Position. Der Oger stand da und ballte eine monströse Riesenfaust, bereit, sie in Stücke zu zertrümmern.

»Hoppla, daran hatte ich gar nicht mehr gedacht«, sagte Esk. »Natürlich hält er uns für Dämonen, die so tun, als wären sie wir.«

»Halte du den Oger auf, damit ich dicht genug herankommen kann, um das Gebiet zu verfluchen«, schlug Latia vor.

»Gute Idee.«

Als sie nahe genug herangekommen waren, griff der Oger an. »Nein!« sagte Esk scharf.

In träger Überraschtheit wich der Oger zurück. Latia trat vor und schleuderte ihren Fluch.

Ein Stein, ein Strauch und ein Erdaufwurf begannen zu wabern und verdampften. Kurz darauf manifestierten sich drei Dämonen, die sich heftig das Hinterteil rieben, wo der Fluch sie offensichtlich getroffen hatte.

»Auf sie, Oger!« schrie Esk, während er zusammen mit Latia zurückrannte.

Mit einem furchterregenden Brüllen packte der Oger zwei der Dämonen und schlug ihre Köpfe gegeneinander, während er auf dem dritten herumstapfte. Die Dämonen dematerialisierten natürlich. Doch ihre Tarnung war aufgeflogen.

»Wenn du in deinem Gebiet irgendwelche neuen Dinge erblickst, schlag sie zu Brei!« rief Esk dem Oger zu.

»Wenn ich seh, he, he, he«, stimmte der Oger zu und stampfte freudig umher. Sein Leben hatte wenigstens für einen kurzen Augenblick wieder einen Sinn bekommen.

Chex seufzte. »Die Dämonen sind also offensichtlich doch noch nicht verschwunden. Wenn sie sich als unbelebte Gegenstände tarnen, verschafft ihnen das sehr viel Ruhezeit im feststofflichen Zustand. Sie können uns dann zwar noch nichts anhaben, wir aber können sie auch nicht vertreiben. Ich fürchte, daß wir diesen Kampf verlieren.«

Esk nickte düster. »Zum Glück haben wir noch eine weitere Waffe. Ich hatte zwar gehofft, daß wir den Zapplerschwarm nicht würden einsetzen müssen, aber das läßt sich offensichtlich nicht vermeiden.«

»Ich vätve, wir haben von immer gewuvt, dav ev einmal voweit kommen würde«, bemerkte Volney. »Vonvt hätten wir unv gar nicht darauf vorbereitet.«

»Aber das bedeutet, daß die verbliebenen Wühlmäuse im Tal evakuiert werden müssen«, meinte Chex. »Das wird ihnen nicht gefallen.«

»Wir werden eben tun, wav nötig ivt«, erwiderte Volney grimmig. »Ich gebe ihnen gleich Beveid.« Dann verschwand er, um seine Artgenossen aufzusuchen.

»Irgendwie finde ich es merkwürdig«, bemerkte Chex, »daß wir das Tal nur retten können, indem wir es beinahe vernichten.«

»Ja, irgendwie sind wir selbst ziemliche Ungeheuer«, warf Bria ein.

Niedergeschlagen kehrten sie in ihr Lager zurück.

16

ZAPPLERSCHWARM

»Aufwachen, Esk!« flüsterte Bria drängend.

»Häh?« fragte er träge, als er sah, daß es noch dunkel war. »Wie spät ist es denn?«

»Ungefähr Mitternacht«, antwortete sie. »Esk, ich habe etwas gehört.«

Er packte ihre Hand. »Nein«, sagte er.

»Ach, nun zweifel doch jetzt nicht an mir!« rief sie. »Ich bin das richtige Messingmädchen! Hör einfach nur hin.«

Also lauschte auch er. Er vernahm ein fernes Brüllen. »Vielleicht die Oger auf dem Heimweg«, sagte er. Denn sie hatten die Oger und die Flügelungeheuer wieder entlassen, weil sie die Dämonen ja doch nicht vertreiben konnten.

»Oger krachen vor sich hin, sie brüllen nicht ständig. Das muß etwas anderes sein.«

»Vielleicht weiß Mark es ja. Er war immerhin als Kundschafter unterwegs. Der schläft genausowenig wie ich.«

»Wo ist der denn?«

»Irgendwo dort draußen. Sollen wir ihn rufen?«

Das Brüllen wurde lauter. »Ja«; Esk legte die Hände schalenförmig um den Mund und rief: »Mark! Mark!«

Im nächsten Augenblick hörten sie auch schon, wie das Skelett sich näherte. »Habt ihr es auch gehört?« fragte Mark.

Esk nahm seine knochige Hand und überzeugte sich von seiner Echtheit. »Ja. Weißt du, was es ist?«

»Das ist Wasser, und es fließt hierher. Hat das eine Bedeutung?«

»Wasser? Woher denn?«

»Offensichtlich vom Tötmichfluß oder vom Tötmichsee. Das sind die einzigen bedeutsamen Wasserquellen in dieser Gegend.«

»Aber wir befinden uns doch oberhalb des Tals! Wie kann das Wasser denn hierherkommen?«

Chex kam näher; ihr Hufgetrappel war im Dunkeln nicht zu überhören. »Das muß das Werk der Dämonen sein. Vom Kanalbau verstehen sie etwas. Möglicherweise haben sie einen neuen Kanal gegraben, der hierherführt, und haben das Wasser mit Magie verstärkt.«

»Aber warum?«

»Wahrscheinlich, um uns loszuwerden«, meinte sie. »Wir haben ihnen sehr viel Ärger bereitet und wollen es noch öfter tun, da haben sie sich vielleicht für einen Gegenschlag entschieden. Ich hätte nicht gedacht, daß sie dafür gut genug organisiert sind, aber anscheinend ist dem doch so.«

»Und ob wir das sind!« ertönte plötzlich Metrias Stimme. »Das haben wir von euch gelernt. Zu schade, daß ihr so früh aufgewacht seid.«

»Wir sollten besser von hier verschwinden!« meinte Esk.

»Ihr brecht euch nur die Beine, wenn ihr im Dunkeln davonlaufen wollt«, meinte die Dämonin. »Und wenn ihr nicht lauft, entkommt ihr ebensowenig. Auf euch kommt nämlich ein richtiger Wasserfall zu! Der ganze Tötmichsee strömt hier herab!«

»Um uns herum ist überall Flachland«, berichtete Mark.

»Ich fürchte, sie hat recht. Ihr könnt nicht mehr rechtzeitig entkommen. Für mich stellt es zwar keine Gefahr dar, da ich nicht ertrinken kann, aber ihr anderen ...«

»Ich kann auch nicht ertrinken«, bemerkte Bria.

»Vielleicht können wir irgendeine Barrikade bauen«, schlug Esk vor. Er wurde immer verzweifelter.

»Da hast du aber Riesenchancen, Sterblicher«, höhnte Metria. »Du bist erledigt! Ich bedaure nur, daß du zu dumm warst, um dich verführen zu lassen, damit du den Kampf aufgibst.«

Schon nahm das Brüllen beängstigende Ausmaße an. Zu beiden Seiten des kleinen Hügels, auf dem sie ihr Lager aufgeschlagen hatten, strömte das Wasser durch die niedrigen Kanäle. »Wir müssen es versuchen!« rief Esk.

Da ertönte ein neues Krachen. »Ich bin hier, wo seid ihr?« donnerte Knacks' Stimme.

»Verschwinde, du großer, häßlicher Idiot!« kreischte Metria.

»Sie auch nett, Dämonin fett«, brüllte der Oger zurück, über das Kompliment erfreut. Ein paar weitere Schritte, und schon war er da, seine riesigen, hornigen Füße schlugen Funken aus dem stöhnenden Boden, sobald er sie aufsetzte. »Ziemlich naß, für euch kein Spaß?«

»Bring Volney in Sicherheit!« rief Esk, denn der Wühlmäuserich, als kleinster der Gruppe, schwebte in der größten unmittelbaren Gefahr. Hätten sie mehr Zeit gehabt, so hätte Volney vielleicht einen Tunnel in die Tiefe graben und eine Höhle versiegeln können, um den Wasserschwall unversehrt zu überleben.

»Bring die Maus schon nach Haus«, willigte der Oger ein. Sie hörten ein Geräusch, als er Volney in der Dunkelheit suchte und fand, um ihn aufzunehmen.

»Verdammt!« rief Metria. »Einer entkommt!«

Plötzlich hörten sie das Geräusch riesiger Schwingen, und als sie zum Himmel sahen, bemerkten sie eine gewaltige Fluggestalt, die die wenigen Sterne erlöschen ließ, die es gewagt hatten, ihr Licht auf diese schreckliche Nacht zu ergießen. »Krächz?«

»Vater!« rief Chex. »Bring Esk in Sicherheit!«

»Nein!« rief Esk. »Nimm Latia!« Denn er wußte, daß sie älter und gebrechlicher war als er.

Xap widersprach nicht. Er bekam das Fluchungeheuer zu packen, breitete die Schwingen wieder aus und flog davon.

»Ein doppeltes Pfui!« fluchte die Dämonin. »Jetzt sind schon zwei von ihnen gerettet. Aber das ist auch alles, du Narr; jetzt kommen keine weiteren Ungeheuer, und du sitzt in der Patsche!«

Und in der Tat begann das Wasser nun den kleinen Hügel anzugreifen. Es hörte sich an, als würden noch weitaus größere Wassermassen auf sie zukommen. Mark und Bria mochten die Flut vielleicht überleben, da sie nicht lebendig waren, aber für Chex und Esk war es tatsächlich lebensgefährlich.

»Ach, wie ich mir doch wünschte, daß ich fliegen könnte!« rief die Zentaurin durch den ohrenbetäubenden Lärm.

»Ich wünschte auch, daß du es könntest!« erwiderte Esk schreiend. Da hatte er eine Idee. »Bria – könnte der Anpassungszauber ihr nicht die Flugfähigkeit verleihen?«

»Er könnte dafür sorgen, daß sie sich mit dir paart, aber das ist schon alles«, erwiderte Bria traurig. »Ach, Esk, ich will dich nicht verlieren!«

»Nimm meine Seele!« rief er ihr zu. »Nimm sie, bevor ich sie ohnehin verliere!«

»Nein! Dann würde ich dich nur lieben, und du wärst weg!«

»Dann gib sie mir«, warf Metria ein. »Es hat doch keinen Wert, eine brauchbare Seele zu vergeuden.«

Esk schlug ihr vor, etwas mit sich selbst anzustellen, was wahrscheinlich nur einer Dämonin gelingen würde; einen Sterblichen hätte es jedenfalls von innen nach außen gestülpt.

»Setz dich auf meinen Rücken«, rief Chex ihm zu. »Ich versuche, das Wasser zu durchstoßen.«

»Das gelingt dir nie, Maultierhirn!« schrie die Dämonin. »Das Wasser ist viel zu stark!«

Esk vermutete, daß sie recht hatte, dennoch taumelte er durch das noch seichte Wasser auf die Zentaurin zu. »Wo bist du, Chex?«

»Hier«, erwiderte sie. Ihr peitschender Schweif berührte ihn am rechten Arm, der sich daraufhin ganz unerwartet leicht anfühlte.

Er griff nach ihr und wollte sie besteigen, doch das spritzende Wasser hatte ihr Fell äußerst glatt gemacht. Sie hatte die Flügel gespreizt, um das Gleichgewicht zu halten, und ihr Schlagen erzeugte einen Luftstoß, der alles noch schlimmer machte. So glitt er von ihr ab und fiel platschend ins Wasser.

»Versuch es noch einmal«, drängte sie. »Vielleicht können Mark oder Bria dich stützen.« Wieder traf ihn ihr nervös zuckender Schweif am Rücken.

Plötzlich fühlte Esk sich unglaublich leicht.

Er sprang – und sauste über ihren Rücken hinweg, landete mit einem erneuten Platschen auf der anderen Seite im Wasser.

»Was ist denn los?« übertönte sie das Gebrüll.

»Ich … ich bin über dich hinweggesprungen!« rief er und konnte es selbst kaum glauben. »Ich fühle mich so leicht!«

»Das stimmt«, bemerkte Mark. »Ihr Schweif macht alles leichter; das habe ich auch gespürt, als ich auf ihr ritt und er mich berührte. Ich habe es völlig vergessen gehabt.«

»Mein Schweif macht Dinge leichter?« wiederholte Chex überrascht.

»Chex!« schrie Bria, als Esk erneut lossprang, diesmal etwas vorsichtiger, und tatsächlich auf dem Rücken der Zentaurin landete. *»Schlag dich selbst damit!«*

»Aber …«, fing Chex an.

»Sie hat recht!« sagte Esk. »Deine Magie muß in deinem Schweif liegen! Er macht die Dinge so leicht, daß sie fliegen! Deshalb verschwinden wahrscheinlich auch die Stechzecken immer, wenn du sie mit dem Schweif peitschst.«

Chex klatschte sich mit dem Schweif gegen die eigene Flanke. »Ach du liebe Güte, ich spüre es! Ich spüre es!« schrie sie, und ihr Entzücken vertrieb das Entsetzen vor dem tosendem Wasser. »Ich bin leicht geworden – ich glaube, leicht genug, um fliegen zu können!«

»Heb ab!« rief Bria. »Mark und ich werden es schon schaffen! Hinauf in den Himmel!«

»Halt dich fest!« rief Chex, doch Esk brauchte keine Warnung mehr. Er hatte ihre Mähne schon fest mit beiden Händen gepackt.

Nun schlug sie stärker mit den Schwingen. Ihr Körper bäumte sich auf, als würde sie sich auf die Hinterläufe stellen. Dann hoben auch diese sich, und – sie flogen!

Sie fuhr fort, kräftig mit den Schwingen zu schlagen. Ihr Körper wirbelte in der Luft herum, als er höher trieb, was Esk schwindeln ließ, doch dann schwebten sie auch schon über den Fluten in Sicherheit. »Bleib einfach hier oben!« rief er. »Du brauchst nirgendwohin, halte dich nur vom Wasser fern!«

»Ich wünschte, ich könnte besser sehen!« rief sie ihm zu. »Ich habe solche Angst, gegen irgendwas zu prallen und abzustürzen!«

»Dann flieg gerade nach oben, den Sternen entgegen!« erwiderte er. »Du kannst sie doch sehen!«

»Ja!« Langsam gewannen sie an Höhe. Das Tosen des Wassers wurde etwas leiser, je höher sie stiegen. »Aber ich werde müde!« keuchte sie. »Ich bin doch noch nie geflogen!«

»Dann ruf doch um Hilfe!« schlug Esk vor, und es war ihm nicht ganz klar, ob er sich damit nicht albern verhielt.

Doch sie nahm ihn beim Wort. »Hilfe!« schrie sie.

In der Ferne vernahmen sie ein antwortendes Krächzen.

»Vater!« rief sie froh.

Xap Hippogryph kam auf sie zu geflogen und schwebte schon bald neben seinem Fohlen. »Vater, ich werde müde und muß wieder hinunter!« schrie Chex. »Kannst du mich zu einem sicheren Landeplatz führen?«

Xap krächzte bejahend, dann flog er voran, und Chex folgte ihm, langsam lernte sie die Navigation, wenngleich ihre Flügel immer matter wurden.

»Peitsch dich selbst noch einmal!« schlug Esk vor.

Sie tat es. »Ja, das hilft tatsächlich! Ich glaube, jetzt schaffe ich es.«

Und so war es auch. Die Leichtigkeit, dir ihr Schweif ihr verlieh, ließ zwar mit der Zeit nach, konnte aber durch nochmaliges Schweifpeitschen erneuert werden. Sie brauchte also nur Flügelkraft, die sich mit entsprechender Übung schon von allein entwickeln würde.

Bald hatten sie den trockenen Hügel erreicht, auf dem Knacks, Volney und Latia sie erwarteten. Das letzte, was Esk noch hörte, bevor Chex' Hufe unbeholfen, aber dennoch unbeschadet landeten, war Metrias verzweifeltes »Verdammt! Verdammt! Verdammt! Verdammt! Verdammt!«

Sie hatten den Gegenangriff der Dämonin überlebt.

Bis zum Morgen war das Wasser zurückgewichen. Nicht einmal der Tötmichsee hatte das ganze Gebiet für längere Zeit überfluten können; das Wasser lief durch neue Kanäle zurück in den Fluß und von dort in Richtung Ogersee, wo es mit Sicherheit den Strudelungeheuern Schwierigkeiten bereiten würde. Überall lag feuchtes Treibgut herum, und die kleinen, zurückgebliebenen Teiche begannen zu dampfen, als die Sonne sie erhitzte.

Als er die Landschaft musterte, fiel Esk ein, daß er ebensogut einen hohen, kräftigen Baum hätte besteigen können, um sich vor der Flut in Sicherheit zu bringen. Doch wie hätte er im Dunkeln erkennen sollen, welcher Baum sicher war? Denn einige der größeren Bäume waren entwurzelt worden und umgestürzt.

Die vier fleischlichen Mitglieder der Gruppe waren in Sicherheit und würden es dank der Rückkehr von Knacks und Xap höchstwahrscheinlich auch bleiben. Doch die beiden Wesen aus dem Kürbis waren verschwunden.

»Sie haben gesagt, daß sie es überleben würden«, sagte Esk und versuchte zuversichtlich zu klingen.

»Ja, sie bestehen doch nur aus Metall und Knochen«, pflichtete Chex ebenso gequält bei.

»Seh nach im Bach«, erbot sich Knacks.

Xap krächzte. »Vater wird sie aus der Luft suchen«, dolmetschte Chex. Probehalber breitete sie die Schwingen aus, zuckte aber sofort schmerzverzerrt zusammen und legte sie wieder an. »Meine Muskeln sind immer noch steif von der Anstrengung der Nacht. Vorläufig werde ich noch nicht wieder fliegen können.« Dann überzog eine überraschte Miene ihr Gesicht. »Komisch, die sind ja nur hier steif«, fügte sie hinzu und griff nach hinten unter ihre Flügel. »Und gar nicht hier an den Brustmuskeln.« Sie legte die Hände auf die Brüste.

»Du dumme Göre«, bemerkte Latia. »Hast du wirklich geglaubt, daß das *Muskeln* sind, was du da entwickelt hast? Du bist zu einem reifen weiblichen Exemplar deiner Gattung geworden!«

»Aber ich habe doch Übungen gemacht!« protestierte Chex.

»Du hast Übungen gemacht und dabei deine Flügelmuskeln gekräftigt, das stimmt. Zugleich bist du aber zu einer Mähre oder einer Frau geworden, wie immer du es nennen magst. Das hätte dir jeder Mann sagen können.«

Verwirrt blickte Chex Esk an, dem nichts anderes übrigblieb, als zu nicken. Ihre Brüste waren ihm noch nie sonderlich wie Muskeln erschienen.

Zum erstenmal in seinem Leben sah er eine Zentaurin erröten.

»Lavt unv mal nach Bria und Mark vuchen gehen«, warf Volney diplomatisch ein. »Wir können unv verteilen und in Blickweite volange hinuntervteigen, biv wir vie gefunden haben.«

Das taten sie auch. Chex schritt am Ostrand des Tals, dann folgten westlich von ihr Esk, Volney und schließlich Latia. Gemeinsam liefen sie nach Süden, bahnten sich ihren Weg durchs Unterholz, wateten durch Schlammboden und kamen mühsam, aber stetig voran. In der Ferne hörten sie Knacks, der nach Ogerart krachend vor sich hin stampfte, während über ihnen Xap seine Kreise zog und mit scharfen Adleraugen in die Tiefe lugte.

Den ganzen Morgen blieb die Suche erfolglos. Langsam sank Esks Mut, als wäre er im Schlamm versickert. Was sollte er tun, wenn sie Bria nicht wiederfänden?

Am Abend hatten sie endlich erkannt, daß es keinen Zweck hatte. Sie hatten das ganze Gebiet durchkämmt, hatten gesucht und gerufen, doch ohne auch nur die kleinste Spur der beiden Verschollenen zu entdecken.

»Aber sie können doch nicht sterben, denn sie leben gar nicht«, versuchte Esk an dem Kloß in seiner Kehle vorbei zu sagen. »Es *kann* ihnen nichts zugestoßen sein!«

»Sie können aber möglicherweise vom Wasser bis zum Ogersee hinuntergespült worden sein, so daß sie jetzt vielleicht dort unten warten, bis das Wasser abgelaufen ist, um dann wieder hierher zu kommen«, meinte Chex.

»So muß es sein«, stimmte Esk zu. Doch er wußte genau, daß Chex sich ebensogroße Mühe geben mußte, daran zu glauben, wie er. Es hätte Bria und Mark doch eigentlich gelingen müssen, sich an irgend etwas festzuklammern und auf den tosenden Wassern dahinzugleiten, um schließlich um Hilfe zu rufen, sollten sie in Schwierigkeiten geraten sein. Ja, sie hätten mit sehr viel weniger Vorbehalten als Esk einen Baum besteigen können, denn wenn sie abgestürzt wären, hätte das nicht gleich ihren Tod bedeutet. Ihr Verschwinden war völlig unerklärlich.

»Wir haben getan, was wir konnten«, bemerkte Latia forsch. »Nun bleibt uns nichts anderes übrig, als darauf zu warten, daß sie irgendwann schon wieder zurückkehren werden, und bis dahin müssen wir weitermachen, weil die Zappler bald eintreffen.«

Sie gingen auf Nahrungssuche, aßen und ließen sich zur Nacht nieder. Esk schlief allein, was ihm gar nicht gefiel; allzulange hatte er nicht gebraucht, um sich an Brias Gesellschaft zu gewöhnen.

Als die Dunkelheit kam, erschien plötzlich eine Gestalt. »Hallo, Esk.«

»Bria!« rief er erfreut. Doch dann kam die Enttäuschung. »Metria! Verschwinde.«

»Sei doch nicht so«, erwiderte die Dämonin. »Du hast

zwar dein Metallmädchen verloren, aber Dämonen können genauso reizend sein. Laß mich dir zeigen, was ich für dich tun kann.«

»Du versuchst mich zu verderben, damit ich den Dämonen keine Schwierigkeiten mehr mache!« erwiderte er zornig.

»Das auch. Aber ich habe Respekt vor dir bekommen, Esk. Du bist ein interessanter Mann. Wir könnten sehr viel Spaß zusammen haben.« Sie ließ sich neben ihm nieder und zog seinen Kopf an ihre Brust. Die roch schwach nach Rauch.

»Ich dachte, du wolltest nur allein gelassen werden«, sagte er knurrig.

»Ja, wenn ich es so will. Und ich möchte anregende Gesellschaft haben, wenn ich lieber das will. Ich habe dich am Anfang falsch eingeschätzt, das will ich jetzt wiedergutmachen. Komm, verbring eine angenehme Nacht mit mir; deine Gefährten brauchen davon ja gar nichts zu erfahren.«

»Nein!« knirschte er.

»Ach, verdammt«, erklärte sie. »Immer wieder verhältst du dich wie ein Narr!« Sie löste sich in Rauch auf und war verschwunden.

Die Dämonen wußten also, daß sie einen Teil ihrer Gruppe verloren hatten, was Esk ziemlich beunruhigte. Er wußte, daß er Metria nicht trauen durfte, und doch war er einen Augenblick in seiner Trauer und Einsamkeit beinahe versucht gewesen, ihr nachzugeben. Er fühlte sich schuldig deswegen.

Am nächsten Tag war das Wasser noch weiter zurückgewichen, doch weder von Bria noch von Mark gab es auch nur ein Lebenszeichen. Statt dessen bekamen sie jedoch anderen Besuch: Xap meldete, daß eine hübsche Wühlmaus aus Osten den Pfad entlang käme, die lecker genug aussehe, um verputzt zu werden.

»Dav wird Wilda vein«, meinte Volney. »Nun müvven wir unv auf den Vapplervwarm einvtellen.«

Nun, immerhin würde sie dies vielleicht vom Verlust ihrer Gefährten ablenken. Mit neuer Kraft stürzten sie sich in die nächste Phase ihres Feldzuges.

Wilda Zappler war wirklich ein sehr hübsches Exemplar wühlmäusischer Schönheit. Sie trug ihren grauen Oberflächenpelz mit den intensiven braunen Augen. Das Fell glühte fast, und ihre Konturen waren sanft gerundet. Esk war davon überzeugt, daß er sie äußerst reizend gefunden hätte, wäre er selbst ein Wühlmäuserich gewesen. Er konnte kaum glauben, daß diese liebliche Kreatur der Ursprung der schlimmsten Bedrohung Xanths sein sollte: eines Zapplerschwarms.

»Habt ihr die Ftelle?« fragte sie. Sie sprach die Humanoidensprache ebensogut wie Volney, aber mit leichtem Akzent.

»Wir haben sie«, versicherte Esk.

»Und habt ihr auch den Fauber?«

»Den auch.«

»Aufgefeichnet. Ich habe mich gepaart und muf fon bald mein Neft bauen.«

»Wir haben die Sache folgendermaßen geplant«, erklärte Esk. »Du suchst dir eine Brutstätte in Nähe der Talmitte. Und dann wirst du zusammen mit allen anderen verwundbaren Wesen das Tal verlassen, bevor die Larven ausschlüpfen und umherschwärmen, und wir werden den Begrenzungszauber auslegen, der tatsächlich nur ein Aspekt des Nichts ist, und lassen ihn solange liegen, bis der Schwarm fertig ist. Danach falten wir das Nichts wieder zusammen, und die Wühlmäuse können zurückkehren, um den Fluß wiederherzustellen. Die Deiche der Dämonen werden bis dahin natürlich hoffnungslos zerstört sein, so daß die Wiederherstellung nicht schwerfallen dürfte.«

Wilda überlegte. »Da habe ich noch fwei Fragen«, sagte sie und rümpfte zart die Nase. »Feid ihr ficher, daf die Dämonen auch verfwinden werden?«

»Wir glauben es jedenfalls, denn das Umherschwärmen der Zappler wird ihnen ganz und gar nicht gefallen, und wenn ihre Deiche erst einmal zerstört sind, müßten sie völlig von vorne anfangen, aber Dämonen sind nicht eben berühmt für ihre Geduld. Sollte es nicht funktionieren, müssen wir uns etwas anderes ausdenken.«

»Und wer foll daf Nichtf auflegen und wieder einholen?«

»Nun, das wird Mark tun«, erklärte Esk. »Mark kennst du noch nicht. Er ist ein ...« Er brach ab.

»Oh weh«, sagte Chex plötzlich.

»Oh je!« sagte Latia. »Wir hatten ja ganz vergessen, daß wir ihn für diese kleine Aufgabe brauchen!«

»Habt ihr Probleme?« fragte Metria und materialisierte sich plötzlich in ihrer Mitte.

»Du hast gelauscht!« warf Esk ihr vor.

»Natürlich«, sagte sie. »Schließlich soll ich doch die Verbindung zu den Dämonen herstellen. Aber ich glaube nicht, daß ihr euren knochigen Freund rechtzeitig wiederfinden werdet. Und eure Metallfreundin auch nicht. Wenn man bedenkt, daß wir die beiden als Geiseln genommen haben.«

»Wie?« keuchte Esk.

»Na ja, ich erwarte zwar wirklich nicht, daß du mir glaubst, aber es stimmt. Schließlich konnten wir es ja nicht zulassen, daß ihr ungehindert mit eurem Vorhaben fortfahrt. Aber ihr könnt sie sofort zurückbekommen, sobald ihr einwilligt, uns nicht länger zu belästigen und nach Hause zurückzukehren.«

»Verdammt sollst du sein!« fluchte Esk.

»Das dürfte schwierig werden, genauso schwierig, wie eure toten Freunde zu töten. Wir können nichts anderes tun, als sie festzuhalten. Seid ihr bereit zu verhandeln?«

»Nein!« schrie Esk voller Wut und Schmerz. »Ich werde selbst das Nichts übernehmen!«

»Esk, du wirst durchlöchert werden!« protestierte Chex. »Das würdest du nicht überleben!«

»Ich bin eine alte Vettel, ich werde es tun«, erbot sich Latia. »Es spielt keine große Rolle, ob ich sterbe oder weiterlebe.«

»Diese Gier von euch Sterblichen, sich immerzu aufzuopfern, werde ich wohl nie verstehen«, meinte Metria.

»Aber es wird euch dennoch nichts nutzen, denn wer im Tal bleibt, wird durchlöchert und getötet und kann das Nichts ohnehin nicht mehr beseitigen.«

Sie tauschten Blicke aus. »Sie hat recht«, bemerkte Chex. »Ein Wesen aus Fleisch und Blut kann das nicht tun.«

»Aber ein dämonisches Wesen könnte es tun«, sagte Metria. »Warum fragt ihr mich nicht?«

»Wie bitte?«

»Ich habe gesagt ...«

»Ich weiß, was du gesagt hast. Aber selbst wenn ein Dämon das Nichts handhaben könnte, was kein Dämon kann, warum solltest du so was tun? Schließlich wollen wir euch damit aus dem Tal treiben!«

»Es stimmt, ich kann das Nichts nicht berühren. Aber ich könnte einen Sterblichen vor dem Zapplerschwarm beschützen, indem ich mich vor ihm zu einem unsichtbaren Schild mache.«

»Weißt du, das könnte sie tatsächlich«, überlegte Chex. »Aber ...«

»Aber warum? Ich werde euch sagen, warum«, fuhr Metria fort. »Deshalb, weil wir Dämonen uns nicht vor den Zapplern zu fürchten brauchen. Wir können uns entweder in Dampf auflösen oder uns so hart machen, daß sie uns nicht durchdringen können. Das einzige, was uns mißfällt, ist der Schaden, den sie an unseren Deichen anrichten werden. Aber ihr Sterblichen werdet das sowieso nicht glauben, deshalb müssen wir es auf die harte Tour beweisen. Seid ihr bereit zu verhandeln?«

»Verhandeln?« fragte Esk.

Er wurde langsam verwirrt, wie so häufig, wenn die Ereignisse sich überschlugen.

»Ich helfe euch mit dem Nichts«, erklärte Metria. »Und wir geben eure Geiseln wieder frei. Sofern.«

»Sofern was?« fragte Esk mißtrauisch.

»Sofern ihr, nachdem ihr euch davon überzeugt habt, daß ihr uns nicht aus dem Tal vertreiben könnt, die gleiche Energie daran setzt, uns bei der Lösung unseres Problems zu helfen, die ihr angewandt habt, um uns loszuwerden.«

»Wir sollen euch helfen?« fragte Esk. »Das wäre doch der reinste Wahnsinn!«

»Wie du willst«, meinte sie und begann zu verblassen.

»Warte!« rief er. »Ich habe ja nicht gesagt, daß wir es nicht tun werden!«

Sie verdichtete sich wieder. »Jetzt nimmst du langsam Vernunft an. So viel verlangt ist es ja auch nicht.«

»Mal sehen, ob ich die Sache richtig verstanden habe«, sagte Chex. »Ihr gestattet uns einen weiteren Versuch, die Dämonen aus dem Tal der Wühlmäuse zu vertreiben, und wenn wir scheitern, müssen wir uns ebensoviel Mühe geben, die Summer loszuwerden, wie beim Versuch, euch zu vertreiben?«

»Ganz genau«, bestätigte Metria.

»Aber wenn wir euch nicht vertreiben können, gelingt es uns vielleicht auch nicht, die Summer zu vertreiben!«

»Aber ihr werdet es so angestrengt versuchen, wie ihr nur könnt, und ihr könntet mehr Erfolg haben als wir«, warf die Dämonin ein. »Ihr fleischlichen Wesen besitzt Seelen und daher auch ein Ehrgefühl; wir glauben, daß die Abmachung es wert ist.«

»Und wir bekommen Bria und Mark zurück«, ergänzte Esk.

»Sobald ihr anfangt, für uns zu arbeiten«, bestätigte Metria.

»Also gut«, sagte Esk. »Ich gehe auf den Handel ein.«

»Einen Augenblick mal«, protestierte Chex. »Die Sache ist nicht ganz abgesichert. Wenn wir die Dämonen nämlich tatsächlich vertreiben, bekommen wir die Geiseln nicht zurück und ...«

»Macht nichts«, widersprach Esk. »Ich habe schon meine Gründe. Ich mache den Handel, nicht du.« Er wandte sich an die Dämonin. »Ich hantiere mit dem Nichts, und du beschützt mich.«

»Aber vielleicht tut vie ev gar nicht!« warf Volney ein. »Wie kannvt du ihr nur dein Leben anvertrauen?«

»Weil ich es bin, der den Handel abschließt«, erklärte Esk. »Es ist meine Verantwortung. Wenn ich sterben sollte, ist die Abmachung aufgehoben, und ihr anderen könnt tun, was ihr wollt. So hat die Dämonin ein stärkeres Motiv, ihren Teil der Abmachung einzuhalten und mich am Leben zu lassen.«

Metria nickte. »Du bist tatsächlich klüger geworden, Sterblicher.«

»Aber dann würden doch die Geiseln nicht wieder freigelassen werden«, warf Chex ein.

»Ich bin es, der Bria liebt, nicht du«, konterte Esk. »Wenn ich nicht mehr bin, gibt es auch kein Druckmittel mehr. Und außerdem wollen die Dämonen die Geiseln ohnehin nicht behalten, sie wollen sie lediglich gegen uns einsetzen. Wenn ich es also nicht überlebe, dann geht ihr einfach nach Hause, denn dann wird das Tal auf alle Zeiten im Nichts gefangen bleiben, so daß es weder den Wühlmäusen noch den Dämonen nützt. Hier geht es um doppelten Gewinn oder um gar nichts. Wenn Metria mich sterben läßt, verlieren die Dämonen ebensoviel wie wir oder die Wühlmäuse. Eigentlich sogar noch mehr, weil die Dämonen bereits im Tal herrschen, und weil die Wühlmäuse vertrieben würden, wenn die Dämonen blieben.«

»Du hast aber wirklich gelernt, hart zu sein«, meinte Chex bewundernd.

»Ich brauche einen Tag, um mein Neft zu bauen und einen weiteren, um meine Eier fu legen«, sagte Wilda. »Können die Wühlmäufe daf Tal bif dahin evakuieren?«

»Dav werden vie müvven«, erwiderte Volney. »Machen wir unv anv Werk.«

Also machten sie sich ans Werk. Sie waren dabei behilflich, die Evakuierung der Wühlmäuse aus dem Tal zu organisieren, während Wilda in der Talmitte neben dem schändlichen Tötmichfluß ihr Nest baute. Die Wühlmäuse kamen in ganzen Familien aus ihren tiefen Tunneln hervorgekrochen, süße kleine Kinder krabbelten hinter ihren Eltern her. Alle wechselten sie ihre unterirdische gegen die oberirdische Kleidung ein, deren graue Farbe der Helligkeit und der Hitze des Sonnenlichts besser widerstand.

Zynisch sahen die Dämonen zu. Es war ihnen gleichgültig, ob die Wühlmäuse blieben oder verschwanden, sie beabsichtigten so oder so, weiterhin im Tal zu herrschen. Ebenso gleichgültig sahen sie zu, wie Wilda ihr Nest baute. Sie sammelte Zweige und Steine und zerborstene Knochen ein, dazu Sand und Schlamm und anderes Erdreich, formte daraus ein kleines rundes Haus, verputzte säuberlich jede Ritze. Dann stieg sie in das Haus und zog den Deckel zu.

Die Wühlmäuse waren erst zur Hälfte evakuiert worden, doch alles verlief planmäßig, denn sie hatten ja noch einen weiteren Tag zur Verfügung. So arbeiteten sie weiter, den ganzen Tag und die ganze Nacht lang, bis das Tal schließlich völlig geräumt war. Die Dämonen blieben unbekümmert zurück.

Esk nahm das zusammengefaltete Nichts auf, das Chex in ihrem Rucksack verstaut hatte, und trug es an eine Stelle in der Nähe des Nests. »Wo bist du, Metria?« rief er.

Da materialisierte sich die Dämonin neben ihm. »Hier bin ich, Sterblicher. Was hast du denn jetzt wieder für einen Unsinn vor?«

»Es ist fast Zeit. Ich möchte nur, daß du hier bei mir bist, wenn ich das Nichts öffne.«

»Ich werde mich so dicht an dich halten wie eine zweite Haut«, versicherte sie ihm mit einer, wie es schien, gewissen Genugtuung.

Da hob sich der Deckel des Nests. Wildas Kopf erschien in der Öffnung. »Ich habe noch eine Ftunde Feit, dann geht ef lof«, sagte sie, als sie Esk erspähte. »Ift allef bereit? Keine Wühlmäufe mehr da?«

»Alles bereit«, meldete Esk.

Wilda kletterte aus dem Nest, ließ den Deckel zurückfallen und eilte in den Wald davon. Sie wußte, daß die Zapplerlarven keine Unterschiede machen würden; sie würden sie ebenso durchbohren wie alles andere, was sich ihnen in den Weg stellte.

Als sie gerade in den Wald eindrang, hörte Esk ein Geräusch im Nest. Die Larven begannen zu schlüpfen!

Er holte das Nichts hervor und entfaltete es. Dann legte er es auf den Boden und wich vor dem schwarzen Loch zurück, das nun dort erschien. Es mochte zwar nur der Kürbisaspekt des Nichts sein, immerhin sah es aber recht tief aus, und er wollte auch nicht hineinstürzen.

Im Nest wurde es immer lauter. »Es ist Zeit, mich abzuschirmen«, sagte er zu Metria.

»Das werde ich tun, Sterblicher«, willigte sie ein. Sie begann zu flirren, dann wurde sie zu einer flachen Platte, die sich erst flimmernd, dann durchsichtig um ihn legte. Sie streifte ihn, drang durch seine Kleidung und klebte sich an seinen Leib.

»He!« protestierte er, als sie gegen sein Gesicht preßte und ihn zu ersticken drohte. »Ich muß schließlich auch noch atmen können, weißt du!«

»Ach ja, Sterblicher«, sagte sie. »Das hatte ich ganz vergessen.«

Eine Falte bildete sich aus, so daß die Schutzschicht nicht mehr ganz dicht an seinem Gesicht klebte und die Luft seitlich eindringen konnte.

Mittlerweile begannen die Zappler auszuschwärmen. Im Nest erschienen Löcher, und ihr *zzapp!* breitete sich in alle Richtungen aus.

»Wie kannst du durch meine Kleidung dringen, aber trotzdem die Zappler abhalten?« fragte er nervös.

»Ich habe mich erst entmaterialisiert und dann wieder zurückmaterialisiert«, erwiderte die Schutzschicht. Sie schlang sich weiterhin um seine Arme und Beine, preßte sich eng an seinen Oberkörper. Die Sache mit der zweiten Haut war kein Witz gewesen!

»He!« rief er, als die Schutzschicht ihn plötzlich in den Lenden kitzelte. Sie paßte sich präzise seinem Intimbereich an. »Hör auf damit!«

»Zwing mich doch dazu, Sterblicher!« erwiderte die Schicht und verpaßte ihm einen peinlichen Druck.

Esk sprang auf, drehte sich um und wollte davonlaufen. »Dreh dich nicht um!« rief die Schicht.

Zzapp!

»Aua!« Er schlug sich mit der Hand auf die Hinterbacke.

»Ich habe dir doch gesagt, du sollst dich nicht umdrehen«, sagte die Schicht. »Ich bedecke dich nur von vorn. Jetzt hat dich ein Zappler erwischt.«

Und tatsächlich: Als Esk seine Hand betrachtete, war sie voller Blut. Eine vorbeijagende Zapplerlarve hatte ihn gestreift. Hastig kehrte er sich wieder zum Nest um – und spürte sofort, wie etwas von seiner Brust abprallte.

»Gerade noch rechtzeitig«, ermahnte ihn die Schutzschicht. »Wenn das Ding dich am Rücken getroffen hätte, hätte es dich durchbohrt.«

Nun war überall das *zzapp!* der Zapplerlarven zu vernehmen, die nun in solchen dichten Reihen vorbeischossen, daß es unmöglich gewesen wäre, ihnen auszuweichen. Metria beschützte ihn also wirklich. Er wünschte sich nur, daß sie an manchen Stellen seiner Anatomie etwas weniger gewissenhaft vorgegangen wäre.

»Ich habe dir nie versprochen, daß es dir nicht gefallen würde«, sagte die Schutzschicht und kitzelte ihn aufs neue, daß es ihm peinlich war. Doch zur gleichen Zeit hörte er an derselben Stelle ein *zzapp*, mußte also zugeben, daß diese intime Nähe notwendig war. Sie piesackte ihn zwar, tat aber auch, was sie versprochen hatte. Offensichtlich interessierte sie sich tatsächlich in gewissem Umfang für seinen Körper, obwohl er nicht verstand wieso; wenn sie schon einen Körper haben wollte, warum ließ sie dann nicht einen männlichen Dämon seine Gestalt annehmen?

Das Gemetzel des Zapplerschwarms wurde immer gräßlicher. Sträucher und Bäume wurden durchlöchert und zerfetzt, als die winzigen, wurmgleichen Kreaturen hindurchschossen. Die Zapplerlarven jagten ein kleines Stück voran, um dann völlig reglos in der Luft stehenzubleiben. Offensichtlich schmeckten sie ihre Umgebung ab, um festzustellen, ob sie ihren Bedürfnissen entsprach. Stand ihnen irgend etwas im Weg, bohrten sie sich auf magische Weise einfach hindurch. Deshalb galten die Zappler auch als die schlimmste Geißel Xanths; ein solcher Schwarm zerstörte so ziemlich alles, was sich in seiner Umgebung befand.

Bis auf die Dämonen. Die Dämonen ignorierten die Larven, zumindest aber waren sie ihretwegen nicht beunruhigt. Einem Dämon im Dampfzustand konnte kein Loch etwas anhaben, und wenn sie sich im feststofflichen Zustand befanden, wurden sie so hart, daß die Zappler von ihnen abprallten, genau wie sie es bei Esk taten. Metria hatte recht: Auf diese Weise ließen sich die Dämonen wirklich nicht vertreiben.

Sollte Esk jedoch irgend etwas zustoßen, säßen alle Dämonen gefangen im Nichts, denn aus diesem konnten sie nicht entkommen. Sie fühlten sich darin keineswegs unwohl, sie konnten lediglich nicht über seinen äußeren Rand hinaus, der sich in der Nähe des Talrandes befand. Auf diese Weise hätte man das Tal tatsächlich von ihnen befreien können! Andererseits wäre es dann auch zu nichts anderem mehr zu gebrauchen gewesen. Und auch etwaige Wühlmäuse, die in das Nichts eindrangen, würden es nie wieder verlassen können.

Nein, einen Augenblick mal! Er hatte sich verrechnet. Wenn der Zapplerschwarm erst einmal verschwunden war, konnte doch jeder hergehen, das Tal betreten, das Loch in der Mitte zusammenfalten und das Nichts beseitigen. Warum hatte er nicht schon früher daran gedacht? Dann hätte er jetzt sein Leben überhaupt nicht zu riskieren brauchen!

Doch der Dämonin war es auch nicht eingefallen, ebensowenig wie Chex, so daß er in seiner Torheit wenigstens nicht allein war. Das war ihm ein Trost. Und *irgend jemand* hätte sein Leben doch riskieren müssen, um das Nichts richtig zu plazieren, und dann wäre diese Person mit den Zapplern in seiner Mitte gefangen gewesen, und er, Esk, war der einzige, den Metria zu schützen bereit gewesen wäre, so daß letzten Endes doch alles auf das gleiche hinauslief.

Die Stunden verstrichen, während sich das Wüten der Zappler fortsetzte. Doch mit der Zeit hörte man das tödliche *zzapp* immer seltener, je weiter sich der Vernichtungsradius der Zappler ausdehnte, aber Esk war zu klug, um ein voreiliges Risiko einzugehen. Ein einziges Loch einer verspäteten Larve, und er wäre trotzdem ausgeschaltet gewesen. Das bedeutete, daß er in engem – *sehr engem* – Kontakt zu Metria bleiben mußte. Nach einer ganzen Weile wurde sie es müde, ihn an jenen Stellen zu knuffen und zu kitzeln, nachdem sie offensichtlich soviel Spaß mit ihm gehabt hatte, wie sie wollte, doch noch immer waren sie aufeinander angewiesen.

»Warum hast du dich in Wirklichkeit auf diesen Zauber eingelassen?« fragte er sie.

»Natürlich, um so dicht an dich heranzukommen, ohne daß du nein sagst«, erwiderte die Schutzschicht prompt. »Wie hätte ich dein Fleisch sonst stundenlang mit meinem bedecken können?« Sie zwickte ihn an einer bestimmten Stelle, was ihre Worte auf deutlichere Weise erklärte, als ihm lieb war.

»Das glaube ich nicht«, konterte er. »Du hast bisher immer nur die Absicht verfolgt, mich in Verlegenheit zu bringen oder mich zu korrumpieren, damit ich ein weniger fähiger Anführer im Kampf gegen die Dämonen werde. Jetzt, da wir zusammenarbeiten, kann dir meine Gesellschaft keine allzugroße Freude bereiten. Du hast doch wissen müssen, daß du dich damit auf einen langen, langweiligen Tag einläßt. Warum hast du es trotzdem getan?«

»Du wirst allmählich ein helles Köpfchen«, meinte sie. »Ich schätze, es gibt wohl jetzt keinen Grund mehr, dir nicht die Wahrheit zu sagen. Wir wollen wirklich die Summer loswerden, die sind für uns mindestens ebenso schlimm wie die Zappler für euch. Jedesmal, wenn wir versuchen, uns im feststofflichen Zustand auszuruhen, treiben sie uns mit ihrem Gesumme in den Wahnsinn. Wir haben schon alles versucht, was uns einfiel, um sie loszuwerden. Aber es wird immer schlimmer mit ihnen. Als wir sahen, wie entschlossen und raffiniert ihr versucht habt, uns zu vertreiben, dachten wir uns, daß ihr sogar das Summerproblem lösen könntet, wenn ihr nur hinreichend motiviert wärt. Das ist die Wahrheit. Wir sind verzweifelt, und wir brauchen eure Hilfe. Ohne die müßten wir das Tal sowieso räumen.«

»Du meinst, wenn wir überhaupt nichts unternommen

hätten, dann wärt ihr Dämonen einfach gegangen, und das Problem der Wühlmäuse hätte sich von allein erledigt?« fragte Esk entsetzt.

»Da liegt eine gewisse Ironie drin, nicht wahr?« bestätigte sie selbstzufrieden.

»Du weißt ja gar nicht, wie ich mich jetzt fühle!«

»Oh, das weiß ich sehr wohl«, widersprach sie. »Auch wenn du unser Problem nicht lösen solltest, werde ich mich doch immer daran erfreuen können, wie enttäuscht du warst, als ich dir einfach die Wahrheit sagte.«

Esk lachte etwas verbittert. »Du hast mich wirklich reingelegt! Und doch, wenn ich noch einmal vor der gleichen Situation stände, würde ich es wohl wieder tun, und zwar wegen ...«

»... wegen des Metallmädchens? Ihr Sterblichen legt wirklich viel zu viel Gewicht auf Beziehungen.«

»Ihr haltet sie doch tatsächlich gefangen? Das hast du mir doch nicht erzählt, um uns noch mehr Ärger zu machen?«

»Wir haben sie in unserer Gewalt. Vergiß nicht, daß ich dort war, als ihr sie im Stich gelassen habt. Wir wußten ganz genau, wo sie waren. Euch konnten wir nicht entführen, weil wir ja eure Hilfe brauchten, aber als ihr sie zurückgelassen habt, da waren sie eine leichte Beute für uns. Sie glaubten zunächst, daß wir gekommen seien, um sie zu retten, aber dann erkannten sie, wer wir waren. Das Mädchen begann zu weinen und deinen Namen zu rufen. Es war ziemlich amüsant.«

»Verdammt sollst du sein!« wiederholte Esk.

»Das haben wir doch schon alles einmal durchgemacht«, erinnerte sie ihn.

Esk hielt den Mund. Sie ärgerte ihn noch immer, wann immer sie Gelegenheit dazu fand. Er hatte sich bereits dazu verpflichtet, ihre Sache zu unterstützen. Da mußte er ihr nicht auch noch zusätzliche Befriedigung bescheren.

Die Nacht brach an, und er legte sich schlafen, die vordere Körperhälfte sorgfältig in Richtung Zapplernest ausgestreckt. Die Dämonin streichelte sein Haar so, wie Bria es getan hatte, wozu sie eine Falte der Schutzschicht benutzte, doch er weigerte sich, sie erneut zu verfluchen. Morgen würde er wieder bei Bria sein; das machte die Sache erträglich.

Bis zum Mittag des folgenden Tages waren die Zappler verschwunden. Esk legte das Nichts wieder zusammen, und Metria verpaßte ihm eine letzte Kitzelorgie, bevor sie sich von ihm löste. Er war gescheitert, genau wie sie es vorhergesehen hatte, so daß er sich nun an eine neue Aufgabe machen mußte.

Das Tal bot ein Bild der Verwüstung. Die von den Dämonen errichteten Deiche waren so häufig durchbohrt worden, daß sie zusammengebrochen waren. Die Bäume waren gesplittert, und viele von ihnen würden sterben. Das Wasser hatte sich ausgebreitet, war durch die Löcher gedrungen und hatte aus dem ganzen Tal ein schmutziges Sumpfland gemacht. Das ganze Gebiet war totenstill.

Esk, der gerade dabei war, das Nichts zusammenzufalten, hielt inne. »Metria ... fällt dir etwas auf?«

Sie nahm ihre natürliche Gestalt an. »Mir fällt auf, daß du das Tal für die Wühlmäuse ebenso vernichtet hast wie für die Dämonen. Das wird mächtig viel Arbeit geben, diese Deiche wiederaufzubauen.«

»Wozu sie wieder aufbauen?«

»Natürlich, um die Summer loszuwerden.«

»Hör doch mal, Metria. Was hörst du?«

Sie lauschte. »Absolut gar nichts. Es ist gespenstisch.«

»Und was ist mit den Summern?«

Sie war so überrascht, daß sie sich sofort in Dampf auflöste und erst wieder verdichten mußte. »Sie sind verschwunden!«

Esk hatte rasend schnell nachgedacht. Nun kam ihm die Erleuchtung, so wie die Sonne aus einer sie erstickenden Wolke hervorbrach. »Verstehst du denn nicht, Dämonengesicht – es ist die *Umwelt*, die die Summer hervorbringt! Die Ausbreitung des Wassers unterdrückt sie anscheinend. Im Tal gab es früher sehr viel Wasser, weil der Küßmichfluß in solch zahlreichen Windungen verlief. Dann habt ihr ihn begradigt, und das Land ist ausgetrocknet, worauf die Summerplage schlimmer wurde. Vielleicht brauchen sie stehende Gewässer, wie ihr sie an den Stellen zurückgelassen habt, wo der Fluß einfach abgeschnitten wurde. Strömendes Wasser jedenfalls spült sie davon. Ich weiß zwar nicht genau, wie das vor sich geht, aber ich bin mir jetzt ganz sicher, daß es damit zu tun hat, daß ihr den natürlichen Flußlauf verändert habt. Jetzt sind die Summer fort – aber sobald ihr den Fluß wieder begradigt, werden sie schlimmer denn je zurückkehren! *Das* ist die Lösung eures Problems – nämlich den Küßmichfluß wiederherzustellen, und zwar mit allen Windungen!«

Sie wirkte völlig verblüfft, was für eine Dämonin höchst ungewöhnlich war. »Als wir den Fluß begradigt haben – da verschlimmerte sich die Summerplage. Jetzt sind sie fort. Aber wir können das Tal nicht in einem solchen Durcheinander belassen. Dann könnten es ja nicht einmal die Wühlmäuse mehr benutzen. Dämonen und Wühlmäuse brauchen nun einmal trockenes Land zum Leben.«

»Das trockene Land könnt ihr ja auch haben«, meinte Esk. »Solange es *natürliches* Land ist. Laßt der Natur ihren freien Lauf. Das bedeutet einen mäandernden Fluß und gelegentliche Überschwemmungen. Es mag zwar unbequem für euch werden, muß dafür aber vernichtend für die Summer sein, die wahrscheinlich stehendes, totes Gewässer brauchen, um darin zu brüten, während sie auf Trokkenland jagen, genauso, wie es im Tal ja auch geschehen ist, als ihr es dazu gemacht habt. Laßt den Fluß doch seine Höhe selbst bestimmen, laßt das Land gelegentlich überschwemmt werden und austrocknen, dann solltet ihr zumindest weniger Summerprobleme haben. Natürlich ist das jetzt eine reine Vermutung meinerseits, aber leuchtet es dir nicht ein?«

Sie horchte noch einmal und vernahm wieder keinen einzigen Summer. »Es leuchtet mir ein, Sterblicher. Laß mich mit meinem Volk beraten.« Sie löste sich in Dampf auf.

Esk faltete sorgfältig das Nichts zusammen und machte daraus einen faustgroßen Ball. Sie würden es in den Kürbis zurückbringen müssen, doch das würde einer von ihnen tun können, der den Pfadfinderzauber noch nicht aktiviert hatte, vielleicht Mark. Er, Esk, würde hierbleiben müssen, bis die Dämonen mit seiner Lösung des Summerproblems zufrieden waren, aber das war schon in Ordnung so; er hatte sonst nichts Dringendes vor.

Während er im Tal wartete, erschien Metria aufs neue. »Wir werden es versuchen, Sterblicher. Wir werden den Wühlmäusen sogar dabei helfen, den Fluß wiederherzustellen. In der Zwischenzeit werden wir die Geiseln freilassen; die sind uns sowieso nur lästig.«

Und da standen sie auch schon am Waldesrand – Mark und Bria. Das Messingmädchen lief auf ihn zu, warf sich ihm in die Arme. »Ich habe ja solche Angst gehabt, daß du vielleicht abgestürzt und ertrunken sein könntest!« rief sie. »Die Dämonen wollten uns überhaupt nichts sagen!«

»Die sind wirklich sehr dämonisch«, bestätigte er. »Aber ich glaube, ich habe ihr Summerproblem gelöst. Sie werden dabei behilflich sein, den Küßmichfluß wieder in seinen Urzustand zurückzuversetzen.«

Und dann gab es sehr viel zu besprechen, bis alles ins rechte Lot gerückt worden war. Wilda Zappler, die nun ihren Fortpflanzungszyklus hinter sich gebracht hatte, war bereit, sich mit einem männlichen Partner zum Vergnügen und aus Lust an der Gesellschaft niederzulassen, und sie mochte Volney noch immer. Die beiden unterhielten sich am zerstörten Flußufer, und es hatte den Anschein, als hätte der Fluß wieder etwas von seiner liebesspendenden Natur zurückgewonnen, denn sie berührten einander mit der Nase auf eine Weise, die doch mit Sicherheit ein Wühlmauskuß sein mußte.

Mark wollte das Nichts zurückbringen und sich dann überlegen, was er noch tun könnte, um wirklich zu werden; er glaubte, daß die Leute auf Schloß Roogna möglicherweise seine Dienste bei der Suche nach dem Guten Magier würden gebrauchen können. Latia wollte zu ihrem Volk zurückkehren, nachdem sie ihre Mission beendet hatte; dieser Erfolg würde ihr zum gebührenden Respekt im Alter verhelfen. Xap und Knacks zogen sich gemeinsam zurück, offensichtlich waren sie jetzt zu Freunden geworden. Und Chex ...

»Ich glaube, ich habe noch eine Verabredung mit einem geflügelten Zentauren«, sagte sie und spreizte die Schwingen. »Ich glaube nicht, daß ich mir noch länger Sorgen darüber machen muß, ob mein Volk mich akzeptiert. Ich glaube, ich werde mein eigenes Volk hervorbringen.« Sie peitschte leicht mit dem Schweif gegen ihre eigene Flanke, dann hob sie ab, und ihr Glücksgefühl schien sich bogenförmig auszubreiten.

Am Himmel erschien eine Gestalt. Einen Augenblick glaubte Esk, daß es die wiederkehrende Chex sei, doch tatsächlich war es ihr Vater Xap. Er setzte vor Esk auf und krächzte.

Esk verstand die Sprache der Flügelungeheuer zwar nicht, konnte sich aber einiges zusammenreimen. »Du sagst, du hast eine Nachricht von meinem Großvater, Knacks Oger, daß ich nämlich einen Akt ogerhafter Vernichtung vollbracht habe, indem ich das Tal völlig ruiniert habe, und daß ich deshalb nun unter den Ogern als erwachsen gelte?«

Xap krächzte zustimmend und schwang sich wieder davon. »Sage ihm, daß ich seine Nachricht zu schätzen weiß!« rief Esk ihm nach. »Sonst hätte ich sie auch nie erraten!«

Xaps letztes Krächzen klang fast wie Gelächter. Offensichtlich hatte der Hippogryph einen ausgeprägteren Sinn für Humor als sein Zentaurenfohlen.

»Ich werde eine Weile hierbleiben müssen«, sagte Esk zu Bria. »Ich habe es den Dämonen versprochen, und außerdem möchte ich natürlich zusehen, daß das Tal der Wühlmäuse wieder so schön wird wie früher. Wenn du also ...«

»Da wir doch gerade von Schönheit sprechen«, murmelte sie, »laß uns doch mal irgendwohin gehen, wo wir ungestört sind, um diesen Anpassungszauber auszuprobieren. Jetzt, da dein Großvater meint, du wärst erwachsen, müßtest du eigentlich auch eine Erwachsenenbeziehung vertragen.«

»Äh, ich meine, wenn du jetzt meine halbe Seele haben willst ...«

»Die auch«, bestätigte sie. Und dann umarmte sie ihn, und er wußte, daß es keine Rolle spielte, was sie jetzt zuerst tun würden, denn sie würden so oder so zusammenbleiben.

ENDE

1 Gute Magier, 2 Schloß Roogna, 3 Nördliches Dorf, 4 Baum, 5 Insel der Illusionen, 6 Tränensee, 7 Ogersee, 8 Magischer Staub, 9 Unbekannt, 10 Zentaureninsel, 11 Istmus, 12 Drachen, 13 Kobolde, 14 Greife, 15 Vögel, 16 Ogre Fen-Ogre, 17 Luft, 18 Erde, 19 Feuer, 20 Wasser, 21 Leere.

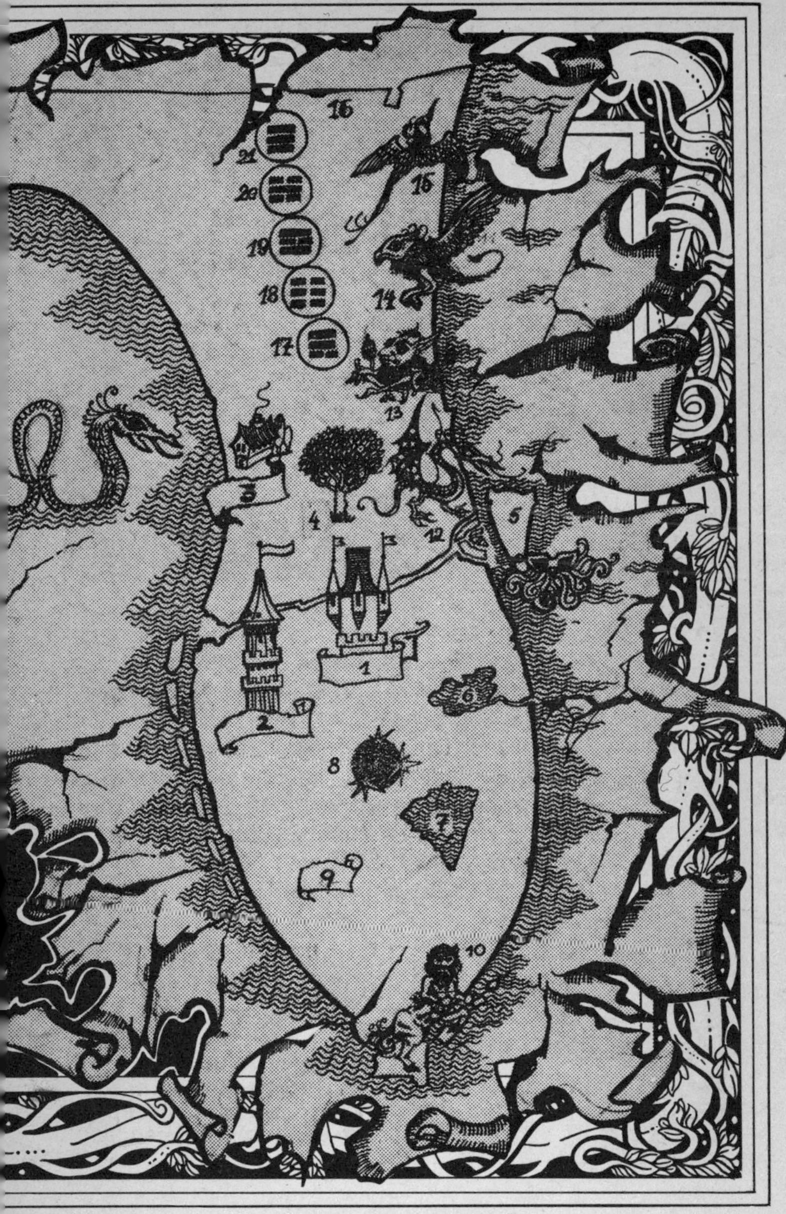
16
21
20
19
18
17
15
14
13
3
4
12
5
1
2
6
8
7
9
10